Jessica Swiecik

Die Schule endet nie

Buch

Alissa ist ein schüchternes Mädchen, das in ihrer Klasse nie Anschluss gefunden hat. Die Abschlussfahrt wird für sie zur Qual und das Mobbing eskaliert. Alissa, die nicht länger das Opfer sein will, fasst einen mörderischen Plan, der ihren eigenen Untergang bedeuten könnte ...

Zehn Jahre später bekommen die ehemaligen Schüler der Abschlussklasse und der damalige Klassenlehrer eine Einladung zu einem sonderbaren Klassentreffen, unterschrieben mit Alissa. Kann das wirklich sein? Es scheint, als wollte jemand Alissas Plan fortsetzen und den Teilnehmern des Klassentreffens wird klar, dass sie dieses Mal nicht so leicht davonkommen ... Die Schule endet eben nie!

Jessica Swiecik

Die Schule endet nie

Thriller

Impressum

© 2016 Jessica Swiecik, Mainstr. 29, 65388 Schlangenbad, Deutschland

Covermotiv: © pictureguy32 - Fotolia.com

Druck und Verlag: Createspace.com

ISBN: 978-1533634245

Printed in Germany by Amazon Distribution GmbH

Bibliografische Information der Deutschen Nationalbibliothek

Die Deutsche Nationalbibliothek verzeichnet diese Publikation in der Deutschen Nationalbibliografie; detaillierte bibliografische Daten sind im Internet über http://dnb.d-nb.de abrufbar.

Damals

Alle Schüler fieberten der Klassenfahrt nach Paris entgegen. Vorfreude füllte den Bus, vermischte sich mit der Anspannung der Erwachsenen, die diese Studienfahrt, die gleichzeitig die Abschlussfahrt der Abiturklasse war, begleiten mussten. Das Leid der Lehrer.

„Hey, verdammt noch mal", brüllte Herr Andres, der mit der strengen Deutschlehrerin Frau Bolte die erste Reihe in Beschlag nahm. „Wir sind gerade erst losgefahren. Müsst ihr so laut sein?"

Es wurde ruhiger. Eine trügerische Ruhe, die nicht lange anhielt.

Alissa Jensen saß hinter den beiden Pädagogen und presste das Gesicht gegen die kühle Fensterscheibe. Der Platz neben ihr war leer. Typisch. Im hinteren Teil des Fahrzeugs hatten sich ihre Mitschüler sogar zu acht auf die letzte Bank gedrängt – nur damit niemand neben „Ekelalissa" sitzen musste. Die Lehrer duldeten dies, aus Angst, die Stimmung der Schüler zu kippen. Sie taten alles, um Stress zu vermeiden. Es war längst zu spät, die Jugendlichen, die bald ihre Volljährigkeit erreichten, zu erziehen. Ja, es war zu spät, aus ihnen noch gute Menschen zu machen. Zu spät. Zu spät.

Alissa schaute nach draußen. Es war Frühling. Alles begann zu blühen und zum Leben zu erwachen. Ein riesiger Kontrast zu Alissas Inneren. In ihr war alles wüst und leer. Ein gnadenloser Sommer wechselte sich mit einem kalten Winter ab. Wenn sie ihre Seele aufs Papier bringen müsste, würde sie das Blatt vermutlich grau ausmalen und mit schwarzen Schattierungen versehen. Weiß dürfte das Papier am Ende nicht mehr sein.

Jemand stieß hart gegen ihren Sitz. Es hätte ein Versehen sein können, doch Alissa wusste es besser. Hinter ihr saß Paul Kerner, ein Schlägertyp, der sich von niemandem etwas sagen ließ und alles und jeden lustig fand. Auf dem Kopf trug er eine schwarze

Baseballkappe. Sein Markenzeichen, das ihm gleichzeitig einen Schatten auf das von pubertärer Akne bedeckte Gesicht zauberte.

„Du Stinktier", ertönte Pauls Stimme. Erneut wurde hart gegen ihren Sitz getreten. Sie stieß mit der Stirn gegen die Scheibe.

Mit zitternden Händen tastete Alissa in ihrer Jacke nach ihrem MP3-Player. Sie wollte der Situation entfliehen, in ihre eigene Welt tauchen und Frieden finden.

„Ich spreche mit dir!" Ein Tritt schleuderte sie nach vorne. Sie keuchte leise.

Frau Bolte drehte sich um und sah sie mitfühlend an. Die alte, grauhaarige Lehrerin, die ein Faible für ungewöhnliche, selbstgestrickte Kleider besaß, wusste genau, was in ihrer Deutschklasse vor sich ging. Jeder, der zwei Augen und zwei Ohren hatte, wusste das. Frau Bolte besaß das Talent, wegzusehen und Dinge totzuschweigen. Sie wollte sich während ihrer letzten Jahre an dem Wiesbadener Gymnasium nicht mit Mobbing oder dergleichen auseinandersetzen. Für sie existierte das Thema nicht.

Wie unzählige Male zuvor wandte sie sich auch dieses Mal ab und vertiefte sich in ein Gespräch mit ihrem Kollegen. Alissa fühlte sich im Stich gelassen. Ein schlimmes Gefühl.

Sie beugte sich nach vorne, sodass ihr Rücken nicht länger die Sitzlehne berührte. Ihr langes, braunes Haar fiel ihr ins Gesicht, während sie sich mit zittrigen Fingern die Kopfhörer in die Ohren schob. Aus den Augenwinkeln sah sie Paul, der sich über ihren Sitz beugte. „Wieso kommst du überhaupt mit zur Klassenfahrt? Du hast hier doch eh keine Freunde! Alle hassen dich!"

Das war ihr klar. Sie hätte alles dafür getan, nicht in diesem bescheuerten Bus sitzen zu müssen, doch ihre Eltern hatten sich quergestellt. Sie wussten nicht, wie es Alissa ging. Niemand wusste das.

Oder doch. Vielleicht wussten es alle. Es interessierte sich bloß niemand dafür.

Eine wohlklingende, traurige Ballade erklang in ihren Ohren. Ein Song, der zu ihrem Leben passte. Ein Song über Schmerz und Einsamkeit.

„Jetzt tu nicht so, als wärst du was Besseres", fauchte Paul hinter ihr.

Alissa drehte am Lautstärkeregler und füllte ihren ganzen Körper mit den melancholischen Klängen. Zu spät sah sie die Schere, die das Kabel der Kopfhörer durchtrennte. Die Musik erstarb und hinterließ eine bleierne Leere. Ihr einziger Fluchtweg war abgeschnitten, der einzige Rückzugsort dieser Hölle.

Sie presste sich die Hände auf die Ohren und summte leise das Lied vor sich hin. Die Welt sollte nicht mehr existieren, der Bus sollte einfach von der Fahrbahn abkommen und sie alle in den Tod stürzen. Für Alissa wäre es eine Erlösung, für alle anderen die gerechte Strafe.

„Ekelalissa ist verrückt", rief Paul vergnügt und lachte los. „Schaut sie euch an!"

Alle Schüler, die das Geschehen mitbekommen hatten, stimmten in das Lachen ein. Ein Konzert aus schallendem Gelächter brach aus.

Alissa vergaß ihr Lied, die Melodie, die beruhigenden Worte.

„Herr An...", setzte sie an, doch Paul hielt sie an der Kapuze ihrer Jacke fest. Sofort zog er seine Hand zurück, als hätte er sie verbrannt.

„Igitt", brüllte er. „Ich habe ihren ekligen Schleim an meiner Hand."

Alissa kam sich wie das Monster vor, das alle in ihr sahen. Ein Mensch war sie schon lange nicht mehr.

Herr Andres drehte sich um und sah Paul tadelnd an. „Setz dich hin! Wir haben noch eine lange Fahrt vor uns."

Über die Beleidigungen gegenüber Alissa verlor er kein Wort. Entweder waren sie zu unwichtig oder zu mächtig. Alissa tendierte zu letzterem.

Als das alles angefangen hatte, war Herr Andres oft dazwischen gegangen. Krampfhaft hatte er versuchte den Frieden innerhalb der Klasse wieder herzustellen. Ein Frieden, der vor Alissas Auftauchen normal gewesen war. Hätte sie nicht den Fehler gemacht, mitten im Schuljahr von der Realschule auf das

Gymnasium zu wechseln, wäre jetzt alles in Ordnung. Ihre alte Klasse hatte sie in Ruhe gelassen und sie wie eine Unsichtbare behandelt. Ihre dürre Gestalt, ihre viel zu blasse, durchscheinende Haut und ihre dunklen Augenringe waren nie gesehen oder bemäkelt worden.

Doch das war nicht die Realität. Im Leben wurde man gesehen. Gesehen, um aussortiert und in verschiedene Schubladen verfrachtet zu werden. Fehler und Schwächen wurden als Zielscheiben verwendet, die Pfeile bestanden aus Worten. Sie war angekommen, in der neuen Schule und der Realität.

„Lass mich in Ruhe", flüsterte Alissa ihrem Hintermann zu. Ihre Stimme war brüchig und leise. Sie redete nie viel. Ihre eigene Stimme kam ihr so fremd vor.

Traurig betrachtete sie das durchgeschnittene Kabel ihrer Kopfhörer und kämpfte mit den Tränen.

„Was ist, wenn ich dich nicht in Ruhe lassen will?", fragte Paul, zog einen Schmollmund und lachte. Er war jemand, der alles lustig fand.

Ja, was war dann? Alissa wusste, dass er nicht aufhören würde. Auch die anderen würden niemals aufhören.

Sie kramte in ihrem Rucksack, der auf dem Platz neben ihr lag und fischte ein Buch heraus. Eine neue Chance auf einen weiteren Untergang.

Sie klappte das alte, vergilbte Buch auf und sah Tobias, der auf der anderen Seite des Ganges saß und sie besorgt musterte. Er war anders als die anderen, ruhiger und besonnener. Wenn ihre Mitschüler sie schikanierten, wandte er sich ab und verzog sich zu seinen Freunden aus den Parallelklassen. Er machte sich wenig aus seinem Umfeld, was alle akzeptierten.

Mehrere Piercings zierten sein blasses Gesicht, eins in der rechten Augenbraue, eins in der Lippe und ein schlichter Ring in der Nase. Er war Leadsänger in einer Band und wurde von sämtlichen Mädchen der Schule angehimmelt. Äußerlich wirkte er wild, doch innerlich war er die Ruhe und Gelassenheit in Person.

Alissa versteckte sich hinter ihren strähnigen Haaren und

schaute in das Buch. Sie hatte es bereits an die hundert Mal gelesen.

„Ich glaub, die steht auf dich, Tobi", lachte Paul und setzte sich auf seinen Platz. „Sie denkt, du wirst sie in Paris beschützen."

Alissa lauschte, hoffte, Tobias würde sich für sie einsetzen. Doch er sagte nichts. Wie immer.

Sie versuchte in das Buch einzutauchen, mit der Protagonistin zu verschmelzen. Es war eine Geschichte über die Einsamkeit. Eine Geschichte ohne Happy End.

Eine Träne tropfte auf die Seite, denn sie konnte die gemeinen Worte der Schüler einfach nicht ausblenden. Alle sprachen über sie, machten sich lustig. Die einen scherzten über einen seltsamen Gestank, der sich plötzlich im Bus ausbreitete und ohne jeden Zweifel von ihr stammen musste, während sich in der Mitte des Busses jemand über ihren unmöglichen Kleidungsstil ausließ. All das war sie gewohnt, doch die Hoffnungslosigkeit brach wie ein Gewitter über sie herein.

Sie waren auf dem Weg nach Paris. Ein Ort ohne Fluchtmöglichkeit, ohne Rückzugsort. Sie hatte Angst, die Woche nicht zu überleben. Wenn sie in Frankreich starb, würden alle erleichtert aufatmen. Niemand würde sie vermissen, niemand auch nur einen weiteren Gedanken an sie verschwenden. Eine einfache Lösung, die sie aber nicht akzeptieren wollte. Noch nicht.

Mit jedem Wort, das sie las, verschwand ihr Umfeld und die gemeinen Beleidigungen wurden verdrängt. Sie verließ ihren Körper und wurde zu dem Mädchen in dem Buch. Ein schwacher Trost, denn sie wusste genau, wie die Geschichte endete. Die Jugendliche würde sterben.

Auf einmal setzte sich jemand auf den Platz neben ihr. Es war der dritte Lehrer, Herr Zomer. Er war der Klassenlehrer der Parallelklasse und unterrichtete Physik. Ein Fach, das fast ausschließlich die Jungen der Klasse besuchten und das sie aus diesem Grund abgewählt hatte.

„Sag mal, Mädchen", begann Herr Zomer zögerlich. „Ich beobachte dich schon eine Weile. Warum lässt du das alles mit dir machen? Wann fängst du an, dich zu wehren?"

Sie hatte keine Antwort darauf. Es gab keine Antwort.

Der Lehrer beugte sich zu ihr. „Du solltest Spaß haben. Eine Klassenfahrt ist zum Entspannen da. Vor den Prüfungen ist es wichtig, noch ein paar stressfreie Tage zu verbringen, um im Anschluss richtig durchzustarten!"

Innerlich lachte Alissa auf. Spaß war das Letzte, das sie von dem Trip nach Frankreich erwartete.

„Ja", erwiderte sie und zwang sich zu einem freundlichen Gesicht. Ihre Fassade musste aufrechterhalten werden.

„Du musst ein bisschen offener sein, dich anpassen und einen Schritt auf deine Mitschüler zugehen. So ist das Leben. Man gibt und man nimmt." Er klang zuversichtlich. „Wusstest du, dass Paris die Stadt der Liebe ist? Ich wette, du wirst dort mehr aus dir herauskommen und endlich ein paar Freundschaften knüpfen. Und wer weiß? Vielleicht lernst du auch ein paar nette junge Männer kennen?"

Fassungslos starrte Alissa den ehrgeizigen Pädagogen an, der den letzten Teil seiner kleinen Ansprache viel zu laut über die Lippen brachte. Sowohl Paul, als auch die Jugendlichen auf den Sitzplätzen hinter ihm brachen in Gelächter aus.

„Die Stadt der Liebe", kicherte ein molliger Junge namens Christopher Meininger. „Das wird Ekelalissa auch nicht helfen. Die fasst doch niemand freiwillig an."

Alissa biss sich auf die Innenseite ihrer Wange. Der Schmerz betäubte sie und lenkte sie ab.

Herr Zomer setzte ein entschuldigendes Lächeln auf und ging zurück auf seinen Platz. Er war sich den Schaden, den er angerichtet hatte, nicht bewusst.

Alissa sank wie ein Häufchen Elend in sich zusammen und schaute nach draußen. Warum war sie in den Bus gestiegen? Wieso war sie nicht weggelaufen, als sie die Chance dafür gehabt hatte?

Sie schluckte die aufkeimende Verzweiflung runter und verdrängte das Gelächter, in das sich immer wieder ihr Name drängte. Ekelalissa. Ekelalissa. Ekelalissa.

„Es wird alles halb so schlimm", redete sie sich ein. Vielleicht bewahrheitete sich das, wenn sie vom Allerschlimmsten ausging.

Heute

Paul Kerner saß in seiner heruntergekommenen Wohnung in Wiesbaden Biebrich und rauchte eine Zigarette nach der anderen. Da er aufgrund des nahenden Winters und der defekten Heizung kein Fenster öffnen konnte, nahm ihm der Qualm die Sicht. Wie ein Nebel lag er um ihn und hüllte ihn ein. Paul war froh darüber. So musste er das Chaos aus alten Bierflaschen, leeren Pizzaschachteln und vollen Aschenbechern nicht sehen.

Er beklagte sich nie. Das passte nicht zu ihm. Trotzdem machte ihm diese Bruchbude zu schaffen. Das war nicht das Leben, das er führen wollte. Nein, es war weit davon entfernt. Er sollte jetzt berühmt sein, eine schicke Frau an seiner Seite wissen und eine riesige Villa mit Angestellten haben, die ihm sämtliche Arbeit abnahmen. Ja, das war das Leben, das er wollte, aber nicht bekommen hatte.

„Fuck", stöhnte er eines seiner Lieblingswörter und lehnte sich zurück. Die ehemals weiße Couch hatte eine gräuliche Farbe angenommen. Sie roch alt und muffig. Kein Wunder. Hunderte Partys hatten seine Freunde und er hier gefeiert. Partys, die stets mit einem Haufen Kotze und Pisse geendet hatten. So war das Leben. So war sein Leben.

Paul hatte versucht es zu ändern. Nachdem er sein Abitur zum zweiten Mal verhauen hatte, war er in eine Ausbildung zum Tischler gerutscht. Es hatte ihm Spaß gemacht, aber die Arbeitszeiten hatte er ätzend gefunden. Von der Schule war er es nicht gewohnt an Wochenenden zu arbeiten. Die Wochenenden gehörten ihm ganz allein.

Er wollte sich einen neuen Job suchen. Einen, bei dem man gut verdienen würde und nicht am Wochenende arbeiten musste. Bis heute hatte er ihn nicht gefunden. Ohne Abitur in der Tasche blieben ihm viele Türen verschlossen, so wie es vor Jahren alle prophezeit hatten.

Pauls Schulzeit war sorgenlos gewesen. Alle hatten zu ihm aufgesehen und bei seinen Witzen gelacht. Liebevoll hatte man ihn „Kerni" genannt. Heute war er ein Niemand. Kerni war tot.

„Fuck life", wisperte er und nahm einen tiefen Zug von seiner Zigarette. Bald würde er sich die Kippen nicht mehr leisten können. Seine Eltern gaben ihm eine Galgenfrist von einem Monat. Sie wollten ihn nicht ewig finanzieren. Paul konnte das verstehen.

Vielleicht sollte er diese verdammte Welt einfach verlassen? Kurt Cobain war auch 27 Jahre alt gewesen, als er sein Leben mit einem gezielten Kopfschuss beendet hatte. Ein magisches Alter. Willkommen im Club 27.

Er formte Daumen und Zeigefinger zu einer imaginären Pistole und hielt sie sich gegen die Schläfe. Peng. Ein Schuss. Ein toter Mann. Es war so einfach. Vielleicht zu einfach.

Wer wohl seine Leiche finden würde? Vermutlich einer seiner kiffenden Freunde. Sie würden es für einen Scherz halten, von draußen einen Stock holen und in seinem Blut herumstochern und sich vor Lachen fast in die Hose machen. Erst wenn er anfing zu verwesen und zu stinken würden sie die Sache durchschauen. Um ihn weinen würde niemand. Ein einsames Ende für einen einsamen jungen Mann.

Ein schriller Laut riss ihn aus seinen Selbstmordgedanken. Die Klingel, die seit Monaten nur noch ein wehleidiges Geräusch von sich gab. Sie hatte sich dem Zustand des Hauses und der Wohnung angepasst.

„Verdammt, ihr Idioten", brüllte Paul. Er hatte keine Lust aufzustehen. „Ihr wisst doch, wo der Schlüssel ist."

Es mussten seine Kumpels sein. Niemand sonst besuchte ihn.

Das Klingeln ertönte erneut und Paul stöhnte auf. Er drückte die Zigarette in dem übervollen Aschenbecher aus und stapfte zur Tür.

„Ihr dämlichen Wichser …", rief er und öffnete sie. Zu seiner Verwunderung stand dort ein wildfremder, junger Mann in einem schwarzen T-Shirt.

„Ähh, Herr Kerner?", fragte er verunsichert und musterte Paul abschätzig von oben bis unten. „Ich bin ein Kurier. Ich soll Ihnen diesen Brief hier geben."

Er zog einen kleinen, grauen Umschlag aus seiner Umhängetasche und zwang sich zu einem Lächeln. Es war ein falsches, aufgesetztes Lächeln und Paul sah sich mit der Realität konfrontiert. Jeder, selbst dieser dämliche Kurier, hielt ihn für Abschaum, für Müll.

Paul starrte den Mann an, ohne etwas zu sagen. Er wollte cool und unnahbar wirken, wie damals in der Schule. Ein verzweifelter Versuch. Die Schule war lange aus und er nichts als ein Mann der untersten Gesellschaftsschicht.

„Ähh ..." Der Kurier fischte ein Formular aus seiner Tasche. „Sie müssen hier unterschreiben!"

„Einen Scheiß muss ich!" Paul nahm dem verdutzten Mann den Brief aus der Hand. „Fälschen Sie meine Unterschrift einfach. Ich verpfeife Sie schon nicht."

Der Kurier, der kurze, braune Haare hatte, riss erschrocken die Augen auf. „So geht das aber nicht ..."

Paul ließ sich davon nicht beeindrucken. Im Herzen war er noch immer ein Rebell.

Mit einem süffisanten Grinsen schloss er die Tür und ignorierte das Klopfen des Mannes. Irgendwann würde er aufgeben und die Sache auf sich beruhen lassen.

Zurück auf dem Sofa drehte Paul den Brief wie einen Fremdkörper hin und her. Die Adresse war in ordentlicher Handschrift verfasst. Einen Absender gab es nicht. Es beruhigte ihn, dass es augenscheinlich kein Behördenbrief war. Auf diese Lackaffen konnte er verzichten. Falls er wirklich den Entschluss fasste, sein Leben zu beenden, würde er zuvor ins nächste Arbeitsamt spazieren und dort wild um sich schießen. Damit hätte er ein Zeichen gesetzt und den Staat gleichzeitig von weiteren nichtsnutzigen Menschen befreit. Ein Hoch auf Paul!

Er war kurz davor, den Brief beiseite zu legen, doch eine höhere Macht hielt ihn ab. Die geschwungene Handschrift kam ihm vertraut vor. Diese Tatsache brachte ihn völlig aus der Fassung, denn seit seiner Schulzeit hatte er nichts mehr mit eigenen Händen geschrieben, sondern stets den Computer oder sein Handy benutzt. So war die Jugend und so war er.

Ein ungutes Gefühl machte sich in ihm breit. Sein Blick wanderte zu dem Feuerzeug, das auf dem Couchtisch lag. Er könnte den Brief ganz leicht vernichten und weiter in Unwissenheit leben.

Aber das durfte er nicht. Er wollte kein Feigling sein.

Mit leicht zittrigen Fingern, die er sich nicht eingestehen wollte, riss er den Umschlag auf. Eine Karte fiel heraus. Eine kleine, grasgrüne Karte.

„Einladung" stand oben in blassrosa Buchstaben in verspielter Schrift. „Einladung zum Klassentreffen!"

Pauls Puls beschleunigte sich, begann zu rasen, als wollte er einen Weltrekord aufstellen.

„Fuck", murmelte Paul vor sich hin. „Das ist jetzt hoffentlich ein Scherz."

Er las weiter. Es war kein Scherz. Alles, was damals passiert war, kehrte zurück. Er konnte es nicht länger verdrängen. Nicht, als seine Augen wie gebannt die letzten Worte auf der Karte fixierten.

„Es ist Zeit für eure Sünden zu büßen!", stand dort, gefolgt von einem Namen, den er für immer aus seinem Gedächtnis hatte bannen wollen: Alissa.

Damals

Alissa wollte nicht aussteigen. Sie wollte sitzen bleiben, in der Hoffnung, der Bus würde sie zurück nach Hause bringen. Ein dummer Wunsch.

„Hey, schläfst du, oder was?", fuhr der dickbäuchige Busfahrer sie an. In der Hand trug er eine Mülltüte und fing an, den Abfall einzusammeln, den die Schüler hinterlassen hatten. „Wir sind da. Geh zu deinen Freunden!"

Freunde. In Alissas Leben gab es niemanden, den sie so nennen konnte. Hätte der Mann Mitleid mit ihr, wenn er davon wüsste?

Alissa drehte ihren Kopf zu ihm.

Bitte, flehte sie innerlich. Zwingen Sie mich nicht, auszusteigen. Vergessen Sie mich einfach und sorgen Sie dafür, dass mich alle vergessen.

Wieder ein Wunsch, der nicht in Erfüllung ging.

„Jetzt verschwinde", zischte der Busfahrer und schüttelte den Kopf. „Ich bin müde und würde mich gerne ausruhen!"

Betrübt ließ Alissa die Schultern hängen. Sie stopfte das Buch, das seit Stunden auf derselben Seite aufgeschlagen in ihrem Schoß gelegen hatte, in ihren Rucksack und drängte sich an dem mürrischen Mann vorbei. Er würde ihr nicht helfen. Niemand würde ihr helfen.

„Wo bleibst du denn, Alissa?", wurde sie von ihrem Klassenlehrer begrüßt. „Die anderen beschäftigten sich bereits mit der Zimmerverteilung!"

Alissa Herz begann zu rasen. Dies war der Moment, den sie am meisten fürchtete. Niemand wollte mit ihr ein Zimmer teilen. Ein großes Drama war vorprogrammiert.

„Könnte ich vielleicht ein Einzelzimmer bekommen?" Sie hatte den Satz zuhause geübt. Immer und immer wieder, damit er selbstbewusst über ihre Lippen kam. Genutzt hatte es nicht viel.

Sie klang unsicher und verängstigt.

„Alissa ..." Herr Andres rückte seine Brille zurecht. „Wir übernachten in einer Jugendherberge und nicht in einem Hotel. Hier gibt es keine Extrawurst."

„Aber ..." Ihr fiel nichts ein, was sie darauf erwidern konnte. Sie war zu schwach.

„Kein Aber!" Der Lehrer klang tadelnd. „Mach dich nicht selbst zum Außenseiter! Mach einen Schritt auf die anderen zu, dann werden sich die Probleme schon klären."

Er schob sie zum Eingang der Jugendherberge. Das Gebäude war ein großer, grauer Betonklotz, der nicht besonders einladend aussah.

Sie steuerte die Tür an und fand sich in einer riesigen Lobby wieder. Die Wände waren in einem schmutzigen Weißton gestrichen und überall standen schlichte Tische und Stühle verteilt.

Aufgeregte Schüler liefen wild umher, formierten sich zu kleinen Grüppchen und warteten auf ihre Zimmerschlüssel. Als Alissa zu ihnen stieß wurde es ruhiger. Einige Schüler rümpften die Nase, andere begannen zu tuscheln. Gewohnte Reaktionen.

„Hoffentlich müssen wir nicht mit der auf ein Zimmer", entfuhr es Sandra Laube, einem rundlichen Mädchen mit dunkelbraunem Haar. Sie stand mit ihren Freundinnen vor der Rezeption und wartete, dass die völlig überforderte Angestellte ihnen ein Zimmer zuwies.

Hilfesuchend blickte Alissa sich um und schlich in die nächstbeste Ecke, in der Hoffnung, dass man sie hier übersehen würde. Könnte sie sich eine Superheldenfähigkeit aussuchen, würde sie Unsichtbarkeit wählen. Endlich würden dann alle durch sie hindurchsehen!

Von ihrer Position aus sah sie, wie Herr Andres und Frau Bolte die Lobby betraten. Kopfschüttelnd sahen die zwei Lehrer sich um. „Bitte stellt euch jetzt in Dreier- und Vierergruppen zusammen, damit wir alle schnell auf unsere Zimmer kommen."

Die meisten Schüler reagierten und Herr Andres begann in fließendem Französisch mit der Rezeptionistin zu reden. Neben

Englisch und Mathematik unterrichtete er auch dieses Fach. Alissa hasste die Sprache. Im Schriftlichen konnte sie sich zwar ganz gut ausdrücken, aber mit dem Reden haperte es auch hier.

Die pummelige Sandra, die in ihrem pinken, viel zu engen Shirt wie Miss Piggy höchstpersönlich aussah, war die erste, die einen Zimmerschlüssel entgegennahm. Zusammen mit ihren Freundinnen Lena und Jenny machte sie sich auf die Suche nach ihrer Unterkunft.

Alissa tat, als würde sie die französischen Flyer, die auf einem kleinen Tisch auslagen, studieren, während Herr Andres den nächsten Gruppen den Weg zu ihren Zimmern erklärte.

Die Halle leerte sich und Alissa schaute zur Eingangstür, die wie eine heilige Zuflucht auf der gegenüberliegenden Seite auf sie wartete. Es war so einfach, die Jugendherberge und dieses beschissene Leben zu verlassen. So einfach und doch unmöglich.

„Alissa?" Die ärgerliche Stimme ihres Klassenlehrers ließ sie zusammenzucken. „Was tust du da? Warum hast du dir keine Gruppe gesucht?"

Sie schaute zu Boden, fühlte sich ertappt, obwohl sie nichts getan hatte. Vielleicht war das ihr Fehler. Vielleicht sollte sie den Mut finden, sich nicht alles gefallen zu lassen.

Herr Andres schob sie zur Rezeption und sprach dort mit der Frau, die ihre dunklen Haare zu einem unordentlichen Pferdeschwanz trug. Alissa verstand kein einziges Wort, obwohl sie die Sprache seit fünf Jahren lernte.

„Du gehst zu Sandra, Lena und Jenny aufs Zimmer", erklärte der Lehrer schließlich in ihrer Muttersprache und Alissa bekam es mit der Angst zu tun.

„Nein", entfuhr es ihr. Sie wollte protestieren, die Worte brannten auf ihrer Zunge, doch sie konnte sie nicht über ihre Lippen bringen.

„Du hattest genug Zeit, dir eine Gruppe zu suchen ...", meinte der Lehrer streng. „Jetzt musst du mit dieser Entscheidung leben!"

Alissa senkte den Blick. Ihre Beine wurden taub, sie konnte

sich nicht bewegen. Es fühlte sich an, als würde sie mit dem fleckigen Holzboden verwachsen.

„Zimmer 108", wies Herr Andres sie an und gab ihr einen Schubs in Richtung der Treppe. Er wollte sie loswerden. Nicht einmal die Erwachsenen ertrugen ihre Nähe.

„I-Ich ...", stotterte sie leise. „I-Ich kann nicht ..."

Sie konnte und wollte nicht zu Sandra aufs Zimmer. Das dunkelhaarige Mädchen mit der rundlichen Figur hatte es auf sie abgesehen. In der Schule saß Sandra hinter ihr, machte sich einen Spaß daraus, sie mit kleinen Papierkügelchen, Essensresten und Abfall zu bewerfen und ihre Kleidung mit kindischen Zeichnungen oder bösen Worten zu beschmutzen. Kaum ein Tag verging an dem Alissa die Schule nicht völlig verdreckt und gedemütigt verließ. Die dicke Sandra gab niemals auf, aus Angst, ihre eigenen Makel offenbaren zu müssen. Es war einfacher, die Fehler bei jemand anderem zu suchen, als sich mit seinen eigenen auseinandersetzen zu müssen.

Herr Andres blickte hilfesuchend zu seiner Kollegin. Die grauhaarige Lehrerin seufzte und legte einen Arm um Alissas Schulter. „Ich bringe dich auf dein Zimmer ..."

Alissa wollte das nicht, doch sie war machtlos. Wie eine Marionette ließ sie sich zu Zimmer 108 führen. Die Tür war angelehnt und Gelächter drang nach draußen.

Frau Bolte betrat den quadratischen Raum und blickte in drei erschrockene Gesichter. „Alissa kommt zu euch. Ihr habt euch ja für ein Vierbettzimmer entschieden ..."

„Aber doch nur weil hier mehr Platz ist", meinte Sandra und stemmte die Hände in ihre fülligen Hüften. Sie stand neben einem der Etagenbetten. „Wir wollen lieber unter uns bleiben. Alissa passt nicht zu uns."

Sandras blaue Augen funkelten Alissa angriffslustig an.

„Ihr seid eine Klasse", erklärte die Deutschlehrerin. „Ihr müsst zusammenhalten und an einem Strang ziehen. Zu meiner Zeit wurde niemand ausgeschlossen ..."

Das beeindruckte Sandra nicht im Geringsten. Sie tippte mit

ihren langen, falschen Fingernägeln auf dem dunklen Holz des Bettgestells. „Wenn Sie wollen gehen wir in ein anderes Zimmer."

„Zu spät", meinte die Lehrerin und gab Alissa ein Zeichen, den Raum zu betreten. „Ihr habt euch für dieses Zimmer entschieden! Ihr werdet euch vertragen und nett zueinander sein. Im Leben ist man nicht immer nur mit Menschen zusammen, die man mag ..."

Mit diesen Worten ließ die Lehrerin die Mädchen alleine. Alissa blieb zurück, wie eine kleine, verletzte Maus inmitten einer Gruppe gefräßiger Raubkatzen.

„Das hast du ja super hinbekommen, Ekelalissa", keifte Sandra sie an und trat näher.

Bevor Alissa realisieren konnte, was geschah, spürte sie eine feuchte Masse, die ihr Auge traf und an ihrer Wange herablief. Sandras Spucke.

Jenny und Lena kicherten, während Sandra ein triumphierendes Lächeln aufsetzte. „Na dann herzlich willkommen, Ekelalissa!"

Heute

Sandra Laube stand vor der Standesbeamtin und zupfte das trägerlose Kleid zurecht. Es passte vorne und hinten nicht. Sie sah aus wie eine Presswurst.

Das cremefarbene Brautkleid, das sie günstig bei Ebay ersteigert hatte, kam aus China und schnürte ihr die Luft ab. Ihre Brüste wurden nach oben gedrückt. Die dünne Stola aus Spitze konnte ihr pralles Dekolletee nicht verdecken.

Sie schaute zu ihrem Verlobten, der in wenigen Minuten ihr Ehemann sein sollte und zwang sich zu einem Lächeln. Es fiel ihr schwer, die Mundwinkel nach oben zu bewegen. Ein riesiger Kloß steckte in ihrem Hals und sie schaffte es nicht, ihn herunterzuschlucken.

War dies das Leben, das sie sich erträumt hatte?

Fragen über Fragen und keine Zeit, um eine passende Antwort zu finden. Der große Tag, den jede Frau herbeisehnte, war längst angebrochen und fegte wie ein Wirbelsturm an ihr vorbei.

Christopher Meininger ergriff ihre Hand, tätschelte sie unbeholfen und grinste sie an. Er sah noch immer wie der Junge aus, mit dem Sandra die Schulbank gedrückt hatte. Seine roten Pausbacken waren nie aus seinem Gesicht gewichen und in seinen braunen Augen glänzte der jugendliche Wahnsinn. Es war, als hätte er sich dagegen gewehrt, erwachsen zu werden. Selbst in dem schwarzen, altmodischen Frack, den einst sein Vater bei seiner eigenen Hochzeit getragen hatte, sah er wie ein kleiner Junge aus.

Sandra wollte erwachsen werden, doch es gelang ihr nicht, das Kind, das sie tief im Inneren war, gehen zu lassen. All die Erinnerungen waren an diese kindliche Seite gekoppelt und sie hatten sich fest in ihr verankert, auch wenn ihre äußere Fassade langsam in die Jahre kam. Sie steuerte auf die 30 zu. Ihr Leben war zu schnell für sie, hatte sie längst überholt.

„Christopher Meininger, wollen Sie mit der hier anwesenden Sandra Laube die Ehe eingehen?", fragte die Standesbeamtin, die während der gesamten Rede nicht eine Sekunde von ihrem Blatt aufgeblickt hatte. „So antworten Sie bitte mit Ja."

Christopher zögerte nicht. Die Hochzeit war seine Idee gewesen. Er wollte sie an sich binden, denn er wusste, dass er keine Bessere finden würde. Sie waren beide dick und hässlich und hatten es im Leben zu nichts gebracht. Das schweißte zusammen.

„Ich frage auch Sie, Sandra Laube", fuhr die Frau fort. In dem schlichten, grauen Kostüm sah sie hübsch aus. Hübscher als Sandra es jemals sein würde. „Wollen Sie mit dem hier anwesenden Christopher Meininger die Ehe eingehen?"

Ihr Herz begann zu rasen. Eine bedrückende Stille hüllte sie ein. Sekunden, die sich wie Minuten anfühlten, verstrichen und sie versuchte, die Frage zu begreifen.

Jemand hustete. Die Standesbeamtin blickte auf und sah das Brautpaar zum ersten Mal an.

Christopher drückte ihre Hand. Fest, nicht zärtlich. Er war nicht der Typ für liebevolle Gesten. Sein Blick suchte den ihren, durchdrang ihre Oberfläche und strafte sie mit unausgesprochenen Worten, die wie Drohungen in ihr Bewusstsein drangen.

Die Standesbeamtin räusperte sich und wiederholte die alles entscheidende Frage.

Christopher trat näher an Sandra heran, warf einen Blick zu seiner Familie und zuckte leicht mit den Schultern.

Sandra drehte ihren Kopf zu ihrer Mutter, die abseits saß. Sie war der einzige Rückhalt, den sie hatte.

Mach schon, flehte Sandra stumm. Wenn du das jetzt verbockst, wirst du bis an dein Lebensende alleine sein.

Sandras Unterlippe bebte. Jede Faser ihres Körpers schrie „Nein", doch sie wusste, dass sie dieses kleine Wort nicht aussprechen durfte. Es würde alles ruinieren und ihren Weg in die Einsamkeit ebnen.

Sie schaute zu Christopher, der die Augen hinter seinen dicken Brillengläsern zusammenkniff.

„Tu mir das nicht an", hauchte er ihr zu. „Bitte, tu mir das nicht an."

Sandra begann zu zittern. Sie wollte weglaufen, doch ihre Beine fühlten sich taub an. Langsam öffnete sie den Mund und brachte ein kehliges „Ja" hervor.

Ja. Ihre Antwort. Eine Antwort ohne Ehrlichkeit.

Christopher atmete erleichtert aus und sah erwartungsvoll zu der Standesbeamtin. Die Frau musterte Sandra einen Moment, doch dann fuhr sie fort. „Kraft meines mir verliehenen Amtes erkläre ich Sie hiermit zu Mann und Frau."

Sandra kämpfte mit den Tränen. Es war zu spät. Zu spät. Zu spät. Zu spät.

Freudestrahlend umarmte Christopher sie und drückte ihr einen schnellen, feuchten Kuss auf die Lippen. Er schmeckte widerlich. Sandra fühlte nichts als Leere in sich.

Diese Hochzeit war ein Reinfall. Alles fühlte sich falsch an.

Traurig schaute Sandra auf ihre Hand. Christopher hatte auf Ringe verzichten wollen. An ihren dicken Wurstfingern hätte es wahrscheinlich eh lächerlich ausgesehen und doch sehnte sich Sandra nach einem Hauch Romantik, einem kleinen Zeichen von Liebe.

Sie mussten ein Formular unterzeichnen. Sandra sollte zum ersten Mal ihren neuen Nachnamen benutzten. Einen Nachnamen, an den sie sich nie würde gewöhnen können.

Mit dem Stift machte sie eine unregelmäßige Bewegung über das Papier. Meininger. Sie konnte und wollte den Namen nicht schreiben. Er gehörte nicht zu ihr. Genau wie Christopher nicht zu ihr gehörte. Selbst mit einer Menge Fantasie konnte man ihre Unterschrift nicht mit diesem ihr fremden Nachnamen in Verbindung bringen. Ein kleines, schwaches Zeichen der Rebellion.

Sie schaute zu ihrer Mutter, die zufrieden nickte. Mit ihren blonden Haaren und der unförmigen Figur sah sie in dem fliederfarbenen Kostüm, das ihr mindestens zwei Nummern zu klein war, schrecklich aus.

Christopher setzte seine Unterschrift unter das Formular und damit war diese lächerliche Zeremonie beendet.

„Und wie fühlst du dich, meine Große?", fragte ihre Mutter und umarmte sie glücklich. „Du bist jetzt eine echte Ehefrau."

Eine Ehefrau. Eine seltsame Bezeichnung, die keinerlei Liebe in sich trug. Sandra konnte sich damit nicht anfreunden. Es war alles so unwirklich, wie ein Traum. Ein Albtraum um genau zu sein.

Sie konnte ihrer Mutter nicht antworten. Es war, als hätte sie ihre Stimme verloren. Unwillkürlich musste sie an Alissa denken. Alissa, die nie gerne geredet hatte. Alissa, die von allen gedemütigt worden war. Alissa, die ihr so ähnlich war. Es gab keinen Tag, an dem sie nicht an das stille Mädchen denken musste.

„Übrigens ...", plapperte ihre Mutter drauflos. „Ihr beide habt eine Einladung zu einem Klassentreffen bekommen. Ist das nicht eine tolle Überraschung für euren großen Tag?"

Christopher, der in der Nähe stand und sich mit einem Freund unterhielt, drehte sich um. Mit großen Augen schaute er Simone Laube an. „Was hast du da gesagt? Ein Klassentreffen?"

Sandras Herz setzte aus und ein kalter Schauer wanderte über ihren Körper.

„Von wem war der Brief?", fragte sie leise. Niemand ihrer Mitschüler konnte an einem Wiedersehen interessiert sein. Nicht nach dem, was auf der Klassenfahrt passiert war.

Ihre Mutter fuhr sich durchs schlecht gefärbte Haar und dachte nach. „Der Name fing mit einem „A" an ..."

Augenblicklich verschwamm die Welt um Sandra und eine angenehme Schwärze empfing sie. Eine Schwärze, die all ihre Gedanken und Gefühle auffraß. Jene Gedanken und Gefühle, die ihr Leben systematisch zerstörten und sich um eine einzige Person drehten. Alissa.

Damals

Der Speisesaal war gefüllt mit Gelächter, Geschirrgeklapper und angeregten Unterhaltungen. Alissa hätte am liebsten auf dem Absatz kehrtgemacht, doch Frau Bolte schob sie über die Türschwelle. Sie wollte nicht, dass sich die arme, kleine Alissa wie geplant in ihrem Zimmer versteckte und dort elendig verhungerte.

„Vor dem Essen kannst du dich nicht drücken", meinte sie und entblößte ihre leicht verfärbten Zähne. „Wir sind schließlich für dich verantwortlich."

„Ich hab keinen Hunger", versuchte sie der strengen Pädagogin zu erklären. Es war zwecklos. Frau Bolte drängte sie zum Essensausschank und drückte ihr ein Tablett in die Hand.

„Lass es dir schmecken", sagte die Lehrerin und ging zu dem Tisch, an dem ihre Kollegen saßen. Ihre Aufgabe war erfüllt. Alissa würde keinen qualvollen Hungertod sterben.

Der Ausgang wirkte mit einem Mal unerreichbar. Sie musste an Herrn Andres, Frau Bolte und Herrn Zomer vorbei. Ein Ding der Unmöglichkeit.

Das Tablett zitterte in ihrer Hand, als sie sich umsah. Es gab keinen freien Tisch im gesamten Saal. Überall saßen die Schüler ihrer Klasse und der Paralellklasse. Nirgends gab es einen Platz für Alissa.

Jemand stieß sie an. Bevor Alissa sich umdrehen konnte, hörte sie ein lautes „Ihhh".

„Mensch, Zoe", sagte eine belustigte Stimme, die Alissa als die von Christopher Meininger erkannte. „Jetzt hast du die Pest …"

Zoe, ein freches Mädchen mit schwarzgefärbten, kurzen Haaren, warf den Kopf zurück und lachte auf. „Sind wir nicht langsam zu alt für den Scheiß?"

„Wir reden hier von Ekelalissa", lachte Christopher. Er war ein pummeliger Junge mit einem rundlichen Gesicht. Rein von der Optik her hätte er sich zu Alissas Außenseiterposten gesellen müssen, aber er schaffte es, seine Makel zu überspielen. „An der Pest kann man sterben, wenn man sie nicht schnell wieder loswird."

„Du wirst sterben, wenn dein Gehirn nicht langsam mal wächst ...", gab Zoe zurück. Sie war das komplette Gegenteil von Alissa. Schüchternheit und Angst kannte sie nicht. Ihre Art und ihr Kleidungsstil, der sich vorwiegend auf schwarze, kurze Röcke, kombiniert mit knappen Korsagen und Tops beschränkte, machten sie beliebt. Die meisten Jungs der Klasse standen auf sie. Christopher Meininger eingeschlossen, obwohl er niemals eine Chance bei ihr bekommen würde. Er selbst schien das aber nicht zu begreifen. Sein Selbstbewusstsein war unzerstörbar.

Alissa kam zu der zierlichen Frau, die das Essen auf Teller füllte. Erwartungsvoll blickte sie Alissa an und murmelte etwas auf Französisch.

„Du musst schon sagen, was du willst", drängte Zoe hinter ihr.

Christopher konnte sich einen weiteren Kommentar nicht verkneifen. Scheinbar wollte er Zoe beeindrucken. „Die kann doch überhaupt nicht sprechen."

„Qu`est-ce tu veux?", fragte die Frau ungeduldig. Sie trug eine Haube auf dem Kopf und schaffte es, den Satz im Anschluss auf Deutsch aufzusagen. „Was möchtest du?"

„Geben Sie ihr einfach einen Haufen Scheiße", rief Christopher. „Das ist ihr Leibgericht."

Alissa konnte nichts sagen. Nicht nach diesem gemeinen Spruch. Sie taumelte zurück und stieß gegen Zoe.

„Was ist denn los?", fragte die Schwarzhaarige verärgert. „Kannst du dich nicht einmal normal verhalten?"

Normal. Alissa wusste nicht was normal war. Vielleicht hatte sie verlernt normal zu sein, vielleicht hatte sie es nie gelernt.

Sie schaute Zoe ins blasse Gesicht. Die schwarz geschminkten Augen fixierten ihren Blick, versuchten sie zu ergründen. Die Mühe machte sich sonst niemand.

Zoe war selbst alles andere als normal. Mit ihrem extrem kurzen Minirock, der Netzstrumpfhose und dem Top in Lederoptik wirkte sie nicht wie eine Schülerin einer zwölften Klasse. Nein, sie wirkte reif und erwachsen und sie konnte ihre Vorzüge perfekt in Szene setzen.

„I-Ich ...", setzte Alissa an und schaute hilfesuchend zum Lehrertisch. Niemand sah zu ihr. Niemand konnte ihr helfen, die Situation zu klären.

Kopfschüttelnd drängte Zoe sich an ihr vorbei und schenke der Französin hinter der Essensausgabe ein freundliches „Bonjour".

„Spaghetti?", fragte die Frau und deutete auf einen großen Topf.

„Oui", erwiderte Zoe. „Mit der Sahnesoße."

Mit einem Lächeln füllte die Frau einen Teller und stellte ihn behutsam auf Zoes Tablett. Es war so einfach. So unsagbar einfach.

Zoe stolzierte an ihr vorbei und ging zu einem Tisch, an dem Tobias Steinbach mit seinen Freunden saß.

„Irgendwie tut sie mir leid", hörte Alissa die Schwarzgekleidete sagen. „Sie ist so verloren."

Alissa wandte sich ab. Zielstrebig steuerte sie den Ausgang an, das leere Tablett in der Hand.

„Alissa?" Die Stimme ihres Klassenlehrers. Sie hatte gehofft, unbemerkt an dem Tisch mit den Erwachsenen vorbeizukommen. Ein Fehler. „Wo willst du hin? Es gibt hier gewisse Regeln an die du dich halten musst. Du kannst nicht kommen und gehen wann du willst!"

Die Schüler, die in der Nähe saßen, drehten ihre Köpfe in Richtung des aufgeregten Lehrers und kicherten. Diese lächerlichen Versuche von Herr Andres, Alissa zu bekehren, waren ganz großes Kino für die Schüler.

Traurig sah Alissa ihren Klassenlehrer an. „M-Mir ist schlecht."

Das war keine Lüge. Seit sie den Speisesaal betreten hatte, rumorte ihr Bauch. Eine Übelkeit, die sie von jedem einzelnen Schultag kannte.

Herr Andres schüttelte den Kopf. „Ich dachte hier wird es besser mit dir und der Klasse. Verdammt, kannst du dich nicht einmal zusammenreißen?"

Seine Stimme war laut und anklagend. Nach und nach verstummten sämtliche Gespräche im Saal. Alle lauschten der ungerechtfertigten Standpauke des Lehrers, froh selbst nicht betroffen zu sein.

Alissa kämpfte gegen den Brechreiz an. Es gelang ihr nicht. Ein gurgelnder Laut drang aus ihrer Kehle. Sie presste sich eine Hand auf den Mund und rannte los.

„Alissa", rief Herr Andres ihr nach, doch sie bahnte sich ihren Weg durch den Raum, die Gesichter ihrer Mitschüler ignorierend. Ein Chor aus Gelächter setzte ein, begleitete sie auf den Weg nach draußen und verankerte sich in ihrem Gehörgang. Tränen strömten über ihr Gesicht, als sie ins Freie trat.

„Ich will das alles nicht mehr", flüsterte sie leise und sank auf die Knie. „Ich kann nicht mehr."

Zu spät merkte sie, dass ihr jemand gefolgt war. Zoe stand neben ihr und sah auf sie hinab.

Kopfschüttelnd ging das aufgeschlossene Mädchen neben ihr in die Hocke. „Wann fängst du endlich an, dich zu wehren?"

Heute

Zoe Weber beobachtete die vorbeiziehenden Menschen und strich sich durchs kurze, fransig geschnittene Haar, das mittlerweile ihre Naturhaarfarbe, ein langweiliges Dunkelblond, angenommen hatte. Es war ihr egal. Auf der Straße zählte das eigene Aussehen recht wenig, nur das Überleben war wichtig.

Sie schaute zu ihrem Freund, der mit einem leeren Pappbecher vor sich, neben ihr saß. Der Tag war düster und kalt. Der Winter hielt langsam aber sicher Einzug. Eine Jahreszeit, die Zoe verfluchte.

Wie es aussah würden sie noch Stunden hier in der Frankfurter Innenstadt sitzen, in der Hoffnung, sich am Ende des Tages eine kleine, warme Mahlzeit leisten zu können.

„Haben Sie denn überhaupt kein Mitgefühl?", fragte Luke einen Passanten. „Ist da nicht mal ein müder Euro drin, damit ich meiner Kleinen einen Kaffee kaufen kann?"

Zoe zog den Kopf ein. Es war ihr unangenehm um Geld zu betteln. Sie wollte kein Schmarotzer sein.

„Geh doch einfach arbeiten", erwiderte der angesprochene Mann, der einen schicken Anzug trug und blitzschnell an ihnen vorbeieilte. „Elendes Pack! Und dafür zahle ich Steuern ..."

Luke rief dem Mann ein wütendes „Arschloch" hinterher und warf seinen Becher nach ihm. Er landete ein paar Meter entfernt auf dem Boden.

Luke wandte sich an Zoe und setzte ein betrübtes Gesicht auf. „Ich glaube, du musst dir heute mal wieder einen reichen Mann angeln und ein bisschen nett zu ihm sein."

Zoes Magen zog sich schmerzhaft zusammen. Der Gedanke an den letzten Typen, der ihr seinen widerlichen Schwanz unsanft in sämtliche Öffnungen gestoßen hatte, erzeugte einen Brechreiz.

„Ich habe meine Tage", erklärte sie schnell und spielte am defekten Reißverschluss ihrer schwarzen Lederjacke herum. Sie wollte Lukes prüfendem Blick ausweichen.

„Das ist doch Bullshit", meinte er und fuhr sich durch den neongrünen Irokesen. „Du hattest deine Tage doch letzte Woche. Hältst du mich für dämlich?"

„Ja, ich hatte letzte Woche schon Schmerzen …", sagte sie kleinlaut. „Angefangen zu bluten hat es erst vor zwei Tagen!"

Luke erhob sich und türmte sich wie ein Riese vor ihr auf. Er war groß, hatte ein kantiges, gefährlich wirkendes Gesicht und trug stets eine Lederjacke mit spitzen Nieten im Schulterbereich. Er wirkte wild und erbarmungslos und Zoe konnte sich ihm nicht widersetzen.

„Wir brauchen das Geld", knurrte er und deutete auf die Menschen, die an ihnen vorbeizogen und sich einen Dreck um sie scherten. „Wir haben beide Hunger und duschen müssten wir auch mal wieder …"

„Okay, okay", gab sie auf. „Aber nur blasen."

Luke verdrehte die Augen. „Damit geben sich diese reichen Idioten doch niemals zufrieden. Du bist keine 18 mehr, Zoe. Du musst denen schon 'ne heiße Nummer bieten, sonst entscheiden sie sich lieber für eine von diesen billigen Nutten an der Autobahnraststätte …"

Zoe biss sich auf die spröde Unterlippe. Sie war nie jemand gewesen, der sich von anderen Befehle geben ließ, doch seit sie Luke getroffen hatte, war alles anders. Er war der Grund warum sie noch lebte und nun war es ihre Aufgabe, ihn am Leben zu halten.

„Dann lass uns mal einen Typen suchen." Luke streckte die Arme aus und half ihr auf die Beine. „Hier haben wir eh kein Glück …"

Zoe nickte traurig und sammelte die Decken ein, die neben einem alten Militärrucksack ihr einziges Hab und Gut darstellten.

„Ich trage die Sachen", meinte Luke und nahm ihr den Rucksack ab. „Du musst dich noch hübsch machen."

Er deutete auf ein Fastfoodrestaurant auf der anderen Straßenseite. Die Angestellten kannten Zoe und Luke und ließen die beiden bereitwillig die Toilette benutzen und ihre Flaschen mit Leitungswasser füllen.

Sie betraten den Laden. Der Geruch fettiger Pommes stieg ihr in die Nase. Sofort begann Zoes Magen zu knurren. Seit sie ihr wohlbehütetes Zuhause verlassen und sich für das Leben auf der Straße entschieden hatte, war das Hungergefühl ihr ständiger Begleiter.

Auf dem Weg zu den Toiletten kamen sie an einem Tablett vorbei, auf dem einsam und verlassen die Hälfte eines Hamburgers lag. Luke griff nach dem Burger, nahm einen großen Bissen und reichte ihr den Rest. Genussvoll stopfte sie sich das trockene Brötchen mit dem winzigen Stückchen Fleisch in den Mund. Es schmeckte köstlich.

„Wir treffen uns in fünf Minuten vor dem Laden, okay?" Luke zog sie an sich für einen flüchtigen Kuss. Zwischen ihnen war keine Liebe. Nein. Darauf hatten sie sich von Anfang an geeinigt. Wahre Liebe existierte für sie nicht. Sie waren Realisten, die die Schattenseiten der Welt und der Menschen längst kennengelernt hatten.

Zoe verzog sich in die Damentoilette, in der sich glücklicherweise niemand aufhielt. Sie hasste die Blicke, die andere Menschen ihr zuwarfen. Prinzessin Zoe existierte nicht mehr.

Sie schaute in den Spiegel und erschrak. Ihr Haar war fettig und ihre Haut so blass wie damals in der Schule, als sie mit weißer Schminke nachgeholfen hatte, um ihren Gothiclook zu vervollständigen. Als Teenagerin war sie bildhübsch gewesen, hatte jeden Jungen um den Finger wickeln können. Heute war sie zwar noch immer hübsch, aber auf eine andere Art und Weise.

Zoe drehte den Wasserhahn auf und befeuchtete ihr Haar. Sie wusch es mit Seife und steckte ihren Kopf unter den kalten Wasserstrahl. Auf der Straße durfte man keine Ansprüche stellen.

Sie ließ sich Zeit, zog sich aus und wusch mit der flüssigen Seife ihren restlichen Körper. Es fühlte sich gut an, sauber und rein zu sein, auch wenn sie wusste, dass der Zustand nicht lange anhielt. Spätestens wenn der Mann, der heute für das nötige Geld sorgen sollte, sie berührte, fühlte sie sich erneut dreckig.

Sie missbrauchte den Händetrockner als Föhn. Die angenehme warme Luft, die das Gerät ausstieß, hüllte sie ein und sie schloss für einen Moment die Augen.

Als sie wieder zum Spiegel sah, verharrte ihr Blick auf dem Bereich unter dem Waschbecken. Da lag etwas. Etwas Graues.

Neugierig bückte Zoe sich. Das Gebläse des Handtrockners erstarb und eine unheimliche Stille breitete sich im Vorraum der Damentoilette aus.

Sie ertastete einen kleinen Umschlag und das Erste, was sie dachte, war: „Da muss Geld drin sein."

Der Gedanke verflüchtigte sich, als sie merkte, wie dünn der Umschlag war.

Seufzend schaute sie sich den Empfänger an und erstarrte. Da stand ihr Name. Zoe Weber.

Unsicher schaute sie sich um. Sie erwartete irgendwo eine versteckte Kamera oder einen von Lukes Punkerfreunden zu erblicken, aber da war niemand. Sie war allein. Allein mit diesen Umschlag, der an sie adressiert war. Falls adressiert das richtige Wort war, denn einen Briefkasten besaß sie genauso wenig wie einen festen Wohnsitz.

Mit einem mulmigen Gefühl in der Magengegend riss sie das Kuvert auf. Im Inneren befand sich eine kleine, grüne Karte auf der „Einladung zum Klassentreffen" stand.

Zoe begann am ganzen Körper zu zittern. Die Welt um sie herum fing an sich zu drehen. Sie versuchte ihr Spiegelbild zu fixieren, doch sie erkannte sich selbst nicht wieder. Alle Farben in dem gefliesten Raum verschwammen. Die verhängnisvolle Einladung rutschte aus ihren Fingern und landete auf dem Boden. Ein schwarzes Meer breitete sich um sie herum aus. Ein weites, offenes Meer, auf dem ein leiser Wind einen Namen flüsterte: Alissa.

Damals

Alissa senkte den Blick, unfähig Zoe anzuschauen. Sie wollte allein sein, um das, was im Speisesaal passiert war, verarbeiten zu können.

„Du musst kämpfen", meinte die freche Teenagerin. „Warum zur Hölle lässt du das alles mit dir machen? Du bist deren Spielball, der sich bereitwillig hin und her werfen lässt, bis die Luft vollständig entwichen ist. Willst du daran kaputt gehen? Willst du das?"

Alissa schüttelte den Kopf. Sie konnte nichts sagen. Ihr Mund war trocken, die Worte steckten ihr im Hals fest.

„Weißt du ..." Zoe kam näher. So nah wie sich niemand ihrer restlichen Mitschüler an sie herantraute. „Du musst denen Grenzen zeigen. Die sind alle selbst nicht perfekt und wollen nur von ihren eigenen Fehlern ablenken. Schau dir Christopher an. Der sieht aus wie Mastschwein und in der Birne hat er nichts außer seine dämlichen Computerspiele. Er benutzt dich, damit die anderen ihn in Ruhe lassen."

Zoe war schlau. Sie kannte die Wahrheit. Nicht nur äußerlich war sie reifer als die meisten Schüler ihrer Klasse. Alissa fand das bewundernswert.

Zoe nahm sanft ihre Hand und hielt sie, als wären sie Freundinnen. Durch Alissas Körper fegte ein Orkan, entfachte Gefühle, die sie noch nicht kannte. Seltsame Gefühle. Verwirrende Gefühle.

Ohne zu wissen was sie da tat, trat sie neben Zoe, schaute ihr in die Augen, die hellgrün leuchteten und gab ihr einen Kuss auf die Wange. Es war ein Kuss wie sie ihn im Fernsehen gesehen hatte, ein freundschaftlicher Kuss, der Sympathie ausdrücken sollte. Ein Zeichen des Verstehens und der Zusammengehörigkeit. Gesten brauchten nicht so viel Überwindung wie Worte.

Die Haut von Zoe schmeckte angenehm süß. Ein Seufzen

drang aus Alissas Kehle.

Beide Mädchen zuckten erschrocken zusammen und schauten sich entsetzt an.

„Was ...?", fragte Zoe mit weit aufgerissenen Augen. Ihre Stimme klang brüchig. „W-Was sollte das?"

Alissa fühlte sich, als würde sie zu Eis erfrieren. Die Gefühle, die vor wenigen Sekunden in ihr zum Leben erwacht waren, erlitten einen frühzeitigen Tod.

„I-Ich ...", stammelte sie und sah an sich hinab. Zoe hatte ihre Hand losgelassen. Nichts als Leere blieb zurück. Eine Leere, die schlimmer als die Einsamkeit war, die sie so gut kannte.

Sie streckte ihren Arm aus, wollte Zoe berühren, um ihr zu zeigen, wie dämlich ihr Verhalten gewesen war, als plötzlich ein Lachen ertönte.

Christopher Meininger trat zusammen mit seinem besten Freund Tom Meier, ein Junge mit Igelfrisur und Zahnspange, nach draußen.

„An und für sich finde ich Lesben heiß", meinte Christopher mit einem breiten Grinsen. Seine dicken Pausbacken glänzten im Licht der untergehenden Sonne. „Aber Zoe, willst du dir keine hübschere Freundin suchen?"

Zoes Gesichtszüge entgleisten. Mit leicht geöffneten Mund schaute sie von Christopher zu Tom.

„D-Das ist nicht so, wie es aussieht", stammelte sie und stieß Alissa von sich. Angriffslustig blitzen ihre Augen. „Ekelalissa steht anscheinend auf mich! Sie hat mich einfach geküsst."

Demonstrativ strich sie sich über die Wange und tat so, als müsse sie sich einen widerlichen, zähen Schleim abwischen.

Christopher fasste sich an seinen dicken Bauch, der in einem zeltähnlichen T-Shirt steckte, und lachte los. Tom stimmte ein. Er war der geborene Mitläufer. Meinungslos und leicht manipulierbar. Mit dem Finger zeigte er auf Alissa, als wäre sie ein furchtbar entstelltes Geschöpf aus einer Monstrositätenshow.

Ekelalissa. Der unliebsame Name hallte durch ihren Kopf. Sie war kein Mensch mehr, sie war ein Monster. Ein ekelerregendes

Monster.

Tränen stiegen ihr in die Augen. Das Gefühl, Zoe und sie könnten Freundinnen werden, war verschwunden. Zurück blieb eine ungemeine Wut. Und Hass.

Alissa hätte es nie für möglich gehalten, dass sich ihre Trauer und Enttäuschung in Hass verwandeln könnte. Sie war der Annahme gewesen, niemals einen Menschen hassen oder lieben zu können. Zwei so intensive Gefühle hatte sie nicht in ihr Leben lassen wollen. Doch nun war es geschehen.

„Ich glaube, du solltest erst mal duschen gehen", meinte Christopher und trat neben Zoe. Wie ein Professor beugte er sich zu ihr und begutachtete ihre Wange. Ihr Gesicht hielt er in beiden Händen. Das war seine Chance, dem Mädchen seiner Träume nahe zu sein.

„Sieht nicht gut aus", meinte er und schielte zu Zoes Brüsten. „Das muss desinfiziert werden."

Zoe lachte auf, als wäre das ein großartiger Witz gewesen. Ihr Selbstvertrauen war verflogen. Selbst in dem aufreizenden Outfit sah sie jetzt nicht mehr reif und erwachsen aus, sondern wie ein junges, naives Mädchen, das die Welt erst einmal entdecken musste.

Alissa zerriss es das Herz. Sie hatte sich in ihr getäuscht, so wie sie sich stets in allen Menschen täuschte.

Wut sollte Kraft geben. Das hatte Alissa mal gelesen. Doch bei ihr war das Gegenteil der Fall. Sie fühlte sich schwach und klein.

Sie machte einen Satz nach vorn, um der Situation auszuweichen und zurück ins Innere der Jugendherberge zu gelangen, doch Christopher stellte sich ihr in den Weg. Er war ein paar Zentimeter kleiner als sie.

„Was war denn das für 'ne Aktion, Ekelalissa?", fragte er sie direkt. Er fühlte sich stark und überlegen. „Stehst du auf Frauen? Findest du es heiß, Zoe zu küssen? Wärst du gerne mit ihr zusammen?"

„Lass gut sein", fuhr Zoe dazwischen. Sie hatte sich wieder gefangen und ihr Selbstbewusstsein kehrte zurück. „Das war ein Ausrutscher, mehr nicht. Warum müssen wir gleich aus einer Fliege einen Elefanten machen?"

„Das sah mir nicht wie ein Ausrutscher aus." Christopher musterte Alissa und rümpfte die Nase. „Du bist Dreck. Schau dich doch mal an, du widerliche Lesbe."

Alissas Kinn bebte. Der Hass erfüllte ihren Körper, drang in jede Pore und wanderte durch ihre Blutbahn.

Sie war keine Lesbe. Nein. Auf dieser Welt gab es keinen Menschen, zu dem sie sich hingezogen fühlte. Es gab nur sie allein.

Ein weiteres Mal versuchte sie an ihm vorbeizukommen, doch er ließ es nicht zu. Sein massiger Körper stellte sich ihr in den Weg. Das Gespräch war noch nicht vorbei.

„Na, na, na", sagte er. „Wo willst du denn hin? Etwa zu deinen Zimmergenossinnen? Willst du ihnen beim Umziehen zuschauen? Macht dich das geil?"

In Alissa brach ein Feuer aus. Ein loderndes Feuer, das den Hass in ihr Herz brannte. „N-Nein ... So ist das nicht ..."

Christopher schüttelte den Kopf. „Wir können unmöglich zulassen, dass sich eine Lesbe an unsere Mitschülerinnen heranmacht, oder Tom?"

Tom grunzte. Es klang lächerlich. Zoe straffte die Schultern und machte Anstalten, zu gehen. Sie wollte Alissa im Stich lassen.

„Was sollen wir mit ihr machen?", fragte Christopher und hielt Zoe am Handgelenk fest. „Du willst sie doch nicht ungestraft davonkommen lassen."

Zoe zuckte mit den Achseln. Sie wollte mit der ganzen Sache nichts mehr zu tun haben.

Der Kuss war schuld. Der Wangenkuss hatte alles zerstört. Alissa fragte sich, warum sie so dumm gewesen war.

„Ich habe keinen Bock auf diesen Kinderkram", meinte Zoe zum Abschied und schlenderte lässig davon. Tom und Christopher stierten ihr hinterher.

Enttäuschung breitete sich auf dem runden Gesicht des dicken Jungen aus. Seine aufdringlichen Bemühungen trugen keine Früchte.

Wütend schaute er zu Alissa, als wäre sie die Wurzel allen Übels.

„Das wird ein Nachspiel für dich haben", knurrte er seinen Frust heraus. „Glaub mir, am Ende der Woche wirst du dir wünschen, niemals an der Klassenfahrt teilgenommen zu haben."

Heute

Tom Meier schaute der Frau, die ihm gegenüber saß, ins Gesicht. Sie war bildhübsch, hatte helles, naturblondes Haar, zwei süße Grübchen auf der Wange und ein offenes Lachen. Gleichzeitig war sie für Tom unerreichbar, auch wenn er sich das noch nicht eingestehen wollte. Er selbst fühlte sich nicht attraktiv, was ihm von anderen Leuten schon oft bestätigt worden war. Entweder sahen die Menschen seine langweilige, äußere Hülle oder sie sahen einfach durch ihn hindurch, als wäre er Luft oder ein Geist. Er würde wohl immer der unscheinbare Typ Mann bleiben und das setzte ihm zu.

„Und wo arbeitest du?", fragte sie und spielte an ihrem Weinglas herum.

Tom ließ die Serviette los, an die er sich, ohne es zu merken, geklammert hatte und schaute sich um. Wo blieb der Kellner mit ihrer Bestellung?

Er hatte keine große Lust über seinen Beruf zu reden. Es würde alles kaputt machen. Frauen wie Kiara waren auf der Suche nach einem interessanten Typen, nicht nach einem Langweiler.

„In einem Labor", gab er zur Antwort und trank einen Schluck von dem viel zu warmen Riesling. Das Restaurant, das ihm ein Arbeitskollege empfohlen hatte, war das Letzte. Schlechter Wein, miserable Bedienung.

„Und was genau machst du da?", fragte Kiara und lächelte ihn aufmunternd an. Sie wollte das Gespräch in Schwung bringen, ihn kennenlernen, in der Hoffnung, dass er nicht so langweilig war, wie er auf den ersten Blick wirkte.

Tom atmete tief ein. Dieser ganze Datingquatsch war eine Schnapsidee gewesen.

„Melde dich doch bei einer Partnerbörse an", hatte seine Mutter vorgeschlagen. Sie musste sich überall einmischen. Wie eine Klette hing sie an ihm und würde ihm vermutlich noch die

Brust geben, wenn sie könnte. Ein Wunder, dass sie bei seinem allerersten Date nicht hatte dabei sein wollen.

„Ich züchte Bakterienstämme und schaue, wie man das Wachstum beschleunigen oder hemmen kann", erklärte er leise.

„Klingt interessant ...", erwiderte Kiara zu seiner Verwunderung. „... und abwechslungsreich. Verdienst du gut?"

Er nickte, unschlüssig darüber, wie er die Frage verstehen sollte. Frauen wie Kiara schienen Luxus gewöhnt zu sein.

„Na, das ist doch die Hauptsache." Sie lachte ihn an und entblößte ihre Zähne. Augenscheinlich hatte sie das Interesse noch nicht verloren. „Ich arbeite in einem Bekleidungsgeschäft, aber da kaufen nur alte, frustrierte Ladys ein. Die Bezahlung ist auch mies."

Tom nutzte seine Chance und ließ seine Hand über den Tisch wandern. Unbeholfen tätschelte er ihre Finger. Eine aufmunternde Geste eines armseligen Losers.

Er war nie ein Frauenschwarm gewesen. Ganz im Gegenteil. Mit 26 Jahren war er noch immer Jungfrau. Eine Besserung dieses Zustandes war nicht in Sicht.

„Und, wie war deine Schulzeit?", bohrte sie weiter, als der Kellner ihren bestellten Salat vor ihr abstellte. „Du hast Abitur, oder? Für so einen Laborjob muss man bestimmt superklug sein!"

Tom rutschte nervös auf seinem Stuhl hin und hin und schaute sich unsicher um. Wo blieb der verfluchte Kellner mit seiner Suppe? Er musste diesem blöden Frage-Antwort-Spiel entfliehen.

„Äh, ja, Abitur", murmelte er leise. „Das habe ich an einer Abendschule gemacht."

Kiara blickte ihn an und stocherte in ihrem Salat herum. „Ich war auch nicht besonders gut in der Schule, aber für einen Realschulabschluss hat es gereicht."

„Ich war aber gut in der Schule", erwiderte Tom kühler als beabsichtigt. „Sogar sehr gut."

Es gab andere Gründe, warum er das Abitur nicht geschafft

hatte.

„Bist du etwa gemobbt worden?"

Eine unangenehme Hitze breitete sich in Toms Kopf aus und sein Herz begann wild zu schlagen. Es war, als bohrte sich etwas in ihm zurück an die Oberfläche. Etwas, das er längst vergessen und begraben hatte.

„Ich wurde nicht gemobbt", sagte er mit Nachdruck. „Ich war nie ein Opfer …"

„Nicht?" Kiara gabelte ein Salatblatt auf und kaute es genüsslich. Schmatzend schaute sie ihn an. Ein dunkler Schatten breitete sich auf ihren strahlend blauen Augen aus. „Aber du hast anderen Leuten das Leben zur Hölle gemacht, oder?"

Schweiß brach auf seiner Stirn aus. Er fühlte sich wie im falschen Film, als wäre dieses Date Teil eines Alptraumes. „W-Wie meinst du das?"

„Na, schau dich doch an, du sitzt hier mit einer Frau wie mir und denkst, du könntest mich haben. Hast du heute schon mal in den Spiegel geschaut? Und in deine Seele?"

Ihm klappte die Kinnlade herunter. „W-Was soll das?"

Er fuhr sich durchs Haar, das seine Mutter vor ein paar Tagen mit ihrem Haartrimmer bearbeitet hatte. Ihm war klar, dass er aufgrund seiner dickrändigen Brille und der knochigen Figur niemals einen Schönheitswettbewerb gewinnen würde.

Der Kellner kam und stellte die Kürbiscremesuppe vor ihm ab. Tom registrierte es nicht. Seine Augen ruhten auf Kiara, die ihre Gabel beiseitegelegt hatte und ihn überlegen angrinste.

„Die Sache ist die …", sagte sie mit geheimnisvoller Stimme und kramte in ihrer Handtasche. Sie zog einen zerknitterten Umschlag hervor. „Eigentlich sollte ich einen angenehmen Abend mit dir verbringen und dich in Sicherheit wiegen. Aber ganz ehrlich? Deine widerliche Visage kotzt mich jetzt schon an."

Tom schob die Suppentasse von sich weg. Der Appetit war ihm vergangen. „Was meinst du damit?"

Kiara schob den Umschlag über den Tisch. „Das ist eine Einladung zu einem Klassentreffen."

Hilfesuchend drehte Tom den Kopf nach rechts und links. Der Großteil der Tische war leer. In seiner Nähe saß nur ein junges Paar, das sich ein Dessert teilte und in ein Gespräch vertieft war.

„Ich habe kein Interesse an einem Klassentreffen", erklärte er und machte Anstalten, sich zu erheben, doch Kiara packte ihn blitzschnell am Handgelenk. „Du kannst jetzt nicht gehen. Du willst doch sicher wissen, welches Gift ich in dein Weinglas getan habe, oder?"

„W-Was?", fragte er schrill, unsicher, ob er sie richtig verstanden hatte. „Was zum Teufel redest du da? Ich dachte, dass sollte ein Date werden ..."

Kiara hob ihre linke Hand. An einem Finger funkelte ein silberner Ring. „Ich bin längst verlobt, du Schwachkopf. Das Profil im Internet war nicht echt. Ich interessiere mich weder für Sport, noch für Computer oder klassische Musik."

Sie warf den Kopf zurück und lachte leise. „Das du das nicht gemerkt hast. Dabei hieß es, du wärst ein echter Strebertyp ..."

Ein Kellner, der Toms Aufruf bemerkt hatte, trat an ihren Tisch und fragte, ob alles in Ordnung sei.

„Alles bestens", log Kiara mit einem zuckersüßen Lächeln. „Oder, Schatz?"

Sie deutete auf den Wein und zog wissend eine Augenbraue nach oben.

Tom nickte, unfähig etwas zu erwidern. Sein Gehirn versuchte krampfhaft, ihre Aussage mit dem Gift zu begreifen. War das ein dämlicher Scherz gewesen?

Der Kellner verschwand und Kiara lachte los. „Wie aufmerksam das Personal hier doch ist. Leider wird dir das aber auch nicht helfen!"

Tom zwang sich, ruhig zu atmen. „Ich habe keine Lust auf ein Klassentreffen. Mit meiner Vergangenheit habe ich längst abgeschlossen."

Er schob den Umschlag zurück auf ihre Seite.

„Das trifft sich gut", meinte Kiara. „Du wurdest zwar eingeladen, aber wie es ausschaut, wirst du zu dieser Zeit verhindert sein!"

„V-Verhindert?"

Kiara hob ihr Weinglas und schwenkte die helle Flüssigkeit hin und her. „Wie vorhin bereits erwähnt, habe ich dein Glas manipuliert ... Vorhin, als ich auf dich gewartet habe, weil du so dringend auf die Toilette musstest. Es ist ein Nervengift namens ... Hmm, ich glaube der Name ist mir gerade entfallen ... Fing es mit T an?? Oder doch mit C? Ach, ich bin kein Arzt ..."

Sie nahm einen Schluck von dem Wein. „Aber ich weiß noch wie es wirkt! In etwa einer viertel Stunde wird dein Körper gelähmt sein und dann wird dein Herz immer langsamer schlagen und irgendwann ..."

„W-Warum?", brachte Tom heiser hervor. Die aufsteigende Panik schnürte ihm die Kehle zu. Er klammerte sich an die Tischkante. „Wieso tust du mir das an?"

„Ich habe mit der ganzen Sache reichlich wenig zu tun", erklärte Kiara ruhig. „Du hast dir das alles selbst zuzuschreiben. Dein Verhalten damals war nicht korrekt gewesen. Irgendwann bekommt jeder seine gerechte Strafe. Aber weißt du was?"

„W-Was?"

„Wenn du jetzt sofort ins Krankenhaus gehst, hast du eine geringe Überlebenschance. Ein kleines Geschenk von Alissa. Schließlich warst du nur eine Randfigur! Ist das nicht überaus fair? Fairer als du damals auf der Klassenfahrt warst?"

Tom sagte nichts. Sein Mund war so trocken geworden, als hätte er Unmengen Sand verschluckt. Hektisch sprang er auf und stieß mit den Knien gegen die Tischplatte. Seine Suppe schwappte über und verteilte sich auf der weißen Tischdecke.

Ein Kellner kam angelaufen und packte Tom am Oberarm. „Was soll dieser Aufstand? Sie stören die anderen Gäste."

„Einen Arzt", keuchte Tom verzweifelt. Er sank zu Boden. Aus den Augenwinkeln sah er, wie sich Kiara, die vermutlich nicht Kiara hieß, den Mund abwischte und seelenruhig aufstand, um das Restaurant zu verlassen. Niemand hielt sie auf.

„Ich werde sterben", dachte er und fühlte, wie sich die Taubheit auf seinem Körper ausbreitete. Kein Arzt würde ihm helfen können, denn er wusste nicht, was Kiara ihm ins Glas getan hatte. Er war zum Tode verurteilt.

Die Kellner, die mit der Situation sichtlich überfordert waren, wiesen ihn an, sich hinzulegen. In der Ferne ertönte das Martinshorn. Eine Melodie, die ihn verhöhnte und „zu spät" schrie.

Es war seine Schuld. Ganz allein seine Schuld. Er hatte damals nicht eingegriffen. Wie ein Feigling hatte er mitgemacht. Das war nun seine gerechte Strafe. Eine Strafe, die er lange erwartet hatte.

Damals

Alissa saß allein auf dem Hochbett im Zimmer der Jugendherberge. Die Matratze war hart und unbequem. Trotzdem hatte sie sich seit einer Stunde nicht mehr gerührt. Leise Tränen rannen unaufhaltsam über ihre Wangen und tropften auf ihre Oberschenkel. Auf ihrer dunklen Jeans hatten sich zwei feuchte Kreise gebildet.

„Es ist alles meine Schuld", dachte sie und ließ ihren Blick im leeren Raum umherwandern. Die drei Mädchen, mit denen sie das Zimmer teilen sollte, verbrachten den Abend mit der restlichen Klasse. Ganz so wie es sich für eine Abschlussfahrt gehörte.

Alissas Magen knurrte. Sie hatte den ganzen Tag nichts gegessen. Trotz der Übelkeit, die seit Jahren teil ihres Schulalltags war, hatte sie Hunger. Aber sie hatte sich das Abendessen selbst versaut. Warum bekam sie nie den Mund auf? Warum konnte sie nicht wie die anderen sein?

Die Tür schwang auf und Alissa zuckte erschrocken zusammen. Sandra, Lena und Jenny betraten lachend das Zimmer. Die Stimmung war ausgelassen.

„Ach, Ekelalissa", trällerte Sandra los. Sie klang angetrunken. Jemand schien Alkohol in die Jugendherberge geschmuggelt zu haben. „Wir hätten nicht gedacht, dass du dich noch her traust. Nicht nach der Sache mit Zoe …"

Alissa wischte sich hastig die Tränen fort und senkte den Kopf. Sie wollte nicht reden. Reden war so anstrengend, wenn man nichts als verletzende Worte entgegen geschleudert bekam. Sie besaß ein Schutzschild, das sie stets errichtete, wenn jemand auf diese Weise mit ihr sprechen wollte. Ein Schutzschild aus Glas.

„Hallo?" Sandra stellte sich auf die Zehenspitzen und schaute zu ihr. „Ich rede mit dir! Denkst du etwa, du kannst nach einer solchen Aktion hier bleiben?"

Alissa blickte nicht auf. Mit den Fingern umkreiste sie die kleinen Flecken auf dem Laken, die davon berichteten, wie viele Schüler das Bettzeug bereits benutzt hatten.

„Die ist echt ein Freak", meinte Jenny, die auf ihr eigenes Bett geklettert war. „Ich glaube kaum, dass ich mit der in einem Zimmer ein Auge zu bekomme ... Wer weiß, was die in der Nacht mit uns anstellt."

Sandra nickte und rümpfte die Nase, deren große Löcher von vorne gut sichtbar waren. Eine Schweinenase. „Siehst du, du musst woanders schlafen, Ekelalissa."

Alissa rutschte an die Wand und tat so, als hätte sie Sandra nicht gehört. Irgendwann, so redete sie es sich ein, würde das pummelige Mädchen die Lust verlieren und sie in Ruhe lassen.

„Wie wäre es, wenn wir zu Herrn Andres gehen und ihm von unseren Befürchtungen erzählen?", schlug Lena vor. Sie lehnte sich gegen den Schreibtisch und nippte an einem Energydrink. „Ich habe keine Lust, in dem Bett unter ihrem zu schlafen."

„Ja, das ist keine schlechte Idee", meinte Sandra. Sie stank nach Bier. „Jenny, wie wäre es, wenn du zu den Lehrern gehst?"

Es klang nicht wie ein Vorschlag, sondern wie ein Befehl. Jenny schaute entsetzt drein. „Wieso ich?"

„Lena und ich haben bei den Jungs was getrunken", meinte Sandra. „Also muss du es wohl tun."

Jenny umarmte ihr Kissen und versteckte sich hinter ihren braunen Haaren. Sie war schüchtern. Nicht ansatzweise so schüchtern wie Alissa, aber Vorträge und mündliche Leistungskontrollen ließen bei ihr den Schweiß ausbrechen.

„Jenny, jetzt stell dich nicht so an", knurrte Sandra, als plötzlich die Tür aufging. Christopher und Tom betraten den kleinen Raum. Beide grinsten.

„Was wollt ihr denn hier?", fragte Sandra verblüfft. „Habt ihr euch in der Zimmertür geirrt?"

Christopher kicherte. Es dauerte ein paar Sekunden bis er sich gefasst hatte und reden konnte.

„Wir wollen unsere Freundin Alissa besuchen", erklärte er

mit Betonung auf dem Wort „Freundin". Alissa schwante Böses.

„Freundin?" Sandra lachte. „Diese Missgeburt da wird nie Freunde haben. Also, was wollt ihr hier? Uns helfen, sie loszuwerden?"

Christopher hob eine kleine Plastiktüte in die Luft. Im Inneren befand sich etwas Dunkles. „Wir haben einen kleinen Snack für sie mitgebracht. Schließlich hat sie nichts zum Abendbrot bekommen. Klassenkameraden müssen doch zusammenhalten, nicht wahr, Ekelalissa?"

Sandra kniff die Augen zusammen und trat an die Plastiktüte heran. „Igitt. Das ist jetzt aber nicht das, was ich denke, oder?"

„Doch!" Christopher klang stolz. „Frische Scheiße. Alissas Leibgericht."

Der Raum füllte sich mit Gelächter. Gelächter, das durch Alissas Schutzschild drang.

„Das ist aber schon eklig", meinte Sandra. „Von wem ist die?"

Christopher klopfte Tom auf die Schulter. „Er hat echt einen Monsterschiss. Das sag ich euch."

Erneutes Gelächter.

In Alissas Körper verkrampfte sich alles. Der Inhalt der Plastiktüte war für sie bestimmt. Für sie allein. Sie musste das Zimmer verlassen, die Jugendherberge, das Land, das ihr so fremd war und dieses Leben, das kein Leben war.

„Ekelalissa!" Christopher tat, als würde er mit einem Hund sprechen. „Schau mal, was ich Leckeres für dich habe."

Zu allem Überfluss gab ihr Magen ein lautes Blubbern von sich, nicht aus Hunger, sondern weil Magensäure ihre Speiseröhre empor stieg. Ein widerlicher Geschmack breitete sich in ihrem Mund aus.

Christopher warf Tom die Plastiktüte zu. „Los, füttere sie damit."

Der dürre Junge schaute unsicher zu seinem Freund. „I-Ich?"

„Ja, wer denn sonst? Du hast das Zeug schließlich produziert."

„A-Aber ..." Er betaste seine Haare, die wie kleine Stacheln von seinem Kopf abstanden. Alissa konnte ihm ansehen, dass er nicht wusste, was er tun sollte. Zusehen war das eine, selbst tätig zu werden, etwas komplett anderes.

Tom, der höchstens 1,60 Meter groß war und wie ein kleiner, ängstlicher Junge aussah, trat an die Holzleiter und zog sich nach oben. Auf halbem Weg fragte er: „Muss ich Ekelalissa dabei anfassen?"

„Ja, aber das ist in Ordnung", meinte Christopher und zog sein Handy hervor. Er wollte die ganze Situation filmen.

Alissa begann am ganzen Körper zu zittern. Das Bett knarzte, als Tom oben ankam. Er hielt die Plastiktüte zwischen Daumen und Zeigefinger. Obwohl sie verknotet war, nahm Alissa den unverkennbaren Geruch wahr. Sie musste würgen.

„S-Seid ihr total krank?", fragte sie und schaute ängstlich von Tom zu den anderen. Keiner von ihnen machte Anstalten, einzugreifen. Sie waren zu schwach, zu unreif.

„Los, du musst ihr die Scheiße ins Gesicht schmieren", feuerte Christopher seinen Freund an.

Tom zögerte, löste dann aber den Knoten von der Tüte.

„Das stinkt abartig", kreischte Sandra und hielt sich die Nase zu. „Warum müsst ihr das hier in unserem Zimmer machen?"

Christopher sagte nichts. Wie gebannt starrte er auf Alissa und hob die Hand mit dem Handy. Überlegenheit spiegelte sich auf seinem Gesicht wieder.

Tom kam näher. Alissa nahm all ihren Mut zusammen, streckte ein Bein aus und traf Tom mit dem Fuß an der Stirn. Sie wollte ihn auf Abstand halten.

Erschrocken ließ er die Tüte los. Sie flog vom Bett und der Inhalt landete direkt vor Sandras Füßen.

„Igitt", brüllte sie los. Jenny und Lena stimmten in ihr Geschrei ein. „Macht das sofort weg."

Christopher fluchte laut und Tom hielt sich den Kopf. Ein einziges Chaos, das nicht lange andauerte.

Zum dritten Mal wurde die Tür aufgerissen und Herr Andres kam herein. „Was zur Hölle ist hier los?"

Heute

Zehn Jahre. Das alles war vor zehn Jahren passiert und doch fühlte es sich so an, als wäre es erst gestern gewesen. Die unliebsamen Erinnerungen hatten sich in sein Gehirn gebrannt und sein Leben aus den Bahnen geworfen.

Zehn Jahre. Eine lange Zeit, aber bei weitem nicht genug. Selbst ein ganzes Leben würde nicht ausreichen.

Joachim Andres rieb sich die müden Augen und warf einen Blick auf die Uhr. Die Pause war fast vorbei, er musste in die 12b und die Klasse auf die Abschlussprüfungen vorbereiten.

Er hatte keine Lust. Sein Job machte ihm schon lange keinen Spaß mehr. Als junger Knabe hatte er nur einen Wunsch gehabt: Lehrer werden. Es war seine Berufung gewesen. Eine Berufung, die ihn zum Helden gemacht hatte. Ein Held, der er schon lange nicht mehr war.

Ihm war klar, dass jeder an der Schule verstanden hätte, wenn er nachdem, was vor zehn Jahren auf der Klassenfahrt passiert war, seinen Job an den Nagel gehangen hätte. Die meisten seiner Kollegen hätten dies getan, ja selbst Gerlinde Bolte hatte sich frühzeitig in den Ruhestand verzogen. Doch er wollte stark sein. Stark genug, um den Beruf irgendwann wieder mit Leidenschaft ausführen zu können.

Seit zehn Jahren war er stark. Äußerlich stark, während er innerlich immer schwächer wurde. Jeder Tag, an dem er vor einer Klasse stehen musste, war die reinste Qual. Die Schatten der Vergangenheit verfolgten ihn. Auf jedem freien Platz tauchten sie auf, wie Geister, die keinen Frieden fanden. Tagtäglich sah er Alissa und die anderen Schüler der damaligen Abschlussklasse. Ein Fluch, den er nie würde brechen können.

„Na, jetzt aber hopp hopp, Herr Kollege." Martin Zomer betrat das Lehrerzimmer und grinste ihn an. Er sah gut aus, war gebräunt, hatte helle Strähnchen im Haar und trug wie immer eine lässige Jeans und einen Sweater. „Sie wollen doch nicht zu spät zum Unterricht kommen, oder?"

Joachim zwang sich zu einem Lächeln. „Nein, nein. Wir müssen unseren Schülern ein Vorbild sein."

Martin Zomer nickte und steuerte den Kaffeeautomaten an. Der tägliche Small Talk war beendet.

Joachim packte seine Sachen zusammen und griff nach seiner Tasche. Beim Hinausgehen warf er Martin einen letzten Blick zu. Er bewunderte ihn für seine Gelassenheit. Obwohl der Physiklehrer damals auf der Klassenfahrt dabei gewesen war, hatte er seine Lebensfreude nicht verloren. Die Geister ließen ihn in Ruhe, vielleicht weil er damals selbst noch so jung gewesen war. Die Sache hatte ihn abgehärtet, ihn zu einem tollen und beliebten Lehrer werden lassen.

„Man sieht sich", murmelte Joachim und verließ das Lehrerzimmer. Der Schulflur war leer. Hastig stieg er die Stufen nach oben. Früher hatte er das alte Schulgebäude mit den riesigen Fenstern geliebt und hatte stets ein angenehmes Kribbeln im Bauch gespürt, wenn er sich auf den Weg zu seinem Unterricht gemacht hatte. Heute fühlte er nichts mehr.

Er steuerte Raum 209 an und ein mulmiges Gefühl überkam ihn.

Raum 209. Das Klassenzimmer der damaligen Abschlussklasse.

Er atmete tief durch und drückte die Klinke nach unten. Seine Professionalität übernahm die Oberhand. „Guten Morgen!"

Seine Aktentasche stellte er auf dem Lehrertisch ab und schaute sich dann in der Klasse um. „Fehlt heute jemand?"

Ein Finger schnellte in die Luft. Sarah, ein sehr strebsames und gut erzogenes Mädchen, wusste auf so gut wie jede Frage eine Antwort. Sie war eine junge Erwachsene, die einen recht eintönigen Kleidungsstil hatte und ihr aschblondes Haar stets zu einem ordentlichen Dutt trug.

„Ja?", rief er sie auf.

„John fehlt heute."

„Na, das ist ja nichts Neues." Dankend nickte er Sarah zu.

Eine sonderbare Stille breitete sich im Klassenzimmer aus. Nachdem er das Fehlen des Klassenrowdies vermerkt hatte, ließ er seinen Blick durch den Raum schweifen. Die Zweiertische standen in drei Reihen. Beinahe alle Plätze waren besetzt. Beinahe. Im hinteren Bereich waren zwei Tische leer und an einem Tisch am Fenster saß Paula, ein in sich gekehrtes Mädchen, das ihn an Alissa erinnerte. Glücklicherweise war Mobbing in dieser Klasse kein Thema. Paula wurde in Ruhe gelassen.

„Was ist denn los, Leute?", fragte er und versuchte sich zu erinnern, ob er den Schülern Hausaufgaben aufgegeben hatte. „Ist irgendwas vorgefallen?"

Stille.

Er schaute zu Sarah, die mit dem Kopf in Richtung der Tafel deutete und geheimnisvoll die Augenbrauen nach oben zog.

„Da hat jemand eine Nachricht für Sie hinterlassen", meinte sie.

Joachim Andres wirbelte herum. Er erwartete ein kindisches Kunstwerk eines Schülers, doch was er sah, ließ ihn zusammenzucken.

„Einladung zum Klassentreffen", stand mit Kreide an die Tafel geschrieben. Bunte verschnörkelte Buchstaben. „Die ehemalige Abschlussklasse des Jahrgangs 2006 lädt Sie recht herzlich ein."

Der Boden unter ihm begann zu wanken. Er hielt sich an einer Tischkante fest und stieß eine Schülerin an. „Das kann nicht sein!"

Seine Augen fanden ein Datum und eine Adresse und flogen zu einem gezeichneten Paar Luftballons. Sie waren rot ausgemalt.

„Geht es Ihnen nicht gut?" Sarah war aufgesprungen und zu ihm geeilt.

„Es geht schon", murmelte er ohne den Blick von der Tafel abzuwenden. Sarah ging zurück zu ihrem Platz. Gemurmel und Gelächter setzte ein.

Joachims Gehirn begann zu arbeiten. Er wollte den Worten auf der Tafel nicht trauen, ihnen keinen Glauben schenken und doch drangen sie tief in ihn ein.

„Soll das ein Scherz sein?", fragte er heiser.

Keiner seiner Schüler antwortete ihm. Verdutzte Gesichter blickten ihm entgegen.

„Soll das ein verdammter Scherz sein?" Er wurde lauter. Wut kettete sich an seine Stimme. Eine Wut, die er nie freigelassen hatte.

Die Stille kehrte zurück. Sarah meldete sich zaghaft. „Das stand schon auf der Tafel, als wir den Raum betreten haben. Wir dachten, dass es eine Überraschung von einem ihrer ehemaligen Schüler ist."

Überraschung. Für Joachim war es die schrecklichste Überraschung, die er je bekommen hatte. Selbst die Sache mit seiner Exfrau, die ihn monatelang betrogen hatte, konnte diese unheilvolle Nachricht nicht toppen.

„Wer war als Erster hier?", wollte er wissen. „Jemand muss doch mitbekommen haben, wer diesen Mist an die Tafel geschrieben hat."

Ein paar Schüler drehten sich um und starrten zu Paula, die sich hinter ihren langen, roten Haaren versteckte und die Tischplatte vor sich fixierte.

Erzürnt lief Joachim durch den Raum und blieb vor Paulas Tisch stehen. Das blasse Mädchen mit den Sommersprossen schaute nicht auf.

„Hast du gesehen, wer das geschrieben hat?", brüllte er sie an. „Du hast die Pause doch bestimmt allein hier verbracht, oder? Da wirst du jawohl mitbekommen haben, wer das getan hat!"

„Das stand bereits an der Tafel", meldete sich Felix zu Wort. Er saß vor Paula. „Sie hat nichts mitbekommen."

Joachim drehte sich um und funkelte den braunhaarigen Jungen böse an. „Das soll sie mir gefälligst selbst sagen."

Mit der flachen Hand schlug er auf den Tisch. Paula zuckte zusammen und schaute erschrocken hoch.

„I-Ich habe nichts gesehen", stotterte sie ängstlich. „Als ich reinkam stand das bereits an der Tafel."

„Ich glaube dir das nicht", entgegnete Joachim. Er erkannte seine eigene Stimme nicht wieder. Es war, als wäre er von einem Dämonen besessen. „Warum bist du so feige? Wieso kannst du nicht sagen, was du gesehen hast? Dein Verhalten ist unmöglich, Alissa!"

„A-Alissa?", fragte das Mädchen und rückte mit ihren Stuhl zurück. „Mein Name ist Paula ..."

Die Worte prallten an Joachim Andres ab. Die erbarmungslose Vergangenheit kehrte zurück, überrollte das Hier und Jetzt und hinterließ ein Schlachtfeld.

Er rannte zurück zur Tafel, nahm den Schwamm und entfernte die Einladung, die sich längst in sein Gehirn gebrannt hatte. Bunte Reste der Kreide blieben auf der Tafel zurück und verhöhnten ihn. Joachims Leben war einst bunt gewesen, voller Farben und Formen. Heute war alles schwarz-weiß und trist.

Er versuchte durchzuatmen, doch seine Lungen brannten, als hätte er gerade einen Marathon hinter sich gebracht. Erschöpft setzte er sich an den Lehrertisch und vergrub das Gesicht in seinen Händen.

„Der Unterricht ist beendet", sagte er leise. „Für immer."

Damals

Mit gesenktem Kopf kletterte Tom nach unten. An seiner Schläfe hatte sich ein roter Fleck gebildet.

Herr Andres verlangte eine Erklärung für die Unruhe. Genervt stemmte er die Hände in die Hüften und schaute seine Schützlinge an.

„Alissa hat mit Scheiße nach uns geworfen", platzte es aus Christopher heraus. Nichts als erlogene Wortkotze.

„Wie alt seid ihr eigentlich?" Herr Andres Gesicht lief purpurrot an. „Wann hört dieser ganze Mist endlich auf? Ihr werdet bald euer Abitur in den Händen halten! Ist euch bewusst, was das bedeutet? Ihr seid dann erwachsen!"

Er bückte sich und betrachtete den Kotklumpen, als könne er nicht glauben, dass seine Schüler so etwas Abartiges getan hatten. Der Gestank, der sich im Zimmer ausgebreitet hatte, ließ keine Zweifel offen. „Ich möchte sofort wissen, wer von euch auf diese dämliche Idee gekommen ist!"

Sandra streckte den Arm aus und deutete auf Alissa. „Das war sie! Sehen Sie denn überhaupt nicht, wie krank sie ist?"

Herr Andres seufzte, griff nach der Tüte und verfrachtete die Fäkalien darin. Er war sich für nichts zu schade.

Ängstlich beugte Alissa sich über den Rand des Hochbettes. „Ich möchte bitte in ein anderes Zimmer", sagte sie leise, kaum hörbar. „Ich kann hier nicht bleiben."

Der Lehrer schaute sie böse an. In seinen Augen funkelte Missbilligung. „Also warst du das wirklich? Hast du das getan, um ein eigenes Zimmer zu bekommen? Ich hätte dich ehrlich gesagt für intelligenter gehalten."

„Nein!" Fassungslos öffnete Alissa den Mund, unfähig etwas zu sagen. Hielt Herr Andres es tatsächlich für möglich, dass sie so etwas Widerliches getan hatte?

„Ich weiß nicht, wem von euch ich glauben soll", meinte der

Pädagoge und wandte sich der Tür zu. „Aus diesem Grund werdet ihr alle einen Aufsatz über historische Orte Frankreichs schreiben. Auf Englisch!"

„Was?", stöhnten Christopher und Sandra wie aus einem Mund. „Das ist nicht fair. Alissa ist an allem schuld."

„Ja, genau", gesellte sich Tom auf ihre Seite. Er hatte den Schock über Alissa Tritt überwunden. „Warum bestrafen Sie uns für etwas, was wir nicht getan haben?"

Wütend schaute Herr Andres seine Schüler an. Seine Nasenflügel bebten. „Ich könnte euch auch nach Hause schicken, Freunde! Jetzt will ich kein weiteres Wort hören. Den Aufsatz bekomme ich von euch allen und damit Basta!"

Er schaute zu Alissa. „Auch von dir, Fräulein. Ich habe langsam die Faxen dicke!"

Erneut stiegen Alissa Tränen in die Augen, obwohl sie das Gefühl hatte, komplett ausgetrocknet zu sein.

„Aber ...", setzte sie an, doch weiter kam sie nicht. Fünf Augenpaare stierten sie an. Herr Andres wandte sich ab und verließ das Zimmer. Alissa konnte seinen Fluchtversuch verstehen. Er war gänzlich überfordert.

Nachdem er gegangen war, vergingen ein paar Sekunden, bevor Christopher an ihr Bett trat. „Das hast du wieder echt toll hinbekommen, Ekelalissa."

„Ich habe doch überhaupt nichts getan", sprach sie die Wahrheit aus, die nichts zählte. Ihre Mitschüler hatten sich gegen sie verschworen. Nichts konnte diese Wand aus Hass und Verachtung jemals durchbrechen.

Voller Wut umgriff Christopher die Holzleiter und zog sich nach oben. „Warum bringst du dich nicht endlich um, Ekelalissa? Jeder würde es verstehen."

Alissa erstarrte. Sie hatte sich diese Frage in den letzten Jahren oft gestellt. Der Tod wäre eine einfache Lösung all der Probleme, für sie und für die anderen. Doch ein Teil von ihr hing am Leben. Sie wollte nicht sterben, die Welt nicht für diese Idioten verlassen.

„Wenn du willst, helfen wir dir dabei", fuhr Christopher fort. Er hievte seinen pummeligen Körper auf die Matratze. Das Bettgestell knarzte.

„Christopher!" Sandras Stimme war laut. „Ihr solltet jetzt gehen. Die Standpauke gerade hat mir gereicht."

„Ach, wollt ihr etwa nicht zuschauen, wie dieses Miststück stirbt? Sehnt ihr euch nicht auch danach?" Ein psychopathisches Grinsen umspielte Christophers Lippen. „Das würde euch doch gefallen, oder?"

„Meinetwegen kann sie sich gerne umbringen", erwiderte Sandra. „Aber nicht hier in unserem Zimmer."

Zorn stieg in Alissa auf und erfüllte ihren Körper mit neuer Kraft. „Ich würde mich nie für einen von euch Idioten umbringen."

Sie spuckte die Worte voller Abscheu aus. Lange hatten sie sich in ihr versteckt und Alissa hatte an ihnen gezweifelt. Oft war ihr ein Selbstmord als einfachste Lösung vorgekommen. Ein feiger Rückzugsort für die Ewigkeit.

Endlich hatte sie gesprochen und dabei unweigerlich die Wahrheit geformt. Vielleicht war es an der Zeit, das Sprechen wieder neu zu erlernen. Sie hatte so viel zu sagen.

„Du nennst uns Idioten?" Christophers Kopf war rot angelaufen. Er hatte Alissa für ein leichtes Opfer gehalten. Ein Opfer, das sich nicht wehrte und alles mit sich machen ließ. Eine Täuschung. „Hast du dich mal angeschaut? Du bist so widerlich …"

Alissa kniff die Augen zusammen. Sie hatte nichts mehr zu verlieren. Die Pforten der Hölle hatten sich längst für sie geöffnet. „Und was ist mit dir? Findest du dich etwa attraktiv? Hältst du dich für ein Model?"

Sandra musste kichern. Jenny und Lena stimmten ein.

„Die hat es dir aber gegeben, Kumpel." Tom konnte sich nur mit Mühe ein Lachen verkneifen.

Christopher schnaufte wie ein aggressiver Eber und krabbelte unbeholfen auf allen Vieren auf Alissa zu. Er streckte die Hand nach ihr aus, als wollte er sie ergreifen.

Alissas Mut schwand und die Angst kehrte zurück. Sie wollte sich wehren, doch ihr Körper versteifte sich.

Sie spürte Christophers wulstige Finger, die sich um ihren Hals legten und zudrückten.

„Du dumme Fotze", schrie er sie an. „Denkst du immer noch, du wärst was Besseres? Deine hässliche Visage kotzt mich an ... Du bist nichts weiter als Dreck!"

Alissa öffnete den Mund und versuchte zu atmen, doch es gelang ihr nicht. Ihre Umgebung verschwamm um sie herum. Der Tod höchstpersönlich wollte sie in Empfang nehmen.

Nein, dachte sie verzweifelt. Nein. Ich möchte nicht sterben.

Sandra und die anderen beiden Mädchen kreischten los. Tom blieb gelassen und rief seinem Kumpel etwas zu, das wie „Ist gut jetzt" klang.

Christophers eisiger Griff um ihren Hals löste sich nach einigen Sekunden. Er wollte sie nicht umbringen. Das bewies das breite Grinsen auf seinem Gesicht. Er wollte seine Macht zurück.

„Das nächste Mal höre ich erst auf, wenn du tot bist", flüsterte er ihr leise zu. „Und glaub mir, ich freue mich schon darauf, dich sterben zu sehen, du widerliches Miststück."

Heute

„Ich soll mich beruhigen?" Sandras Stimme klang schrill. Sie presste sich eine Hand gegen die Stirn und schaute zu Christopher, der seelenruhig am Frühstückstisch saß und sein Brötchen dick mit Nutella bestrich. Seit einer halben Stunde versuchte sie mit ihm über die mysteriöse Einladung zu sprechen. Vergeblich.

„Ist dir überhaupt klar, was das alles bedeutet?", fragte sie ihn.

Träge zuckte Christopher mit den Schultern und trank einen Schluck Kakao. „Reicht es dir nicht, dass du uns gestern unsere Party vermiesen musstest? Mir war Ekelalissa schon damals egal. Ich möchte keinen einzigen Gedanken an diese dumme Kuh verschwenden."

„Wie kannst du so etwas sagen? Nach alledem, was passiert ist?" Sandra verharrte neben der Arbeitsplatte. Sie war damit beschäftigt, sie von den Krümeln zu befreien, die Christopher hinterlassen hatte. „Fühlst du dich überhaupt nicht schuldig?"

Christopher gab keine Antwort. Stattdessen stopfte er sich das halbe Brötchen in den Mund. Wie ein kleines, unbeholfenes Kind beschmierte er sich dabei mit der Nuss-Nougat-Creme. Sandra fand den Anblick widerlich.

„Wie du dich benimmst, solltest du dich wohl eher Ekel-Christopher nennen!", meinte sie und wandte sich ab.

„Was wird das jetzt?", fragte ihr frisch angetrauter Ehemann. „Unser erster Ehestreit?"

„Nein, den hatten wir schon letzte Nacht, falls du dich erinnerst."

Sandra fühlte sich klein und unbedeutend. Mit der Hochzeit war ein Teil von ihr gestorben. Sie fragte sich, ob das bei jeder Frau so war. In einer Welt mit rund 7,2 Milliarden Menschen konnte man lange nach dem perfekten Partner suchen. Es hieß, Kompromisse einzugehen. Aber ihr Kompromiss war riesig.

„Wir sind jetzt verheiratet", nahm Christopher das Streitthema der vergangenen Nacht wieder auf. „Als meine Ehefrau hast du bestimmte Pflichten ..."

„Ah, also Sex immer und überall, wo du willst? Auf einer verdreckten Restauranttoilette? Nein, danke!"

Es war ihr erstes gemeinsames Mal gewesen. Nicht, dass Sandra besonders gläubig war oder aus anderen Gründen hatte warten wollen. Es hatte sich einfach zuvor nicht ergeben. Zwischen ihnen waren keine Gefühle, keine Anziehung und keine Zuneigung. Und trotzdem hatte sie „Ja" gesagt! Ein dummer Fehler.

Christopher schnaufte. Der Appetit war ihm vergangen. Er warf den Rest seines Frühstücks auf seinen Teller und stand auf.

„Wo willst du hin?", fragte Sandra angriffslustig. Sie wollte mit Christopher reden, alle Probleme zwischen ihnen klären. Die Einladung zum Klassentreffen hatte einen Sturm in ihr ausgelöst. Einen Sturm, den sie allein nicht in den Griff bekam.

„Ich werde ein paar Stündchen zocken gehen ...", erklärte Christopher ohne sie anzuschauen. Von ihren Gefühlen bekam er nichts mit.

„Zocken?" Sandra konnte es nicht glauben. Wollte Christopher sich tatsächlich seelenruhig vor den PC hocken, während es ihr so schlecht ging? Wie konnte er so gelassen mit der Situation umgehen? „Und was ist mit der Einladung? Sollen wir da hingehen?"

Christopher zuckte mit den Achseln und schlürfte davon. Schon während der Schulzeit war er kein Freund großer Worte gewesen. Wenn er seinen Mund aufmachte, kam meistens nur Schall und Rauch zum Vorschein. Sinnlosigkeiten, die meistens darauf abzielten, andere Menschen zu beleidigen und zu demütigen.

Sandra erinnerte sich daran, wie sie sich nach all den Jahren wiedergetroffen hatten.

„Du bist ja aufgegangen wie ein Hefekuchen", hatte er gesagt. „Du stehst noch immer auf Süßes, was?"

Sandra hätte ihm am liebsten eine Ohrfeige gegeben, doch sie hatte an der Kasse des Supermarktes gesessen und ihre Enttäuschung mit einem distanzierten Lächeln überspielt. Ein Lächeln, das Christopher vollkommen falsch interpretiert hatte. Völlig von seinem unwiderstehlichen Charme überzeugt, hatte er sie nach Feierabend in eine Bar eingeladen. Der Anfang vom Ende.

Frustriert setzte sich Sandra an den Küchentisch und goss sich eine Tasse grünen Tee ein. Er sollte laut ihrer Mutter beim Abnehmen helfen, doch bis dato zeigten sich keinerlei Erfolge.

Sie wohnten erst ein paar Tage zusammen und schon fühlte sie sich in ihren eigenen vier Wänden nicht mehr heimisch. Christophers negative Ausstrahlung füllte mittlerweile jeden Raum ihrer kleinen zwei-Zimmer-Wohnung.

Ihr Blick fiel zu dem Telefon, das achtlos am Rand des Tisches lag. Sie musste mit jemandem reden.

Nachdem sie eine Weile nachgedacht hatte und ihre oberflächlichen Bekanntschaften durchgegangen war, griff sie nach dem Telefon und wählte die Nummer der Auskunft. „Ich brauche die Nummer einer Lena Winkelmann. Sie müsste in Wiesbaden wohnen."

Sandra hatte Glück. Sie wurde direkt mit der Nummer verbunden. Seit der Klassenfahrt hatten sie keinen außerschulischen Kontakt mehr gehabt. Den restlichen Weg zum Abitur hatten die Schüler der damaligen 12b in einsamer Trauer verbracht.

„Ja?" Eine Frauenstimme.

„Lena?" Sandras Herz klopfte ihr bis zum Hals. Es fühlte sich an, als würde sie ins kalte Wasser springen. Die Vergangenheit sollte ruhen. So war es geplant gewesen, als sie damals auseinander gegangen waren. „B-Bist du es, Lena? Hier ist Sandra!"

Stille. Eine bedrückende Stille.

„Was willst du?", fragte Lena schließlich. Ihre Stimme klang kalt und gleichgültig. Die jahrelange Freundschaft war vergessen.

„Ich wollte einfach mal hören, wie es dir geht", antwortete Sandra. Es war eine Lüge. Nicht einmal in diesem Moment interessierte sie sich für ihre ehemalige Freundin. Sandra schämte sich dafür.

„Das hat dich doch damals auch nicht interessiert!" Lena schnaufte. „Wieso kommst du also auf einmal an? Brauchst du mal wieder jemanden, bei dem du dich ausheulen kannst?"

Sandra wurde traurig. Der Spiegel, den Lena ihr vors Gesicht hielt, zeigte eine Sandra, die sie nicht sein wollte. Als Teenagerin hatte sie viele Fehler begangen. Andere Leute waren ihr egal gewesen. Für sie hatten nur ihre eigenen Probleme gezählt. Vielleicht hatte sich das bis heute nicht geändert.

„Ich wollte wirklich hören, wie es dir geht und dich etwas Wichtiges fragen!"

„Da haben wir's ja!" Lena lachte auf. „Du wolltest mich also was fragen. Dann schieß mal los. Ob ich dir antworten werde, weiß ich allerdings noch nicht."

Sandra nahm all ihren Mut zusammen. „Hast du auch eine Einladung zu einem Klassentreffen bekommen? Von Alissa?"

Schweigen am anderen Ende der Leitung. Sandra hörte wie Lena ein- und ausatmete.

Sekunden verstrichen in denen niemand etwas sagte. Sandra hielt das Telefon fest umklammert und drückte es gegen ihr Ohr. Wie sich die Zeiten geändert hatten. Mit 16 hatten sie stundenlang miteinander reden können, über Jungs und Klamotten. Jetzt waren sie zwei Fremde.

„Bitte sag doch was", flehte Sandra in den Hörer.

„Du willst, dass ich etwas sage?", gab Lena zurück. Sie klang wütend. „Fahr zur Hölle, Sandra. Und ruf hier ja nie wieder an."

Damals

Die erste Nacht in der Jugendherberge war schrecklich. Alissa wälzte sich hin und her. Sie wünschte, die Zeit würde still stehen. Aus Minuten sollten Stunde oder besser noch Tage werden.

Doch die Minuten verstrichen. Erbarmungslos sprinteten sie auf den neuen Morgen zu. Ein Morgen, der für sie so dunkel wie die Nacht sein würde.

Alissa merkte nicht, wie sie in einen leichten Schlaf fiel. Ein Schlaf voller Träume, in denen ihre Mitschüler die Hauptrolle spielten. Wie gefräßige Schatten hatten sie einen Kreis um sie gebildet. Ihre Münder waren weit aufgerissen. Sie lachten, lachten und lachten und warfen ihr Gemeinheiten zu. Zwischen den dunklen Silhouetten stand Christopher. Er schrie und lachte am lautesten und seine Sprüche waren die gemeinsten. Es war ein Alptraum. Ein Alptraum, der an jedem einzelnen Schultag real wurde.

Als sie von den ersten Sonnenstrahlen des Morgens geweckt wurde, fühlte sie sich leer und ausgelaugt. Müde und mit pochendem Kopf stieg sie die Leiter nach unten. Sie trug noch immer die Kleidung des Vortages.

„Das Bad ist besetzt", meinte Jenny, die oben auf ihrem Bett saß und ihr Gesicht in einem kleinen Spiegel betrachtete. „Wenn Sandra fertig ist, bin ich erst mal dran und danach Lena."

Alissa, die dringend auf Toilette musste, nickte schüchtern und ging zu ihrem Rucksack. Sie kramte frische Kleidung, ein Handtuch und ihre Duschutensilien hervor.

Dann setzte sie sich an den Schreibtisch, verschränkte die Beine und wartete. Ihr Blick fiel auf Lena, die noch im Bett lag und leise vor sich hin schnarchte. Die drei Mädels waren noch einmal fort gewesen und spät zurück ins Zimmer gekommen. Keiner der Lehrer hatte es gemerkt.

Die Badezimmertür schwang auf und Sandra trat heraus. Sie

war in ein riesiges, pinkes Handtuch gewickelt, ihre Haare waren nass.

„Was macht die denn da?", fragte sie, als sie Alissa sah. „Denk bloß nicht, das du unser Bad verpesten kannst, du Stinktier."

Sie trocknete ihr Haar und nickte Jenny zu. „Du bist jetzt dran, Süße. Lass dir ruhig Zeit."

Überlegen grinste sie Alissa an. Obwohl Sandra gerade erst aus der Dusche gekommen war, bedeckte eine dicke Schicht Make-Up ihr Gesicht. Die Farbe war viel zu dunkel und der Übergang zum Hals sichtbar. Jenny schien es nicht für nötig zu halten, ihre Freundin darauf hinzuweisen.

„Könntest du jetzt vielleicht verschwinden?", fragte Sandra angriffslustig. „Ich würde mich gerne umziehen und ich habe keine Lust, von einer hässlichen Lesbe dabei angegafft zu werden."

Alissa schaute unsicher auf den Boden und begutachtete den schmutzigen grauen Teppich. Es war ihre Art, den Beleidigungen zu trotzen. Ihre Blase drückte und sie rutschte unruhig auf dem Stuhl hin und her.

„Hallo?" Sandra ließ nicht locker. „Ich spreche mit dir, du Freak. Du sollst verschwinden …"

„I-Ich muss mal auf Toilette", brach es aus Alissa heraus. Sie spürte wie sie rot anlief. „Dürfte ich b-bitte kurz ins Bad? In der Zeit kannst du dich auch in Ruhe umziehen."

Sandra warf den Kopf zurück und lachte. „Hast du mir gerade zugehört? Du kommst sicher nicht in unser Bad. Such dir ein eigenes, wo du deinen widerlichen Gestank verbreiten kannst."

Alissa kniff ihre Beine fester zusammen. Ihre Blase war so voll, sie drohte jeden Moment zu platzen. Das letzte Mal war sie Zuhause auf Toilette gewesen und das war mittlerweile fast 24 Stunden her.

„Bitte", flehte sie leise, was bei Sandra einen Lachanfall erzeugte.

Lena wachte stöhnend auf. „Was ist denn hier los, Leute?"

„Ekelalissa muss pinkeln", erklärte Sandra.

„Ihhh", entfuhr es Lena. Sie machte ein angewidertes Gesicht. „Aber doch nicht auf unserer Toilette."

„Das habe ich auch schon gesagt. Soll sie sich doch draußen ein Gebüsch suchen."

Lena kicherte, gähnte und fuhr sich durchs blonde Haar, das träge auf ihre Schultern fiel. „Ich muss auch gleich duschen."

„Klar, du bist direkt nach Jenny dran."

Alissa hielt es nicht mehr aus. Ihr gesamter Unterleib verkrampfte sich. Sie sprang auf und rannte aus dem Zimmer. Das höhnische Gelächter von Sandra und Lena begleitete sie bis auf den Flur, wo sie mit jemandem zusammenstieß.

„Nicht so schnell, junge Dame", hörte sie eine bekannte Stimme. Frau Bolte stand vor ihr, eingehüllt in ein dickes, braunes Wollkleid. „Ich bin extra gekommen, um dich zum Frühstück abzuholen. Dieses Mal wirst du dich nicht vor dem Essen drücken. Du willst doch nicht magersüchtig werden, oder?"

„A-Aber ..." Alissa blickte die Lehrerin flehend an. „I-Ich muss ..."

„Du musst gar nichts", meinte die Lehrerin streng. Sie roch unangenehm nach Parfüm. „Also komm jetzt mit nach unten."

Alissa zitterte am ganzen Körper als Frau Bolte ihren Oberarm umklammerte und sie wie einen gerade gefassten Schwerverbrecher hinter sich herzog. Jeder einzelne Schritt schmerzte und Alissa wusste, dass sich ihre Blase jeden Moment entleeren würde.

„I-Ich kann nicht", stöhnte sie, doch die Deutschlehrerin blieb hart. Im Speisesaal angekommen wurde sie von Frau Bolte zum Buffet gedrängt, das eine ganze Wandseite einnahm. Ihre Mitschüler, die bereits beim frühstücken waren, tuschelten.

Alissa konnte nicht mehr. Die Welt um sie herum begann zu schwanken und ehe die übereifrige Lehrerin ihr ein Teller reichen konnte, spürte sie, wie es feucht zwischen ihren Beinen wurde. Eine Unmenge Urin strömte an ihren Beinen hinab, durchdrängte ihre Jeans und hinterließ eine kleine Pfütze auf dem Boden.

Alissa schloss die Augen und wartete. Es dauerte nicht lange, bis sie die ersten aufgeregten Schreie hörte. „Schaut mal, Ekelalissa hat sich in die Hosen gemacht."

Gelächter setzte ein. Alissa konnte die Stimme von Frau Bolte nicht mehr hören. Vorsichtig öffnete sie die Augen und sah in das geschockte Gesicht der Lehrerin. Herr Andres tauchte neben ihr auf. Wütend riss er die Arme nach oben.

„Weißt du nicht einmal wie man eine Toilette benutzt?", fragte er entsetzt. „Wie alt bist du, Alissa? Fünf? Kannst du dich nicht einmal wie ein normaler Mensch benehmen?"

Da war sie wieder. Die Frage, warum sie denn kein normaler Mensch sein konnte.

„E-Es tut mir leid", stammelte sie und drehte sich um. Sie ignorierte ihre Mitschüler, die ihre Handys gezückt hatten und stürmte auf den Ausgang zu. Neben der Tür sah sie Zoe, die neben Paul stand und boshaft grinste. Dieses Mal folgte sie ihr nicht.

Heute

Zoe saß im Zug nach Wiesbaden und starrte durch die Scheibe. Die Frankfurter Stadt zog an ihr vorbei, als hätte sie ihr niemals etwas bedeutet. Sie nahm die Umrisse der Gebäude kaum wahr, viel zu vertieft war sie in die Erinnerungsbruchstücke, die wie ein Film in ihrem Kopf abliefen. Ein schlechter Film mit grausigem Ende.

Die Einladung zum Klassentreffen lag in ihrer Hand. Unglaublich wie ein einfaches Stückchen Papier so viel Macht besitzen konnte. Es hatte sie komplett aus der Bahn geworfen und sogar ihre Beziehung zu Luke zerstört. Der Punk hatte nicht verstanden, dass sie auf der Stelle nach Wiesbaden musste, um die Scherben der Vergangenheit aufzufegen.

„Du brauchst nicht wiederkommen." Seine Worte dröhnten in ihrem Kopf nach. „Ja, wenn du jetzt gehst, brauchst du dich nie wieder hier blicken lassen."

Zoe war erleichtert. Erleichtert darüber, dass sie nun wieder eigene Entscheidungen treffen durfte. Luke konnte sie nicht mehr zwingen, mit alten, hässlichen Typen in die Kiste zu springen. Nur die Einsamkeit störte sie.

Früher war sie nie allein gewesen. Sie hatte Freunde gehabt und eine Familie. Die Klassenfahrt hatte all das zerstört und ihr Leben in einen Trümmerhaufen verwandelt. Zoes Mutter hatte wieder angefangen zu trinken, ihr Vater war in die Arme seiner 20-jährigen Sekretärin geflüchtet. Die Freundschaften, die Zoe damals nicht zu schätzen gewusst hatte, waren zerbrochen. Unwiderruflich. Erinnerungen hefteten sich liebend gerne an Menschen und niemand, der damals dabei gewesen war, wollte erinnert werden.

„Ihr müsst nach vorne schauen", hatte Herr Andres gesagt, nachdem er ihnen ohne große Feierlichkeit ihre Abiturzeugnisse übergeben hatte. Der Abiball war abgesagt worden. Sie hatten sich in der Turnhalle der Schule getroffen. Die meisten hatten nichts weiter als lässige Alltagskleidung getragen. „Ihr dürft euch nicht an die Vergangenheit klammern. Euer Leben liegt vor euch. Macht etwas daraus."

Zoe fragte sich, ob sich jemand an diesen Ratschlag gehalten hatte. Sie zweifelte daran.

Vorsichtig drehte sie die Einladung zwischen ihren Fingern. Sie konnte nicht begreifen, wie dieses kleine Stück Papier sie hatte finden können. Vielleicht war sie nicht weit genug weggelaufen!? Ja, vielleicht bot die Straße schlicht und ergreifend keinen Schutz mehr. Es war Zeit, nach einem neuen Leben Ausschau zu halten.

Sie wurde von einem lauten Geräusch aus ihren Gedanken gerissen. Als sie aufblickte, sah sie in das gestresste Gesicht eines Schaffners. Sie zog gespielt unwissend eine Augenbraue nach oben.

„Fahrkarte bitte", sagte der Mann, der einen dicken Oberlippenbart trug.

Zoe, die sich keine Fahrkarte hatte leisten können, entschied sich dafür, das naive Mädchen zu spielen. Das hatte sie von Luke gelernt. „Meine was?"

„Fahrkarte", wiederholte der Schaffner ungeduldig und kratzte sich am Kopf. „Die, die du hoffentlich gekauft hast, bevor du hier eingestiegen bist."

Sie verzog ihre Lippen zu einem Schmollmund und sah ihn mit gerunzelter Stirn an. „Oh, das muss ich vergessen haben."

Der Mann seufzte und hob beide Arme. „Okay, wenn du dir hier bei mir eine Karte kaufst, drücke ich ein Auge zu."

Zoe dachte nicht daran. Sie hatte kurz vor ihrer Abreise zwar ein paar Euros aus Lukes Tasche stehlen können, doch sie konnte dieses Geld unmöglich für eine Fahrkarte opfern.

Sie klimperte mit den Wimpern. „Mein Portemonnaie habe ich leider auch vergessen."

Der Schaffner schüttelte den Kopf. „Wenn das so ist, werde ich wohl die Polizei rufen müssen ..."

„Oder wir klären die Sache auf eine andere Art und Weise." Zoe öffnete leicht den Mund und fuhr sich mit der Zunge über die Oberlippe. Für sie war das ein Spiel. Sie hatte früh gelernt, die Jungen ihrer Klasse um den Verstand zu bringen. Es hatte ihr viele Türen geöffnet. Nahe an sich herangelassen hatte sie niemanden. Heute war es anders. Die Männer, die auf sie abfuhren, gaben sich nicht mit einem verführerischem Augenaufschlag oder einem unschuldigen Lächeln zufrieden. Sie wollten mehr.

Der Bahnangestellte sah sich um. Dieser Abschnitt der Bahn war leer, bis auf einen jungen Mann mit Kopfhörern einige Meter entfernt.

„Ach, kommen Sie", versuchte Zoe ihn um den Finger zu wickeln. „Sie sehen aus, als könnten Sie ein wenig Spaß ganz gut gebrauchen."

Demonstrativ schob sie ihre Lederjacke etwas beiseite, sodass er ihr eng anliegendes, schwarzes Shirt sehen konnte.

Die Augen des Schaffners wurden groß. Er schien krampfhaft nachzudenken. Sollte er diese einmalige Gelegenheit nutzen? Oder sie verstreichen lassen?

Zoe ließ den Mann, der sie rein optisch an ihren Vater erinnerte, nicht aus den Augen. Egal für welche Option er sich entschied, sie hatte gewonnen.

Der Mann schluckte schwer und schüttelte dann den Kopf. Er sah aus, als müsse er sich selbst dazu zwingen, das Angebot abzuschlagen.

„Ich bin verheiratet", sagte er heiser. Sein Gesicht war rot angelaufen. „Ich liebe meine Frau."

Zoe zwang sich zu einem Lächeln, obwohl sie dem Mann viel lieber ins Gesicht geschlagen hätte. Für einen liebenden Ehemann hatte er für ihren Geschmack zu lange gezögert.

„Schade ..." Sie ließ die Schultern hängen. „Da kann man wohl nichts machen, aber falls Sie es sich anders überlegen ... Sie wissen ja, wo Sie mich finden."

Der Schaffner blinzelte, als wäre ihm ein Insekt ins Auge geflogen. Völlig perplex wandte er sich ab.

Zoe schaute ihm nach wie er durch das restliche Abteil torkelte und den Fahrgast mit den Kopfhörern links liegen ließ. Wahrscheinlich steuerte der Gute direkt die nächste Toilette an.

Zoe musste grinsen. Da war sie wieder. Die Macht der Jugend, die sie so lange vermisst hatte. Mit einem Mal fühlte sie sich jung und frei. Die ganze Welt stand ihr offen. Wenigstens für den Moment. Sie wusste, dass es sich ändern würde, sobald der Zug den Wiesbadener Hauptbahnhof erreichte. Dann gab es nur noch einen Weg.

Damals

Gleich am ersten Tag hatte Alissa es geschafft, das Gesprächsthema Nummer eins zu sein. Alle unterhielten sich darüber, wie sie sich im Speisesaal in die Hosen gemacht hatte. Videos und Bilder wurden herumgezeigt. Selbst im Bus, der sie in die Pariser Innenstadt bringen sollte, konnten sich die Schüler nicht beruhigen.

„Leute ...", rief Herr Andres aufgebracht. Er stand im vorderen Bereich des Busses, hielt sich an seinem Sitz fest und sah hilfesuchend zu seinen Kollegen. „Beruhigt euch jetzt bitte. Wir sind doch hier, um etwas zu erleben und neue Dinge zu lernen. Seid ihr nicht auch schon auf den Louvre gespannt?"

Buhrufe ertönten und mischten sich unter aufgeregtes Getuschel. Immer wieder fiel Alissas Name.

„Bitte, Leute." Herr Andres wurde lauter. Er rückte sich die Brille zurecht. „Wir sind gleich da und ich möchte, dass ihr euch ordentlich benehmt."

„Oh, ist es okay, wenn wir uns in die Hosen pissen?", fragte Paul. Er hatte erneut den Platz hinter Alissa in Beschlag genommen. Es war, als suchte er ihre Nähe, um ihren nächsten Fauxpas hautnah miterleben zu können.

Der Lehrer presste die Lippen aufeinander und warf einen Blick zu Alissa. Es war kein Blick voller Mitleid oder Ermutigung, sondern ein Blick voller Schuldvorwürfe.

„Natürlich ist es nicht okay", setzte ihr Klassenlehrer seine kleine Ansprache fort. „Selbstverständlich stehen euch im Louvre ausreichend Toiletten zur Verfügung."

Ein Seitenhieb, der an Alissa ging. Mit klopfendem Herzen schaute sie nach unten auf ihre Beine. Sie hatte sich in eine enge, schwarze Röhrenjeans geworfen und trug darüber ein weites, rosafarbenes Shirt. Beides hatte sie sich vor einiger Zeit während einer einsamen Shoppingtour von ihrem Taschengeld gekauft. Sie musste endlich ihren eigenen Stil finden und einen Schritt nach vorne wagen.

Die Jeans, in der ihr am Morgen das Missgeschick passiert war, lag nun in einer Mülltonne hinter der Jugendherberge. Sie wusste, dass sie die Hose niemals wieder tragen würde. Nicht nach diesem Moment der Demütigung und Scham.

Vielleicht war dies ein Zeichen für den Neuanfang. Schlimmer konnte es schließlich nicht mehr werden, oder?

Der Bus hielt in der Nähe des Place de la Concorde. Alissa wusste über den berühmten „Platz der Eintracht" Bescheid. Einst war hier König Ludwig XVI hingerichtet worden. Kurz nach ihm wurde seine Frau Marie Antoinette am gleichen Ort geköpft.

Es erinnerte sie unwillkürlich an Christophers Drohung. „Das nächste Mal höre ich erst auf, wenn du tot bist."

Hätte er eine Guillotine zur Verfügung, würde er ihre Hinrichtung ebenso inszenieren und die gesamte Klasse würde erfreut zusehen und alles mit ihren Handys festhalten.

Eine Gänsehaut breitete sich auf ihren Armen aus. Sie wollte nicht sterben. Nicht hier in Paris und auch nirgendwo anders.

„Wir gehen zu Fuß zum Louvre", erklärte Herr Andres während Frau Bolte und Herr Zomer die Schüler zählten. Es fehlte niemand. Ihrem ersten Ausflug stand somit nichts im Weg.

Vor dem riesigen Kunstmuseum, das von außen überaus beeindruckend wirkte, mussten sie warten. Alissa betrachtete die Glaspyramide, die den Haupteingang bildete und von der wärmenden Sonne dieses Frühlingstages angestrahlt wurde. Das gläserne Kunstwerk hatte etwas von einem Sarg. Einem überdimensionalen Sarg für eine überaus wichtige Person, die von allen geliebt worden war.

„Sag mal, hast du deine Windeln zuhause vergessen, Ekelalissa?" Paul Kerner tauchte neben ihr auf. Im Schlepptau hatte er Zoe, die sich an diesem Tag für ein sehr düsteres Make-up entschieden hatte. Ihre Lippen waren dunkelbraun, die Augen tiefschwarz umrandet. In ihrem Gesicht lag Spott und Verachtung.

Den lächerlichen Kuss hatte sie nicht vergessen.

Alissa wandte sich ab und tat so, als würde sie das Gebäude, das einst ein Königspalast gewesen war, betrachten. Sie wollte Pauls Anfeindungen ausweichen, sie nicht an sich heran lassen, doch wie so oft gab es keinen Ausweg. Der freche Junge mit dem pickligen Gesicht und dem blauen Käppi wollte es ihr nicht zu einfach machen.

„Hat dir deine Mami nicht beigebracht, wie man aufs Klo geht?", fragte er weiter und grinste. Freundschaftlich legte er einen Arm um Zoes Schulter und strich mit den Finger wie beiläufig über ihren Ausschnitt. „Wenn du möchtest, kann ich dich das nächste Mal auf Toilette begleiten und dir zeigen, wie alles funktioniert."

Er entblößte seine Zähne. Sie waren gelb und ungepflegt. „Na, was hältst du davon?"

Hilfesuchend schaute Alissa sich nach den Lehrern um. Frau Bolte und Herr Zomer standen abseits und unterhielten sich.

„Vielleicht werde ich es dir auch so richtig besorgen", fuhr Paul ungehalten fort und machte eine anzügliche Geste. „Ich fahr zwar nicht auf dich ab, aber irgendwie tust du mir leid. Dich wird wohl nie einer geil finden ..."

Alissa blendete die Worte vollständig aus, auch wenn sie wusste, wie viel Wahrheit in ihnen steckte.

„Mensch, Kerni", lachte Zoe los und schüttelte seine Hand ab. Sie wollte die Unnahbare bleiben. „Das war jetzt aber fies. Du solltest ihr keine Hoffnungen machen, sonst verliebt sie sich noch in dich."

„Da hast du wohl recht, Süße", erwiderte Paul und rückte seine Kappe zurecht. „Nicht, dass sie sich vor Vorfreude nochmal in die Hosen macht."

Zoe musste lauthals lachen. Sie klang wie ein kleines Kind, nicht wie die reife, erwachsene Frau, die sie um jeden Preis sein wollte. „Der war gut."

Stolz nickte Paul. Er fühlte sich überlegen und stark.

Herr Andres kam zurück und gab ihnen ein Zeichen, ihm zu

folgen. Er hatte für seine Schüler extra einen Führer besorgt, einen kleinen Franzosen, der die meisten deutschen Worte völlig falsch aussprach. Es war schwer seinen Erklärungen zu folgen.

Alissa versuchte, sich auf die vielseitigen Kunstwerke zu konzentrieren, doch ihre Mitschüler wollten sie nicht in Ruhe lassen. Immer wieder wurde sie abschätzig gemustert und niemand wollte in ihrer Nähe stehen.

Nach einer guten Stunde machten sie eine kleine Verschnaufpause. Herr Andres kam zu ihr.

„Wenn du jetzt auf Toilette musst …" Er sprach viel zu laut. Alle Schüler drehten ihre Köpfe in seine Richtung. „… dann wäre jetzt der richtige Zeitpunkt. Ich kann dir gerne zeigen, wo die Toiletten sind."

Alissa konnte es nicht glauben. Erst ritten ihre gleichaltrigen Mitschüler auf diesem peinlichen Vorfall herum und nun ihr Lehrer. Alle hatten sich gegen sie verschworen, selbst die Erwachsenen.

„I-Ich …", setzte sie an, doch das Gekichere ihrer Klassenkameraden brachte sie völlig aus der Fassung. Sie konnte nur nicken und sich von ihrem Klassenlehrer wie ein Vorschulkind zur Damentoilette führen lassen.

„Du musst mich verstehen …", erklärte der Lehrer auf dem Weg. „Ich habe eine gewisse Verantwortung und wir sind hier in einem der größten Museen der Welt. Da müssen wir uns anständig benehmen."

Alissa hörte dem Lehrer nicht zu. Seine Stimme erreichte sie nicht. Es war, als wäre er plötzlich zu Luft geworden. Er hörte auf zu existieren und wichtig zu sein.

Wortlos betrat sie das WC und brauchte eine Weile, um zu begreifen, wie sehr ihr Lehrer sie gerade gedemütigt hatte. Herr Andres war schwach und innerlich, trotz seines Alters, viel zu unreif. Alissa verlor ihren Respekt ihm gegenüber im selben Moment als ihr Vertrauen zerbrach.

Sie atmete tief durch, verließ die Kabine und trat zum Waschbecken. Zu ihrer Überraschung stand dort Paul. Er hatte seine

Kappe tief ins Gesicht gezogen. Seine Lippen waren fest aufeinander gepresst. Sie wirkten farblos.

Alissa erschrak und taumelte einen Schritt zurück.

„Ich habe dir doch versprochen, dir alles zu zeigen ...", meinte Paul und kam näher. „... und ich halte meine Versprechen ..."

Heute

Paul Kerner hing wie jeden Abend mit seinen Kumpels ab. Sie tranken Bier und zockten Fußball auf der Playstation. Die Stimmung war ausgelassen, auch wenn Pauls Blick immer wieder zu der Einladungskarte wanderte, die er achtlos unter den Aschenbecher geschoben hatte. Er hätte sie vernichten, sie verbrennen oder besser noch vergraben sollen. Paul bevorzugte es, Probleme einfach beiseitezuschieben, getreu dem Motto „aus den Augen, aus dem Sinn". Doch dieses „Problem" konnte er nicht beiseiteschieben. Es war zu groß, zu mächtig.

„Hey, hat denn keiner von euch Kippen mitgebracht?", fragte er in die Runde.

„Nö", antwortete Matthias, ein kleiner Typ mit kurz geschorenen Haaren, der einfach aus Spaß der rechten Szene beigetreten war. Auf dem Oberarm hatte er sich illegal ein Hakenkreuz stechen lassen, das er ständig zur Schau stellte. „Aber ich hab etwas Gras dabei. Rauch doch das so lange."

Er zog eine kleine Plastiktüte aus seiner Hosentasche. „Ist der letzte Rest ..."

Paul schnaufte. Er hatte keinen Bock auf Marihuana. An diesem Abend brauchte er einen klaren Kopf. „Ich brauche Tabak, Alter."

Matthias lachte. „Bist du krank, oder was?"

„Ich habe heute einfach keine Lust auf den Scheiß."

Beschwichtigend hob Matthias beide Arme. „Okay, okay. Bleibt halt mehr für uns übrig."

Paul zuckte mit den Achseln und warf Matthias seinen Controller zu. Das Spiel lag ihm heute nicht. „Na, dann viel Spaß. Ich werde mal schnell zum Automaten gehen und mir ein paar Kippen ziehen. Kann mir einer von euch Spacken ein paar Euros leihen?"

Keiner seiner Kumpels reagierte, alle schauten gespannt auf

den Fernseher. Typisch.

„Okay, dann eben nicht ..." Verärgert stand Paul auf und zog sich seine Jacke über. Bevor er die Wohnung verließ, warf er einen Blick auf seine Kumpels. Er verbrachte den größten Teil seiner Freizeit mit diesen Leuten. Sie waren plötzlich dagewesen, doch eine echte Freundschaft war zwischen ihnen nicht entstanden. Paul wusste nicht einmal, was eine richtige Freundschaft ausmachte. Seine Kumpels waren alle wie er. Das Leben hatte sie ausgekotzt und machte sich nun über sie lustig.

Kopfschüttelnd wandte Paul sich ab und trat in den Treppenflur. Er erschrak, als er plötzlich gegen jemanden stieß.

„Kannst du nicht aufpassen", plärrte er los und versuchte trotz der Dunkelheit im Flur zu erkennen, wer dort vor ihm stand.

„Du hast dich überhaupt nicht verändert, Kerni", sagte eine Mädchenstimme. Er erkannte sie sofort.

„Zoe?", fragte er verblüfft. „Was machst du denn hier?"

Ihre Silhouette wirkte verzerrt und fremd. Anscheinend trug sie nicht mehr diese verführerischen und figurbetonten Kleider und Röcke von damals.

Paul zog sie nach draußen in den Hinterhof, um sie besser sehen zu können. Sie hatte sich enorm verändert. Ihr Haar war zerzaust und straßenköterblond. Ihre Haut war leicht gerötet und ihr zierlicher Körper steckte in einer viel zu großen Lederjacke.

All die Jahre hatte er sich gefragt, was aus ihr geworden war und ob sie ihn für sein Verhalten von damals hasste. Er war froh, keinerlei Verachtung in ihrem Blick sehen zu können.

Zoe musterte ihn ebenfalls von Kopf bis Fuß. „Du siehst ja immer noch wie ein kleiner Junge aus, Kerni."

Spielerisch tippte sie ihm gegen die Kappe. „Du hast dich wohl dagegen gewehrt, erwachsen zu werden?"

„Genau wie du!" Paul zwang sich zu einem Lächeln. Er wusste nicht recht, was er empfinden sollte. Sein Herz schlug wild in seiner Brust. Er fühlte sich zum ersten Mal seit langer Zeit wieder lebendig.

Damals, auf der Klassenfahrt waren sie sich näher gekommen. Wie alle Jungs war er heimlich verknallt in sie gewesen. Ihre reife Art hatte ihn angezogen und sie von den restlichen Mädchen abgehoben. Paul hatte kaum die Finger von ihr lassen können. Wäre die Klassenfahrt nicht so unglücklich zu ende gegangen, hätte er wahrscheinlich eine Chance bei ihr gehabt.

„Du siehst gut aus", hauchte er ihr zu. Das war nur die halbe Wahrheit. Sie war zwar noch hübsch, aber die Attraktivität von damals war fort.

Zoe errötete und schaute zu Boden. Diese Schüchternheit passte nicht zu ihr.

Unsicher vergrub Paul die Hände in den Taschen seiner Jacke. Scharf zog er die kalte Abendluft ein. „Wolltest du zu mir?"

Eine dämliche Frage. Natürlich wollte sie zu ihm. In dieses gottverdammte Dreckloch, das er sein Zuhause nennen musste, verirrte sich niemand zufällig.

Zoe nickte und hob den Kopf. Ihre Augen waren glasig. „Hast du auch eine Einladung zum Klassentreffen bekommen?"

„Ja", antwortete er leise und die alte Leere kehrte zurück. „Und ich habe keine Ahnung, was dieser Scheiß soll."

„Wirklich nicht?" Zoe sah ihn an. Ihre grünen Augen wirkten matt und traurig. „Ich habe nur darauf gewartet, dass so etwas passiert. Vor der eigenen Vergangenheit kann man nicht weglaufen."

Paul dachte darüber nach. Er lief nicht weg. Nein. Er verharrte auf der Stelle und war stärker, als all das, was damals gewesen war.

„Wirst du hingehen?", fragte er, obwohl er die Antwort bereits kannte.

„Deswegen bin ich hier", sagte sie. „Und ich möchte dich dabeihaben ..."

Diese Forderung erstaunte ihn. Zoe und er waren nie sonderlich eng miteinander befreundet gewesen. Sie hatte ihre Clique gehabt und er seine. „I-Ich weiß nicht, ob ich Bock auf den Scheiß habe ... Das alles ist doch jetzt zehn Jahre her ..."

„Und schau, was diese zehn Jahre aus uns gemacht haben." Zoes Stimme wurde hart. Ihr Selbstbewusstsein kehrte zurück. „Willst du nicht auch endlich mit der Vergangenheit abschließen und ein richtiges Leben führen?"

„Führe ich im Moment etwa kein richtiges Leben?", hörte er sich fragen. Eine höhnische Stimme in seinem Inneren brach in Gelächter aus.

Zoe zog beide Augenbrauen nach oben. „Sorry, aber das hier sieht mir nicht gerade nach dem Leben aus, das du haben wolltest!"

Sie deutete auf das Gebäude, das dem endgültigen Verfall nur mit Mühe und Not trotzte. Es stimmte. Er führte schon lange kein richtiges Leben mehr.

„Tja, Kerni ...", meinte Zoe. „Du kannst mir nichts vormachen."

Paul musste schmunzeln. Die Erwähnung seines alten Spitznamen tat gut, auch wenn ein Strudel an Erinnerungen freigesetzt wurde. Ein Strudel dunkler Erinnerungen.

„Dir kann niemand etwas vormachen", murmelte er und trat unsicher von einem Bein auf das andere. „Und du willst echt zu diesem Klassentreffen gehen?"

„Ja, ich will wissen, wer dahinter steckt ..."

Paul biss sich auf die Unterlippe. Er wollte nicht vom Allerschlimmsten ausgehen, doch ihm war klar, dass es kein fröhliches Aufeinandertreffen alter Schulfreunde werden würde. Nein. Jemand wollte sie bestrafen, für die Sünden, die sie damals begangen hatten und Gleiches mit Gleichem vergelten.

„Ich finde, wir sollten uns von dem Klassentreffen fernhalten", sagte er und meinte es todernst. Er hatte Angst. „Ich glaube, es wird böse enden."

Zoe sah ihn an. Ihr Blick wirkte leer. „Schlimmer als damals auf der Klassenfahrt kann es nicht werden ..."

Damals

Pauls Anwesenheit nahm Alissa die Luft zum Atmen. Er strömte etwas Negatives aus, fast schon etwas Böses.

„Was hast du hier zu suchen?", fragte Alissa mit kehliger Stimme. Sie fragte sich, wie Paul es geschafft hatte, in die Damentoilette zu gelangen. Das Museum war voll, es gab Sicherheitspersonal und sehr viele Besucher, doch keiner hatte ihn auf dieses Fehlverhalten aufmerksam gemacht. Was war mit der Welt los? Hatten sich alle gegen sie verschworen?

„Oh, du kannst ja sprechen." Er lehnte sich lässig gegen die gefliese Wand und grinste schief. „Ich habe mich immer gefragt, warum du nicht einfach mal mit uns redest. Hältst du dich für etwas Besseres?"

Diesen Vorwurf hörte sie nicht das erste Mal. Manchmal fragte sie sich, ob er gerechtfertigt war. „N-Nein, ich ..."

„N-Nein, ich ...", äffte Paul sie nach. „Was stimmt nicht mit dir, Mädchen?"

Ja, was stimmte nicht mit ihr? Vielleicht stimmte nichts mit ihr, vielleicht war sie überhaupt kein Mensch, sondern ein Monster. Ein Monster, das nicht für diese Welt gemacht war.

Unsicher machte sie einen Schritt nach vorne und fixierte die Tür. Paul trat ihr in den Weg.

„Du kannst jetzt nicht gehen!" Er verschränkte die Arme vor der Brust. „Wir unterhalten uns doch gerade."

Alissa blieb stehen. Stocksteif verharrte sie auf der Stelle. Die Damentoilette verwandelte sich Stück für Stück in ein Gefängnis.

„W-Wir sollten z-zu den anderen gehen", versuchte Alissa es erneut. Die Situation gefiel ihr nicht. „Die Führung geht bestimmt gleich weiter ..."

„Und wenn schon ...", lachte Paul. „Als ob dich jemand vermissen wird."

Die Worte trafen Alissa mit voller Wucht. „I-Ich kann auch einfach um Hilfe schreien."

Sie wollte so mutig sein wie am Vortag, als Tom zu ihr aufs Bett gestiegen war. Es hatte gut getan, sich nicht alles gefallen zu lassen, auch wenn es anstrengend gewesen war.

„Oh, das würde ich nur allzu gerne hören." Paul kam näher, drängte sie zurück zu den Kabinen. „Los, schrei! Brüll deinen ganzen Frust aus dir heraus!"

Alissa öffnete den Mund. Wie nicht anders erwartet, drang kein Ton heraus. Sie war verstummt.

„Habe ich es mir doch gedacht ..." Paul hob einen Arm und stieß sie in die erste Kabine. Er folgte ihr und schloss die Tür hinter sich. „Du bist schwach, Ekelalissa. Das ist der Grund, warum du für immer ein Opfer bleiben wirst."

Er packte sie am Oberarm und zog sie an sich. Die plötzliche Nähe raubte ihr den Atem.

„Setz dich", befahl er ihr.

Alissas Körper verkrampfte sich und wurde steif. Sie verspürte keinen Drang, wegzulaufen. Nein. Sie wollte viel lieber aus ihrer Haut fahren und diese verdammte Hülle verlassen.

Paul holte aus und schlug ihr mit der flachen Hand ins Gesicht. Der Schmerz war angenehm und breitete sich auf ihrer Wange aus.

Alissa traute sich nicht, Paul anzuschauen. Er hatte recht. Sie war nicht mehr als ein Opfer.

Unwillkürlich erinnerte sie sich an all seine Prügelattacken in der Schule. Immer dann, wenn die Lehrer wegsahen, hatte er die Gelegenheit genutzt. Wenn er sie schlug, fühlte er sich mächtig.

Paul schubste sie nach hinten. Unsanft landete sie mit dem Po auf dem geschlossenen Klodeckel.

„Weißt du noch, was ich dir vorhin gesagt habe?", fragte Paul. Er fummelte mit zittrigen Fingern an seinem Gürtel herum. „Ich bin gerne bereit, dir zu helfen, Erfahrungen zu sammeln. Vielleicht wirst du dann ja endlich etwas lockerer."

Alissas Herz setzte für einen Schlag aus. Sie konnte nicht glauben, was hier gerade geschah.

Sie hörte, wie Paul den Reißverschluss seiner Jeans öffnete. Breitbeinig stand er vor ihr und zog seine Hose nach unten. Aus den Augenwinkeln sah sie seine schwarzen Boxershorts.

Sie drehte den Kopf weg. Das, was jetzt unweigerlich auf sie zukam, wollte sie nicht sehen, nicht miterleben. Das Schicksal schlug mal wieder zu. Wie so oft.

„Ich wette, du hast noch nie einen Schwanz gesehen." Pauls Stimme hatte sich gewandelt, hatte an Jugendlichkeit verloren. Der Paul, der jetzt vor ihr stand, war kein Schüler der zwölften Klasse mehr, sondern ein junger Mann mit Bedürfnissen, die er nicht unterdrücken konnte.

Die Welt um Alissa begann sich zu drehen. Sie hatte das Gefühl, nicht länger in der kleinen, engen Kabine zu sein, sondern in einer der schnellsten Achterbahnen zu sitzen. Ihr wurde übel, doch sie war froh, Paul nicht länger sehen zu müssen.

„Wenn du schön artig bist, darfst du ihn auch gerne mal anfassen ..." Pauls Stimme konnte nicht ausgesperrt werden. „Das ist deine Chance, Ekelalissa."

Alissa schloss die Augen und entfernte sich einen weiteren Schritt von dieser absurden Szene. Wenn ihr Körper schon nicht fliehen konnte, musste es wenigstens ihr Geist tun.

Sie spürte Pauls Hand, die ihr Kinn umfasste. Seine Finger waren feucht, ein kleines Zeichen von Unsicherheit.

„Schau mich gefälligst an", zischte er und versuchte ihren Kopf zu drehen. Es gelang ihm nicht.

„Verdammt!" Seine Hand verschwand aus ihrem Gesicht, wanderte langsam ihren Hals hinab. Unbeholfen streichelte er ihre Haut.

„NEIN!" Entsetzt riss sie die Augen auf. Die Realität traf sie hart. Paul stand mit entblößtem Unterleib vor ihr. Sein Geschlechtsteil zeigte anklagend in ihre Richtung.

Alissa sprang auf und stieß Paul gegen die geschlossene Tür. „Lass mich hier raus."

Der Schrei, der seit vielen Jahren in ihrer Kehle steckte, befreite sich. Er war ohrenbetäubend laut. Paul presste sich beide Hände auf die Ohren.

Alissas Schrei verklang erst, als sie Stimmen vernahm.

„Paul?" Es war Zoe. „Was zum Teufel machst du da mit ihr? Ich dachte du wolltest ihr bloß einen Schrecken einjagen!"

„Kerni? Bist du da drin?" Eine Jungenstimme, die Alissa in ihrer Aufregung nicht erkannte. „Was zum Teufel machst du auf der Damentoilette?"

„Das sollte ein Scherz sein", erklärte Zoe. „Ich sollte vor der Tür aufpassen, dass niemand reinkommt."

Ein festes Klopfen gegen die Tür ertönte. Paul funkelte Alissa böse an. Hastig zog er sich die Hose nach oben.

„Alles gut, Leute!" Er richtete seine Baseballkappe und zwang sich zu einem Lächeln. Dann verließ er die Kabine als ob nichts vorgefallen wäre. „Bei dem widerlichen Anblick hätte ich eh keinen hoch bekommen! Lasst uns verschwinden!"

Alissa sah Zoe und den anderen Jungen. Es war Tobias Steinbach, der nervös auf seinem Piercing herumkaute. Er sah so traurig aus, wie Alissa sich fühlte.

„Wo bleibst du denn, Tobi?", fragte Paul. „Du brauchst dir um Ekelalissa keine Sorgen zu machen. Sie verpetzt uns schon nicht ..."

Tobias Augen fixierten sie noch einen Moment, bevor er zu seinen Mitschülern ging. Es sah so aus, als wollte er ihr wortlos Trost spenden, doch vielleicht täuschte sich Alissa da auch. Wie so oft.

Heute

Joachim Andres meldete sich krank. Er hatte keine Lust mehr auf die Schule, seine Schüler und sein Leben. Das alles machte ihn wahnsinnig. Er war schon lange kein Lehrer mehr. Vielleicht war er es nie gewesen.

Er saß aufrecht im Bett und schlug sich mit der Faust gegen die Stirn. Es war ein Reflex. Er wollte die quälenden Gedanken auf diese Weise zum Verstummen bringen, aber es gelang ihm nicht. Selbst ein Vorschlaghammer war gegen diese schmerzhaften Erinnerungen, die sich an seine Gehirnwände klammerten, machtlos. Die Vergangenheit war unsterblich.

Das Telefon klingelte und ihm lief ein Schauer über den Rücken. Mit dem ersten Anruf hatte er bereits früher gerechnet.

Er nahm ab und meldete sich mit seinem Namen.

„Herr Andres?" Eine aufgeregte Stimme. „Hier ist Sandra. Erinnern Sie sich an mich?"

Sandra. Während all den Jahren hatte es viele Schülerinnen mit diesem Namen gegeben, doch trotzdem wusste er, wer dieses Mädchen war. Schemenhaft sah er sie vor sich. Sandra Laube. Eine dicke Jugendliche mit übertriebenem Selbstbewusstsein, wenig Intelligenz und einer viel zu großen Klappe.

„Ja, Sandra. Wie geht es dir?" Er umklammerte den Telefonhörer mit beiden Händen, aus Angst, er könnte ihn fallen lassen.

„Ähm, ja ..." Sie gab keine Antwort auf diese Frage. Joachim konnte sich denken warum. Keiner, der die Geschehnisse der Klassenfahrt damals hautnah miterlebt hatte, konnte heute ein glückliches und unbesorgtes Leben führen.

„Ich weiß, wieso du anrufst", lenkte er das Thema sofort in die richtige Richtung. „Du hast ebenfalls eine Einladung bekommen, oder?"

Sandra atmete hörbar aus. „Wir dachten erst, es wäre ein Scherz."

„Wir? Hast du noch Kontakt zu den anderen?" Das erstaunte ihn. Er hatte auf der Zeugnisübergabe das Gefühl gehabt, vor einem Trümmerhaufen alter Freundschaften zu stehen.

„Ja, Christopher Meininger und ich ... wir sind zusammen und naja ... und seit zwei Tagen verheiratet."

„Herzlichen Glückwunsch!" Joachim sah Christopher genau vor sich. Ein dicker, fauler und nerviger Junge. Da hatten sich zwei gefunden.

Sandra sagte nichts dazu. Sie wirkte nicht glücklich. „Sie haben also auch eine Einladung bekommen?"

Er erzählte ihr von der Nachricht auf der Tafel.

„Irgendwas stimmt hier nicht ...", meinte Sandra leise. „Christopher möchte nicht, dass wir zu dem Klassentreffen gehen, aber ich kann diese Einladung doch nicht einfach ignorieren ..."

„Nein, das kann ich wohl auch nicht ..." Joachim hatte sich gewünscht es zu können.

„Also werden Sie hingehen?" Sandras Frage kam plötzlich und Joachim wusste nicht, was er antworten wollte. Er war hin und hergerissen.

„Ich weiß es nicht", gestand er.

Schweigen am anderen Ende der Leitung. Joachim Andres spürte Enttäuschung. Dieselbe Enttäuschung, die Alissa damals gefühlt haben musste. Seine alten Schuldvorwürfe kehrten zurück.

„Um ehrlich zu sein ...", begann Sandra zögerlich. „... rufe ich an, um Sie zu bitten, ebenfalls zu kommen. Sie waren doch damals unser Klassenlehrer ..."

Ein schlechter Lehrer, fügte Joachim im Gedanken hinzu. Er hatte alles falsch gemacht. Nicht erst auf der Klassenfahrt, sondern bereits die Jahre davor. Zu seiner Schande musste er gestehen, dass er sich bis heute nicht geändert hatte. Dafür hasste er sich abgrundtief.

„Ich werde es mir überlegen", antwortete er, doch Sandra ließ nicht locker.

„Das Klassentreffen ist doch schon übermorgen. Ich muss

wissen, ob Sie kommen werden."

„Sandra ..." Nervös lief er in seiner großen Wohnküche auf und ab. „Ich kann es dir beim besten Willen nicht versprechen. Du weißt, was damals vorgefallen ist und wie schwer das jetzt alles für mich ist ..."

„Ach, und für uns soll es einfacher sein?" Sandra wurde wütend. „Wir waren damals erst 16 oder 17, fast noch Kinder."

„Kinder?" Joachim lachte auf. „Ihr standet kurz vor dem Abitur!"

„Und doch haben wir uns so jung gefühlt ...", erwiderte Sandra. „Wir waren noch nicht reif für das wahre Leben. Sie haben uns darauf nicht vorbereitet, keiner der Lehrer hat das getan ..."

„Was hätten wir denn tun sollen?", fragte Joachim schrill. „Wir waren doch keine Grundschullehrer ... Ihr wart alle alt genug, um euch über eure Handlungen im Klaren zu sein."

Sandra stieß einen Laut aus, den Joachim nicht einordnen konnte. „Und was ist mit Ihnen? Denken Sie etwa, Sie hätten sich damals wie ein Erwachsener verhalten? Sie hätten für Alissa da sein und uns alle härter bestrafen müssen. Doch stattdessen haben Sie lieber weggesehen!"

Joachim schluckte schwer. Sandras Vorwurf traf ihn mit voller Wucht. Niemals zuvor hatte jemand diese kleine Wahrheit ausgesprochen. Ja, an Joachims Händen klebte Blut, mehr Blut als an den Händen seiner Schüler.

Das Telefon rutschte aus seiner Hand und landete auf dem Boden. Es zerbrach in mehrere Teile, doch Joachim war dies egal.

Er sank auf die Knie und tastete mit den Fingern über die defekten Teile des Telefongehäuses.

„Alissa", keuchte er. „Es tut mir so leid."

Damals

Alissas Stärke bestand darin, ihr Innerstes zu verbergen. Sie ließ sich nichts anmerken, selbst jetzt, nach Pauls dämlicher Aktion. Würde sie zu Herrn Andres oder einem der anderen Lehrer gehen, wäre das ihr Untergang. Das wusste sie, deswegen schwieg sie.

Die restliche Führung durch den Louvre nahm sie nur am Rande war. Die Bilder und Ausstellungsstücke erreichten sie nicht, obwohl sie sich im Vorfeld auf das Museum gefreut hatte. Künstler sahen die Welt mit anderen Augen, mit aufgeschlossenen Augen, die keinerlei Vorurteile kannten. Das hatte sie bewundert, doch nun war ihre Begeisterung verschwunden.

Nach gut drei Stunden waren sie mit der Führung fertig. Vor dem Louvre versammelten sie sich.

„Hört mir mal alle zu, Leute." Herr Andres klatschte in die Hände, um auf sich aufmerksam zu machen. Die meisten Schüler ignorierten ihn. „Wir haben jetzt noch vier Stunden Zeit, bis wir wieder in der Jugendherberge sein müssen. Frau Bolte, Herr Zomer und ich sind zu dem Entschluss gekommen, euch die Zeit zur freien Nutzung zu überlassen. Gegen 17 Uhr treffen wir uns alle auf dem Place de la Concorde. Bis dahin könnt ihr in kleinen Grüppchen durch die Pariser Innenstadt ziehen. Keiner geht allein, haben wir uns da verstanden?"

Er schaute zu Alissa, die allein einige Meter im Abseits stand.

„Haben wir uns verstanden?", wiederholte er die Frage.

Alissa konnte nicht antworten. Ein tiefer Krater tat sich vor ihr auf. Ein Krater, den sie selbst mit einem beherzten Sprung nicht überwinden konnte.

Ihre Mitschüler begannen zu tuscheln. Sie hatten gewonnen. Sogar ihr Klassenlehrer stellte sich auf ihre Seite.

Langsam nickte Alissa. Sie hatte verstanden, genau wie Herr Andres verstanden hatte, dass niemand freiwillig mit ihr durch

Paris spazieren würde. Es war seine Art, sich der Verantwortung zu entziehen. Alissa fragte sich, ob er nicht vielleicht wollte, dass sie hier in dieser Großstadt verloren ging. Es würde all seine Probleme auf einem Schlag lösen. Seine Probleme und die Probleme der Klasse, in der Alissa nichts weiter als ein Fremdkörper war.

Die Klasse teilte sich auf und die Schülergrüppchen strömten in verschiedene Richtungen. Alissa wartete einen Moment, dann setzte sie sich ebenfalls in Bewegung. Bedauerlicherweise kam sie nicht weit.

„Wo wollen wir denn hin?" Herr Andres tauchte neben ihr auf. „Hast du mir gerade nicht zugehört?"

„Doch ..." Alissa versuchte gleichgültig zu klingen, aber ihre Unsicherheit ließ sich nicht verbergen.

„Doch?" Der Lehrer rückte seine Brille zurecht. „Dann erkläre mir bitte, wo du allein hin willst?"

Alissa wollte nirgends allein hin. Sie war es leid, einsam durchs Leben zu gehen. Ihre Rolle als Misanthrop gefiel ihr nicht, doch sie war ihr auf den Leib geschneidert. In Wahrheit war es keine Rolle. Es war ihr Leben.

Ungeduldig wartete Herr Andres auf eine Antwort. Er bekam keine. „Okay, wie du willst ..."

Er schaute sich um und hob einen Arm. „Hey Maja, komm mal her."

Alissa sah, wie das zierliche Mädchen auf den Lehrer zu schlürfte. Aufgrund ihres recht maskulinen Kleidungsstils ging sie beinahe als Junge durch. Aber nur beinahe, denn sie war mit Erik aus der Parallelklasse zusammen und steckte ihm bei jeder Gelegenheit ihre Zunge in den Hals. Auch jetzt schleifte sie ihn hinter sich her.

„Was gibt es?", fragte sie mit einem schiefen Grinsen und strich sich die feuerroten Naturlocken aus dem Gesicht.

Herr Andres seufzte, als wäre der Weltuntergang nahe. „Alissa braucht eine Gruppe. Wärt ihr so freundlich, sie mitzunehmen? Wir Lehrer brauchen auch mal Zeit für uns."

Alissa erwartete Widerspruch, doch Maja zuckte nur mit den

Schultern.

„Wieso nicht? Wir haben eh nichts weiter geplant, oder Schatz?", meinte sie.

Erik, der schulterlanges, dunkelbraunes Haar besaß und gut einen Kopf größer als Maja war, nickte. „Jop."

Alissa wusste nicht, was sie davon halten sollte. Eine Erinnerung drängte sich in ihren Kopf. Eine dunkle Erinnerung an Maja, die wie ein Film in ihrem Kopf ablief. Es war während der allerersten Sportstunde passiert. Christopher schlich sich an Alissa heran und zog ihr die Sporthose mit einem Ruck nach unten. Jeder sah ihre Unterhose, eine schlichte weiße Unterhose aus Baumwolle.

„Omaschlüpfer", riefen sie alle. „Ekelalissa trägt einen Omaschlüpfer."

Maja hatte neben Alissa gestanden und nur blöd gegrinst. Getan hatte sie nichts. Überhaupt nichts.

Alissa selbst hatte ihre Hose seitdem so fest gebunden, dass ihre Haut davon tief eingeschnitten wurde und Christopher nie wieder die Chance bekam, sie herunterzuziehen. Niemand sollte sie je wieder nackt sehen. Sie hatte zu viel zu verbergen.

„Das ist prima!" Herr Andres atmete erleichtert auf und flüchtete. Das Problem Alissa war für den Moment gelöst.

Maja schob den Ärmel ihrer viel zu großen Strickjacke nach oben und sah zu ihrem Freund. „Und was machen wir jetzt? Irgendwo was trinken gehen?"

Erik legte liebevoll einen Arm um Maja. „Warum nicht?"

Beide sahen Alissa an, die keinen Ton herausbrachte. Sollte sie mitgehen? Oder sich endlich von all dem Übel abwenden? Es war so einfach, in Paris verloren zu gehen.

Maja zog eine Augenbraue nach oben und legte den Kopf schief. „Hey, du bist echt strange. Weißt du das?"

Alissa blickte zu Boden. Sie wusste nicht, wie sie reagieren sollte.

„Hey, das war keine Beleidigung." Die Rothaarige lachte auf und legte eine Hand um die Hüfte ihres Freundes. „Normal ist doch langweilig. Schau uns an, wir sind doch auch echt strange, oder?"

Alissa traute sich aufzuschauen und musterte die beiden Verliebten. Ja, sie waren anders, von ihrer Art sich zu kleiden und ihrem Auftreten. Erik wirkte sehr düster und versteckte sich hinter seinen dunklen Haaren, während Maja durch ihre viel zu großen T-Shirts und Hosen auffiel. Sie scherten sich nicht um die Meinungen anderer. Mutig und Beneidenswert.

„Echt krass, was die Leute aus deiner Klasse mit dir machen", meinte Erik. Alissa sah, dass seine Schneidezähne schief waren. Es machte ihn noch sympathischer.

„Ja, unsere Klasse ist echt das Letzte ...", stimmte Maja zu. „Nur Kleinkinder ... Ich bin froh, wenn ich diese ganzen Idioten nicht mehr sehen muss."

Maja hatte nicht viel mit den restlichen Schülern der 12b zu tun. Man sah sie meistens bei Eriks Klasse.

„Mir geht es genauso", sagte Alissa. Ihre Anspannung ließ nach und ihr Herzschlag wurde zum ersten Mal an diesem Tag ruhig. Es tat gut, mit jemandem normal reden zu können, ganz ohne Angst, für seine Worte verurteilt zu werden.

„Na, da sind wir uns ja schon mal einig!" Maja klatschte in die Hände. „Dann lasst uns jetzt mal ein nettes Café suchen. Ich brauche unbedingt Koffein. Die Führung durch den Louvre hat mich echt müde gemacht."

„Mein kleiner Kunstbanause", sagte Erik liebevoll und Alissa musste lächeln. Die Liebe der Zwei war deutlich zu spüren.

Gemeinsam setzten sie sich in Bewegung und Alissa spürte, wie ein Teil ihrer Einsamkeit wich und Platz für ein neues, ihr unbekanntes Gefühl machte. Vielleicht meinte es das Schicksal endlich einmal gut mit ihr.

Heute

„Wir müssen da hin!" Sandra bäumte sich vor dem Fernseher auf und funkelte Christopher an. „Geht das in deinen Kopf? Wir müssen!"

Christopher sah sie ausdruckslos an. Er wirkte, als wäre er leer und seelenlos.

Gelangweilt schnaufte er auf. Er lag auf der Couch, eingewickelt in einer dünnen Decke. Im Fernsehen schaute er sich irgendwelche dämlichen Nachmittagsshows an, die Leute wie ihn in der „freien" Wildbahn zeigten.

„Nerv nicht", nuschelte er und richtete sich mühevoll auf. Seine Gelenke knackten und er stöhnte wie ein 70-Jähriger. Mit einem Fünkchen Glück würde er bald das Zeitliche segnen. Auf diese Weise käme Sandra ohne viel Trara aus dieser lächerlichen Ehe.

„Ich nerve dich soviel ich möchte." Sandra wurde wütend. Sie hätte es nie für möglich gehalten, so viel Hass für einen einzelnen Menschen zu empfinden. „Du hast mich vor zwei Tagen geheiratet, falls du es vergessen hast."

„Ach, und deswegen spielst du dich hier so auf? Du bist nicht meine Mutter!"

„Zum Glück." Sandra griff nach der Fernbedienung und schaltete den Fernseher aus.

„Mach das sofort wieder an", plärrte Christopher wie ein kleines Kind.

„Wir unterhalten uns gerade ...", entgegnete Sandra. „Und ich habe dich nicht hier einziehen lassen, damit du den ganzen Tag vor der Glotze sitzt ..."

Nein, er war nur eingezogen, weil seine Eltern ihn loswerden wollten.

„Ich bezahle die Hälfte der Miete, also ist es jetzt wohl auch meine Wohnung." Ein lächerliches Argument.

„Dass ich nicht lache ... Deine Mutter bezahlt dir alles, weil du immer noch kein eigenes Geld verdienst."

„Wenigstens muss ich nicht an der Kasse eines schäbigen Supermarktes sitzen ..."

Sandra kniff die Augen zusammen. „Ist das dein Ernst? Beleidigst du mich jetzt etwa, weil ich arbeiten gehe und Geld verdiene?"

„Ach, lass mich doch einfach in Ruhe." Er machte eine abfällige Geste und setzte zur Flucht an. Das tat er immer, wenn ihm die Argumente ausgingen, die bei ihm nichts weiter als haltlose Beleidigungen waren.

„Nein. Das tue ich erst, wenn du mir versprichst, mit mir zum Klassentreffen zu gehen."

„Geh doch allein. Ich hab keinen Bock darauf."

Sandra stellte sich ihm in den Weg. In seiner unmittelbaren Nähe fühlte sie sich unwohl. Es gab keinerlei Anziehung zwischen ihnen, nur Zwang. „Wir müssen da zusammen hin. Das sind wir Alissa schuldig."

„Einen Dreck sind wir ihr schuldig ..." Christopher spie die Worte aus. „Lass mich doch einfach in Ruhe. Ich möchte von dem Mist nichts mehr wissen."

Er drängte sich unsanft an ihr vorbei. Respekt kannte er nicht.

„Zoe wird auch kommen", spielte Sandra ihren letzten Trumpf aus. Nach dem missglückten Gespräch bei Herr Andres hatte sie bei Paul angerufen. Er wohnte noch immer in Wiesbaden. Ein Paar Mal waren sie einander über den Weg gelaufen, ohne ein echtes Gespräch anzufangen.

Der einstige Klassenclown hatte sich am Telefon seltsam verhalten angehört und ihr offenbart, dass Zoe bei ihm war und sie das Klassentreffen auf keinen Fall verpassen wollte.

„Es gibt Dinge, vor denen man sich nicht verstecken kann ...", hatte er gesagt und den Nagel auf den Kopf getroffen.

„W-Was?" Christopher blieb wie angewurzelt stehen. „Zoe Weber?"

Sandra nickte. Zu ihrer eigenen Verwunderung schmerzte sie der Gedanke an Zoe. Sie war so perfekt, so selbstsicher und attraktiv. Alle Jungen waren verrückt nach ihr gewesen, doch sie hatte nie jemanden an sich heran gelassen. Eine kühle Eisprinzessin. So hatte Sandra ihre schwarzhaarige Mitschülerin damals genannt.

„Und das soll mich jetzt umstimmen?" Er trat nach draußen auf den Flur und schlürfte in die Küche. Selbst seine trägen Füße konnte er nicht anheben.

„Ja", rief Sandra ihm hinterher und folgte ihm. Wenn ihn einer animieren konnte, seinen faulen Hintern zum Klassentreffen zu bewegen, dann Zoe.

„Woher weißt du, dass sie kommt?", bohrte er nach und ging zum Kühlschrank.

„Ich habe mit Paul gesprochen. Sie ist bei ihm!" Sandra sah angewidert zu, wie sich Christopher eine Milchpackung an den Mund setzte und mehrere Schlucke trank. Widerlich.

„Sind die Beiden jetzt zusammen?" Er versuchte gleichgültig zu klingen, doch Sandra spürte seine Eifersucht. Seine allererste Gefühlsregung. Sie hatte seinen wunden Punkt getroffen.

„Glaub nicht ..."

„Du glaubst es nicht? Hat sie nach mir gefragt?" Christophers übertriebenes Selbstvertrauen überraschte Sandra.

„Ja", log sie schnell. „Sie meinte, sie freut sich, dich wiederzusehen."

Christopher grinste wie ein liebeskranker Idiot. Er ahnte nicht, wie seine Chancen bei Zoe tatsächlich standen. Wenn man in diesem Zusammenhang überhaupt von Chancen sprechen konnte.

Er stellte die geöffnete und mit seinen Bakterien verseuchte Milchpackung zurück in den Kühlschrank. „Na, wenn das so ist ..."

Sandra wartete gespannt. Der Sieg war ihr gewiss.

„... kann ich die liebe Zoe wohl nicht enttäuschen."

Damals

Für gewöhnlich hielt sich Alissa von öffentlichen Plätzen mit zu vielen Menschen fern. Solche Orte erdrückten sie, auch wenn es meistens nicht die Orte an sich waren, sondern die Personen, die dort alles mit Leben füllten. Alissa bevorzugte die Einsamkeit, denn dort war kein Platz für Erniedrigungen und Anfeindungen.

„Es ist doch echt gemütlich hier", meinte Maja, als sie ein kleines Café gefunden hatten. Zielstrebig steuerte sie einen kleinen, runden Tisch an und nahm Platz. „Na, was wollt ihr trinken? Zum Glück habt ihr die beste Französischschülerin des Jahrgangs vor euch."

„Ohne dich wären wir aufgeschmissen, Süße." Erik rückte mit einem Stuhl näher an Maja heran und gab ihr einen Kuss auf die Wange. Unwillkürlich musste Alissa an ihren eigenen Kuss denken und Zoes geschocktes Gesicht. Vielleicht bedeutete ein Wangenkuss tatsächlich mehr als Freundschaft.

Erik zupfte an seinem Lederarmband herum und tat, als würde er die Speisekarte studieren, doch die französische Sprache schien ihm nicht besonders gut zu liegen. „Ich glaube, ich nehme eine Cola."

Maja sah fragend zu Alissa, als eine Kellnerin neben dem Tisch trat. Sie trug einen langen Wollpullover und eine schwarze Leggins.

„Bonjour", begrüßte sie ihre Gäste und fragte etwas auf Französisch.

Maja grinste breit. „Un Coca-Cola, un café et …"

Sie sah zu Alissa, die unsicher die Tischplatte anstarrte.

„Ist eine Cola in Ordnung?", fragte Maja.

Die Kellnerin beugte sich mit dem Oberkörper über den Tisch. „Oh, ihr seid aus Deutschland."

„Oui", sagte Maja. „Wir sind hier auf Klassenfahrt."

Die Frau legte eine Hand auf Majas Schulter und fuhr im fließendem Deutsch fort: „Ich komme ursprünglich aus Sachsen Anhalt, aus einem kleinen Dorf im Norden. Aber ich habe schnell gemerkt, dass mein Herz in Wahrheit für Frankreich schlägt. Paris ist eine tolle Stadt."

Erik und Maja nickten, während Alissas Verlegenheit wuchs. Small Talk lag ihr nicht, obwohl es im Grunde so einfach war. Ein Wort führte zum nächsten. Doch Alissa wusste, wie schwer es war, auch nur ein Wort über die Lippen zu bekommen.

In ihr wuchs der altbekannte Drang wegzulaufen. Zum Glück war sie mittlerweile eine Meisterin, sich ihm zu widersetzen.

„Also, was möchtest du, Alissa?" Majas Stimme hielt sie vom weiteren Grübeln ab. Es war toll ihren Namen von einem Gleichaltrigen einmal ohne den unliebsamen Zusatz zu hören.

„Eine Cola ist in Ordnung", sagte sie leise und betete, dass die freundliche Caféangestellte sie nicht für unhöflich hielt.

„Gerne!" Sie verschwand und kam kurz darauf mit den Getränken wieder. „Wir haben auch leckere Macarons. Die müsst ihr unbedingt probieren."

Maja war begeistert und bestellte drei verschiedene Sorten des Gebäcks. „Die wollte ich eh schon immer mal probieren. In unserem Französischbuch sehen die so lecker aus."

Sie nahm sich einen roten Macaron und steckte ihn in ihren Mund. „Echt lecker. Bedient euch!"

Erik ließ sich dies nicht zweimal sagen. Gierig schnappte er sich den Schokomacaron.

Alissa starrte auf den Teller und traute sich nicht, ihre Hand danach auszustrecken, obwohl ihr Magen eindeutig etwas zu essen verlangte. Er gab ein lautes Knurren von sich.

Freundschaftlich schob Maja den Teller in Alissas Richtung. „Der ist für dich. Nimm ihn lieber, bevor Erik ihn sich schnappt."

Alissa nickte und nahm den Macaron. Er schmeckte köstlich.

„Du hast bestimmt schon 'ne ganze Weile nichts mehr gegessen, was?", fragte Maja und nippte an ihrem Kaffee. „Wir haben dich gestern Abend und heute Morgen im Speisesaal gesehen. Sah nicht so aus, als wärst du zum Essen gekommen."

Alissa rutschte das Herz in die Hose. Um ein Haar hätte sie sich an dem Rest von dem Macaron verschluckt.

„Ich finde es echt scheiße, wie die anderen dich behandeln", fuhr Maja fort. „Wie hältst du das alles bloß aus?"

„Ach, Schatz." Erik stieß mit der Schulter gegen seine Freundin. „Solche Fragen stellt man nicht."

Alissa merkte Übelkeit in sich aufsteigen. Eine Übelkeit, die sicher nicht von dem verspeisten Gebäck kam. Sie nahm einen Schluck von ihrer kühlen Cola. „I-Ist schon in Ordnung. Manchmal frage ich mich selbst, wie ich das aushalte."

„Du Arme!" Maja streckte eine Hand aus und berührte sie am Oberarm. Erschrocken wich Alissa zurück.

Majas blaue Augen schauten sie mitfühlend an. „Es tut mir leid, Alissa. Ich bin selbst so schwach und weiß, dass ich ebenfalls Fehler gemacht habe. Erinnerst du dich an damals, als ich dich auf dem Schulklo beschützt habe? Das hätte ich viel öfter tun sollen ..."

Eine vage Erinnerung drängte sich an die Oberfläche. Eine Erinnerung, die für gewöhnlich in der hintersten Ecke ihres Gehirns schlummerte.

Christopher und seine Freunde hatten ihren Spaß dabei gehabt, Alissa mit Essensresten aus dem Mülleimer der Schulkantine zu bewerfen. Wenn sie im Anschluss dann völlig aufgelöst auf die Mädchentoilette gerannt war, um sich zu säubern, hatten sie sich an ihre Fersen geheftet und Christopher hatte seinen Spaß dabei, ihren Kopf in der Kloschüssel zu versenken. Einmal hatte sich Maja für Alissa eingesetzt und Christopher beim Lehrer verpetzt. Wie konnte Alissa das nur vergessen? Die meisten guten Erinnerungen waren mittlerweile von der großen Anzahl an schlechten verdrängt worden.

„Du weißt, was ich meine ...", stellte Maja fest. „Ich habe versucht, mit Christopher zu reden, aber es ist, als müsste ich einen sturen Esel besänftigen. Du weißt ja selber, wie er so drauf ist ... Manchmal frage ich mich, ob er Probleme zuhause hat oder sonst irgendein Trauma ..."

Alissa wusste wie bösartig Christopher war. Er war die Wurzel des Übels. Mit ihm hatte das Mobbing überhaupt erst angefangen. „Ich weiß nicht, warum er mir das alles antut ... Ich meine, ich habe ihm doch nichts getan ..."

„Der lebt in seiner eigenen Welt", meinte Erik. „Vor kurzem wollte er bei uns Fußball spielen, aber schon nach der ersten Standpauke des Trainers ist er ausgerastet und hat uns alle als Loser bezeichnet. Dann ist er einfach vom Feld spaziert und hat sich von seiner Mami abholen lassen ..."

„Auch wie er sich im Unterricht gibt ... Das ist doch nicht normal", fügte Maja hinzu. Wut schwang in ihrer Stimme mit. „Der denkt, ihm würde die ganze Schule gehören. Dabei hat er nichts als heiße Luft in der Birne und sieht aus wie ein Mastschwein. Er stachelt alle an und seltsamerweise hören sie auf ihn."

Alissa fühlte sich mit einem Mal leichter, als würde eine Last von ihren Schultern fallen. Sie war nicht mehr allein. Es gab Leute, die genauso dachten wie sie.

Sie fasste Vertrauen. Damit begab sie sich auf dünnes, zerbrechliches Eis, doch es fühlte sich richtig an. Mit leiser Stimme erzählte sie den beiden von Christophers Aktion vom Vortag und verschwieg kein einziges Detail. Es tat gut, ihre Probleme in Worte zu fassen, auch wenn sie schmerzten.

„Der Typ ist echt krank ...", kommentierte Maja Christophers Aktion mit dem Kot und seine anschließende Drohung. „Ich finde, du solltest es ihm heimzahlen."

„Ich?" Alissa war geschockt. War hier Rache gemeint?

„Natürlich! Wer sonst?" Maja schob ihre Kaffeetasse beiseite und beugte sich über den Tisch. Mit geheimnisvoller Stimme fuhr sie fort. „Willst du keine Gerechtigkeit? Möchtest du nicht, dass er dieselben Schmerzen wie du spürt? Oder soll er ungeschoren davonkommen?"

Gerechtigkeit. Das Wort hallte in Alissas Ohren nach. Gab es in dieser ungerechten Welt überhaupt Platz für Gerechtigkeit?

„I-Ich weiß nicht ...", stotterte sie, obwohl die Antwort auf der Hand lag. Die einzige Hürde bestand darin, sie sich einzugestehen.

„Überleg es dir ..." Maja lehnte sich zurück und ihr Gesichtsausdruck wurde weicher. „Und wenn du Unterstützung brauchst, weißt du ja, auf welcher Seite Erik und ich stehen ..."

Heute

Zoe verbrachte die Nacht auf Pauls Couch. Den muffigen Gestank nahm sie nur am Rande wahr. Mit Luke hatte sie die Nächte in irgendwelchen verlassenen und heruntergekommenen Häusern verbracht. Meistens hatten sie auf dem Boden schlafen müssen. Auf der Straße durfte man nicht wählerisch sein.

Paul weckte sie am Morgen mit einer Tasse Kaffee. „Na, hast du gut geschlafen?"

So nett und zuvorkommend kannte sie Paul überhaupt nicht. Früher hatte er sich ungeschickt und viel zu forsch an das weibliche Geschlecht herangewagt.

Sie richtete sich auf und streckte sich. „So gut wie schon lange nicht mehr. Vielleicht ziehe ich bei dir ein, wenn das alles vorbei ist, Kerni."

Die Stimmung kippte und Paul wurde melancholisch. „Wenn was vorbei ist? Du glaubst doch nicht wirklich, dass dieser ganze Dreck jemals endet!?"

„Ach, Kerni ..." Zoe griff nach der Kaffeetasse und nahm einen Schluck. Das Gebräu schmeckte widerlich. „Wir gehen da heute hin und dann wird alles besser werden."

Eine naive Hoffnung, die nicht mal eine minimale Chance enthielt.

„Ja, es wird besser werden, weil es schlicht und ergreifend nicht mehr schlimmer werden kann."

„Jetzt sei mal nicht so pessimistisch." Sie schlug ihm leicht gegen die Schulter. „Das passt gar nicht zu dir. Wo sind denn deine coolen Sprüche von damals geblieben?"

„Die Menschen, die wir damals gewesen waren, gibt es nicht mehr." Ein Schatten legte sich auf sein Gesicht. Er trug an diesem Morgen kein Baseballcap und seine Haare standen wirr in alle Richtungen ab. „Das solltest du wissen."

Ja, das wusste sie, doch trotzdem wollte sie nicht darüber sprechen. Es änderte nichts daran.

„Wie kommen wir eigentlich zu dem Klassentreffen?", wechselte Zoe das Thema. „Laut der Einladung ist es in Georgenborn. Von dem Ort habe ich noch nie gehört, auch wenn ich hier aufgewachsen bin ..."

„Das ist nicht weit von hier ..." Paul schnappte sich die Packung Zigaretten, die er sich in der Nacht von einem seiner Nachbarn besorgt hatte. Er bot ihr eine an, doch sie lehnte ab. Sie wollte sich das Rauchen nicht angewöhnen. Solche Laster wurde man nur schwer wieder los.

Lässig zündete Paul die Zigarette an und blies den Rauch in ihre Richtung. „Dein Verehrer kommt uns abholen ..."

„Mein was?"

„Du weißt schon ... Der dicke Christopher. Ich habe heute morgen noch mal mit Sandra telefoniert. Die beiden holen uns gegen 13 Uhr ab."

„Verehrer ..." Zoe schnaufte. Christopher war der Letzte, den sie auf dem Klassentreffen sehen wollte. „Der Typ hat mich schon damals genervt."

„Habe ich dich auch genervt?" Pauls Frage überraschte sie. War das ein Flirtversuch?

Zoe stellte die Kaffeetasse auf den Couchtisch, auf dem unzählige Bierflaschen standen. Ihr Magen knurrte laut. Die Chancen, dass Paul etwas Essbares in dieser Bruchbude lagerte, standen sehr schlecht. „Mich hat damals jeder genervt ... Obwohl ..."

Sie dachte kurz nach. „Tobi fand ich echt süß, aber der hatte nur seine dämliche Band im Kopf."

„Das bricht mir jetzt das Herz." Theatralisch fasste sich Paul an die Brust. „Und ich dachte, du stehst auf mich."

„Tja, so kann man sich täuschen ..." Zoe zuckte mit den Schultern. Sie erhob sich. „Ich gehe dann mal ins Bad, wenn du nichts dagegen hast."

„In der Dusche gibt es aber kein warmes Wasser."

Zoe seufzte. „Hätte mich auch gewundert. Ich werde es schon überleben."

Sie ging ins Bad, das so heruntergekommen wie die restliche Wohnung aussah. Die Dusche war total verdreckt und Pauls dunkle Barthaare lagen im Waschbecken verteilt. Der schlimmste Anblick bot die schmutzige Toilette. Das weiße Keramik war nur noch zu erahnen.

Sie riss das letzte Toilettenpapier von der Rolle und breitete es auf der Schüssel aus. Erst dann ließ sie sich nieder.

Für einen Moment schloss sie die Augen. Eine Erinnerung drängte sich an die Oberfläche. Der Louvre. Die Toilette und Pauls seltsame Aktion. Zoe hatte ihn damals gefragt, was vorgefallen war.

„Nichts", hatte er geantwortet. „Ich habe Ekelalissa kein Haar gekrümmt."

Zoe war es damals egal gewesen. So egal, wie ihr zu der Zeit alles egal gewesen war.

Sie schüttelte den Kopf und verdrängte die Schuld, die wie prallgefüllte Luftballons in ihrem Kopf umherschwebten und ihr ganzes Bewusstsein füllten. Die Vergangenheit musste ruhen und die Ballons sollten endlich an Luft verlieren, wenn sie schon nicht platzen konnten.

Sie betätigte die Spülung, doch es floss kaum Wasser heraus. Wie konnte Paul in diesem Loch bloß wohnen?

Tief durchatmend schaute sie in den schmierigen Spiegel. Ein schmaler Riss zog sich durch ihr Spiegelbild und sie musste den Blick abwenden. Sie war sich so fremd. Es fühlte sich an, als würde ihr ein anderer Mensch entgegenblicken. Ein Mensch, der in einer Welt lebte, die vor vielen Jahren existiert hatte.

Sie schlüpfte aus ihrer Hose und ihrem T-Shirt und stieg unter die Dusche. Als der kalte Wasserstrahl ihren Körper traf, zuckte sie zusammen und die dritte Erinnerung des Tages kämpfte sich an die Oberfläche. Eine dunkle Erinnerung an den Moment der Klassenfahrt, der den Stein des Unheils endgültig ins Rollen brachte.

Damals

Alissa schaffte es, am Abend im Speisesaal mit Maja und Erik zu essen. Eine angespannte Stimmung lag in der Luft. Die vernichtenden Blicke der anderen Schüler brachten sie aus der Fassung. Sie waren anders als die belustigten Gesichtsausdrücke, die sie gewohnt war.

Niemand schien ihr diese aufkeimende Freundschaft zu gönnen und Maja musste sich beim Wegbringen ihres Tabletts fiese Sprüche von Paul und Christopher anhören.

Alissa fühlte sich schuldig, doch Erik beruhigte sie.

„Mach dir nichts draus", meinte er und lächelte. Nie zuvor hatte sie jemand so angelächelt. „Irgendwann werden sie die Lust verlieren und aufhören."

Ein schwacher Trost. Ihre Mitschüler hatten viel zu viel Spaß dabei, sie zu quälen.

„Ja, das sind alles Idioten ...", meinte Maja und griff nach Eriks Arm. „Lasst uns verschwinden."

Sie verließen den Speisesaal. Alissa schaute auf den Boden und blendete alles um sich herum aus. Sie hatte jetzt Freunde und war nicht mehr allein. Gemeinsam waren sie stark genug, einen Wall um sich aufzubauen.

Sie steuerten den einzigen Freizeitraum der Jugendherberge an, um nicht auf ihre Zimmer gehen zu müssen.

„Wir könnten Billard spielen", schlug Erik vor. Es war die einzige Beschäftigungsmöglichkeit in dem kleinen Raum. Ansonsten gab es noch einen langen Tisch, an dem bereits zwei Mädchen saßen und in einer Zeitschrift blätterten.

„Keine Lust ..." Maja steuerte den hintersten Teil des Zimmers an und setzte sich im Schneidersitz auf den Boden.

Erik zuckte mit den Schultern und ließ sich neben seiner Freundin nieder. Zärtlich schlang er einen Arm um sie. „Mach dir doch nichts aus diesen Kleinkindern."

Alissa wusste nicht, was sie tun sollte. Maja war ihretwegen so schlecht drauf. Sie verschränkte die Arme vor der Brust. Ihre gewohnte Abwehrhaltung.

„Vielleicht sollte ich gehen ...", flüsterte sie leise und schaute zu Maja. „Dann lassen euch die Anderen auch wieder in Ruhe."

Majas Augen wurden groß. „Das kannst du vergessen. Ich lasse mir von denen doch nicht vorschreiben, mit wem ich meine Zeit verbringe."

Sie schaute zu Erik. „Dieser bescheuerte Christopher meinte, ich sollte vorsichtig sein, mit wem ich mich abgebe, sonst wache ich morgen früh mit Scheiße im Gesicht auf. Was soll dieser Kindergarten?"

„Wenn du willst, rede ich mit ihm ..." Eriks Stimme wurde sanft. „Es wird Zeit, dass ihn mal jemand von seinem hohen Ross holt."

„Das bringt doch nichts." Maja vergrub ihr Gesicht in ihren Händen. „Mit dem kann man nicht reden. Selbst wenn ein Lehrer ihm im Unterricht anspricht, gibt er nur patzige Antworten. Respekt ist für ihn ein Fremdwort."

Sie schaute zu Alissa und gab ihr zu verstehen, sich ebenfalls hinzusetzen. „Hast du schon darüber nachgedacht, was ich dir vorhin gesagt habe?"

Alissa blinzelte und hockte sich hin. Sie wusste genau, auf welches Thema Maja abzielte. „I-Ich weiß nicht recht. Eigentlich möchte ich nur Ruhe haben ..."

„Aber wenn du nur abwartest und dir alles gefallen lässt, wirst du diese niemals bekommen!"

„Es sind ja nur noch ein paar Monate ..."

„Ja, und dann? Diese Deppen dürfen damit nicht durchkommen. Was, wenn sie sich dann beim Studium oder bei der Ausbildung das nächste Opfer suchen?"

Alissa dachte darüber nach. War sie etwa zu egoistisch? Sie wollte mit allem abschließen und nach dem Abitur ein neues Leben anfangen. Die Zeit sollte all ihren Schmerz vergessen machen und nichts als blasse, kaum sichtbare Wunden zurücklassen. „I-

Ich möchte einfach nicht dauernd an Christopher, Sandra und Paul denken müssen ..."

„Ah ..." Maja zog eine Augenbraue nach oben. „Das sind also unsere drei Hauptverantwortlichen. Wer trägt deiner Meinung nach die größte Schuld?"

Die Frage war leicht zu beantworten. „Christopher. Er hat mit alledem angefangen, als ich in eure Klasse kam."

„Und was ist mit Sandra? Und Paul?"

„Sandras Sticheleien sind halb so schlimm", erwiderte Alissa. Es war eine Lüge. „Und Paul ... Ich glaube, er will einfach nur lustig sein und sich vor den anderen aufspielen. Er merkt sicher überhaupt nicht, dass er mich verletzt."

Maja schnaufte. „Das merkt er auf jeden Fall! Und Sandra solltest du nicht in Schutz nehmen. Ich sehe doch, was sie im Unterricht mit dir abzieht."

„Es ist egal. Ich bin egal. Alles ist egal."

„Schwachsinn", fuhr Erik dazwischen. „In der Grundschule wurde ich auch gemobbt und ich habe es auch als „halb so schlimm" angesehen, aber es war genau das Gegenteil. Du bist nicht egal und das, was sie dir antun, sollte bestraft werden."

Alissa legte den Kopf auf ihr Knie. „A-Aber was soll ich denn tun? Die Lehrer interessieren sich nicht für mich ..."

„Ja, so sind Lehrer ..." Maja rückte näher zu Alissa. „Ich finde, wir sollten es selbst in die Hand nehmen. Diese Trottel sollen die Klassenfahrt nie mehr vergessen."

Alissa runzelte die Stirn. „Du meinst, wir sollen ihnen die Abschlussfahrt versauen?"

Ein Grinsen erschien auf Majas Gesicht. „Nein, ich finde, wir sollten ihnen das ganze Leben versauen."

„Ihr ganzes Leben?" Alissa kaute auf ihrer Unterlippe herum. Auf der einen Seite gefiel ihr der Gedanke, doch auf der anderen Seite wusste sie, wie falsch er war. Es würde sie vom Weg abbringen.

Maja öffnete den Mund, doch bevor sie etwas sagen konnte, ertönte ein lautes „Na schaut euch das mal an".

Alissa drehte ihren Kopf und sah Christopher, der mit Tom den Raum betrat. Wie immer grinste Tom dämlich vor sich hin und Christopher stolzierte, als wäre er einer der wichtigsten Menschen dieses Planeten.

„Ist das der neue Loser-Club?", fragte er höhnisch und durchquerte den Raum. „Ist ja schon irgendwie süß. Was muss man tun, um beizutreten?"

Maja und Erik seufzten und machten Anstalten, sich zu erheben. Alissa hielt sie zurück. Sie wollte nicht flüchten.

„D-Du musst gar nichts tun", meinte sie leise. „Du bist ja eh schon ein Loser."

Maja kicherte und nickte stolz. Es gab Alissa Mut.

Christopher fauchte wie ein wildes Tier, holte aus und trat Alissa gegen den Rücken. „Pass auf, was du sagst, du widerliches Drecksstück."

Alissa fiel nach vorne und stieß mit dem Kopf gegen Majas Schulter. Ein Schmerz wanderte ihre Wirbelsäule entlang. Sie verzog keine Miene. Diese Genugtuung wollte sie ihm nicht geben.

Weitere Schüler strömten in den Freizeitraum. Allen voran Sandra und Paul. „Was geht denn hier ab?"

„Lasst uns verschwinden ..." Maja zog Erik auf die Beine. „Diesen Kindergarten muss ich mir echt nicht geben."

Panik schwang in ihrer Stimme mit. Seltsamerweise verspürte Alissa selbst keine Angst, nur Wut. Vielleicht war Rache doch keine so schlechte Idee?

„Nein", sagte Alissa laut und deutlich. „Wir müssen nicht gehen."

Um sie herum bildete sich ein Halbkreis. Die Schüler, die vorwiegend aus ihrer Klasse stammten, gafften und holten ihre Handys heraus. Keiner wollte das Spektakel verpassen.

„Jetzt wird Ekelalissa aber mutig", lachte Christopher und lehnte sich gegen die Wand. „Du bist wohl froh, endlich Freunde gefunden zu haben, was? Aber soll ich dir etwas verraten? Die meinen es nicht ehrlich mit dir. Sie haben bloß Mitleid."

„Das stimmt nicht!" Maja trat neben Alissa und ergriff ihre

Hand. „Ich habe viel zu lange tatenlos zugeschaut. Damit ist jetzt Schluss! Warum gebt ihr Alissa nicht einfach eine Chance? Sie hat euch doch überhaupt nichts getan ..."

„Sie verschmutzt die Luft, die wir atmen", sagte Paul, der neben Zoe stand und besitzergreifend einen Arm um sie gelegt hatte.

Ein paar Schüler lachten, aber die meisten fanden den Witz lahm. Paul konnte es besser.

Christopher bäumte sich vor Alissa auf. „Sie ist Abschaum. Schau sie dir doch an. Willst du mit so jemanden echt befreundet sein?"

Er kam näher und Alissa spürte seinen Atem auf ihrer Haut. Ein widerlicher Geruch drang in ihre Nase.

„Ja, was dagegen?", fragte Erik und trat neben Maja und Alissa.

„Und wer bist du, wenn ich fragen darf? Ich habe dich noch nie gesehen!" Christopher musterte Erik abschätzig von oben nach unten.

„Zum Glück ...", konterte Erik. „So konnte ich von dir wenigstens nicht überrollt werden."

Sandra lachte los, obwohl es für sie keinen Grund zum Lachen gab. Sie war genauso pummelig.

Christopher knurrte wie ein angriffslustiger Wolf. „Du hältst dich wohl für klug, was?"

„Klüger als du, bin ich auf jeden Fall!"

Maja schlang einen Arm um Eriks Hüfte. „Lass gut sein, Schatz. Wir werden uns später um diese Idioten kümmern."

„Oh, soll das eine Drohung sein?" Christopher lachte. Es klang wahnsinnig. „Pass du mal besser auf, dass sich Ekelalissa nicht deinen Freund schnappt. Die ist so verzweifelt, dass sie jeden küsst."

Alissa warf einen Blick zu Zoe, deren Augen finster wurden. Die Schwarzhaarige rückte näher an Paul heran und flüsterte ihm etwas zu.

Maja bahnte sich einen Weg durch die Masse und zog Erik

hinter sich her. Alissa sah ihnen nach und wandte sich dann an Christopher, der grinste, als hätte er diese Schlacht gewonnen.

„Übrigens war das, was Maja gesagt hat, keine Drohung ...", spie sie ihm all ihren Hass entgegen. „... sondern ein Versprechen!"

Heute

Es war Sonntag. Kein normaler Sonntag, sondern der Tag, an dem das Klassentreffen stattfinden sollte.

Joachim Andres wollte den ganzen Tag im Bett verbringen und sich unter seiner warmen Daunendecke verstecken, doch sein wild klopfendes Herz machte ihm einen Strich durch die Rechnung. Es fühlte sich an, als würde er jeden Moment einen Herzinfarkt bekommen. Seine gerechte Strafe, die viel zu spät kam.

Mit zittrigen Beinen ging er in die Küche und suchte in den Schränken nach einer Packung Tee. Sabine, seine Exfrau, hatte ständig neue Sorten ausprobiert und sie bei ihrem Auszug zurückgelassen.

Joachim entschied sich für Zitronenmelisse, da er wusste, dass dieses Kraut auch Herztrost genannt wurde und sein Herz dringend Trost brauchte, genau wie die depressive Stimme in seinem Kopf.

Er fasste sich an die Schläfe. Die ganze Nacht hatte er kein Auge zu bekommen. Das Klassentreffen ging ihm nicht mehr aus dem Kopf, obwohl er sich längst entschieden hatte, nicht hinzugehen.

Vielleicht werde ich meinen Job wirklich an den Nagel hängen und etwas anderes machen, dachte er. Ich könnte nach England ziehen, mir ein Haus fern der Zivilisation kaufen und niemals wieder einen Gedanken an die Vergangenheit verschwenden.

Ja, das könnte er tun, aber er würde es nicht. Er war gefangen im Alltagstrott, ein Opfer des Systems, das er vor seinen Schülern stets verteidigte. Sein Beruf war alles für ihn, alles und nichts.

Das Wasser kochte und er befüllte einen Teebeutel mit Melissenblätter. Nun hieß es warten, warten auf die Entspannung und warten, dass der Tag zu Ende ging.

Er setzte sich an den Küchentisch und schaute nach draußen. Der Herbst hatte die Blätter der Bäume dunkel gefärbt. Sie passten zum düsteren Himmel, der mit grauen Wolken bedeckt war und die Traurigkeit dieses Tages widerspiegelte. Eine höhere Macht hatte sich auf Alissas Seite geschlagen. Zu Recht.

„Ich werde da nicht hingehen", sagte er laut, als müsste er sich selbst überzeugen. Er wollte sich beweisen, wie stark er war, wie viel er einstecken konnte, doch sein innerlicher Kampf war längst verloren.

Er trank einen Schluck vom Tee, der viel zu heiß war und seine Zunge verbrannte. Er schmeckte nicht. Nichts schmeckte mehr.

Die Teeblätter waren alt. Sabine hatte ihn vor fast zwei Jahren verlassen. Zwei Jahre, in denen die Wunden der ehemaligen Liebe vollständig heilen konnten. Doch die uralten Wunden von der Klassenfahrt waren niemals verschwunden und jetzt wurden sie wieder aufgerissen.

„Ich gehe da nicht hin!", wiederholte er. Seine Stimme wanderte durch das Haus, ohne auf einen Zuhörer zu stoßen. In Joachims Leben gab es niemanden. Er interessierte sich nicht für Menschen und Menschen interessierten sich nicht für ihn. Selbst Frauen konnte er nichts mehr abgewinnen.

Er trank einen weiteren Schluck. Er schmeckte besser als der erste.

Ein unerwarteter Luftzug ließ ihn frösteln. Er zuckte zusammen. Tee schwappte über den Rand der Tasse.

„Mist ...", fluchte er und erhob sich. „Habe ich gestern etwa wieder die blöde Tür offen gelassen?"

Das passierte ihm öfters. Er stand völlig neben sich.

Er flitzte zur Haustür. Sie war tatsächlich offen. Ein Wunder, dass er im Schlaf nicht ermordet worden war.

Er schaute nach draußen in den Garten, der das gleiche trostlose Leben führte wie er selbst. Sein Blick blieb am Briefkasten hängen. Ein langer Umschlag ragte heraus.

Joachim trug nichts als eine Boxershorts und ein Shirt, doch trotzdem ging er nach draußen und griff sich die Post, auf der weder ein Absender noch ein Empfänger stand.

Seltsam ..., dachte er. Gestern Abend war der Briefkasten leer gewesen ...

Er eilte zurück ins Haus. Den Umschlag hielt er wie ein totes Tier weit von sich gestreckt. Er wollte mit alledem nichts zu tun haben.

Joachim setzte sich an den Küchentisch und legte den Umschlag vor sich ab. Rein äußerlich wirkte er stinknormal. Ein schlichter, brauner Umschlag für DIN A4 Blätter.

„Okay ...", sagte Joachim laut. „Ich werde einfach reinschauen. Es ist bestimmt etwas Harmloses. Vielleicht ein Brief meiner Schüler ..."

Sein Herz schlug wild in seiner Brust. Er nahm all seinen Mut zusammen und riss den Umschlag auf.

„Nein ..." Er sah sofort, was sich im Inneren befand. Ein gutes Dutzend Fotos von der Klassenfahrt. Alle Bilder kamen ihm bekannt vor.

Eine Träne schlich heimlich über sein Gesicht. Er bemerkte sie nicht.

Vorsichtig nahm er das erste Bild in seine Hand. Es zeigte Alissa. In ihren Augen spiegelte sich die Verzweiflung, ihre Angst war greifbar und wanderte von dem Bild direkt in Joachims Bewusstsein.

Er war ein schlechter Lehrer gewesen. Er hatte den Schmerz des Mädchens gesehen, aber nichts getan. Wie dumm. Wie unmenschlich.

Weitere Fotos rutschten aus dem Umschlag, eins grausamer als das andere. Alissa, die mit nasser Hose betroffen auf den Boden starrte, Alissa weinend auf dem Hochbett, Alissa im Bus und Alissa neben einem rothaarigen Mädchen und einem großen, schlanken Jungen. Maja Posch und Erik Giese. Zwei Schüler, die kurzzeitig mit ihr befreundet gewesen waren.

Mit zittrigen Fingern schob er das Bild beiseite und griff sich das nächste. Er erstarrte.

„Alissa ...", keuchte er und umklammerte die Tischplatte. Die Welt um ihn herum verschwamm, nur noch das Bild war präsent.

Es zeigte das braunhaarige Mädchen nackt unter der Dusche. Sie versuchte ihren dürren Körper mit ihren Armen zu bedecken. Es gelang ihr nicht. Die unzähligen Schnittwunden, die Bauch und Oberschenkel bedeckten, waren gut sichtbar.

Damals

Alissa wollte nicht zurück auf ihr Zimmer. Sie wollte bei Maja und Erik bleiben, doch es wurde langsam Zeit. Herr Andres bestand darauf, die Nachtruhe strikt einzuhalten. Er wollte alles einhalten, nur Alissa vernachlässigte er wissentlich.

Maja und Erik sollten noch ein paar Minuten für sich haben, weswegen Alissa sich verabschiedete.

„Wir sehen uns dann morgen zum Frühstück", meinte Maja. „Und wenn die blöden Ziegen dich das Bad nicht benutzten lassen, komm einfach zu mir."

Alissa nickte und lächelte. Es war das erste ehrliche Lächeln seit langer Zeit.

Erik winkte ihr zu. Dann schlang er einen Arm um seine Freundin und zog sie mit sich. Alissa war wieder allein, aber nicht einsam.

Sie ging zu ihrem Zimmer und hoffte, dass Sandra, Lena und Jenny nicht dort waren. Natürlich wurde sie enttäuscht.

Die drei Mädchen saßen am Schreibtisch und tippten auf ihren Handys herum.

Sandra schaute zu ihr. „Na, wen haben wir denn da? Verbringst du die Nacht etwa nicht bei deinen neuen Freunden?"

Alissa erwiderte nichts. Schnurstracks steuerte sie das Badezimmer an.

„Ich rede mit dir, Ekelalissa", keifte Sandra und sprang auf. „Was war denn das vorhin für eine kranke Aktion? Nur weil du denkst, jemanden gefunden zu haben, der auf deiner Seite steht, musst du dich noch lange nicht so aufführen ..."

Sandras Worte erreichten Alissa nicht. Sie drangen in ihr eines Ohr und kamen nur eine Millisekunde später aus dem anderen Ohr wieder heraus.

Bevor Alissa die Tür zum Bad erreichen konnte, zog Sandra sie unsanft zur Seite. „Du wirst da nicht reingehen ..."

Alissa atmete tief durch. „Doch werde ich ... Ich habe für dieses Zimmer bezahlt, genau wie ihr, also habe ich das Recht, das Bad so oft zu nutzen, wie ich will!"

Sandras viel zu stark geschminkte Augen wurden groß. Vermutlich lief ihr Gesicht rot an, aber das war aufgrund der dicken Make-Up-Schicht nicht zu erkennen. „Was hast du da gesagt?"

Alissa verschränkte die Arme vor der Brust, nicht aus Angst, sondern um Sandra zu zeigen, dass sie sich von nun an nicht mehr alles gefallen ließ.

„Ich werde jetzt ins Bad gehen und duschen", erklärte Alissa ruhig. „Dagegen wirst du nichts tun können. In den nächsten Tagen werden wir uns das Zimmer leider teilen müssen."

Die Worte fielen ihr erstaunlich leicht. Eine Spur zu leicht. Sie musste nicht nachdenken. Die Sätze sprudelten aus ihr heraus, als hätte sie jemand auf ihre Zunge gelegt.

Sandra drehte ihren Kopf in Richtung ihrer Freundinnen. „Habt ihr das gehört, Mädels?"

Ein Grinsen erschien auf ihrem Gesicht. Es erinnerte Alissa unwillkürlich an Christopher.

Jenny und Lena erhoben sich. Ehe Alissa realisieren konnte, was geschah, hatten die beiden ihre Handgelenke ergriffen.

„Na los", wies Sandra ihre Freundinnen an. „Wenn sie unbedingt duschen will, sollten wir ihr behilflich sein."

Unsanft wurde Alissa ins Badezimmer gezogen. Sie versuchte sich zu wehren, doch es war zwecklos. Sandra ging hinter ihr und stieß ihr in den Rücken.

„Jetzt zieht sie aus", befahl Sandra. „Dann können wir für die Jungs ein paar tolle Fotos machen."

Jenny und Lena sahen sich an. „Wir sollen sie ausziehen? Das ist widerlich."

„Nun habt euch nicht so ..." Sandra schüttelte den Kopf und drängte sich an ihren Freundinnen vorbei. Ihre dicken Finger fummelten unbeholfen am Knopf von Alissas Hose herum.

„Nein!" Alissa schrie auf. „Hört auf! Bitte!"

Sandra lachte auf. „Was hast du denn auf einmal? Gerade

wolltest du doch noch duschen? Schämst du dich etwa für deine Omaschlüpfer?"

Alissas Haare fielen ihr ins Gesicht. Sie bewegte ihren Körper hin und her und versuchte, sich zu befreien, doch die Mädchen waren zu dritt und somit stärker. Ein unfairer Kampf. So unfair wie das Leben.

Sandra zog ihr mit einem Ruck die Hose herunter und erstarrte. „Oh, mein Gott. Du bist echt ein Freak."

Sie hatten es gesehen. Ihr Geheimnis, das sie so gut versteckt hatte.

„Deswegen ziehst du dich im Sport immer in der Toilette um ..." Sandra wich einen Schritt zurück. „Du bist echt gestört, Ekelalissa."

„Nein ..." Alissa stöhnte auf. „Das sind nur Kratzer."

Sie fragte sich, wem sie etwas vormachen wollte. Die Wunden auf ihren Oberschenkel waren weit mehr als das. Sie steckten voller Bedeutung und voller Gefühle.

„Kratzer?" Sandra verließ das Bad und kam mit einem Fotoapparat wieder. „Das sind nicht bloß Kratzer, Ekelalissa. Du ritzt dich, um Aufmerksamkeit zu bekommen. Ich habe da neulich eine Doku drüber gesehen!"

Sie machte ein Foto von Alissas Oberschenkel. „Echt krass."

Alissa zuckte beim Blitzlicht zusammen. Ihr Mut war verschwunden, ebenso ihre Kraft. Sie fühlte sich leer und federleicht, als wäre ihr Körper längst tot.

„Jetzt zieht sie weiter aus ..." Sandra deutete mit dem Zeigefinger auf Alissas T-Shirt.

Lena ließ Alissas Handgelenk los. „Ich weiß nicht, Sandra. Vielleicht geht das jetzt eine Spur zu weit."

„Wovor hast du denn Angst?", fragte Sandra. „Die verpetzt uns schon nicht ..."

Unbemerkt schlichen sich Tränen auf Alissas Gesicht. Sie stand stocksteif da und fixierte einen Punkt an der gefliesten Wand. Sie wollte weg, doch ihr Körper gehörte ihr nicht mehr.

„Ich finde es trotzdem nicht richtig", blieb Lena bei ihrer

Meinung. Sie strich sich durchs blonde Haar. „Anscheinend hat sie echte Probleme."

Lena war dumm und naiv, genau wie der Rest der Schüler.

„Probleme ...", lachte Sandra und hob drohend einen Finger. „Du hast gleich Probleme, wenn du nicht tust, was ich dir sage!"

„Ohne mich ..." Lenas Stimme zitterte. Es fiel ihr schwer, sich Sandra zu widersetzen. „Mit diesem Mist will ich nichts zu tun haben!"

Sie verließ das Bad und Sandra bebte vor Wut. „Okay, Jenny. Dann ziehen wir das eben zusammen durch."

Zusammen. Das bedeutete bei Sandra reichlich wenig. Sie war gut darin, Befehle zu erteilen. Ihre eigenen Hände wollte sie sich nicht schmutzig machen.

Jenny zögerte für den Bruchteil einer Sekunde. Dann zog sie Alissa das T-Shirt unbeholfen und viel zu hektisch über den Kopf.

„Oh, netter BH ...", grinste Sandra und schoss ein Foto. „Hast du den in der Kinderabteilung gekauft?"

Alissas Brüste waren klein, sehr klein. Sie brauchte überhaupt keinen BH.

Jenny deutete auf Alissas Bauch. „D-Da hat sie sich auch geschnitten."

Ihre Stimme zitterte wie Espenlaub. Das schlechte Gewissen war ihr anzusehen.

„Echt krank, Ekelalissa", kommentierte Sandra die Schnittwunden. Sie waren frisch. Es war kurz vor der Klassenfahrt passiert. Das erste Mal, der erste Schnitt. Ein Ventil, um Druck abzubauen. Es hatte ihr geholfen.

„Jetzt noch den BH und diesen ekligen Slip." Sandra machte ein Bild nach dem anderen. Sie genoss die Überlegenheit.

Jenny machte Anstalten, ihre Hand auszustrecken, doch Alissa war schneller. Mit ausdrucksloser Miene schlüpfte sie aus ihrer Hose, zog sich den weißen Slip aus und öffnete den BH. Ihr war alles egal. Sollte Sandra mit den Bildern doch glücklich werden.

Sie bedeckte ihre Scham und stieg in die Dusche. Tränen liefen von ihrem Kinn, doch sie spürte nichts. Es war, als wäre sie kein Teil dieser Welt mehr.

„Lächle doch mal in die Kamera, Ekelalissa." Sandra erschien neben ihr und machte weitere Bilder. Sie war ganz in ihrem Element.

Alissa ließ das Wasser an. Der Strahl war eiskalt auf ihrer Haut, wurde nach einigen Sekunden aber brühend heiß. Weder die Hitze, noch die Kälte berührte sie.

Sie erinnerte sich an das, was sie zu Maja gesagt hatte. „Sandras Sticheleien sind halb so schlimm."

Sie hatte sich geirrt. Das hier war schlimm. Schlimmer, als all das, was Paul oder Christopher ihr je angetan hatten.

Heute

Sie fuhren zu viert in dem grauen Opel Corsa, den sich Christopher von seiner Mutter geliehen hatte. Sandra und Christopher saßen vorne, Paul und Zoe belegten die Rückbank. Das erste Wiedersehen nach all den Jahren war von eisiger Kälte und Sprachlosigkeit geprägt. Nur Christopher schien nichts zu fühlen. Wie damals. In seinem Gesicht konnte Sandra keinerlei Gefühlsregung ablesen. Dieses ungewollte Aufeinandertreffen ließ ihn kalt.

„Und? Freut ihr euch auf das Klassentreffen?", fragte er gelassen und schaute in den Rückspiegel, um Zoe sehen zu können. Sandra blieb der Flirtversuch nicht verborgen. Es ekelte sie an, obwohl sie für Christopher keinerlei Liebe oder Zuneigung empfand. Vermutlich hatte sie Mitleid. Mitleid mit Zoe, die aussah, als stünde ihr Leben ebenfalls vor einem riesigen Scherbenhaufen. Da brauchte sie keinen Christopher.

„Freuen?" Paul lachte auf. „Wir fahren gerade zu unserer Beerdigung. Ist euch das nicht klar, Leute?"

Er summte eine traurige Musik. Ein Lied, das ihnen allen von der Beerdigung im Gedächtnis geblieben war. Eine Melodie des Todes und des Verlustes.

„Hör auf mit dem Mist", zischte Sandra. Sie war innerlich total angespannt. Sogar das Atmen fiel ihr schwer. „Du hast dich wohl überhaupt nicht geändert was?"

Damals waren sie nicht befreundet gewesen. Nein, Pauls wilde, undurchschaubare Art hatte ihr Angst gemacht.

„Oh, keine Sorge", erwiderte Paul gelassen. „Ich habe mich geändert. Und was ist mit euch? Habt ihr über eure Sünden nachgedacht? Seid ihr bereit, endlich dafür zu bezahlen?"

Paul lachte auf und stieß Zoe, die geistesabwesend aus dem Fenster starrte, an. „Mensch Leute. Macht euch mal nicht ins Hemd. Es wird schon nichts passieren."

Das leichte Zittern in seiner Stimme verriet, dass er nicht einmal halb so gelassen war, wie er sein wollte. Innerlich zerfraß ihn die Anspannung.

Christopher lenkte das Auto über eine kurvige Straße. Er war kein guter Fahrer. Bei jedem Auto, das ihnen entgegen kam, bekam Sandra ein flaues Gefühl in der Magengegend.

„Sagt mal ...", meldete sich Zoe zu Wort. „Wieso findet das Klassentreffen nicht in Wiesbaden statt? Schließlich sind wir dort alle zur Schule gegangen."

„Damit niemand unsere Leichen findet", scherzte Paul und zeigte nach draußen. Ein Wald zog an ihnen vorbei.

„Nicht witzig ...", knurrte Sandra und schüttelte den Kopf. „Ich glaube, Alissa hat damals in dem Ort gewohnt. Sie ist doch immer mit dem Bus gefahren."

Sandra versuchte sich zu erinnern, doch alles, was vor der Klassenfahrt gewesen war, lag in einem dichten Nebel.

„Hör auf von Alissa zu reden!" Christopher gab Gas. „Dieses Miststück interessiert mich nicht mehr."

„Ja, sie hat dich schon damals nicht interessiert, was?" Sandras Hass wuchs. Wenn das alles vorbei war, würde sie ihn aus der Wohnung werfen und sich scheiden lassen. Die paar Tage mit ihm reichten ihr vollkommen. „Deshalb hast du sie auch schikaniert und nicht eine Sekunde in Ruhe lassen können ..."

„Schikaniert?" Schweißperlen glänzten auf Christophers Stirn, obwohl die Temperatur im Auto angenehm war. „Die dumme Ziege hat mich mit ihrer arroganten Art die ganze Zeit provoziert. Hätte ich mir das gefallen lassen sollen?"

„Hört auf, euch zu streiten", fuhr Zoe dazwischen. „Ihr habt Alissa alle wie Dreck behandelt, also nützt es nichts, euch die Schuld gegenseitig in die Schuhe zu schieben."

Sandra drehte sich um und funkelte Zoe böse an. „Ach, und dich trifft keinerlei Schuld?"

„Ich habe wenigstens keine Nacktbilder von ihr gemacht oder versucht, ihr Scheiße ins Gesicht zu schmieren."

Der Schlag saß. Sandra sackte zurück auf ihren Sitz und starrte nach draußen. Die ersten Häuser tauchten vor ihr auf und sie bekam es mit der Angst zu tun.

Paul kicherte leise. Auf diese Weise verbarg er seine Unsicherheit. „Wie ich die alten Zeiten doch vermisst habe!"

„Ich wünschte, wir könnten in die Vergangenheit reisen und alles rückgängig machen ..." Zoes Stimme war brüchig. „Wir haben so viele Fehler gemacht ..."

Christopher bog nach links ab und klopfte mit den Fingern auf dem Lenkrad herum. „Der größte Fehler war es, dich nicht um ein Date zu fragen, Zoe."

Er meinte das vollkommen ernst und Sandra begann zu würgen.

„Fahr rechts ran", keuchte sie.

Sie hielten an einer Bushaltestelle und Sandra riss die Tür auf. Sofort erbrach sie ihr gesamtes Frühstück.

Paul klopfte sich auf die Oberschenkel. „Christopher, du alter Charmeur."

Belustigung lag in seiner Stimme. Eine Belustigung, die Christopher nicht wahrnahm oder wahrnehmen wollte. Er hatte ein völlig falsches Bild von sich selbst.

„Bist du bald fertig?", fragte er aggressiv. Ungeduldig tippe er auf dem Navi herum. „Wir sind fast da!"

Sandra versuchte zu schlucken, doch der widerliche Geschmack in ihrem Mund ließ sie erneut würgen. Ihr Magen fühlte sich leer an und doch brauchte er einige Minuten, bis er sich beruhigt hatte.

Sie schaute ins Innere des Wagens. Zoe, Paul und Christopher schauten sie an. Keiner kam ihr zu Hilfe, nahm sie in den Arm oder gab ihr ein Taschentuch. Sie war allein und das war ihre gerechte Strafe. Man erntet, was man sät.

Sie schloss die Autotür und nickte ihrem Ehemann zu. „Fahr weiter."

Christopher zuckte mit den Schultern und ließ den Motor an. Es sah aus, als würde er dem Ortsausgang entgegen steuern, doch kurz vorher bog er ab. „Wir sind da."

Sandra sah nach draußen. Auf ihrer Seite sah sie nichts als Wald. „Aber hier ist nichts."

Zoe und Paul stiegen aus dem Auto, Christopher folgte ihnen. Zu Sandra sagte er kein Wort.

Seufzend stieß sie die Beifahrertür auf und setzte einen Fuß ins Freie. Es war nicht sonderlich warm und sie fror in ihrer dünnen, pinken Strickjacke. Ein typischer Tag, der das Ende des Herbstes ankündigte und auf den nahenden Winter vorbereiten sollte.

„Bist du dir sicher, dass wir hier richtig sind?", fragte Sandra und sah zu Christopher. Er war nicht nur ein miserabler Fahrer, nein, er konnte auch das Navigationssystem nicht richtig bedienen.

„Ja ..." Zoe ging ein paar Meter die Straße entlang und streckte den Arm aus. „Hier ist ein Tor ..."

Sandra folgte ihr und plötzlich sah sie ein Haus, das komplett eingezäunt war und sich hinter dichten Nadelbäumen versteckte. Es wirkte wie die Kulisse aus einem Horrorfilm.

Ihre Angst wuchs beim Anblick dieses Ortes, der so verlassen wie ihre Seele war. Sie sah zu Paul, der seine Einladungskarte in der Hand hielt und die Straßennamen verglich.

„Ja, das ist es ...", meinte er und rückte seine Kappe zurecht. „Das kann ja spannend werden ..."

Damals

Nach dem Duschen fiel Alissa in einen komaähnlichen Schlaf. In ihren Träumen traf sie auf all ihre Mitschüler und ein Gedanke verfestigte sich in ihr. Sie wollte Rache. Sandra, Paul, Christopher und Zoe durften nicht ungestraft davonkommen. Nein, ihr Unterbewusstsein riet ihr zur Rache.

Sie schlief lange und als sie aufwachte, war das Zimmer leer. Ihre Zimmergenossinnen waren allem Anschein nach bereits beim Frühstück.

Alissa verspürte kein Hungergefühl. Sie fühlte sich so tot wie am Vortag. Sandra hatte sie umgebracht, eiskalt.

Langsam klettere sie nach unten und ging ins Bad. Sie trug nichts als ihre Unterwäsche. Am Abend hatte sie es nicht mehr geschafft, ihr T-Shirt und ihre Hose wieder anzuziehen. Alles war ihr egal gewesen.

Sie schaute sich im Spiegel an und erschrak. Auf einmal sah sie sich nicht mehr als ängstliches Mädchen, sondern als eine junge Frau, die langsam zerbrach. Wenn sie genauer hinschaute, konnte sie die feinen Risse auf ihrer Haut erahnen. Das Leben meinte es nicht gut mit ihr.

Mit eiskaltem Wasser wusch sie sich das Gesicht. Es nützte nichts. Die Welt um sie herum sah so verändert aus. Alles schien aus Watte zu sein. Der Spiegel, das Waschbecken, die Dusche ... Sie könnte fallen oder ihren Kopf gegen die Fliesen schlagen, da wäre kein Schmerz und es würde ihr nichts geschehen. Diese Leichtigkeit irritierte sie. Müsste nicht alles schwerer sein? Eine weitere Last auf ihren schwachen Schultern?

Ihr Blick wanderte zu den Schminkutensilien, die auf der Ablage unter dem Spiegel lagen. Sie selbst besaß nicht mal einen Lippenstift.

Sie griff nach dem schwarzen Eyeliner und ohne lange nachzudenken, umrandete sie ihre Augen damit. Der Look gefiel ihr.

Er wirkte düster und unnahbar. Im Anschluss suchte sie nach dem dunkelsten Lippenstift, den sie finden konnte. Es war ein erdiger Braunton. Er passte gut zu ihren tiefschwarz geschminkten Augen.

Ihre Sachen vom Vortag lagen verstreut auf dem Boden. Sie nahm sich ihre Röhrenjeans und griff nach der Nagelschere, die sich ebenfalls auf der Ablage befand. Ohne zu zögern schnitt sie in den Stoff der Hose und weitete die so entstandenen Löcher mit ihren Fingern. Im Anschluss zog sie die Jeans an. Durch die Risse konnte man ihre Wunden erkennen, doch es war ihr egal. Das war ihr Körper und sie durfte mit ihm machen, was sie wollte.

Sie griff nach ihrem T-Shirt, an dem diese bösen Erinnerungen vom Vortag klebten. Es war feucht. Eines der Mädchen musste nach dem Duschen mit nassen Füßen darauf herumgetreten sein.

Aus ihrem Rucksack holte sie einen schlichten schwarzen Pullover und betrachtete sich dann im Spiegel. Für den Anfang war das, was sie sah, nicht schlecht.

Sie ging zurück ins Zimmer und schaute sich um. Ihr Blick war auf der Suche nach Sandras Fotoapparat, auf dem sich die verhängnisvollen Bilder befanden. Er war nicht da. Wahrscheinlich machte er gerade im Speisesaal die Runde.

Es klopfte an der Tür und Alissa machte sich innerlich auf die erste Konfrontation des Tages gefasst. Heute würde sie stark bleiben und alles an sich abprallen lassen.

„Alissa?" Maja marschierte zusammen mit Erik im Schlepptau ins Zimmer. „Wir haben uns Sorgen …"

Weiter kam sie nicht. Als sie Alissa erblickte, wurden ihre Augen ganz groß und auf ihrem Gesicht erschien ein zufriedenes Lächeln. „Wow! Du siehst großartig aus. Bist du jetzt unter die Emos gegangen?"

„Unter die was?" Alissa schaute ihre neue Freundin unsicher an. Der Begriff Emo sagte ihr nichts. „Ich bin einfach nur ich selbst … denke ich …"

„Was es auch ist, es steht dir wirklich gut", meldete sich Erik zu Wort. „Du bist in Wahrheit keine langweilige graue Maus!"

Maja schaute Erik einen Moment lang an. Seine Worte erfreuten sie nicht und Alissa konnte es verstehen. Hätte sie einen Freund, würde sie es auch nicht toll finden, wenn er anderen Mädchen Komplimente machen würde. Nein, sie würde Angst haben, ihn wieder zu verlieren.

„Es ist wohl ein Anfang ...", meinte Alissa. Sie wollte die Freundschaft zu Maja nicht riskieren, also ignorierte sie Eriks Worte. „I-Ich glaube, du hattest gestern recht. Wir müssen uns etwas einfallen lassen, um es den anderen heimzuzahlen."

Maja kam näher und legte eine Hand auf Alissas Schulter. „So gefällst du mir! Wir haben gehört, was Sandra gemacht hat. Die dumme Ziege sitzt da unten im Speisesaal und zeigt Bilder herum, auf denen du angeblich nackt bist!"

„Ja ..." Alissa spürte, wie sie errötete. Ihr Körper löste sich langsam aus der Starre und ihre gewohnten Gefühlsregungen kehrten zurück.

„H-Habt ihr die Bilder ...?", fragte sie ängstlich. Maja und Erik durften die Narben nicht sehen. Nicht jetzt, am Anfang ihrer Freundschaft.

„Nee ..." Maja sah wütend aus. Sie ballte eine Hand zur Faust. „Bei so einem Scheiß machen wir nicht mit, nicht wahr Schatz?"

Erik stand unmittelbar vor der Tür und spielte an seinem Armband herum. Sein Blick wanderte zu den Rissen in Alissas Jeans, durch die bei genauem Betrachten vielleicht etwas zu erahnen war. Seine Augen formten sich zu schmalen Schlitzen.

Mit einem Mal fühlte sich Alissa wieder nackt. Er wusste es. Ja, er konnte die dünnen und blassen Narben sehen.

Maja runzelte die Stirn. Sie schaute von Alissa zu Erik und wieder zurück. „Was ist denn los?"

„Nichts ...", beeilte Alissa sich zu sagen, obwohl es eine Lüge war. Etwas stimmte mit Erik nicht. Er verhielt sich anders als am Vortag.

„Okay ..." Maja schien ihr nicht zu glauben. Sie ging zu ihrem

Freund und legte ihm besitzergreifend einen Arm um die Hüfte. „Dann sollten wir wohl anfangen, einen Plan zu schmieden. Heute ist schließlich schon Mittwoch und am Samstag fahren wir wieder nach Hause ..."

„Ja ..." Alissa setzte sich an den Schreibtisch. Die Zeitschriften, die ihre Zimmergenossinnen auf dem Tisch zurückgelassen hatten, schob sie achtlos beiseite. „Sandra und die anderen haben mich kaputt gemacht. Sie sollen die selben Schmerzen wie ich ertragen müssen ..."

Heute

„Was tue ich hier bloß ..." Joachim Andres saß im Auto und lenkte seinen Audi Richtung Georgenborn. Er kannte die kleine Ortschaft, die zur Gemeinde Schlangenbad gehörte. Mit Sabine war er hier oft wandern gewesen. Ihr gemeinsamer Traum, den 320 Kilometer langen Rheinsteig von Bonn nach Wiesbaden zu meistern, war nie in Erfüllung gegangen.

„Du stehst dir selbst im Weg", schrillte die vorwurfsvolle Stimme der Frau, die er einst abgöttisch geliebt hatte, durch seinen Kopf. „Was soll nur aus uns werden? Werden wir bald nichts mehr gemeinsam unternehmen? Leben wir dann aneinander vorbei?"

So war es gekommen, unausweichlich und schmerzvoll für beide Seiten.

Der Wald zwischen dem Wiesbadener Stadtteil Frauenstein und Georgenborn zog an ihm vorbei. Joachim starrte auf die leere Straße. Die glücklichen Erinnerungen sollten fortbleiben, genau wie die schmerzhaften. Er wollte nicht länger in der Vergangenheit leben, aber war dies überhaupt möglich, wenn an jeder Ecke das Grauen von damals lauerte?

Die Bilder von Alissa hatten ihn schockiert. Er hatte davon nichts gewusst. Ja, er war damals noch so jung gewesen. So jung und unerfahren. Eine billige Ausrede. Nichts weiter!

Er begann zu zittern. Er parkte sein Auto am Feldrand. Sein Körper wollte streiken, doch er musste stark sein. Das Klassentreffen war seine Chance, sein Leben neu zu ordnen und einen Teil der Last loszuwerden. Er durfte jetzt nicht umkehren! Es gab keinen Weg zurück.

Sein Herz schlug laut und wild. Das Ende nahte. Ein Ende, das zu einem Anfang werden konnte.

Er startete den Motor und fuhr zurück auf die Straße. Sein Handy klingelte. Er fischte es aus seiner Hosentasche und erstarrte, als er den Namen seiner Exfrau las.

„Sabine?", fragte er heiser. Er versuchte sich zu erinnern, wann sie das letzte Mal miteinander gesprochen hatten. Es musste Monate her sein.

„Joachim?" Ihre Stimme klang trotz der Zeit, die verstrichen war, so vertraut. „Wie geht es dir, Joachim?"

Er lenkte das Auto an den Straßenrand. Die ersten Häuser der Ortschaft waren bereits zu sehen. „Wird das wieder einer deiner Kontrollanrufe? Hast du Angst, dass ich mich umbringe?"

Seine patzige Antwort tat ihm sofort leid. Er konnte nicht anders. Es war reiner Selbstschutz nach alledem, was sie ihm angetan hatte.

„N-Nein ..." Sie sprach leise weiter. „Ich wollte nur hören, wie es dir geht. Wir haben uns schon viel zu lange nicht mehr gesehen, findest du nicht auch? Ich vermisse dich, Joachim!"

Diese Offenbarung schockierte ihn. Wieso musste sie gerade heute kommen? „Wie meinst du das, Sabine?"

Sie atmete hörbar aus. Es klang, als würde sie mit den Tränen kämpfen. „Ich habe nachgedacht ... über uns ... und ich möchte dich wiedersehen."

„Wiedersehen?" Er konnte nicht glauben, was er da hörte. War das eine Halluzination? Ein Streich seines angeschlagenen Geistes?

„Ja, ich muss dauernd an dich denken. Wir hatten doch eine tolle Zeit bevor ..."

Sie verstummte. Es war klar, auf welches Ereignis sie anspielte. Joachim drückte das Handy fest an seine Ohrmuschel. Nur mit Mühe widerstand er dem Drang, das Fenster zu öffnen und das Mobiltelefon nach draußen zu befördern. Er sehnte sich nach Abstand, genau wie es ihm nach Nähe gierte. Aus ihm war ein einziger Widerspruch geworden. Er wusste nicht mehr, was er wollte. Vielleicht gab es nichts mehr. Vielleicht war er schon tot.

„Sabine ...", flüsterte er, obwohl er viel lieber geschrien hätte. „Ich weiß nicht, was ich sagen soll. Was ist denn mit ... wie hieß er noch gleich?"

Joachim versuchte, sich an den Namen des Mistkerls zu erinnern, der ihm seine Frau ausgespannt hatte. Es gelang ihm nicht.

„Du meinst Michael ... Er ist fort ..."

„Fort? Hat er dich verlassen?"

„Ich habe ihn verlassen! Wegen dir!"

Das wollte und konnte er nicht glauben. Damals, vor zwei Jahren, hatte Sabine ihm unter Tränen gebeichtet, wie sehr sie diesen Schwächling liebte.

„Wegen mir?", fragte Joachim. „Und das soll ich dir glauben?"

„Es ist die Wahrheit. Ich wollte es dir schon viel früher sagen. Ich vermisse dich, Joachim."

„Und warum kommst du damit gerade heute an?"

Schweigen. Es gab keinen Grund. Das Schicksal schlug mal wieder zu.

„Joachim ..." Die Art, wie sie seinen Namen aussprach ließ ihn all das, was sie ihm angetan hatte, vergessen. Die alte Vertrautheit kehrte zurück. „Können wir uns sehen?"

„Jetzt?"

„Ja, es ist doch Sonntag. Lass uns irgendwo einen Kaffee trinken gehen."

Joachim schaute nach draußen. Ein Pärchen mit einem kleinen weißen Hund schlenderte an seinem Auto vorbei. Sie hielten Händchen, während der Hund schwanzwedelnd neben ihnen lief.

Ein glückliches Leben zu zweit. Danach sehnte er sich.

„Ich kann nicht ...", brachte er hervor. „Heute ist ein wichtiger Tag für mich. Vielleicht bringt er mich wieder zurück zu dir."

„Was soll das heißen? Du klingst seltsam. Ist alles in Ordnung?"

Er antwortete nicht. Es blieb keine Zeit für Erklärungen. Der Blick auf die Uhr verriet ihm, dass er sich beeilen musste.

„Joachim? Was ist denn los?"

„Ich erkläre es dir später!" Er stellte sich Sabine vor. Seine kleine, süße Sabine mit dem engelsgleichen Gesicht und den hübschen Locken. „Wenn das alles geklärt ist, melde ich mich bei dir. Versprochen!"

„Geklärt? Was meinst du, Joachim? Du hörst dich an wie damals ..."

Er atmete tief ein. „Nur mit einem Unterschied: damals ist ein Teil von mir gestorben, heute habe ich die Chance, neugeboren zu werden."

„Joachim ..."

„Sabine", fuhr er ihr ins Wort. „Es war schön, deine Stimme zu hören."

Eine bessere Verabschiedung brachte er nicht zusammen. Er legte auf und schaute mit gemischten Gefühlen auf das Handy. „Es war wirklich schön, deine Stimme zu hören."

Damals

Herr Andres scheuchte seine Schüler zum Bus. Er wirkte völlig planlos, versuchte dies aber zu überspielen. „Kommt schon, Leute. Wir fahren in zehn Minuten los."

Alisa war die Letzte, die in den Bus stieg. Sie wollte Abstand gewinnen, denn die blöden Sprüche über die peinlichen Nacktbilder gingen ihr auf die Nerven. Ihr Verstand brauchte Ruhe, um einen geeigneten Plan für ihre Racheaktion zu schmieden.

Maja und Erik saßen nebeneinander. In ihrer Nähe war kein Platz mehr frei. Maja schaute sie entschuldigend an. Es war ein schwacher Trost.

Unsicher lief Alissa den schmalen Gang auf und ab. Die Sprüche der Schüler nahm sie nur am Rande war.

„Alissa?" Die Stimme von Herrn Andres. „Such dir bitte einen Platz. Ich würde gerne durchzählen, ob wir vollständig sind."

Alissa schaute sich um. Im vorderen Teil des Busses war kein Platz mehr frei. Hinten, in unmittelbarer Nähe von Sandra und ihren Freundinnen, befand sich die einzige freie Reihe. Das durfte nicht wahr sein.

Alissa wirbelte herum und stieß gegen ihren Klassenlehrer, der sie wütend ansah. Seine dunklen Augen hinter den Gläsern seiner Brille musterten sie.

„Wie siehst du denn aus?", fragte er kopfschüttelnd.

Es war klar, worauf er abzielte. Ihr neuer Look, wenn man das, was sie trug und wie sie sich geschminkt hatte, so bezeichnen konnte, war niemandem verborgen geblieben.

„Hast du nicht gehört, was ich gerade gesagt habe?" Er gab ihr einen leichten Schubs. „Such dir bitte einen Platz. Dahinten ist doch noch was frei!"

Alissa senkte den Blick und nickte. Hastig eilte sie zu der freien Reihe und ließ sich nieder.

„Schaut euch Ekelalissa mal an", murmelte Sandra abwertend.

Lena, Jenny und Isabelle Herzog, ein braunhaariges Mädchen, das alle nur Isa nannten, kicherten.

„Sind Löcher in der Hose wieder modern?", fragte Isa laut. Sie selbst sah aus wie ein Model und war äußerst beliebt in der Klasse. Ihr Markenzeichen waren farbige Haarreifen, die ihr schulterlanges Haar in Form hielten.

„Alissa kommt gerade in die Pubertät", lachte Sandra. „Da experimentiert man gerne. Nur dieser Emo-Punk-Look ist absolut nichts für sie ..."

„Ja, damit will sie sich wahrscheinlich nur an Zoe heranmachen." Isa kicherte wie ein kleines Kind. Teuflisch und doch zuckersüß. „Vielleicht sollten wir ihr sagen, dass sie keine Chance hat. Niemand wird sie freiwillig anfassen, nicht mit diesen hässlichen Narben!"

Alissa zuckte zusammen. Sie zwang sich, nach draußen zu schauen, doch die Unterhaltung von der hintersten Reihe drängte sich unaufhaltsam in ihren Kopf und blendete alles andere aus. Ein Teil von ihr schämte sich, ein anderer verbrannte in einem lodernden Meer aus Hass. Es musste ein Ende haben. Endgültig.

Der Bus setzte sich in Bewegung und Alissa schloss die Augen. Sie wollte sich einen Plan zurechtlegen, einen Plan, der ihr Hoffnung gab, aber ihr fielen nichts als lächerliche Aktionen ein. Selbst wenn sie Sandra nackt fotografieren oder Christopher Scheiße zum Essen geben würde, wäre es nicht mit ihrem Schmerz vergleichbar. Nichts, das ihr einfiel konnte auf einer Waage das Gleichgewicht halten. Es fehlte die Einsamkeit, die pure Verzweiflung und die Angst vor jedem einzelnen verfluchten Tag.

„Hey, Stinktier!" Paul saß nicht weit von ihr entfernt. „Die Nacktbilder von dir sind echt crazy. Womit hast du dich denn geritzt? Mit einem Messer? Oder einer Rasierklinge?"

Alissa reagierte nicht. Sie schaute nach draußen. Paris zog an ihr vorbei. Eine Großstadt ohne Freiheit. Auf der Welt gab es keine Freiheit.

„Soll ich dir einen Tipp geben?", fuhr Paul unbeirrt fort. Er hob einen Arm und zeichnete seine Pulsadern nach. „So musst du schneiden, dann hat dein trostloses Leben endlich ein Ende."

Ein Ende, das kein richtiges Ende war.

Langsam drehte sie ihren Kopf in Pauls Richtung. Sie sah Tobias Steinbach, der in der Reihe gegenüber saß. In seinen Ohren steckten Kopfhörer, aber er sah so aus, als hätte er jedes Wort aus Pauls Mund in sich aufgenommen. Er tat nichts. Wie immer.

„Boah", stöhnte Paul und bedeckte sein Gesicht mit einer Hand. „Mit diesen Augen siehst du echt gruselig aus. Ich glaube, heute Nacht bekomme ich Alpträume von dir, Ekelalissa."

„Das hoffe ich doch", murmelte sie leise. Christopher, Paul und Sandra besuchten sie in jeder Nacht. Da war es nur gerecht. Jetzt wollte sie ihr schlimmster Alptraum werden.

„Spielst du dich wieder auf?", zischte Paul wie eine Schlange. Erst jetzt sah Alissa, wer neben ihm saß. Zoe.

„Ach, Paul", meinte die Schwarzhaarige. „Lass diese dämliche Kuh doch endlich links liegen. Sie verdient keine Aufmerksamkeit!"

Alissa verspürte einen Stich in der Herzgegend. Wie konnte Zoe bloß so kalt sein? Lag das einzig und allein an dem blöden Kuss?

„Es tut mir leid", hörte Alissa sich sagen. Für eine Entschuldigung war dies der denkbar schlechteste Ort, aber sie musste es einfach aussprechen.

Von der Rückbank drang Gekicher an ihr Ohr. Sandra prustete eine Beleidigung in Alissas Richtung. Eine Beleidigung, die so leer und leicht wie eine Wolke war.

„Ach ja?" Zoe erhob sich und stieg mit den Füßen auf den Sitz. „Ist das dein Ernst, du widerliche Lesbe? Du hast doch die ganze Zeit auf eine Gelegenheit gewartet, ein Mädchen zu betatschen. Warum gibst du nicht einfach zu, dass du auf Muschis stehst?"

„Es ist doch egal, worauf ich stehe", meinte Alissa. Sie glaubte nicht an die Liebe. Womöglich würde sie sich nie zu jemandem hingezogen fühlen und das war gut so. Es ersparte ihr weitere Schmerzen. „Das geht euch doch alles überhaupt nichts an!"

„Oh, also habe ich ins Schwarze getroffen!" Sie klopfte Paul auf die Schulter. „Ich wusste, dass sie auf mich abfährt."

Ein abschätziges Lächeln umspielte ihre Lippen. Sie fühlte sich überlegen, obwohl es keinen Grund dafür gab. Alissa durchschaute Zoes Fassade. Sie war eine Spielerin, der es danach gierte, gewollt und gebraucht zu werden.

„Tut mir leid, Zoe ...", setzte Alissa an, um die Sache klarzustellen. „Selbst wenn ich lesbisch wäre, würde ich mich niemals in dich verlieben! Ich dachte, du wärst anders, aber du bist wie alle anderen! Äußerlich bist du zwar ganz nett anzuschauen, aber deine Seele ist abgrundtief hässlich."

Zoe zupfte ihr freizügiges, schwarzes Kleid zurecht. Sie sah aus, als müssten die Worte erst einmal zu ihrem Gehirn gelangen. „Wie bitte?"

„Du hast mich schon verstanden!" Alissa drehte ihren Kopf und schaute nach draußen. Sie fühlte sich wieder so leicht wie am Morgen. Dieses Mal irritierte sie das Gefühl nicht.

Aus den Augenwinkeln sah sie, wie Zoe über Paul stieg. Wie eine Furie sprang sie in Alissas Richtung und schlug mit der flachen Hand auf ihren Kopf ein.

Es tat weh, aber die Leere in Alissa glich den Schmerz aus.

„Du bist echt das Letzte!", keifte Zoe ungehalten. „Los wehr dich, du widerliches Monstrum."

Alissa wehrte sich nicht. Mit Gewalt war dieser Krieg nicht zu gewinnen.

„Zoe, mach sie fertig", rief Paul und klatschte in die Hände. Ein paar der Schüler stimmten ein.

Alle standen auf Zoes Seite, niemand auf Alissas. Wie so oft.

Unruhe breitete sich im Bus aus. Nach endlosen Sekunden, in denen Alissa die Schläge über sich ergehen ließ, kamen die Lehrer angerannt.

„Was ist denn hier schon wieder los?", schrie Herr Andres mit gerötetem Gesicht. Er schaute zu Alissa. Sofort stand sie als Schuldige fest. „Was soll dieses Theater?"

Zoe wandte sich grinsend ab.

„Sie sollten Alissa endlich mal richtig bestrafen." Sie klimperte mit den Wimpern. Ihre Aggressivität verschwand und machte Platz für ihre gewohnte Art, die Leute um den Finger zu wickeln. Es klappte sogar bei den Lehrern. „Sie wollen doch nicht schuld sein, wenn irgendwann einmal etwas Schlimmes passiert, oder Herr Andres?"

Heute

„Das gefällt mir nicht!" Sandra stand vor dem halb geöffneten, etwa zwei Meter hohen Eisentor und schaute ihre ehemaligen Klassenkameraden an. „Das könnte eine Falle sein!"

„Das IST eine Falle!", erwiderte Paul leise. „Das war uns doch von Anfang an klar!"

„Es könnte auch bloß ein dummer Scherz sein!" Christopher verharrte neben Zoe. Seine Augen lagen auf ihr. Für das Gebäude interessierte er sich nicht. „Ich wette, da drinnen ist überhaupt nichts."

Stumm schauten die vier auf das Haus, das seit mindestens einem Jahrzehnt leer stand. Die beige Farbe war größtenteils abgeblättert und die meisten Fenster, die man von vorne sehen konnte, waren mit schmiedeeisernen Gitterstäben verziert. Efeu schlängelte sich die Fassade empor und erreichte beinahe das Dach, das im Gegensatz zum restlichen Gebäude bis auf ein paar fehlende Ziegel gut erhalten war.

„Kneifen gilt nicht!" Paul ging als erster und stieß mit einer Hand das Tor auf. Es quietschte leise und unheimlich. „Mal schauen, was uns drinnen erwartet."

Zoe folgte ihm. In Christophers Nähe verspürte sie denselben Brechreiz, den Sandra auf der Hinfahrt empfunden hatte. Dieser Idiot widerte sie an. All die Jahre hatten ihn noch hässlicher gemacht. Seine Seele spiegelte sich nach draußen. Genau wie bei Zoe selbst. Sie war nie hübsch gewesen, nie attraktiv, sie hatte nur versucht, ihre dunkle Seele mit Schminke und hübschen Kleidern zu überdecken. Damit hatte sie alle getäuscht. Alle bis auf Alissa.

Der kurze Weg bis zum Haus bestand aus losen Steinen. Zoe stolperte und stieß gegen Paul.

„Da hat es jemand aber eilig", scherzte dieser. Seinen schrägen Humor, der in den unpassendsten Momenten zum Vorschein kam, würde er wohl niemals verlieren.

Er begutachtete die grüne Holztür. Der metallene Knauf sah neu aus. Jemand musste den Schließmechanismus ausgetauscht haben. Extra für das Klassentreffen.

„Schau mal hier!" Paul tippte mit dem Finger auf ein Klingelschild, das rechts neben dem Eingang angebracht war. „Jetzt wissen wir wenigstens, dass wir hier richtig sind."

Zoe beugte sich vor, um die geschwungene Schrift auf dem Schild zu entziffern. „Jensen" stand dort. Alissas Nachname.

Sie erinnerte sich schlagartig an Alissas erstes Auftauchen. Das blasse Mädchen mit den langen, braunen Haaren stand vor der Klasse und starrte hoffnungsvoll in die Runde. In ihrem Gesicht lag keinerlei Schüchternheit, sondern nur Neugierde. Christopher hatte diese Neugierde am selben Tag mit seinen dämlichen Sprüchen zerstört und die restlichen Schüler zum Mitmachen angestachelt.

Zoes Herz begann zu rasen. „Meinst du, das ist das Haus, in dem Alissa damals gelebt hat?"

„Sieht ganz danach aus!" Paul streckte die Hand aus und klopfte an die Tür. Dann drehte er sich um.

Sandra und Christopher stritten sich vor dem Tor. Theatralisch hob Sandra beide Arme und warf ihrem frisch angetrauten Ehemann vor, er würde sich wie ein notgeiler Teenager benehmen. Die beiden passten nicht zusammen und das wussten sie.

„Leute ...", rief Paul ihnen zu. Es erinnerte an den Ausdruck, mit dem Herr Andres vor der Klasse immer um Aufmerksamkeit gebuhlt hatte. „Wollt ihr jetzt mitkommen oder euren ersten Ehestreit fortsetzen?"

„Das ist nicht unser erster Streit", kam es wie aus einem Mund. Irritiert schauten sich die beiden an und stiefelten dann in Richtung Eingang.

Sandras Gesichtsfarbe glich einer überreifen Tomate. „Und? Sind wir richtig? Müssen wir wirklich in dieses Gruselhaus?"

Zoe deutete auf das Klingelschild und nickte. „Ja, wenn wir wissen wollen, wer hinter der ganzen Sache steckt ..."

„Und jetzt warten wir, bis jemand die Tür öffnet?"

Paul klopfte ein weiteres Mal. „Sieht ganz so aus. Zur Not finden wir bestimmt einen anderen Weg ins ..."

Die Tür öffnete sich und Zoe blickte in das Gesicht eines hübschen jungen Mannes. Sein durchgestuftes, mittelblondes Haar reichte ihm bis zu den Schultern und in der Nase, der Lippe und den Augenbrauen befanden sich Piercings.

„Tobi?", fragte sie und riss die Augen auf.

Der Mann zog eine Augenbraue nach oben, so wie Tobias Steinbach es immer getan hatte, um alle Mädchen der Klasse um den Verstand zu bringen.

„Willkommen!", sagte er mit rauer Stimme. „Ich hätte nicht gedacht, euch jemals wiederzusehen."

Er gab ihnen ein Zeichen einzutreten. Zoe machte den Anfang, Paul folgte ihr.

„Tobias?", fragte Christopher und tat als müsse er nachdenken. Seinen Neid konnte er nicht verstecken. „Ich kann mich beim besten Willen nicht an dich erinnern!"

„Dafür kann ich mich an dich erinnern", meinte Tobias und lächelte. Seine Gesichtszüge waren kantiger geworden und das stand ihm gut. Zoe konnte kaum den Blick von ihm abwenden.

„Oh, das kannst du also ...", knurrte Christopher böse.

„Ja ..." Tobias führte sie einen schmalen Gang entlang. An den Wänden hingen hübsche Landschaftsbilder von idyllischen Gebirgen und glitzernden Seen. Sie waren mit einer dicken Staubschicht überzogen und wirkten vergessen – wie der Rest des Hauses. „Dich konnte man damals ja kaum übersehen beziehungsweise überhören. Du musstest ja zu allem deinen Senf dazugeben!"

Sie erreichten einen spärlich eingerichteten Raum, in dem sich nichts weiter als ein langer hölzerner Esstisch, ein Einbauschrank und ein langer, antik wirkender Eckschrank befand.

Der Tisch war eingedeckt. In der Mitte standen lange Platten mit Baguettes, Croissants und einer großen Quiche. Jemand wollte sie verhöhnen.

„Sollen wir das etwa essen?", fragte Paul und griff sich ein Baguette. Er schlug es gegen die Tischplatte. „Das ist ja steinhart. Ein seltsamer Humor …"

Zoe ignorierte die Speisen und wandte sich an Tobias. „Ist sonst noch keiner hier?"

„Nein, ich bin auch erst vor ein paar Minuten angekommen", meinte Tobias und klopfte Schmutz von seinem schwarzen Shirt. „Die Tür stand offen, als ich ankam und da wollte ich schon mal einen Blick ins Innere werfen."

„Also hast du auch eine Einladung bekommen?", fragte Sandra misstrauisch. Sie wollte sichergehen, dass Tobias nicht hinter der ganzen Sache steckte.

„Jo!", meinte dieser und kaute auf seinem Piercing herum. „Oder dachtet ihr etwa, ich hätte dieses Treffen arrangiert? Ganz ehrlich? Warum sollte ich euch Idioten wiedersehen wollen?"

Fassungslos starrte Zoe ihn an. „Ist das dein Ernst?"

Sie hatte ihn nie so reden gehört. Weder vor, noch nach dem Unglück.

„Das ist mein voller Ernst!" Er ließ sich auf einen Stuhl nieder. Der Tisch war für sieben Personen gedeckt. Bis jetzt waren sie aber nur zu fünft.

Paul schlenderte durch den Raum auf eines der Fenster zu und malte mit seinen Fingern ein trauriges Gesicht in den Staub. „Alle, die heute hier sind, tragen einen Teil der Schuld. Da nützt es nichts, wenn wir sie uns gegenseitig in die Schuhe schieben."

Die ersten weisen Worte aus seinem Mund. Paul, der unverbesserliche Spaßvogel, besaß auch eine nachdenkliche Seite. Eine Seite, die er gut versteckte.

„Sagt mal …", begann Sandra, doch weiter kam sie nicht. Es klopfte an der Tür und Tobias sprang vom Stuhl auf, als wäre es seine Aufgabe, die Gäste zu empfangen.

Tobias Steinbach. Der gute, alte Tobi, der seine Band liebte und gerne schwarz trug. Seine Coolness war nicht abhandengekommen.

Zoe blickte ihm nach. Noch immer spürte sie eine magische

Anziehungskraft in seiner Nähe, doch genau wie damals strahlte er etwas Dunkles und Unnahbares aus. Er hatte Alissa nie ein Haar gekrümmt und ihr keine gehässigen Sprüche an den Kopf geworfen. Nein, er war der stille Beobachter gewesen. Wie ein Jäger hatte er sich auf die Lauer gelegt, aber niemals den Abzug seiner Waffe betätigt.

„Auch du trägst eine Last ...", dachte Zoe und spürte die Traurigkeit, die Besitz von ihr ergriff. „Aber ist sie so groß wie unsere?"

Damals

Herr Andres meckerte wie eine aufgebrachte Ziege, doch Alissa ließ das kalt. Während er sprach, schaute sie ihn zwar an, aber sie sah ihn nicht. Er verwandelte sich vor ihren Augen in einen Geist, mit dem sie nichts verband. Kein Gefühl, keine Achtung, nicht mal Hass.

„Wenn es zu einem weiteren Vorfall kommt, fährst du nach Hause, Fräulein." Der unsichtbare Lehrer schäumte vor Wut. Spucke traf Alissa an der Stirn, doch das zählte nicht. Es war unsichtbare Spucke. „Deine ganze Art geht mir gehörig auf die Nerven. Wenn du dich schon nicht einbringen willst, hör wenigstens auf, deine Klassenkameraden zu schikanieren. Ich frage mich ernsthaft, wieso du überhaupt mitgekommen bist!"

Für Herrn Andres war Alissa kein Geist. Das verdeutlichten seine Worte. Er wünschte sich, sie würde aufhören zu existieren. Dies strahlte jede Pore seines Körpers aus und bildete zeitgleich die Kontur seiner verzerrten Gestalt.

Alissa ließ nichts davon an sich heran. Sie machte sich nicht einmal die Mühe, ihm zu erklären, was tatsächlich vorgefallen war. Es nützte eh nichts, denn Herr Andres trug die Flagge der Schüler.

„Das Schloss Versailles ist für dich heute gestrichen", fuhr er fort. Ein paar Schüler buhten. Es war eine Strafe, die in Wahrheit keine Strafe war. „Du wartest hier im Bus und bekommst Stift und Papier von mir."

Er rückte seine Brille zurecht und dachte für einen Moment nach. „Du wirst zusätzlich zu deiner Strafarbeit von letztens einen Aufsatz darüber schreiben, wie du dich deinen Mitschülern gegenüber verhalten solltest. Das ganze kannst du dann heute Abend im Speisesaal vortragen und deine Mitschüler um Entschuldigung bitten. Vielleicht hört das ganze Theater dann endlich auf."

Er wandte sich ab und ging wieder nach vorne.

„Du wirst ja ein ganz böses Mädchen, Ekelalissa!" Paul lachte laut und im Bus breitete sich Unruhe aus. Jeder wollte einen Kommentar zu der Standpauke abgeben.

Die restliche Fahrt schaltete Alissa ab und schaute sich Paris an, eine Stadt, die nun negativ belastet war. Sie fuhren eine Weile, bevor sie den Ort Versailles erreichten. Das Schloss, das einst als Jagdschloss erbaut und später zur Residenz der französischen Monarchie wurde, war riesig und Alissas Enttäuschung darüber, dass sie weder die prachtvolle Gartenanlage, noch das Innere begutachten durfte, wuchs ins Unermessliche.

Sie blieb sitzen, während alle anderen sich nach draußen drängten. Herr Andres kam zu ihr und drückte ihr ein paar Blätter und einen Kugelschreiber in die Hand. „Du weißt, was du zu tun hast. Wehe ich höre nachher Beschwerden vom Busfahrer."

Die Kälte in seiner Stimme ließ eine Gänsehaut über Alissas Körper wandern. Sie schaute zu, wie er aus dem Bus eilte, als würde er vor etwas davonlaufen. Vermutlich tat er dies auch.

Alissa knüllte das Papier zusammen und warf es auf den leeren Sitz. Die blöde Aufgabe war ihr egal.

Die Schüler standen vor dem Bus und hörten zu, was die Lehrer ihnen zu sagen hatten. Alissa sah Maja, die zusammen mit Erik neben Zoe stand. Die Schwarzhaarige redete und redete und Maja sah aus, als würde sie gespannt lauschen. Ein seltsamer Anblick. Versuchte Zoe gerade, Alissas Freundschaft zu Maja und Erik zu zerstören?

Alissa wollte aufspringen und zu ihnen laufen, doch der Busfahrer schloss die Türen. Also legte sie beide Hände auf die kühle Scheibe und klopfte wie eine Wahnsinnige gegen das Glas. Es nützte nichts. Keiner sah zu ihr und die Schüler setzten sich in Bewegung. Maja trottete neben Zoe her, als wären sie schon lange miteinander befreundet und Alissas Herz bekam Risse. Tiefe Risse, ähnlich der Risse auf ihrer Haut.

„Lassen Sie mich raus!", rief Alissa leise, doch der Busfahrer hörte sie nicht. Er saß auf dem Fahrersitz und ließ den Motor an, um rund 200 Meter entfernt zu parken.

„Ich brauch dringend einen Kaffee ...", grummelte er und sah kurz zu Alissa. „Du bleibst hier, verstanden?"

Er erhob sich und öffnete die Tür. Eine Antwort wartete er nicht ab, stattdessen flüchtete er wie der Lehrer zuvor.

Kühle Luft blies Alissa entgegen. Es beruhigte sie ein klein wenig, konnte ihre Wut aber nicht fortwehen.

Zoe und Maja. Das Bild der beiden Mädchen tauchte vor ihrem inneren Auge auf und sie musste die Hände zu Fäusten ballen. Ein Teil von ihr wollte aufspringen und aus dem Bus rennen, während sie ein anderer Teil an den Sitz fesselte.

Der Busfahrer verschwand aus ihrem Sichtfeld. Er hatte die vordere Tür offen gelassen. Absicht? Sie fragte sich, ob er wollte, dass sie verschwand. Vielleicht hatte Herr Andres diese Anweisung gegeben, ganz nach dem Motto „es macht nichts, wenn sie verloren geht". Ein absurder Gedanke, der gar nicht so abwegig war.

Alissa schaute sich um und rutschte langsam in Richtung Gang. Die plötzliche Einsamkeit überrumpelte sie.

Vorsichtig, als würde irgendwo einer ihrer Klassenkameraden auf der Lauer liegen, erhob sie sich und ging nach vorne. Sie erreichte die Tür und setzte einen Fuß auf die Stufen. Freiheit. Süßliche Luft, die nach Versprechen schmeckte.

Sie schloss für einen Moment die Augen, um darüber nachzudenken, was sie tun sollte. Sie könnte weglaufen, weit, weit weg oder sich all den Problemen endgültig stellen. Die erste Option lockte sie, doch ihr Gehirn und ihr Herz drängten sie zur zweiten.

Sie öffnete die Augen und zuckte zusammen. „W-Was?"

Tobias Steinbach stand vor ihr. Sein blasses Gesicht zeigte keinerlei Regung.

„Hör zu, Alissa", begann er zögerlich und kam so nahe, dass sie seinen Atem auf der Haut spüren konnte. Er roch nach Zimt. „Ich habe die Bilder gesehen ... Die Bilder von dir in der Dusche."

Alissa taumelte zurück in den Bus. Kalte und warme Schauer

wanderten über ihre Haut. Das durfte nicht wahr sein.

Tobias folgte ihr und drängte sie auf einen der Sitze. Er nahm ihr gegenüber Platz und zog sein schwarzweiß kariertes Schweißband nach oben. „Schau."

Sie erkannte dünne Schnittwunden. Einige davon waren frisch, andere bereits vernarbt.

„Alissa, ich weiß, wie du dich fühlst ...", sagte er leise und setzte sich ihr gegenüber. Eine leichte Röte erschien auf seinen Wangen. „Und ich werde dir helfen, da raus zu kommen!"

Heute

Paul hatte nicht damit gerechnet, seinen ehemaligen Klassenlehrer jemals wiedersehen zu müssen. Schon damals waren ihm die Lehrer gehörig auf den Geist gegangen, allen voran Herr Andres, der innerlich so schwach gewesen war und sich seinen Schülern untergeordnet hatte.

Paul musterte Herrn Andres. Er hatte sich kaum verändert. Der gleiche strenge und verbissene Gesichtsausdruck und dieselbe Brille mit dem schwarzen Gestell, die vielleicht vor zwanzig Jahren mal modern gewesen war. Zu guter Letzt war da noch seine Unruhe, die niemandem verborgen blieb.

„Wie geht es euch?", brachte er krächzend hervor. Er trug eine khakifarbene Jacke zu einer schlichten, hellblauen Jeans. „Wie lange ist das alles jetzt her? Es kommt mir wie eine Ewigkeit vor ..."

„Sparen Sie sich den Scheiß", erwiderte Paul. In Gegenwart von Lehrern verspürte er noch immer eine unendliche Wut, obwohl die Schule längst vorbei war. Jedenfalls redete er sich ein, dass sie es war, um sich die bittere Wahrheit nicht eingestehen zu müssen. Die Schule würde niemals enden. Nicht solange sie alle am Leben waren.

„Wir wissen alle, wie lange der ganze Mist jetzt zurückliegt", schlug sich Zoe auf Pauls Seite. Ihre Begeisterung über Herrn Andres Auftauchen hielt sich in Grenzen.

Paul wusste, woran es lag. Zoe wollte endlich Klartext mit den anderen reden und all das aussprechen, was sie niemals auszusprechen gewagt hatte. Sie alle wollten das. Die Wahrheit musste nach draußen, musste atmen, damit auch sie alle wieder mehr Luft bekommen konnten.

„Okay ..." Herr Andres klang geknickt und hob beide Arme. „Dann überspringen wir also die Höflichkeiten! Wer von euch hat uns hierhin eingeladen? Und wieso?"

Keiner antwortete. Zu sechst standen sie um den Esstisch. Sie fühlten sich fehl am Platz. Wenn dies tatsächlich Alissas Haus war, hatten sie hier nichts verloren.

„Es ist für sieben Personen gedeckt", murmelte Sandra nach einer Weile. „Einer fehlt also noch ..."

„Ja, unser Gastgeber", meinte Zoe. „Derjenige, der uns in dieses gottverlassene Haus gelockt hat."

Wie aufs Stichwort ertönte ein lauter Knall, als wäre das Haus mit dieser Bezeichnung nicht einverstanden.

„D-Das kam von oben." Sandra griff unbeholfen nach Christophers Hand. Ein Stück Vertrautheit, die nichts weiter als Fassade war. Ein erbärmliches Kammerspiel zweier Verlorener. „Wir sollten verschwinden."

Christopher schüttelte den Kopf und löste sich von seiner Frau. Selbstbewusst ging er zur Tür, die zum Flur und zur Treppe führte. „Weil da oben was umgefallen ist? Was seid ihr denn für Memmen? Ihr wolltet doch unbedingt herkommen ..."

Er trottete davon, warf Zoe einen seltsamen Blick zu und stieg laut trampelnd die Stufen nach oben.

Paul, der nicht wie ein Weichei dastehen wollte, folgte ihm. Die Treppe bestand aus Holz und knarrte bei jedem Schritt. Ein unheimliches Geräusch, das mit Pauls innerer Anspannung verschmolz. Das alles gefiel ihm nicht.

„Was dackelst du mir denn hinterher?" Christopher drehte sich zu ihm um. In seinem grauen Shirt, aus dem man problemlos ein Zelt nähen könnte, sah er völlig verloren aus.

Sie standen vor einem Gang mit fünf Türen. Zwei rechts, zwei links und eine am Ende. Es gab nur ein einziges Fenster, direkt an der Treppe, doch davor wuchs eine riesige Fichte, die das Tageslicht am Eindringen hinderte.

„Pass bloß auf, was du sagst ...", knurrte Paul und betrachtete die Wände. Die Tapete, die mit dunkelroten Rosen bedeckt war, tat ihm in den Augen weh. Guter Geschmack sah anders aus.

„Oh, willst du mir drohen?" Christopher lachte und öffnete die erste Tür auf der linken Seite. „Ich kann auch Herrn Andres holen. Der hat dich ja in der Schule immer echt zur Sau gemacht. Wie oft hast du nachsitzen müssen?"

Paul ging nicht auf die Frage ein. Es kam ihm absurd vor, sich mit Christopher zu unterhalten.

Auf der gegenüberliegenden Wand hing ein Bild. Eine Gänsehaut wanderte über seinen Körper, als er eine Person darauf erkannte. Benommen taumelte er zurück und stieß gegen Christopher.

„Pass doch auf, du Idiot", donnerte dieser ihm entgegen.

Paul reagierte nicht darauf. Sein Blick lag auf dem Bild, auf dem eine glückliche Familie zu sehen war. Mutter, Vater und zwei Kinder. Eins davon war Alissa. Sie sah genauso aus, wie Paul sie in Erinnerung hatte. Eine graue Maus mit einem Lachen, das die traurigen Augen nicht erreichte. Das Mädchen neben Alissa war vielleicht zwölf oder dreizehn und hatte blondes, lockiges Haar. Sie hatte eindeutig das Aussehen ihrer Mutter geerbt, während Alissa eher nach ihrem Vater kam.

„War dir klar, dass Alissa eine Schwester hatte?", fragte Paul, der wie hypnotisiert in die Gesichter der vier Personen starrte.

„Das ist mir so was von egal ..." Christopher stampfte in das Zimmer und Paul zwang sich, ihm zu folgen.

Der Raum war klein und quadratisch und wie ein Büro eingerichtet. Am Fenster stand ein Schreibtisch und an den Seiten mehrere einfache Holzregale, teilweise gefüllt mit dicken Ordnern.

„Aber ihre Schwester könnte uns doch hierhin eingeladen haben ...", startete Paul einen neuen Versuch. „Sie hätte allen Grund, sich an uns zu rächen."

Christopher drehte sich um und sah aus wie ein Rind auf der Weide, das nichts mit sich anzufangen wusste. „Häh? Was hat denn ihre Schwester mit unserer Klassenfahrt zu tun?"

Paul gab es auf. Mit Christopher konnte er unmöglich ein ernstes Gespräch führen. So wie er sich aufführte, schien er sich dem Schaden, den er angerichtet hatte, überhaupt nicht bewusst zu sein. Die Schuld prallte an seinem massigen Körper ab, als hätte er einen Mantel aus Stahl angelegt.

Paul trat zurück auf den Flur und öffnete die Tür auf der anderen Seite. Dahinter befand sich ein schlichtes Badezimmer mit einer Dusche, einer Toilette und einem Waschbecken. Es sah ordentlich aus.

„Schau mal, Kerni ..." Christopher stand im nächsten Zimmer. „Ein Raum voller Bücher ... Wer bitte verschwendet denn heutzutage seine Zeit noch mit Büchern?"

Paul wusste, wer das tat. Alissa war damals dauernd mit einem Buch herumgelaufen.

Er begutachtete das Zimmer. An den Wänden hingen kunstvolle Bilder, allesamt mit dunklen Farben gemalt. Es war nicht zu erkennen, was der Künstler auf die Leinwand bannen wollte. Vielleicht düstere und verlorene Seelen.

Neben dem Fenster stand ein Bett ohne Decke und Kissen. In den Regalen stapelten sich Bücher, alte Klassiker von Goethe und Schiller, aber auch zeitgenössische Literatur.

„Das muss Alissas Zimmer gewesen sein", meinte Paul leise. Seine Stimme bebte. Er fühlte sich wie ein Eindringling. „Aber warum sind die ganzen Sachen noch da? Warum hat das niemand mitgenommen?"

Christopher zuckte träge mit den Schultern. Das alles interessierte ihn nicht und Paul spürte Wut in sich aufkeimen.

„Warum frage ich dich das überhaupt?", murmelte er. „Du hast ja eh nichts in der Birne ..."

„Was?" Christopher funkelte ihn böse an. „Für wen hältst du dich eigentlich, du dreckiger Wichser?"

„Ist das alles, was du sagen kannst?", fragte Paul ungehalten. „Kindische Beleidigungen? Dann bin ich halt ein Wichser, wenn du dich dadurch besser fühlst, aber soll ich dir was verraten? Es geht hier nicht um mich und auch nicht um dich ... Ich dachte, nach der Klassenfahrt hat es bei dir auch Klick gemacht!"

Christopher starrte ihn an. Auf seinem grauen Hemd hatten sich Schweißflecken gebildet. Seine Augen wirkten leer und sein Mund stand leicht offen. „Lass mich mit dem Dreck doch einfach in Ruhe ..."

Er ballte seine Hände zu Fäusten und trat auf Paul zu. Bevor er zuschlagen konnte, ertönte ein Geräusch. Ein Knacken, als würde Holz zerbrechen.

„Das kommt von hier oben ...", meinte Paul und deutete mit dem Kopf in Richtung der zwei verbliebenen Türen. „Wer auch immer hier auf uns wartet, ich wette, er wird sich brennend für deine lächerlichen Ausflüchte interessieren."

Damals

Alissa fühlte sich betäubt, als kehrte der Nebel vom Morgen zurück, um ihr erneut die Sicht zu rauben. Sie starrte auf die Wunden, die sich Tobias selbst zugefügt hatte und spürte seinen Schmerz.

„Warum?", fragte sie heiser, unfähig die Frage weiter auszuformulieren.

Tobias lächelte. Es passte nicht zu der Situation, scheuchte aber den Nebel fort. „Warum ich dir helfen will? Oder warum ich mich ritze?"

Er ließ sich auf einen der vorderen Sitze nieder. Alissa, deren Knie zitterten, blieb stehen. „Beides ..."

In seiner Gegenwart fühlte sie sich unsicher, wie ein Schaf in der Nähe eines Wolfes.

Tobias schaute an ihr vorbei nach draußen. „Ich bin eigentlich nur gekommen, um dir zu sagen, dass ich auf deiner Seite stehe! Ich weiß, ich hätte es schon viel früher ..."

„Nein", unterbrach Alissa ihn. „Ich meine, es ist in Ordnung, wie es ist. Ich verstehe dich vollkommen."

Ihre Augen wanderten zu seinem Schweißband. Sie wollte die Arme ausstrecken und ihn berühren, damit sie zu Gleichgesinnten wurden, aber die Angst, damit alles zu ruinieren, hielt sie zurück.

„Du solltest mich aber nicht verstehen ..." Tobias seufzte. Das Lächeln wich aus seinem Gesicht. „Ich verstehe mich selbst nicht! Weißt du, ich hätte mich viel früher für dich einsetzen sollen, aber ich habe nur meinen eigenen Scheiß gesehen ..."

Angewidert schüttelte er den Kopf. „Kannst du mir verzeihen?"

Alissa war überfordert. „K-Klar ..."

Sie zwang sich zu einem Lächeln. Es fiel ihr schwer, unsagbar schwer.

„Musst du nicht zurück zu den anderen?" Die Frage purzelte aus ihrem Mund. „Ich meine, Herr Andres macht sich bestimmt Sorgen, wenn jemand fehlt."

„Mir gefällt es hier ...", meinte Tobias. „Ich bin frei und genau dort, wo ich sein will!"

Verlegen schaute Alissa nach draußen und tat so, als hätte sie ihn nicht verstanden. Tobias Art zu sprechen war seltsam, fast schon philosophisch.

Sie schwiegen einen Moment, bevor Tobias fortfuhr. „Ich will nicht wie diese Idioten sein. Nein, ich kann einfach nicht länger tatenlos zuschauen und so tun, als wäre das alles halb so schlimm! Das, was die dir antun ... Ich dachte, das hört irgendwann auf, aber jetzt ist auch noch Maja dabei ..."

„Maja?" In Alissa schrillten die Alarmglocken. „Wie meinst du das?"

Tobias fuhr sich durchs Haar, das ungewöhnlich glatt und seidig wirkte. „Ach, ich weiß auch nicht. Ich habe einfach ein schlechtes Gefühl bei ihr. Ihr Freund, dieser Erik, kommt manchmal in die Bar, in der meine Band ihre Auftritte hat. Er flirtet da dauernd mit anderen Mädchen. Ich glaube, Maja und er haben nicht so eine harmonische Beziehung, wie es nach außen hin erscheint."

Alissa spürte Mitgefühl für Maja. Wenn das, was Tobias da behauptete, der Wahrheit entsprach, tat ihr Maja leid. „Erik wirkt aber so verliebt und so aufrichtig ..."

„Ich glaube, du solltest den Leuten nicht so schnell vertrauen ...", meinte Tobias. „Die Wahrheit offenbart sich meistens erst nach einiger Zeit!"

„Und was ist mit dir? Kann ich dir vertrauen?"

Er erhob sich langsam und vermied es, sie anzuschauen. Sie sah weder seine Augen noch seinen Mund.

„Nachdem ich die ganze Zeit nur tatenlos zugeschaut habe, wie dich alle fertig gemacht haben ...", meinte er leise. Er klang wie ein Richter, der sich selbst verurteilen musste. „... solltest du das wohl nicht tun. Ich hoffe aber, du weißt, dass ich auf deiner

Seite stehe und wenn du bereit bist, zu kämpfen, werde ich dir helfen."

Er machte ein paar Schritte auf die Bustür zu und Alissas Herz zog sich schmerzhaft zusammen. Sie wollte nicht, dass er sie verließ, denn sie fühlte sich von ihm verstanden.

„Vielleicht brauche ich deine Hilfe schon jetzt!" Sie streckte einen Arm nach ihm aus. „Ja, ich denke, die Schlacht hat schon längst begonnen und ich sollte mich endlich für den Endkampf wappnen. Auge um Auge, Zahn um Zahn."

Heute

Joachim Andres fühlte sich seltsam in der Nähe jener Schüler, die damals das Unglück miterlebt hatten. Sie waren die Überlebenden, auch wenn er heute in ihren Gesichtern den Tod erahnen konnte.

Es gab zwei Arten von Schmerz. Der erste war vergänglich, während der zweite kleine fiese Widerhaken besaß und sich tief in der Seele festsetzte.

„Paul und Christopher sind ganz schön lange weg ...", meinte Sandra und unterbrach die Stille. Ihre Stimme klang rau und kalt. „Vielleicht sollten wir auch nach oben gehen."

Niemand antwortete ihr. Kopfschüttelnd durchschritt sie den großen Raum, doch sie kam nicht weit, denn auf einmal ertönte ein Schrei.

„D-Das kam von oben!" Zoe hielt sich an der Tischkante fest.

Joachim drängte sich an der verdutzt dreinschauenden Sandra vorbei und stieg die Treppe nach oben. Er kam sich wie der Lehrer vor, der damals alle hatte beschützen wollen. Alle, bis auf Alissa.

„Paul? Christopher?" Der obere Gang lag finster vor ihm. Er sah eine massige Gestalt am Ende. Christopher.

„Habt ihr was gefunden?" Joachim ging langsam auf den dicken Mann zu. „Ist hier jemand?"

Christopher drehte sich wie in Zeitlupe um. Dunkle Schatten überzogen sein Gesicht. „P-Paul ..."

„Wo ist Paul?" Joachim schubste Christopher beiseite und sah die geöffnete Tür vor ihm. Dahinter war nichts als Schwärze.

„Paul?" fragte Joachim besorgt. „Bist du hier drin?"

Polternde Schritte ertönten hinter ihm. Sandra und Zoe kamen die Treppe nach oben gestiegen.

Joachim setzte einen Fuß in den dunklen Raum und vernahm ein Keuchen. „Paul?"

Er warf den Kopf zurück und schaute zu Christopher, der sich eine Hand auf die Brust legte. Regungslos stand er vor der Türschwelle.

„Was zur Hölle ist hier los?" Joachim erkannte ein Fenster und eilte dahin, um die dunkelbraunen Vorhänge beiseitezuziehen. Die Finsternis wich und Joachim konnte Paul sehen. Der junge Mann lag auf dem Boden. Sein blaues Käppi lag neben ihm und auf seinem weißen Shirt breitete sich im Schulterbereich Blut aus.

„Oh, Gott!" Joachim zog geistesgegenwärtig seine Jacke aus und kniete sich neben Paul. „Was ist passiert?"

Zoe und Sandra tauchten im Türrahmen auf und begannen zu schreien. Christopher torkelte zurück und als Joachim sich umdrehte, sah er den dicken Mann nach unten stürmen.

Pauls Gesicht war blass. Schweiß breitete sich auf seiner Stirn aus und er atmete stoßweise.

„Ihr müsst einen Krankenwagen rufen!", rief Joachim den beiden Mädchen zu. „Wir brauchen Hilfe."

„Nein ..." Paul stöhnte. Er hob eine Hand und tastete über seinen Kopf. „Ich brauche keinen Krankenwagen."

Joachim hörte nicht auf Paul und wiederholte seine Anweisung. Zoe setzte sich in Bewegung, während Sandra stocksteif dastand.

Er untersuchte Pauls Kopf. Auf der linken Seite war eine kleine Wunde. Ohne zu zögern presste er den Ärmel seiner Jacke darauf, obwohl kaum noch Blut floss. Er war überfordert mit der Situation. Sein letzter Erste-Hilfe-Kurs lag Jahre zurück.

„Es geht schon wieder." Paul sprach jetzt wieder klar und deutlich. Der Schock wich aus seinem Gesicht. „Ich überlebe das ganze schon ..."

Joachim atmete erleichtert auf und sah zu Zoe, die zurückgekehrt war. „Ich bekomme keinen Handyempfang, aber ich habe das hier in der Küche gefunden."

Sie hielt einen kleinen Erste-Hilfe-Koffer in den Händen. „Wird es damit gehen?"

Joachim nickte dankend und nahm ihr den Kasten ab. Notdürftig verarztete er die Wunde mit einem großen Pflaster und einer Mullbinde, die er um Pauls Kopf wickelte.

„Was ist denn eigentlich passiert?" Zoe hockte sich neben Paul auf den grauen Teppich. „Hast du dir den Kopf gestoßen?"

Paul schnaufte und schaute sich sein beschmutztes T-Shirt an. „Ich habe keinen Plan. Wir hatten hier ein Knacken gehört und als ich die Tür öffnete, wurde mir plötzlich schwarz vor Augen. Im ersten Moment dachte ich, jemand hätte mich niedergeschlagen."

„Niedergeschlagen?" Zoe umfasste freundschaftlich seinen Oberarm. „War das Christopher?"

„Das würde ich diesem kranken Mistkerl zutrauen!" Er betastete den Verband und verzog schmerzvoll das Gesicht.

„Ich finde, wir sollten dich in ein Krankenhaus bringen", meldete sich Joachim zu Wort. Seine Aufregung verflog. „Nur zur Sicherheit. Nicht, dass du eine Gehirnerschütterung hast …"

„Jetzt tun Sie mal nicht so, als würden sie sich um mich sorgen", erwiderte Paul und erhob sich langsam. Zoe half ihm.

Joachim starrte ihn fassungslos an. War das der Dank? „Jetzt werde mal nicht frech, Junge."

„Hören Sie auf, sich als Held aufzuspielen", konterte Paul. „Das steht Ihnen einfach nicht. Sie waren damals schon ein schlechtes Vorbild gewesen und heute sind Sie es immer noch … Es geht Ihnen doch nur darum, selbst nicht schlecht dazustehen. Im Grunde interessieren Sie sich einen Scheißdreck für uns alle."

Joachim schluckte schwer. „D-Das stimmt nicht."

Er wusste, dass er sich nicht zu rechtfertigen brauchte und doch tat er es. Die Zeit hatte ihn nicht reifer, sondern schwächer gemacht.

Er schaute zu Zoe, die ein Taschentuch herauskramte und damit Pauls Nacken säuberte. „Habe ich damals wirklich so viel falsch gemacht?"

Zoe biss sich auf die Unterlippe. Sie musste sich einen Kommentar verkneifen.

Die traurige Wahrheit breitete sich vor Joachim aus. Er hatte versagt. In jeder erdenklichen Hinsicht.

Damals

Alissa und Tobias saßen nebeneinander im hinteren Teil des Busses, als der Busfahrer mit einem dampfenden Plastikbecher zurückkam.

„Jetzt seid ihr ja schon zu zweit ...", seufzte er übertrieben. „Und ich dachte, ich könnte heute ein paar ruhige Stunden verbringen."

Weder Tobias, noch Alissa reagierten, also ließ er sich vorne nieder, schaltete das Radio ein und schlürfte seinen Kaffee.

„Okay ..." Tobias widmete Alissa seine gesamte Aufmerksamkeit. Es war ungewohnt und doch schön. „Willst du die ganze Sache wirklich durchziehen?"

Sein Blick schenkte ihr Hoffnung. Sie konnte nichts anderes tun als nicken. Zusammen hatten sie den Entschluss gefasst, dass sich schnellstmöglich was ändern musste. Die Attacken von Christopher, Paul, Sandra und Zoe wurden immer schlimmer.

Sie waren sich über den Zeitpunkt schnell einig geworden. Am heutigen Abend sollte Alissa die Strafarbeit beim Abendessen im Speisesaal vortragen. Die perfekte Gelegenheit, um endlich Klartext zu reden.

„Ich werde ihnen einen Spiegel vor die Nase halten!" Alissa wurde mutiger. „Es wird Zeit, dass sie begreifen, was sie mir antun."

„Ja!" Tobias nickte. „Du musst sie richtig schocken. Dann sind sie verwundbar."

Alissa hielt das zerknitterte Papier von Herrn Andres in der Hand und begann zu schreiben. „Heute werde ich zum ersten Mal die komplette Wahrheit aussprechen. Das wird sie aus der Fassung bringen und mir die Gelegenheit für einen Gegenschlag geben."

Tobias saß dicht neben ihr. Seine Schultern berührten die ihre. Ein vertrauter Moment, den sie nicht genießen konnte. Sie musste an Zoe denken. Bei ihr hatte sie dasselbe Vertrauen gespürt und war letztendlich getäuscht worden. Und was war mit Maja?

„Hast du schon eine Idee?", fragte Tobias und sah sie eindringlich an. Sein Blick bohrte sich in ihre Seele.

Alissa nickte. In ihrem Kopf hatte sich ein grober Plan geformt, doch sie konnte ihn nicht in Worte fassen.

„Ah, du willst es mir nicht sagen ..." Tobias grinste. Er nahm es ihr nicht übel. „Du hast dir meine Worte also zu Herzen genommen!"

„Ich möchte dich da einfach nicht mit hineinziehen", erwiderte Alissa. „Ich muss das alleine klären."

Er ergriff ihre Hand und streichelte ihre Finger. „Aber wenn du mich brauchst, werde ich da sein!"

Alissas Herzschlag beschleunigte sich und ihr wurde abwechselnd heiß und kalt. Ein trügerisches Gefühl, das sie an Zoe erinnerte. Sie musste achtgeben.

Sie drehte ihren Kopf beiseite und schaute aus dem Fenster. Vorsichtig entzog sie ihm ihre Hand.

„Ich wollte dir nicht zu nahe treten", meinte er entschuldigend. Seine Stimme besaß einen sanften Unterton. „Es ist seltsam. In deiner Nähe fühle ich mich so leicht und frei, als stände mir die ganze Welt offen. Das klingt verrückt, oder?"

„Ein bisschen!" Alissa kicherte leise. Für einen kurzen Moment kam sie sich wie ein stinknormales Mädchen vor, das sich mit einem Klassenkameraden unterhielt. Das Leben konnte so einfach sein.

„Weißt du, was auch verrückt ist?" Tobias griff nach seiner schwarzen Umhängetasche, zog ein Notizbuch hervor und blätterte darin herum. „Als du damals in die Klasse kamst und der ganze Mist anfing, habe ich einen Song über dich geschrieben."

Er zeigte ihr eine vollgekritzelte Seite. Oben stand ihr Name.

In Alissas Bauch kribbelte es, als hätte sie gerade eine ganze Flasche Sprudelwasser getrunken. „Du hast ein Lied über mich geschrieben?"

„Ja, aber ich habe es noch nie jemanden gezeigt ..." Tobias Augen glänzten. Dieses Lied bedeutete ihm eine Menge.

„Sing es mir vor", bat Alissa leise, obwohl dies der denkbar schlechteste Ort dafür war. Im Hintergrund dudelte ein französischer Partysong und der Busfahrer schlürfe lautstark seinen Kaffee.

Tobias warf den Kopf zurück und lachte. „Ich werde es dir vorsingen, aber nicht jetzt! Musik muss sich dem Augenblick anpassen!"

Alissa nickte und schielte auf das Notizbuch, doch Tobias klappte es blitzschnell zu.

„Jetzt sei mal nicht so neugierig!" Er ließ das Buch wieder in seiner Tasche verschwinden.

Alissa tat, als würde sie schmollen, um ihre Trauer zu verbergen. Sie hatte Angst, dass sie das Lied nie würde hören können. Jeder noch so kleine Moment war zerstörbar. Was, wenn Zoe ihr auch Tobias wegnehmen wollte? Oder wenn Christopher seine Drohung wahr machte?

„Versprich es mir", bat sie leise.

Tobias hob zwei Finger zum Schwur und setzte einen ernsten Gesichtsausdruck auf. „Ich verspreche es dir!"

Heute

„Ich finde, wir könnten jetzt langsam wieder von hier verschwinden!" Sandra trat von einem Bein auf das andere. Das alles gefiel ihr nicht. So sehr sie auch hatte herkommen wollen, so schnell wollte sie jetzt wieder weg von hier. Dieser Ort erinnerte sie an die Hölle. Die Hölle von damals.

„Du weißt ja wo die Tür ist!" Paul taumelte ein paar Schritte und setzte sich auf ein weinrotes Ledersofa, das direkt neben dem Fenster stand. Dunkle Wolken bedeckten den Himmel. Das Wetter verschlechterte sich genau wie die Stimmung in dieser Bruchbude.

„Wenn du gehst, nimm deinen bescheuerten Mann gleich mit!", fügte Zoe hinzu. Besorgt stand sie neben dem Sofa und tätschelte Pauls Schulter. In ihrer viel zu großen Lederjacke wirkte sie verloren. „Ich habe keinen Bock, dass er mich auch noch zusammenschlägt!"

„Christopher tut keiner Fliege etwas!" Sandra wusste nicht, warum sie diesen Idioten plötzlich in Schutz nahm. Sie empfand keinerlei Liebe oder Sympathie für ihn, doch da war etwas, das sie verband. Es hatte mit Schmerz zu tun.

Paul lachte auf. Ganz so schlecht schien es ihm nicht mehr zu gehen. „Ja klar …! Er war doch damals schon gewalttätig und ist es sicher heute noch. So jemand wie der ändert sich nicht so einfach."

Sandra riss die Augen auf. Sie nahm diesen Angriff persönlich. „Und was ist mit dir? Du bist doch selbst kein Unschuldslamm! Du wolltest Alissa auf der Klassenfahrt damals sogar vergewaltigen, oder nicht?"

Paul zuckte zusammen und vermied es, Zoe oder Herrn Andres anzusehen. Seine Nasenflügel bebten und er ballte die Hände zu Fäusten. „Verschwinde einfach von hier."

„Es ist gut jetzt, Leute!" Herr Andres schwache und zerbrechliche Stimme konnte nichts ausrichten. Der Lehrer hatte sich zurückentwickelt. Er besaß keinerlei Durchsetzungsvermögen mehr. „Wir sind doch alle gekommen, um herauszufinden, wer hinter diesem Klassentreffen steckt oder nicht? Vielleicht sollten wir uns darauf konzentrieren ..."

Er durchschritt den großen Raum. Die dunkelroten Wände und die düsteren Einrichtungsgegenstände ließen alles kalt wirken. Derjenige, der hier gelebt hatte, war sich der Finsternis in seiner Seele eindeutig bewusst.

„War das Alissas Zimmer?", hörte Sandra sich fragen. Selbst in ihren Ohren klang die Frage hochnäsig, obwohl sie keinerlei Wertung in ihre Stimme legen wollte. „Wenn ja, dann tut sie mir echt noch mehr leid!"

Sie ging zu einem Schreibtisch, in dem seltsame Symbole geritzt waren. Mit den Fingern strich sie darüber, als würde sie über Alissas Schnittwunden fahren.

„Am Anfang des Ganges ist noch ein anderes Zimmer", knurrte Paul unfreundlich. „Das passt besser zu Alissa. Ich glaube, hier muss ihre Schwester gelebt haben."

„Schwester?" Sandra dachte angestrengt nach, doch ihr wurde dabei bewusst, wie wenig sie über Alissa wusste. Sie hatte niemals einen Menschen in dem blassen Mädchen gesehen. Sie war nur das Opfer, das sich alles gefallen ließ. Es war so einfach gewesen. Einer hatte angefangen und alle anderen hatten mitgemacht.

„Ach, keine Ahnung!" Paul verzog das Gesicht und machte eine abfällige Geste. Das Gespräch war beendet. Mittlerweile unterhielten sich nur noch wenige Leute mit Sandra. Sie alle durchschauten sie bereits bei der ersten Begegnung und Sandra machte sich nicht die Mühe, ihre morsche Fassade am Einsturz zu hindern.

Ihr Blick wanderte zu einer altmodischen Kommode, die direkt neben dem Schreibtisch stand. Darauf stand ein großer Käfig, in dem sich etwas bewegte.

„Oh Gott, schaut mal hier!", sagte sie leise, als sie erkannte, was sich im Inneren befand. „Das ist eine Ratte, oder?"

Das dicke Tier knabberte an einem Holzstück, das dabei gegen den Boden des Käfigs stieß. Sofort kam eine Erinnerung hoch, die Zoe sogleich aussprach.

„Alissa hatte doch eine Ratte gehabt!", meinte sie. „Im Englischunterricht mussten wir doch mal über unsere Haustiere sprechen und da hat sie doch von ihrer Ratte erzählt. Wie hieß sie noch gleich?"

„Krätze!", meinte Sandra leise. Es kam ihr wie gestern vor, als sie Alissa damit aufgezogen hatte. Sie hatte nicht verstanden, wie ein normaler Mensch eine Ratte als Haustier halten konnte und dann dieser Name. Alissa träumte wohl davon, in der Welt von „Harry Potter" zu leben.

„Wenigstens wissen wir jetzt, woher das Geräusch kam, das wir gehört haben!" Paul streckte seine Hand aus und deutete auf den Käfig. „Aber diese Ratte wird uns sicher nicht hierhin eingeladen haben!"

Keiner lachte. Früher war Paul der Klassenclown gewesen, aber heute hatte er jeglichen Humor verloren. Sandras Blick wanderte weiter und sie sah einen weißen Umschlag, der neben dem Käfig auf der Kommode lag und sich deutlich von dem schwarzen Lack abhob.

Sandra drehte ihren Kopf zu Herrn Andres, der hinter der nächsten Ecke verschwunden war. Insgesamt besaß das Zimmer zwei Ein- beziehungsweise Ausgänge und der Lehrer trat gerade durch die zweite Tür auf den Gang.

„Äh, hier liegt etwas ...", brachte Sandra leise hervor und griff nach dem Umschlag.

Keiner beachtete sie. Sie fühlte sich wie eine Unsichtbare. So, wie Alissa sich damals gefühlt haben musste.

Sie befeuchtete ihre trockenen Lippen und riss den Umschlag auf. Vorsichtig zog sie ein einfaches Blatt Papier hervor und faltete es auseinander.

„Warum ich mich nicht für euch ändern werde!", stand oben in akkurater Handschrift, darunter mehrere Stichpunkte. Ein Vortrag.

Sandra erstarrte und vor ihrem inneren Auge tauchte Alissa auf. Alissa, die im Speisesaal stand, mutig das Kinn anhob und mit wachem Blick in die belustigten Gesichter ihrer Mitschüler sah. In der Hand hielt sie dieses verdammte Blatt Papier, auf das sie nur hin und wieder schaute, um den Faden nicht zu verlieren. Es war lächerlich und doch ein Moment voller Hoffnung für dieses zerbrochene Mädchen. Die Hoffnung wuchs und wuchs mit jedem einzelnen Wort aus ihrem Mund und formte sich zu einem riesigen Luftballon. Alissa ahnte zu diesem Zeitpunkt nicht, wie viele spitze Pfeile bald auf diesen Ballon abgefeuert werden würden. Niemand ahnte das. Am wenigsten Sandra, die so naiv kicherte und nicht begriff, welche Kraft Alissas Rede besaß.

Damals

Alissa stand mitten im Speisesaal und schaute sich um. Das Treffen mit Tobias hallte immer noch nach und gab ihr das nötige Selbstvertrauen, diese Rede endlich hinter sich zu bringen.

„Seid bitte alle mal ruhig!" Herr Andres klatschte in die Hände und erhob sich von seinem Platz. „Alissa möchte euch allen etwas Wichtiges mitteilen!"

Er nickte ihr zu. Nicht aufmunternd, sondern knallhart und mit einem Hauch Abneigung. Alissa sah ihm an, wie wenig er von diesem Vortrag erwartete. Gedanklich legte er sich vermutlich bereits die nächste Standpauke zurecht.

Alissa biss sich auf die Unterlippe und versuchte, so gerade wie möglich dazustehen. Sie durfte die Sprache des Körpers nicht unterschätzen. Nur wer mutig und sicher auftrat, konnte Menschen erreichen.

„Warum ich mich nicht für euch ändern werde", las sie vor. Sie betonte jedes einzelne Wort und sprach laut und kraftvoll. Im Saal wurde es ruhig, auch die letzten Gespräche verstummten.

Alissa erkannte Tobias, der an einem Tisch mit Zoe saß. Ja, sie waren Freunde. Das war ihnen anzusehen, doch Alissa war die einzige, die sein Geheimnis kannte.

Tobias nickte ihr unmerklich zu und lächelte. Das genügte.

„Herr Andres hat mir diese Strafarbeit gegeben, weil ich anders bin und mich seiner Meinung nach nicht anpasse ...", begann sie ihren Vortrag. Die Notizen brauchte sie nicht, denn die Worte lagen auf ihrer Zunge. Es gierte ihnen nach der Freiheit. „Er möchte, dass ich mich ändere, um Teil dieser Klassengemeinschaft zu werden. Ja, ich soll mich selbst aufgeben, alles, was vorgefallen ist, totschweigen und meine alleinige Schuld akzeptieren. Also habe ich mir die Frage gestellt, welche Fehler ich begangen habe."

Sie machte eine kurze Pause und sah zu Christopher, der

nicht weit entfernt neben Tom saß und seinen Kopf auf die Tischplatte gelegt hatte. Er tat, als würde ihn das alles nicht interessieren, als wollte er es nur schnell vorüberziehen lassen, um endlich sein Abendbrot zu bekommen. Doch das stimmte nicht. Alissa konnte sehen, wie sich sein massiger Körper auf und ab bewegte. Seine Atmung beschleunigte sich und seine Beine wackelten unkontrolliert. Vor der Wahrheit konnte er seine Ohren nicht verschließen.

„Bin ich etwa Schuld daran, dass ich tagtäglich Angst habe, zur Schule zu gehen?", fuhr sie fort. „Ist es meine Schuld, dass ihr mich schlagt, meine Sachen beschmutzt und mich Ekelalissa nennt?"

Dieser unliebsame Spitzname schwirrte plötzlich wieder durch die Luft. Ein paar Schüler grölten ihn lautstark in ihre Richtung und lachten im Anschluss. Ja, sie fühlten sich stark und überlegen.

Ekelalissa! Ekelalissa! Ekelalissa!

Sie durfte sich nicht aus der Fassung bringen lassen. Unbewusst taumelte sie einen Schritt zurück und stieß gegen den Tisch der Lehrer.

Herr Andres klammerte sich an seine Wasserflasche und schaute hilfesuchend zu seinen Kollegen. Er wollte diese Rede so schnell es geht beenden, sie im Keim ersticken, bevor sie Wurzeln schlug, doch er wusste nicht wie.

Alissa räusperte sich. „Ja, vielleicht ist es alles meine Schuld. Das denkt ihr ja sowieso alle und ich kann euch das nicht übel nehmen. Ihr seid schwache Personen, die mit dem Strom schwimmen müssen, denn ansonsten würdet ihr gnadenlos ertrinken. Ihr habt keine eigene Meinung, ihr passt euch lieber einer Vorgegeben an, aus Faulheit oder Naivität. Das ist menschlich, denn genauso ist unsere „tolle" Gesellschaft und genauso seid ihr alle!"

Herr Andres sprang wütend von seinem Stuhl auf und schnappte wie ein Fisch auf dem Trockenen nach Luft. Die Sprachlosigkeit lähmte ihn.

„Selbst Menschen, die sich Pädagogen nennen dürfen ..." Alissa schaute ihren Klassenlehrer direkt an. „... schikanieren Kinder und Jugendliche. Ist das Macht, Herr Andres? Fühlen Sie sich stark, wenn Sie ein schwaches Mädchen demütigen können?"

Sie drehte ihren Kopf zu Herrn Zomer und Frau Bolte, die beide wie leere Hüllen dasaßen und sie anstarrten. „Und was ist mit Ihnen? Halten Sie sich gerne aus allem raus? Es ist so verdammt einfach, die Augen zu verschließen, oder?"

Ihre Stimme wurde lauter. Angetrieben von ihrer Wut sprach sie weiter. „Sie wissen, was mir angetan wird, oder? Ja, natürlich wissen Sie es! Jeder in diesem Raum weiß es und niemand tut etwas dagegen. Ich sollte euch alle jetzt vielleicht nach dem großen „Warum" fragen, aber darauf würde ich keine Antwort kriegen, oder?"

Sie unterbrach sich und schaute in die Gesichter ihrer Mitschüler. Der Schmerz der letzten Monate überkam sie und formte sich in ihr zu einer riesigen Kugel, die sie endlich freilassen konnte. Jetzt war die Gelegenheit. Tobias hatte recht gehabt. Sie musste alle schockieren, um sie verwundbar zu machen. Kleine, oberflächliche Wunden genügten nicht. Nein, das Messer der Vergeltung sollte sie alle aufschlitzen.

„Du bist hässlich, Ekelalissa!", rief Paul ihr zu. „Und du stinkst nach Scheiße!"

Die wenigsten Schüler lachten. Ein kleiner Erfolg. Vielleicht konnte dieses „Problem" doch verbal geklärt werden. Die Ausführung ihres restlichen Plans wäre dann nicht mehr nötig.

„Ihr denkt also, ich bin hässlich, weil ich nicht eurem Schönheitsideal entspreche?" Alissa schloss für einen Moment die Augen, die sie sich zuvor noch einmal tiefschwarz geschminkt hatte. „Und wie soll ich das eurer Meinung nach ändern? Soll ich mich operieren lassen, um ein hübscheres Gesicht zu bekommen? Und was ist mit euch? Werdet ihr euch dann auch ändern, um mir besser zu gefallen? Zum Beispiel Christopher ..."

Christopher tat, als hätte er seinen Namen nicht gehört. Alissa sah ihm aber an, dass er die Blicke der anderen auf sich spürte. Das brachte ihn aus der Fassung und zerstörte sein Selbstbewusstsein.

„Wirst du ein wenig abnehmen für mich?", fragte sie ihn. „Mir passt deine Körperfülle nämlich nicht! Und was ist mit dir Zoe?"

Alissa schaute an Tobias vorbei zu der aufreizend gekleideten Schwarzhaarigen. „Könntest du dich nicht ein wenig normaler kleiden? Und Paul ..."

Paul zuckte merklich zusammen. Er saß unweit des Ausgangs. Sein gewohntes Grinsen wich aus seinem Gesicht und er rückte sein Käppi zurecht.

„Deine Akne sieht schlimm aus!" Alissa wirbelte herum und sprach zu guter Letzt Sandra an. „Und du siehst aus wie eine Nutte. Diese ganze Schminke steht dir einfach nicht."

Gelächter brach im Speisesaal aus. Selbst Alissa konnte sich ein Grinsen nicht verkneifen. Diesen kurzen Triumph konnte ihr niemand mehr nehmen. „Aber soll ich euch etwas verraten? Das alles stört mich in Wahrheit überhaupt nicht, denn ich bin nicht so oberflächlich wie ihr! Meinetwegen dürft ihr gerne so bleiben, wie ihr seid! Ja, ich respektiere euch alle und ich würde euch allen sogar eine zweite Chance geb..."

„Ach ja, du widerliches Dreckstück!?", unterbrach Christopher ihre Rede. Er setzte sich aufrecht hin und verschränkte seine Arme vor der Brust. „Ich brauch deine dumme Chance nicht! Von Anfang an hast du dich für etwas Besseres gehalten und jetzt spielst du dich auch wieder auf, um im Mittelpunkt zu stehen!"

Er erhob sich und schüttelte den Kopf. „Kein Wunder, dass niemand mit dir befreundet sein will. Da wird auch dieser lächerliche Vortrag nichts ändern!"

Schnurstracks ging er zur Tür und versuchte sie zu öffnen. Sie war abgeschlossen, wie geplant. Alissa hatte im Vorfeld die Rezeptionistin darüber informiert, dass die beiden Klassen aus Deutschland am Abend eine kleine Feier abhalten wollten. Glücklicherweise hatte die Angestellte sehr gut englisch sprechen können. Alissa war mutig gewesen und hatte ihr versichert, dass die Lehrer von dieser kleinen Fete wussten und da sie die einzigen Gäste der Jugendherberge waren, hatte Alissa kurz darauf den Schlüssel für den Speisesaal bekommen, damit sie ihn im Anschluss abschließen konnte. Es war so einfach gewesen. Genau wie das Wegschicken der Frauen an der Essensausgabe, die nach ihrer Zigarettenpause eilig ihre Sachen zusammengepackt hatten und froh waren, endlich wieder einen Tag freizubekommen. Sie würden Alissa nicht im Weg stehen. Nein, dieses eine Mal würde alles nach Plan ablaufen.

„Geh zurück auf deinen Platz, Christopher", sagte sie eisern und schlug hart mit der Faust auf den Tisch, an dem die Lehrer saßen. „Meine kleine Rede ist noch nicht zu ende!"

Heute

„Was hast du denn da?" Zoe riss Sandra das Blatt Papier aus den Händen und las. Sie erkannte die Worte darauf sofort. „What the fuck? Ist das ...?"

Sandra nickte stumm. Ihre dick geschminkten Augen wirkten trübe.

Paul stieß ebenfalls zu ihnen und schielte auf das Blatt. „Was hat das zu bedeuten?"

„Was glaubst du denn?" Zoe ließ das Papier fallen. Sie wollte es nicht länger in der Hand halten. Auch wenn sie es ungern zugab, es machte ihr Angst.

„Ich glaube, dass sich jemand nach all den Jahren rächen möchte ..." Trotz des Verbandes um seinen Kopf hatte Paul sich seine blaue Kappe aufgesetzt. Er wollte sich darunter verstecken. Wie damals. „Das ist wohl nur gerecht!"

Er bückte sich und hob das Blatt auf. Für einen kurzen Moment schwankte er hin und her, doch dann fing er sich wieder. „Was habt ihr eigentlich damals gedacht, als Alissa plötzlich so mutig vor der Klasse gesprochen hat?"

Zoe zuckte mit den Schultern. „Ich war damals verdammt wütend auf sie. So richtig kann ich mich an ihren blöden Vortrag nicht mehr erinnern."

Das war eine eiskalte Lüge. Zoe erinnerte sich an so gut wie jedes Wort von Alissas Rede. Vom Anfang bis zum bitteren Ende.

„Ich habe Alissa die ganze Zeit unterschätzt ...", meinte Sandra. Sie strich sich das lange, dunkle Haar zurück. „Das haben wir wohl alle ..."

„Ich wollte mich damals wirklich mit ihr anfreunden!", murmelte Zoe. „Aber dann kam die Sache mit dem Kuss und das hat mich total überfordert."

„Arme Zoe!" Sandra sah gehässig aus. „Das rechtfertigt dein unmögliches Verhalten auf jeden Fall!"

„Was soll das denn heißen?" Zoe bäumte sich vor Sandra auf, die sie sowohl in der Länge, als auch der Breite überragte. „Das, was du gemacht hast, war viel schlimmer. Du hast sie bloßgestellt. Wegen deinen blöden Fotos ist doch alles erst passiert."

„Nein ..." Tobias stand plötzlich neben ihr. Keiner hatte gehört, wie er sich lautlos angeschlichen hatte. „Vielleicht war es der Tropfen, der das Fass zum Überlaufen gebracht hat, aber ihr alle habt Wasser hinzugefügt. Der eine mehr, der andere weniger."

Zoe wollte die Schuldfrage endlich klären. Ohne diese Last würde es sich einfacher leben.

„Und welche Tropfen hast du diesem Fass beigesteuert?", fragte Sandra hochnäsig. Sie verschränkte die Arme vor der Brust. „Du hast dich doch aus allem rausgehalten."

„Genau das war mein Fehler gewesen!", antwortete Tobias und drehte sich um. Das düstere Zimmer beachtete er kaum. Bei ihm zuhause sah es wohl ähnlich aus. „Ich habe euch nicht aufgehalten und meine Entschuldigung kam viel zu spät."

Zoe sah ihm nach wie er zurück auf den Flur trat. Schon damals war er sehr düster gewesen. Die meisten Mädchen hatten dieses Geheimnisvolle attraktiv gefunden – genau wie Zoe. Aber warum war sie nie auf die Idee gekommen, ihn näher kennenzulernen?

Die Antwort war einfach. Ihre Oberflächlichkeit hatte sie aufgehalten. Tobias Steinbach war für sie immer der supercoole Typ gewesen, der geile Musik machte. Dieses Bild wollte sie behalten.

„Und wo gehst du jetzt wieder hin?", fragte Sandra und schüttelte den Kopf. „Tobias ist echt noch seltsamer geworden. Ich mochte ihn nie."

Paul verdrehte die Augen. „Als ob du überhaupt mal jemanden gemocht hast! Wo ist eigentlich deine kleine Freundinnenarmee von damals?"

Sandras Gesichtszüge entgleisten. „Du weißt genau, dass Jenny ..."

Sie musste nicht weitersprechen. Zoes Mund wurde staubtrocken. „L-Lasst uns nach unten gehen ..."

Paul ging vor und Zoe und Sandra folgten ihm, ohne einander eines Blickes zu würdigen.

„Du, Idiot!" Paul stürmte sofort auf Christopher zu, als sie unten ankamen. „Du hast mich niedergeschlagen, oder?"

Christopher stand vor der Tür, zog die Schultern ein und sah wie eine verängstigte Schildkröte aus. Betrübt starrte er auf den Boden und reagierte nicht auf Pauls Anschuldigung.

„Ich will weg hier!" Christopher klang wehleidig. „Bitte lasst mich gehen. Ich will mit alledem nichts mehr zu tun haben."

Zoe konnte sich ein Grinsen nicht verkneifen. Dieser Anblick war absolut göttlich. „Dann geh doch einfach. Wir halten dich nicht auf."

Christopher hob den Kopf und schielte zur Tür. „Es ist abgeschlossen!"

„Abgeschlossen?" Herr Andres kam die Treppe heruntergetrabt. „Meinst du die Eingangstür?"

Christopher antwortete nicht. Ungeduldig drängte sich Zoe an ihm vorbei, griff nach der Klinke und drückte sie nach unten. Nichts geschah.

„Sehr witzig ..." Zoe drehte sich zu Christopher um. Ein widerlicher Schweißgeruch stieg ihr in die Nase. „Warst du das, du Psycho? Hast du erst Paul zusammengeschlagen und dann diese verdammte Tür abgeschlossen? Steckst du hinter diesem bescheuerten Klassentreffen?"

Christopher schüttelte den Kopf. Viel zu schnell und viel zu heftig. Er sah aus, als würde er einen epileptischen Anfall erleiden. „Nein ... Ich war das nicht."

„Jetzt tu mal nicht so, als wären wir hier gefangen ..." In Sandras Stimme schwang ein Hauch Panik mit. „Wir können doch einfach aus einem Fenster steigen!"

„Hier unten sind Gitterstäbe!" Zoe erinnerte sich an diesen Einbruchschutz, der vor allen Fenstern im Erdgeschoss angebracht war. „Vielleicht klappt es aber oben!"

Christopher bewegte sich nicht vom Fleck, also drängten sich alle bis auf Tobias an ihm vorbei und stiegen wieder nach oben.

Herr Andres betrat sofort das erste Zimmer auf der linken Seite, das wie ein Büro eingerichtet war.

„Nein, das kann nicht sein ..." Er verließ den Raum sofort wieder und ging auf den nächsten zu. „An den Fenstern gibt es überhaupt keine Griffe ..."

Zoe zögerte nicht lange. Sie folgte Herrn Andres in das Zimmer nebenan, das aussah, als hätte es einst Alissa gehört. Aus dem Bücherregal fischte sie einen dicken Wälzer und warf ihn gegen das Fenster. Das Buch prallte an der Scheibe ab und landete auf dem Boden.

„Beiseite!", wies Herr Andres sie an, hob den Schreibtischstuhl und ließ ihn gegen das Fenster krachen. Die hölzernen Stuhlbeine brachen ab.

„Wir sind gefangen!" Die Überreste des Stuhls landeten auf den Boden und Herr Andres schlug mit den Fäusten gegen das Glas. Die Verzweiflung trieb ihm den Schweiß aus allen Poren.

Zoes Körper verkrampfte sich. Sie wusste genau, was das bedeutete. Das Unglück der Klassenfahrt drohte sich zu wiederholen.

Damals

Alissas Plan war im Grunde überhaupt kein Plan. Dafür hatte sie im Vorfeld nicht ausreichend Zeit gehabt. Trotzdem wollte sie souverän erscheinen, damit alle dachten, sie hätte alles im Griff. Das gelang ihr nur teilweise, denn innerlich breitete sich ihre altbekannte Angst aus und fraß sich langsam an die Oberfläche.

„Diese verrückte Ziege hat uns eingesperrt!" Christopher rüttelte wie ein Irrer an der Tür. „Was soll denn dieser Mist?"

„Du sollst dich wieder setzen!", rief Alissa durch den großen Raum. Der Widerhall ihrer eigenen Stimme erzeugte eine Gänsehaut auf ihren Oberarmen. „Meine Rede ist noch nicht zu Ende!"

Christopher, der eine viel zu enge Jeans und ein übergroßes, verwaschenes blaues Shirt trug, dachte nicht daran, ihrer Aufforderung nachzukommen. Auch bei den übrigen Schülern brach Unruhe aus. Damit hatte Alissa gerechnet. Sie musste den Jugendlichen die Angst nehmen. Es war nicht geplant gewesen, dass jemand so früh bereits herausfand, dass sie eingesperrt waren.

„Leute, bitte ...", schrie sie laut, um gegen die Rufe ihrer Mitschüler anzukommen. Mit der Hand schlug sie erneut auf den Lehrertisch. Die Erwachsenen zuckten zusammen. Herr Andres saß stocksteif auf seinem Stuhl und starrte sie an. Sein Gesicht war purpurrot angelaufen und seine Hände lagen fest um den Hals der Wasserflasche. Er stand kurz vorm Explodieren.

„Es dauert nur noch ein paar Minuten ...", versprach Alissa den Schülern. „Und ich habe bloß abgeschlossen, damit wir nach meinem Vortrag noch gemeinsam feiern können. Ich möchte einen Neuanfang! Wir sollten die Vergangenheit ruhen lassen!"

Eine höhnische Stimme in ihrem Kopf begann zu lachen. Natürlich wollte und konnte sie die Vergangenheit nicht vergessen.

Wie sollte sie den ganzen Schmerz hinter sich lassen, der noch immer auf ihrer Haut brannte? War es überhaupt möglich, diese ganzen Demütigungen jemals wieder aus ihrem Kopf zu bannen?

Christopher blieb neben der Tür stehen und verschränkte die Arme vor der Brust. Seine typische Pose, die Überlegenheit ausdrücken sollte, allerdings nichts weiter als Unsicherheit ausstrahlte.

Alissa umklammerte den Zettel und versuchte, Christopher zu ignorieren. Sie musste das alles zu Ende bringen. Koste es, was es wolle.

Ihre Augen wanderten zu Tobias und sie tankte neue Kraft. „Ich bin bereit, euch eine zweite Chance zu geben, aber wollt ihr diese überhaupt? Oder wollt ihr mich lieber als Opfer behalten, weil es euch so großen Spaß macht, mich zu schikanieren?"

„Ja, es macht riesigen Spaß!", rief Paul dazwischen. Dieses Mal lachten beinahe alle Schüler. Alissas Worte verloren ihre Kraft.

„Seht ihr denn nicht, dass ich an alledem kaputt gehe?", fragte Alissa und übertönte das Gelächter. „Ihr habt doch alle meine Narben gesehen! Ihr habt sie mir zugefügt! Ihr alle!"

Alissa schluckte schwer. Dieses Geständnis stand nicht auf dem Zettel. Es hatte sich spontan über ihre Lippen geschlichen.

„Oh, Mitleid für Ekelalissa ..." Christopher schnaufte und stolzierte zurück zu seinem Platz. „Schade, dass es hier kein Popcorn gibt. Deine schauspielerische Darbietung ist wirklich ganz nett. Fängst du auch gleich an zu weinen?"

Alissa spürte tatsächlich Tränen, die bereits ihre Augen erreicht hatten und freigelassen werden wollten.

„Warum behandelt ihr mich so?", fragte sie heiser. „Was habe ich denn getan?"

Langsam, fast in Zeitlupe, erhob sich Herr Andres von seinem Stuhl. „Alissa, es ist gut jetzt. Du machst es doch nur schlimmer ..."

Er versuchte gefasst zu klingen, doch seine Worte schossen wie Pfeile aus seinem Mund. Hatte er ihr überhaupt zugehört?

„Schlimmer?", fragte Alissa. „Es kann doch überhaupt nicht schlimmer werden!"

„Jetzt mach dich mal nicht lächerlich, Alissa!" Er umrundete den Tisch und trat neben sie. Einen Sicherheitsabstand von gut einem Meter hielt er ein. Die Wut wich aus seinem Körper und das Blut, das sein Gesicht dunkel gefärbt hatte, sickerte zurück in seine restlichen Körperteile. „Deine kleine Show ist damit beendet! Für den Vortrag werde ich dir aber leider eine schlechte Note geben müssen. Ich würde sagen, du hast das Thema verfehlt!"

Ungläubig schaute Alissa den Lehrer an, der sich abwandte und in die Hände klatschte. „Und nun lasst uns endlich essen!"

„Nein ...", murmelte Alissa. Das Papier, das sie festgehalten hatte, landete auf dem Boden, während die Schüler zur Essensausgabe stürmten. Christopher marschierte zu ihr und trampelte auf dem Zettel herum.

„Herzlichen Glückwunsch, Ekelalissa!", flüsterte er ihr zu und trat ihr mit voller Wucht gegen das Schienbein. „Dieser Vortrag hat allen gezeigt, wie armselig du doch bist!"

Alissa fiel auf die Knie. Alle Schüler machten einen großen Bogen um sie, als hätte sie eine ansteckende Krankheit. Selbst Maja und Erik kamen nicht, um sie zu retten und auch Tobias ließ sich nicht blicken. Sie war wieder allein.

Tränen tropften vor ihr auf den schmutzigen Fußboden und bildeten dort eine kleine Pfütze. Es wurde laut im Speisesaal. Geschirr klapperte und die Jugendlichen rissen Witze über Alissas Auftritt.

Das war zu viel. Alissa konnte nicht mehr. Etwas in ihr zerriss auf eine schmerzvolle Art und Weise. Es war ihre Vernunft, die sich nun endgültig von ihr verabschiedete.

Aus ihrer Kehle drang ein hoher Schrei, der alles andere übertönte.

Alle Köpfe drehten sich in ihre Richtung. Obwohl Alissa die Gesichter ihrer Mitschüler nur schemenhaft wahrnahm, spürte sie die verwirrten Blicke.

Dieser kleine Rückschlag durfte sie nicht vom Weg abbringen. Mit zittrigen Fingern tastete sie in ihrer Hosentasche nach dem kleinen, silbernen Schlüssel, mit dem sie den Speisesaal verschlossen hatte. Sie nahm ihn zwischen Daumen und Zeigefinger und schob ihn sich vor aller Augen in den Mund. Sie hatte nichts mehr zu verlieren. Mit einem Ruck warf sie ihren Kopf zurück und verschluckte den Schlüssel, der ihr eine letzte, winzige Chance bot, den Plan doch noch zu Ende zu bringen.

Heute

„Aber ...!" Sandras Kopf fühlte sich leer an. Sie versuchte zu begreifen, was gerade geschah. „Wir müssen doch irgendwie hier wieder rauskommen ..."

Sie war nie ein großer Horrorfilmfan gewesen. Eher das Gegenteil. Solche Gebäude, die schon von außen nach Spukhaus aussahen, machten ihr Angst.

„Durch die Fenster kommen wir auf jeden Fall nicht", stellte Herr Andres fest. „Das ist Sicherheitsglas. Jemand will nicht, dass wir hier so schnell wieder verschwinden!"

Zoe, die neben dem Bücherschrank stand, schüttelte den Kopf. „Ich verstehe das alles nicht. Was für eine miese Show ist das hier?"

„Wohl eine ähnliche Show wie Alissa damals abgezogen hat", meinte Paul. „Nur besser durchdacht!"

Er stand auf dem Gang und lehnte sich gegen die Wand. Sein Gesicht unter dem Käppi lag im Schatten. „Mich würde auch erst einmal interessieren, warum mich Christopher zusammengeschlagen hat. Was, wenn er hinter dem ganzen Klassentreffen steckt? Damals hat er ja echt einen Schaden bekommen!"

Ein ungewolltes Kichern drang aus Sandras Kehle. „Christopher? Nie und nimmer! Seine mangelnde Intelligenz spricht eindeutig dagegen."

Zoe, die gerade die Fenster inspizierte, drehte ihren Kopf zu Paul und Sandra. „Ich finde, wir sollten Tobias mal genauer unter die Lupe nehmen. Er passt nicht zu uns!"

„Wie meinst du das?", fragte Sandra.

„Na, schau uns doch an!" Zoe warf einen kurzen Seitenblick zu dem Lehrer, der gedankenverloren neben dem Schreibtisch verharrte. „Wir haben Alissa echt wie Dreck behandelt. Aber Tobias hat nie mitgemacht. Ich hatte damals sogar das Gefühl, dass er auf ihrer Seite steht! Er hat sie immer so angeschaut ..."

„Pah, willst du damit sagen, dass er in Ekelalissa verliebt war?" Sandra lachte voller Verachtung auf. Alissa, das Monster und der heiße Tobias? No way!

Zoe zuckte mit den Schultern. „Was weiß ich denn schon? Ich habe Tobias damals süß gefunden, aber er hat sich überhaupt nicht für mich interessiert. Dabei hätten wir super zusammengepasst."

„Er stand wahrscheinlich einfach nicht auf Nutten", konterte Sandra und kam sich unglaublich klug vor. Sie hasste diese Charakterschwäche, die immer wieder durchschimmerte.

Herr Andres regte sich, als wäre er aus einem langen Winterschlaf erwacht. „Wir sollten uns wirklich zusammensetzen und reden. Vielleicht möchte die Person, die uns eingeladen hat, genau das erreichen."

„Und damit machen wir alle wieder lebendig, oder wie?" Insgeheim wollte Sandra über all das, was damals vorgefallen war, reden, aber sie konnte es nicht zugeben. Eine weitere Schwäche von ihr.

„Das nicht, aber eventuell hilft es uns, endlich zu verstehen" Der Lehrer trat auf den Flur und Sandra, Zoe und Paul folgten ihm nach unten. Tobias stand neben der Tür und tippte auf seinem Smartphone herum.

„Ich hab keinen Empfang", murmelte er ihnen zu. „Das hätte ich mir ja denken können ..."

Christopher hielt sich im Zimmer mit dem Esstisch auf. Er saß auf einem der Stühle und schaukelte nervös hin und her.

„Wirst du jetzt vollkommen verrückt?", fragte Sandra. Christopher tat ihr nicht leid. Er verdiente es, so behandelt zu werden.

Christopher schaute sie nicht an und Sandra fragte sich unwillkürlich, was gewesen wäre, wenn sie ihn nicht zu dem Klassentreffen gedrängt hätte. Würden sie dann wie tausende unglückliche Paare zusammenhocken und ihren Frust aneinander auslassen?

„Die Fenster oben sind mit Sicherheitsglas versehen", klärte Herr Andres Christopher und Tobias auf. „Aber wir dürfen nicht die Nerven verlieren. Bis jetzt ist unser Gastgeber ja noch nicht aufgetaucht."

„Außer es ist einer von uns!", gab Paul zu bedenken. Er suchte sich einen Platz, der so weit wie möglich von Christopher entfernt war. „Irgendjemand hat mich schließlich zusammengeschlagen!"

„Vielleicht bist du einfach nur irgendwo gegen gerannt!", versuchte Herr Andres die Situation in den Griff zu bekommen. Er wollte um jeden Preis beweisen, dass er kein schlechter Lehrer war. Ein Ehrgeiz, der viele Jahre zu spät kam. „Der Raum dort oben war ja stockdunkel!"

„Ja klar …", murmelte Paul und funkelte Christopher böse an. „Ich gehe in ein Zimmer und wie durch Zauberhand fällt etwas auf meinen Hinterkopf oder wie? Wie haben sie es bloß geschafft, Lehrer zu werden?"

Herr Andres seufzte und suchte sich einen Platz, an dem nicht gedeckt worden war. „Ach Paul, wärst du als Schüler fleißiger gewesen, hättest du jetzt vielleicht auch einen tollen Job."

Ein Gegenangriff, der seine erhoffte Wirkung verfehlte.

„Auch?" Paul lachte auf. „Was ist denn das Tolle an Ihrem Job? Die Kohle?"

Der Lehrer wurde kreidebleich. Er tat Sandra beinahe leid. Würde sie ihn nicht so verabscheuen, könnten sie glatt Mitgefühl zeigen.

„Oh, Jackpot!", grinste Paul. „Ich habe schon immer gewusst, dass sie das alles nur des Geldes wegen machen!"

„Seien wir mal ehrlich …" Tobias, der sich für etwas Besseres hielt, setzte sich auf die Fensterbank. „Aus uns allen ist nicht das geworden, was wir geplant hatten …"

„Was war denn dein Plan gewesen?", fragte Zoe neugierig. Sie saß neben Paul. „Du wolltest mit deiner Musik berühmt werden, oder?"

„Nein!" Tobias schüttelte entschieden den Kopf. „Ich wollte immer nur Songtexte schreiben und frei sein."

„Wie ein Hippie siehst du aber nun echt nicht aus!" Paul

schlug mit der Hand leicht auf dem Tisch. Das altmodische Geschirr klapperte. „Hörst du dir eigentlich selbst zu, wenn du solch eine Scheiße laberst? In der Schule hast du mit der Masche vielleicht Mädchen um den Finger gewickelt, aber jetzt ..."

„Er ist eben, wie er ist ...", erklärte Zoe. Sie wollte Tobias beeindrucken. „Alissas Vortrag wollte uns doch genau das sagen! Wir müssen einander genau so akzeptieren, wie wir sind!"

„Ich akzeptiere wen ich will!", beteiligte sich Christopher zum ersten Mal an der Diskussion. „Und ganz ehrlich ... Ich finde euch alle zum Kotzen!"

„Lass mal, Dicker", keifte Paul seinen Rivalen an. „Dich kann hier auch niemand leiden, nicht mal deine Frau! Warum hast du eigentlich deinen kleinen Freund von damals nicht mitgebracht? Wie hieß er noch? Tim? Tom?"

Christophers Augen formten sich zu schmalen Schlitzen. „Er war wahrscheinlich klug genug, um diese lächerliche Einladung einfach zu ignorieren."

„Nicht ganz ...", ertönte plötzlich eine Stimme. Alle Köpfe drehten sich zum Türrahmen.

„Tom?", fragte Christopher und sprang von seinem Stuhl auf. „Bist du es?"

Sandra sah den gleichaltrigen Mann an, der unbemerkt zu ihnen gestoßen war. Er stand mit hängenden Schultern im Türrahmen und erinnerte sie sofort an den Jungen von damals, der wie eine Klette an Christopher geklebt hatte.

In seinem dunkelblauen Hemd und der passenden schwarzen Anzughose sah er wie ein Kind aus, das heimlich die Sachen des Vaters angezogen hatte.

Tom Meier nickte und fasste sich an den Hals, um den ein dicker, grauer Schal geschlungen war.

„Da seid ihr ja alle ...!" Seine Stimme klang, als würde er an einer akuten Mandelentzündung leiden. „Dann kann das Klassentreffen ja endlich beginnen."

Damals

„Das hat sie jetzt nicht wirklich getan, oder?"
„Nun verliert sie echt den Verstand!"
„Ich habe immer gewusst, dass mit der was nicht stimmt."
„Herr Andres, Sie müssen irgendetwas tun."
So viele Stimmen, die durcheinander redeten. Alissa konnte keine einzige davon zuordnen. Das musste sie auch nicht. Es war egal, wer da sprach. Diese Jugendlichen waren alle gleich. Sie hatten das, was jetzt unweigerlich auf sie zukam, verdient. Selbst Maja, Erik und Tobias, die jetzt nicht bei ihr waren, um ihr wieder auf die Beine zu helfen. Jeder genoss es, sie am Boden zu sehen. Jeder. Jeder. Jeder.

Sie spürte eine feste Umklammerung. Eine Hand zerrte unbeholfen an ihr, als wäre sie eine Puppe. Es war Herr Andres.

„Steh auf!", fauchte er ihr zu. „Bist du jetzt völlig verrückt geworden, oder was?"

Alissa riss ihre Schulter zurück und hob den Kopf. „Fassen Sie mich nicht an!"

Der Schlüssel lag trotz seiner geringen Größe schwer in ihrem leeren Magen. Sie musste dafür sorgen, dass er dort blieb, in Sicherheit.

„Du gehst jetzt sofort auf die Toilette und erbrichst dich!" Herr Andres wich einen Schritt zurück. Herr Zomer und Frau Bolte tauchten wie zwei Phantome neben ihm auf. Sie sagten nichts. Der Physiklehrer war schlicht und ergreifend zu jung, um die Tragweite dieser Situation zu begreifen und die Deutschlehrerin war zu alt und verkorkst.

„Nein!" Alissa starrte die Schüler an, die teilweise mit vollgepackten Tabletts um sie herum standen. Sie erkannte Maja, die sich an Erik klammerte und verächtlich den Kopf schüttelte. Die Freundschaft zu den beiden verblasste, war nie echt und greifbar gewesen. Alissa hätte es ahnen müssen.

Herr Andres drängte sich durch die Menge und Alissa rappelte sich auf. Sie sah, wie der Lehrer zu der Essensausgabe stürmte und nach den Küchenangestellten rief. Sie waren nicht da, wie geplant. Ein Hoch auf diese faulen Angestellten, die sich sogar von einem kleinen Mädchen nach Hause schicken ließen und den Abwasch und das Aufräumen lieber der Frühschicht übergaben. Zum Glück hatte sich die Schule für diese schlampig geführte Jugendherberge entschieden.

Herr Andres rannte zur zweiten Tür auf der gegenüberliegenden Seite und stellte fest, dass auch der zweite Ausgang verschlossen war. In das Schloss passte derselbe Schlüssel, der es sich gerade in Alissas Magen gemütlich machte.

„Was soll dieser Mist?" Herr Andres tauchte wieder vor Alissa auf. Er schaute in die Runde. „Anscheinend sind wir hier eingesperrt ..."

Alissa schaute zu Tobias, der näher gekommen war. In ihrem Blick lag Dank, aber auch ein Flehen nach Hilfe. Er reagierte nicht. Wollte er, dass sie das alles allein stemmte? Doch was, wenn der „Plan" vollständig aus dem Ruder lief?

„Also müssen wir jetzt warten?", fragte Zoe genervt. Sie stellte sich neben Tobias und legte ihm besitzergreifend einen Arm um die Schulter. Sie flüsterte ihm etwas ins Ohr, worauf er lächelte.

Eifersucht. Alissa spürte Eifersucht, obwohl sie kein Recht dazu hatte, so etwas zu empfinden.

„Sieht ganz so aus ..." Herr Andres seufzte. Er machte sich keinerlei Sorgen um Alissa, die gerade ein Stück Metall verschluckt hatte. Nein, ganz im Gegenteil.

„Na toll! Und wie lange dauert das?" Die Frage kam von Christopher. „Ich habe keine Lust, hier ewig rumzusitzen!"

„Jetzt seid erst mal ruhig!" Der Lehrer scheuchte die Schüler zu ihren Plätzen. „Wir essen jetzt erst einmal in Ruhe und dann sehen wir weiter."

Die Jugendlichen beruhigten sich etwas und begaben sich zur Essensausgabe. Davor war ein langer Tisch mit vielen Leckereien errichtet worden. Es gab Brote, Eierspeisen und Salate. Die Schüler, die es noch nicht getan hatten, befüllten ihre Teller.

„Und du, Fräulein ..." Herr Andres zog Alissa beiseite. „Mit dieser Aktion hast du dir deine Heimfahrt morgen gesichert! Was fällt dir eigentlich ein? Sobald wir hier raus sind, werde ich deine Eltern anrufen. Sie können dich auf ihre Kosten abholen."

Alissa musste lächeln. „Das ist in Ordnung!"

„Das ist in Ordnung?", wiederholte der Lehrer. „Für wen hältst du dich eigentlich? Langsam verstehe ich, warum dich deine Mitschüler so behandeln. Du legst es ja förmlich darauf an."

„Ja, auch das ist in Ordnung." Mehr wollte sie dem Lehrer nicht sagen. Er glaubte ihr eh nichts. Für ihn war das alles Normalität.

„Also schön, wenn du das so siehst ..." Er wandte sich ab. „Sobald wir hier raus sind, packst du deine Sachen. Ich werde nicht zulassen, dass du eine weitere Nacht in der Nähe der anderen Schüler verbringst. Ich hätte von Anfang an nicht zulassen dürfen, dass du mit auf diese Klassenfahrt kommst!"

Alissas Lächeln wurde breiter. Nur keine Schwäche zeigen.

Kopfschüttelnd wandte sich der Lehrer ab und ging zurück zu seinen Kollegen.

„Ich werde nirgendwohin gehen", murmelte Alissa leise und schaute die Jugendlichen an, die nichtsahnend an ihren Tischen saßen. „Wir werden diese Nacht gemeinsam verbringen!"

Sie sah zu Tom Meier, der unweit von ihr saß und an seinem Früchtetee nippte. Auch die restlichen Schüler hatten sich logischerweise ein Getränk organisiert, sei es nun Tee, Saft oder Wasser. Niemand ahnte, was Alissa vor dem Abendessen getan hatte, aber die Wirkung würde nicht lange auf sich warten lassen.

Heute

„Du?" Paul konnte es nicht fassen. Tom Meier sollte sie zum Klassentreffen eingeladen haben? Tom, der unscheinbare Mitläufer ohne eigene Meinung?

„Ja, freut mich auch, euch zu sehen." Toms raue Stimme strotzte vor Ironie.

„Also steckst du dahinter?" Zoe zog beide Augenbrauen nach oben.

„Ich?" Tom zupfte an seinem Schal, der viel zu eng um seinen Hals geschlungen war und hustete. Er sah krank aus. Seine Haut wirkte gräulich und am Rand seiner Brille befanden sich dunkle Augenringe. „Ich soll also dahinter stecken?"

Er versuchte zu lachen, aber es gelang ihm nicht. Das Geräusch, das aus seiner trockenen Kehle drang, erinnerte Paul an junge Welpen, die gerade das Bellen für sich entdeckten.

„Jetzt tu doch nicht so ..." Christopher plumpste zurück auf seinen Stuhl. Die Freude darüber, seinen alten Freund wiederzusehen, verschwand. „Was willst du von uns? Wir haben dir doch überhaupt nichts getan!"

Tom räusperte sich. „Ich möchte nichts von euch."

Er hustete. Zäher Schleim löste sich in seinem Hals. Das Geräusch war widerlich.

„Du gehörst ins Bett!" Das kam von Herr Andres, der sich erneut als guter Mensch in Szene setzen musste. Paul ging diese Heuchelei gehörig auf die Nerven.

„Hast du die Tür aufgemacht?", fragte er Tom und sprang auf. Zoe und Sandra folgten ihm.

„Welche Tür?" Tom tat ahnungslos und versperrte ihnen den Weg zum Flur. „Meint ihr die Haustür? Die ist gut gesichert! Sie war von draußen einfach zu öffnen, aber von Innen funktioniert das leider nicht. Keine Chance! Also spart euch die Mühe!"

Paul blinzelte und bäumte sich vor Tom, der in all den Jahren nicht gewachsen war, auf. „Was hast du da gerade gesagt?"

„Die Haustür hat so ein Spezialschloss", krächzte Tom. „Das könnt ihr nicht aufbrechen! Und die Fenster ..."

„... sind aus Sicherheitsglas", beendete Herr Andres den Satz.

„Sie sind ja doch nicht so blöd, wie ich immer dachte!" Tom lachte leise.

Paul sah zu seinem ehemaligen Lehrer, der sich an die Tischkante klammerte und nervös an seiner Brille herumspielte. Entsetzen schlich sich auf sein Gesicht.

Paul wollte sich an Tom vorbeidrängen, doch dieser streckte einfach seinen Arm aus.

„Lass mich gefälligst durch", knurrte Paul und versuchte den Arm beiseitezuschieben. Es gelang ihm nicht. Tom besaß eine Stärke, die ihm optisch nicht zuzutrauen war.

„Ich dachte, ihr wolltet reden?" Tom sah Paul direkt in die Augen. „Vielleicht sollten wir das endlich tun. Wer weiß, vielleicht darf dann sogar der eine oder andere von euch gehen!? Unsere Gastgeberin scheint gerne zweite Chancen zu geben!"

Paul fasste sich an sein Käppi. Sein Kopf begann zu pochen. Er wollte diesen Ort einfach verlassen und sich zuhause auf seine Couch legen. Vielleicht hatte er ja doch eine leichte Gehirnerschütterung.

„Wieso fängst du nicht an mit dem Reden?", fragte Zoe. Sie stand hinter Paul und starrte Tom an, als wäre er ein lästiges Insekt.

Ein verzerrtes Lächeln umspielte Toms Lippen. „Das mache ich gerne, wenn ihr euch endlich wieder hinsetzt!"

Paul sah zu Zoe. Sie zuckte mit den Achseln und begab sich zurück auf ihren Platz. Sandra tat es ihr gleich, murmelte dabei aber irgendwas vor sich hin.

Paul dachte nicht daran sich zu fügen. Er holte mit einer Hand aus und schubste Tom zurück in den Flur. Der dürre Mann blieb standhaft und verzog keine Miene. Vor zehn Jahren wäre er das perfekte Opfer gewesen, aber jetzt war er zäh und strahlte eine gewisse Überlegenheit aus, obwohl er äußerlich noch immer wie ein kleiner Junge aussah.

„Ich lass mir von dir nichts sagen!" Paul lief zur Haustür, erwartete, zurückgehalten zu werden, doch Tom ließ ihn gewähren.

„Ja, du hast dir nie etwas sagen lassen!" Tom versuchte laut zu reden, doch die Worte klangen dadurch wie ein Zischen. „Du hast dich immer für mächtig gehalten. Ihr alle habt das!"

Paul erreichte die Tür und zerrte an der Klinke. Nichts hatte sich geändert. Es war noch immer abgeschlossen. „Lass mich hier raus. Ich habe keine Lust auf deine dummen Spielchen!"

„Das sind nicht MEINE Spielchen!" Tom sah ihn unbeeindruckt an. „Das Spiel habt ihr damals von ganz alleine angefangen und jetzt wird es Zeit, es zu Ende zu bringen! Findest du nicht auch?"

Paul verstand kein Wort. Wie so oft. Vielleicht lag es daran, dass er manche Dinge nicht verstehen wollte. Ja, sein Gehirn hatte sich dazu entschlossen, bei manchen Sachen einfach abzuschalten.

„Ich habe keinen Plan, worüber du da gerade redest!" Paul machte einen Satz und packte Tom am Kragen seines Hemdes. Der Stoff fühlte sich feucht an, als würde sein Träger abnormal schwitzen. „Und jetzt lass mich hier raus oder willst du Bekanntschaft mit meiner Faust machen?"

Paul raufte sich öfters mit seinen Kumpels, aber die letzte richtige Schlägerei lag jetzt schon einige Jahre zurück. Seine Eltern dachten, er hätte sich geändert, doch die Wahrheit sah anders aus. In manchen Momenten sehnte er sich danach, seinen ganzen aufgestauten Frust an einer kleinen, netten Prügelei auszulassen.

„Tu dir keinen Zwang an!" Toms Körper blieb steif. Er machte keinerlei Anstalten, sich zu wehren. „Du hast mich damals ja oft genug verprügelt."

Paul blinzelte. Ein Erinnerungsfunken setzte einen kurzen Film in seinem Kopf in Gang. Er befand sich für den Moment wieder in seiner alten Schule auf dem Pausenhof. Mit seinen

Kumpels lungerte er hinter der Turnhalle herum und wartete auf sein nächstes Opfer. Seine Hände ballten sich zu Fäusten, als Tom auf ihn zusteuerte.

„Na, du Loser!" Paul ging gemeinsam mit seinen Freunden, die keine echten Freunde waren, auf den dürren Jungen zu. Toms Mund stand wie immer einen Spalt offen, dahinter glitzerte seine Zahnspange. Er rannte nicht weg. Das tat er nie. Er verharrte den Dingen, die da kamen, ließ sich schubsen und weinte nicht, als Paul ihm in die Magengrube schlug. Es war ein stilles Abkommen zwischen ihnen. Tom ließ sich schlagen, um öffentlich nicht zum Opfer zu werden. Er wollte Alissas Platz auf keinen Fall einnehmen.

„Du erinnerst dich also!" Tom holte ihn zurück ins Hier und Jetzt. „Und? Willst du wieder, dass ich mich nicht wehre, damit du dich groß und mächtig fühlst?"

Paul zögerte. Seine Hände sehnten sich danach, Tom zusammenzuschlagen, doch sein Kopf hielt ihn zurück. Was würde das alles schon ändern?

Er nahm Abstand und lief zurück in den Raum mit dem Esstisch. Fünf fragende Gesichter, die das Gespräch mitbekommen hatten, sahen ihn an.

„Wir müssen reden ...", sagte Paul und setzte sich zurück auf seinen Platz neben Zoe. Seine Beine zitterten und es war schwer, sie unter Kontrolle zu bringen. „Das ist wahrscheinlich der einzige Weg hier raus!"

Damals

Alissa ging eine Weile rastlos durch den Speisesaal. Sie fühlte sich wie ein Wanderer, der kurz vom rechten Weg abgekommen war und nun verzweifelt nach etwas suchte, das ihm bekannt vorkam.

Sie genoss es, den Jugendlichen beim Essen zuzusehen. Die präparierten Getränke standen an jedem Platz und dies erfreute sie. Sie musste sicher sein, dass sich keiner vor dem, was in dieser Nacht geplant war, drücken konnte.

Erhobenen Hauptes kam sie an dem Tisch vorbei, an dem Erik und Maja saßen. Beide ignorierten Alissa. Es war, als wäre der vergangene Tag überhaupt nicht real gewesen. Das schmerzte. Sie brauchte eine Erklärung.

„Maja?", fragte sie leise und alle Schüler an dem runden Tisch schauten sie an.

„Lass uns in Ruhe ..." Maja blickte sie feindselig an. „Wir haben uns in dir getäuscht! Du bist echt geisteskrank!"

Alissas Beine begannen zu zittern. Sie spürte Übelkeit in sich aufkeimen. „Wie meinst du das? Ich dachte, wir wären Freunde?"

„Freunde?" Maja lachte verächtlich und biss von ihrem Käsebrot ab. „Ich glaube, du wirst nie Freunde haben, Ekelalissa!"

Alissas Herz zog sich schmerzhaft zusammen. Es fühlte sich an, als würde ihr Blut aufhören durch ihre Adern zu fließen.

Der Tod, schoss es ihr durch den Kopf. Vielleicht sterbe ich jetzt an alledem.

Ihre langen Haare fielen ihr ins Gesicht und ihre alte Unsicherheit kehrte zurück. „Wieso tust du mir das an, Maja? Was habe ich dir denn getan?"

Die Rothaarige zuckte mit den Schultern und schmiegte sich an Erik. Auf ihrem Gesicht erschien ein boshaftes Grinsen. „Du wolltest mir den Freund ausspannen! Zoe hat mir erzählt, wie scharf du auf Erik bist."

Eine bescheuerte Lüge. Das war also der Grund.

Alissa konnte dazu nichts sagen. Sie wollte sich nicht für etwas rechtfertigen, das nicht stimmte. Ihr würde eh niemand glauben.

Sie schaute zu Erik, der bloß stumm dasaß und das Geschehen wie ein Zombie beobachtete. Von ihm würde Alissa keine Unterstützung bekommen.

„Ich habe mir wirklich Mühe gegeben, nett zu dir zu sein!" Die Worte sprudelten voller Hass aus Maja heraus. „Und was machst du? Du schmeißt dich an meinen Freund ran!"

Gekicher setzte am Tisch ein, was Maja noch wütender machte. Sie warf ihr Brot zurück auf den Teller und stieß Erik mit der Schulter an. „Nun sag doch auch endlich was dazu! Du würdest dich doch nie mit dieser hässlichen Missgeburt abgeben, oder?"

Erik starrte auf sein Essen, das er bis jetzt nicht angerührt hatte.

„N-Nein, würde ich wohl nicht ...", antwortete er kleinlaut. Die Anspannung stand ihm ins Gesicht geschrieben.

Maja, die sich offenbar eine andere Reaktion ihres Freundes gewünscht hatte, ballte ihre Hände zu Fäusten. „Da siehst du es! Also merk es dir und lass deine dreckigen Finger von meinem Freund!"

Alissa nickte. Zu mehr war sie nicht fähig. Sie spürte Majas Eifersucht und ihr Misstrauen. Wahrscheinlich hatte Tobias recht gehabt und Erik flirtete gerne mit anderen Mädchen. Kein Wunder, dass Maja jetzt so durchdrehte. Sie hatte Angst, ihren Freund zu verlieren.

Sie ging weiter und kam an dem Tisch vorbei, an dem Zoe und Tobias mit ein paar Jungs aus der Parallelklasse saßen. Ohne es zu merken, blieb Alissa stehen und starrte Tobias an. Er erwiderte ihren Blick für einen kurzen Moment, bevor er sich wieder seinem Orangensaft widmete.

„Na, auf der Suche nach einem neuen Freund?", fragte Zoe boshaft. Sie lehnte sich zurück und knabberte an einer Möhre.

„Erst Erik und jetzt Tobi? Kannst du dich etwa nicht entscheiden?"

Alle bis auf Tobias lachten. Alissa konnte nichts anderes tun als weiterzugehen. Sie musste stark bleiben. Allzu lange würde es schließlich nicht mehr dauern.

„Hey, Ekelalissa!" Christopher saß neben Tom Meier und warf ein Stück Tomate in ihre Richtung. Alissa duckte sich und konnte dem Angriff so ausweichen.

Tom lachte laut los, obwohl es gar keinen Grund zum Lachen gab. In seinem Gesicht zeichnete sich Unsicherheit ab. Er wollte dazugehören, doch er hatte keine Ahnung, wie er das anstellen sollte.

„Euch wird das Lachen schon noch vergehen", murmelte Alissa und ging zur Wand. Sie wollte sich nicht hinsetzen. Nein, sie wollte alles beobachten und den Moment auskosten.

In der Nähe des Buffets blieb sie stehen und schaute die Jugendlichen an. Sie hoffte, die Schlaftabletten würden ihre volle Wirkung bald entfalten. Es waren besonders Starke, die Alissa über Monate hinweg aus der Praxis ihrer Mutter gestohlen hatte. Ganze zehn Packungen hatte sie sammeln können, um für den Notfall vorbereitet zu sein. Die Tabletten, die eigentlich für die psychisch kranken Patienten ihrer Mutter bestimmt waren, sollten ein weiterer Rettungsanker sein. Alissa wollte nicht sterben, aber es tat gut, sich diese Fluchtmöglichkeit offenzuhalten.

Ironischerweise war es letztendlich nicht sie, die diese Tabletten nahm, sondern ihre gesamte Klasse. Ein Stückchen Gerechtigkeit.

Der erste Schüler fiel vom Stuhl. Wie nicht anders erwartet, war es der schwächliche Tom, der absolut nichts vertrug. Wahrscheinlich plagte er sich eh mit tausend Allergien herum.

„Ahhh …" Christopher schrie entsetzt auf. „Tom? Was ist mit dir?"

Er erhob sich träge, doch seine Beine begannen unkontrolliert zu zittern. Mit einer Hand fasste er sich an den Kopf und taumelte umher. Ein toller Anblick!

„Was ist mit mir los?", lallte er und landete schließlich ebenfalls auf dem Boden.

Ein paar Schüler begannen zu kreischen und aufzuspringen, doch die meisten konnten sich nicht lange auf den Beinen halten.

Alissa sah zum Lehrertisch. Herr Andres stand auf und lief los, doch er wurde mit jedem Schritt langsamer. Kurz vor Christopher sank er auf die Knie und kippte zur Seite.

Alissa amüsierte sich köstlich und konnte sich ein Schmunzeln nicht verkneifen. Der Plan, der kein Plan war, funktionierte. Sogar die Dosierung der Tabletten war ausreichend gewesen.

Sie sah zu Sandra, die wie eine Betrunkene hin und her schwankte und ungläubig ihre beiden Freundinnen anschaute, die mit dem Kopf auf dem Tisch lagen. Sie waren eingeschlafen, wie beinahe alle Schüler in dem Saal.

Jetzt konnte der Spaß beginnen. Alissa drehte ihren Kopf zu Tobias, der verwirrt seine Freunde anstarrte. Seine Augen waren schreckgeweitet. Alissa verspürte Mitleid, aber sie durfte kein Risiko eingehen. Sie konnte niemandem hier im Speisesaal vertrauen, nicht Maja, nicht den Lehrern und auch nicht Tobias.

Innerlich begann sie von 100 abwärts zu zählen. Ein stiller Countdown, der den Anfang ihres neuen Lebens einläutete. Vorfreude mischte sich mit einem Hauch Angst. Je näher sie der Null kam, umso angespannter wurde sie.

„Drei, zwei, eins ..." Sie klatschte in die Hände und sah zu den verbliebenen Schülern, bei denen die Tabletten noch keine Wirkung gezeigt hatten. Mit Tobias waren es sechs. Keine große Hürde.

„Warst du das?", fragte ein Junge aus der Parallelklasse, der sich über ein Mädchen gebeugt hatte, das mit dem Kopf auf ihrem Teller gelandet war. „Ekelalissa? Warst du das hier?"

Alissa antwortete nicht. Stattdessen lief sie schnurstracks auf den Tisch zu, an dem Maja seelenruhig schlief. Mit ihr würde sie anfangen.

Heute

Joachim fühlte sich klein und schwach. Er kam sich jünger, naiver und dümmer als seine ehemaligen Schüler vor, die am Tisch saßen und fragend in seine Richtung schauten. Wieso sollte er die Führung übernehmen?

Alle wollten, dass er anfing zu sprechen, denn schließlich war er damals ihr Lehrer gewesen. So viele Jahre hatten sie auf dem Weg zum Abitur miteinander verbracht. Sie hatten über angeblich ungerechte Noten diskutiert, gemeinsam verschiedene Hürden gemeistert und hin und wieder sogar über Witze gelacht. Doch jetzt waren sie nichts weiter als Fremde. Joachim trug einen großen Teil der Schuld, denn er hatte ihnen die Zukunft gestohlen.

Sein Selbstmitleid bahnte sich den Weg in die Freiheit. „Es tut mir so leid. Ich war wirklich ein schlechter Lehrer und bin es womöglich immer noch."

„Sie sind kein Lehrer ..." Das kam von Tobias, der allein auf der gegenüberliegenden Seite des Tisches saß und unruhig mit dem Stuhl kippelte. „Ich würde sagen, sie haben ihren Beruf verfehlt. Ein richtiger Lehrer würde sich nie an Mobbing beteiligen."

Mobbing. Da war das Wort, das alle Pädagogen fürchteten. Kein Lehrer wollte damit konfrontiert werden, am allerwenigsten Joachim. Private Probleme gehörten für ihn nicht in die Schule. Nein, dort ging es um Bildung und um sonst nichts.

Joachim erinnerte sich an verschiedene Konferenzen. Herr Zomer hatte ständig versucht, das Thema auf Alissa zu lenken. Mobbing. So hatte er es genannt. Der damals so junge Lehrer hatte es gesehen. Er hatte alles gesehen und durchschaut.

War das damals wirklich Mobbing gewesen? Zum tausendsten Mal drängte sich diese Frage in Joachims Kopf. Hatte er Alissas Reaktionen damals fälschlicherweise auf ihre sensible Art geschoben?

„Ich habe doch überhaupt nicht mitgemacht", hörte er sich sagen. Sein Hals wurde trocken und das Schlucken fiel ihm schwer. „Das alles war doch auch nicht so ernst. Junge Menschen streiten sich eben und Alissa hat sich einfach zu sehr von ihren Gefühlen leiten lassen ..."

Tom lachte, schüttelte den Kopf und stand auf. Aus der angrenzenden Küche holte er eine Flasche Mineralwasser und stellte sie vor Joachim auf den Tisch. „Trinken Sie erst einmal etwas, bevor Sie mit Ihrer kleinen jämmerlichen Rede fortfahren."

Joachim schielte auf das Getränk und sah dann zu Tom auf. Alte Erinnerungen stiegen in ihm auf und er schob die Wasserflasche weit von sich. „Es geht schon, danke."

„Oh, haben Sie Angst, dass da ein Schlafmittel drin ist?", fragte Tom mit krächzender Stimme. Seine Augen wirkten glasig und seine Hände zitterten, als hätte er irgendwelche Drogen konsumiert. „Ich kann Sie beruhigen. Das, was damals passiert ist, wird sich nicht wiederholen. Alissas Plan war nichts weiter als ein verzweifelter Versuch und von Anfang an zum Scheitern verurteilt gewesen."

Tom griff nach der Flasche und drehte den Verschluss. Ein Knacken ertönte. Seine unruhigen Finger schlossen sich um das Plastik und er führte sich die Öffnung zum Mund. All seine Bewegungen wirkten unbeholfen und für einen Moment dachte Joachim, er würde seine Lippen verfehlen. Irgendetwas stimmte mit diesem jungen Mann nicht. Er sah krank aus.

Joachim schaute zu Christopher, der neben Sandra saß und Tom mit versteinerter Miene musterte. Die beiden waren einst Freunde gewesen, obwohl sie optisch und auch charakterlich nicht hätten verschiedener sein können. Tom war der wissbegierige Streber und Christopher der faule Nichtsnutz, den die Welt nicht brauchte.

„Und? Was ist aus dir geworden, Tom?" Joachim wollte mit dieser Frage ablenken und sie ganz beiläufig über seine Lippen bringen, doch sie wollte einfach nicht zu diesem Ort passen.

„Hast du studiert?"

Tom setzte die Flasche ab. Sein kalkweißes Gesicht verfinsterte sich. „Sie fragen mich allen Ernstes, was aus mir geworden ist? Ihnen sollte doch wohl klar sein, dass all unsere Träume damals auf der Klassenfahrt geplatzt sind!? Die Zukunft hat einfach aufgehört zu existieren!"

„Das ist doch Bullshit!" Christopher hielt es nicht mehr aus. „Ich habe einfach weitergelebt. Vielleicht hättest du das auch tun sollen. Dann wärst du nicht auf die dämliche Idee gekommen, uns nach all den Jahren wiedersehen zu wollen!"

Ein psychopathisches Lächeln stahl sich auf Toms Gesicht. „Von wollen kann keine Rede sein. Ich denke viel mehr, dass uns das Schicksal zueinander geführt hat. Oder denkst du echt, die Einladungen stammen von mir?"

Christopher sah verunsichert aus. „Von wem denn sonst? Du bist doch gerade einfach hier rein spaziert und jetzt gibst du diesen ganzen Scheiß von dir. Sag uns einfach, was du willst, damit wir wieder verschwinden können."

„Ich möchte nichts", antwortete Tom gequält. „Aber ich denke, Alissa möchte noch immer das, was sie damals nicht bekommen hat."

„Und was wäre das?", beteiligte sich Zoe mit zittriger Stimme am Gespräch.

Tom musste husten, bevor er das aussprach, was sie alle längst wussten. „Rache."

„Aber ..." Christopher lehnte sich zurück. „Das ist doch Unsinn. Erklär uns doch einfach, was du mit der ganzen Sache zu tun hast."

„Ich bin ein Täter, genau wie ihr alle!" Tom senkte den Blick. „Ich musste erst sterben, um das zu verstehen und ironischerweise sollte ich jetzt wohl längst in der Hölle schmoren, aber anscheinend hat das Schicksal einen anderen Plan mit mir."

„Was soll das heißen?", fragte Joachim. Toms arrogante und überhebliche Art machte ihn wütend. Der alte, schüchterne Tom war ihm viel lieber.

„Ich sollte an diesem Klassentreffen überhaupt nicht teilnehmen." Tom setzte sich wieder hin und zupfte an seinem Schal. „Meine Einladung wurde mir bei einem echt mörderischen Abendessen überreicht. Ich habe damals wohl eine zu unwichtige Nebenrolle gespielt und sollte deswegen anscheinend schon vorher eliminiert werden. Wie gnädig! Ihr erinnert euch sicher noch, wie ich damals ausgesehen habe? Klein, Zahnspange, alle möglichen Allergien ... Ich war froh, wenigstens einen Freund gehabt zu haben."

Er sah zu Christopher, der genervt die Augen verdrehte. „Natürlich weiß ich heute, dass das keine richtige Freundschaft war. Es war nur eine gegenseitige Stärkung für den Kampf des Lebens."

Christopher lachte laut auf. „Was ist bloß aus euch geworden? Schaut euch doch mal an. Ihr seid nichts weiter als ein jämmerlicher Haufen, der im Selbstmitleid ertrinkt. Warum vergesst ihr diesen ganzen Mist nicht einfach? Wir können doch eh nichts daran ändern!"

Paul sprang von seinem Platz auf und stürzte sich auf Christopher. „Du hast überhaupt nichts gelernt, du hässlicher Wichser!"

Mit der Faust schlug er ihm ins Gesicht. Er traf seine Nase und Blut spritzte auf den Tisch. Joachim wollte dazwischen gehen, aber dieselbe Machtlosigkeit wie damals lähmte ihn. Vielleicht fand ein Teil von ihm Pauls Wutausbruch auch gerechtfertigt.

„Helft ihm doch ...", schrie Sandra, die ruckartig aufsprang und sich an die Tischkante klammerte. „Er bringt ihn ja um."

„Das wäre wohl kein großer Verlust für die Menschheit!" Tom sah ganz gelassen aus.

Paul holte ein weiteres Mal aus und zielte auf Christophers Kinn. „Das hätte ich schon längst tun sollen."

Benommen versuchte Christopher sich zur Seite fallen zu lassen. Es gelang ihm nicht. Der zweite Hieb traf ihn mit voller Wucht.

Tom klatschte vergnügt in die Hände. „Schlag richtig zu, Paul. Genau so, wie du es bei mir damals getan hast!"

Paul hielt inne und wich zurück. Sein Kopf schnellte zu Tom. „Soll ich dir etwa auch eine gebrochene Nase verpassen?"

Tom schüttelte lachend den Kopf. „Ach, das hatten wir doch schon. Erinnerst du dich nicht?"

Paul zitterte vor Wut und wurde von Zoe zur Seite gezogen. Beruhigend redete sie auf ihn ein, während Sandra hilflos Christophers Schulter tätschelte.

Joachim nahm das Geschehen wie einen Film wahr. Das alles waren nur Schauspieler für ihn, mittelmäßige Akteure in einem armseeligen Kammerspiel.

„Wir sind zu Fremden geworden ...", dachte er und sah, wie Paul mit Zoe den Raum verließ. „... obwohl wir zusammen durch die Hölle gegangen sind."

Damals

Alissa hatte sich am Nachmittag, als die Lehrer den Schülern nach dem Besuch des Schlosses drei Stunden Freizeit gegeben hatten, in einen französischen Baumarkt begeben. Letztendlich hatte sie sich für zehn Rollen Klebeband entschieden, denn ihr fiel nichts Besseres ein, um ganze zwei Klassen unter ihre Kontrolle zu bringen. Allein gegen den Rest der Welt zu kämpfen war schwer. Unsagbar schwer.

Ihre Tasche mit dem Klebeband hatte sie unter dem Tisch mit dem Buffet versteckt und nun machte sie sich daran, Majas Hände hinter der Lehne ihres Stuhles mit dem Band zu fesseln. Sofort kam einer der übriggebliebenen Jungs angerannt. Er riss sie unsanft zurück. „Was zur Hölle machst du da?"

Alissa musterte ihn. Die Angst lag auf seinem gebräunten Gesicht und seine Pupillen verengten sich kontinuierlich. Sie versuchte sich an den Namen des Jungen zu erinnern, doch mit der Parallelklasse hatte sie kaum Kontakt. Im Grunde zählte sein Name auch nichts mehr, denn hier und jetzt waren sie alle gleich.

„Wonach sieht es denn aus?", fragte sie ruhig und schaute sich um. Mittlerweile hatten sich auch die restlichen Schüler ins Reich der Träume begeben, nur er und Tobias Steinbach waren übrig geblieben.

„Bist du denn total krank?" Der Namenlose wollte sie packen, doch Alissa wich aus. Sie würde sich nicht abbringen lassen. Nicht jetzt.

Tobias kam zu ihnen und packte den Jungen am Arm. „Lass sie, Matthias! Du hast hier nichts zu sagen."

Alissas Herz begann zu flattern. Tobias stellte sich auf ihre Seite, ganz so wie er es ihr im Bus versprochen hatte. Vielleicht konnte sie ihm doch vertrauen.

Der Junge namens Matthias drehte sich um und sah fassungslos zu Tobias. „Du stehst doch nicht etwa auf ihrer Seite! Das kann doch nicht dein Ernst sein, Tobi."

„Doch, ich meine es ernst!" Tobias deutete auf einen freien Stuhl. „Und nun setz dich, damit Alissa weitermachen kann." Matthias dachte nicht daran, Tobias Anweisung nachzukommen. Er rannte zum Ausgang und begann zu schreien.

„Mach du hier weiter", meinte Tobias und nickte Alissa aufmunternd zu. „Ich kümmere mich um diesen Idioten."

Dankbar lächelte Alissa. Für den Moment fühlte es sich an, als wäre das alles, was sie hier tat, richtig, auch wenn ihr gesunder Menschenverstand weiterhin protestierte. Sie wollte ihre Mitschüler verletzen, genau wie sie verletzt worden war, aber dieser Schmerz war nur schwer zu erschaffen.

Als sie mit Maja fertig war, ging sie zum nächsten Schüler. Im Hintergrund hörte sie, wie Matthias und Tobias diskutierten und schließlich vernahm sie einen gequälten Aufschrei. Tobias schlug Matthias erst in die Magengrube und dann in die Seite. Der unfaire Kampf endete damit, dass sich Matthias auf den Boden kauerte und die Hände schützend über den Kopf legte. Eine Gefahr weniger. Blieben nur noch die restlichen Schüler, die mit Sicherheit bald aufwachen würden.

„Kann ich dir helfen?" Tobias liebevolle Stimme hinter ihr ließ sie zusammenzucken.

„Äh …" Sie überlegte kurz und sah sich um. „Ich weiß nicht …"

Sie wollte ihn nicht noch tiefer in die ganze Sache mit reinziehen.

„Ich würde alles für dich tun!" Tobias, der an diesem Abend ein Bandshirt, eine dunkelbraune Hose und schwarze Chucks trug, stand auf einmal hinter ihr. Sie meinte seinen Atem in ihrem Nacken zu spüren, was aber vermutlich nur Einbildung war.

Diese Worte taten gut, auch wenn sie die Kraft dahinter nicht vollständig in sich aufsaugen konnte. Sie erinnerte sich an Maja und Erik, die ebenfalls auf diese Weise mit ihr gesprochen hatten. Es tat weh.

„Warum bist du eigentlich noch so gut auf den Beinen?",

fragte sie und konnte ihr Misstrauen nicht verbergen. „Du hast doch auch was getrunken ..."

„Ja, aber nur einen kleinen Schluck", erklärte er und nahm unaufgefordert eine der Klebebandrollen um Erik damit zu fesseln. „Als ich gesehen habe, wie du durch den Saal gestreift bist, habe ich mir schon gedacht, dass du irgendwas ins Essen gemischt hast."

Er hatte sie durchschaut. Als Einziger.

„Ich dachte ja erst, du hättest da irgendein Gift reingetan", lachte er leise. „Ich bin aber echt froh, dass es nur ein Schlafmittel war, auch wenn ich zugeben muss, dass du ein echt starkes erwischt haben musst! Ich fühle mich auch ein wenig schummerig."

Alissa konnte nicht mitlachen. Ihre innere Anspannung verbot ihr jegliche Art der Freude. „Wieso bist du froh, dass es nur Schlaftabletten waren? Diese Mistkerle haben doch mehr verdient, oder?"

„Schon ..." Er ging mit dem Klebeband zu einem Mädchen, das am Boden lag und umwickelte ihre Beine. „... aber du hast es nicht verdient, für diese Wichser in den Knast zu kommen. Du bewegst dich schon jetzt auf einen echt schmalen Grad!"

„Wenigstens bewege ich mich endlich", murmelte sie leise. „Es muss sich endlich was ändern!"

Tobias widmete sich dem nächsten schlafenden Schüler, der gurgelnde Schnarchgeräusche von sich gab. „Ich denke, du hast schon jetzt ein Zeichen gesetzt. Alles, was jetzt kommt ist nur die gerechte Strafe für das, was dir angetan wurde!"

Alissa ging zum nächsten Tisch und betrachtete die Schüler der Parallelklasse. Sie waren nur Randfiguren, unwichtige Nebenakteure, die keine große Aufmerksamkeit verdienten. „Das war der erste Schritt. Was jetzt passiert, wird sich erst noch zeigen."

Sie fesselte einen dürren Jungen, den sie noch nie zuvor bewusst wahrgenommen hatte. „Ich glaube, ich muss dich doch noch um einen Gefallen bitten."

Tobias drehte den Kopf in ihre Richtung und sah sie fragend

an. Seine Augen glänzten und er schien froh zu sein, dass sie ihn endlich mit einbezog.

„Maja, Sandra, Christopher, Zoe, Herr Andres und Paul sollen an einem Tisch in der Mitte sitzen", offenbarte sie einen Teil ihres Plans. „Sie sollen im Fokus stehen, während die anderen zusehen dürfen."

Tobias schwieg ein paar Sekunden, als wollte er ergründen, was genau sie vorhatte. Sie konnte es ihm nicht sagen, denn sie wusste es selbst nicht so genau. Der Plan, der kein Plan war, besaß keinen detaillierten Ablauf. Es kam auf das Schicksal an, das hoffentlich auf ihrer Seite stand.

„Kein Problem", antwortete Tobias und machte sich sogleich daran, die Tische zu verrücken. „Ich stehe hinter dir, ganz egal, was in dieser Nacht passieren wird!"

Heute

Zoe zog Paul mit sich ins obere Stockwerk. Sie mussten weg von Christopher, bevor ein weiteres Unglück geschah. In Pauls Augen loderte der Hass und Zoe wusste, dass er diesen nicht kontrollieren konnte.

„Jetzt beruhige dich gefälligst!", mahnte sie ihn und klang wie die Mutter, die sie nie sein würde. „Christopher ist ein Wichser, aber du solltest dir an ihm nicht die Hände schmutzig machen!"

„Meine Hände sind längst schmutzig", knurrte Paul und betastete seine Finger. „Sollte er sich noch einmal wie ein Kleinkind aufführen, bringe ich ihn um! Hast du gehört, was er da wieder von sich gegeben hat?"

„Ich bin ja nicht taub!" Zoe ging mit ihm ins hintere Zimmer und setzte ihn auf die Couch, auf der noch die blutbefleckte Jacke von Herrn Andres lag. „Christopher ist einfach nur dumm und das wirst weder du noch irgendjemand sonst ändern können!"

Paul erwiderte nichts. Er brauchte ein paar Minuten, um sich abzureagieren.

Zoe nutzte die Chance und schaute sich im Zimmer um. Sie fühlte sich in ihre eigene Jugend versetzt. Gedanklich reiste sie in ihr altes Zimmer im Haus ihrer Eltern. Das Düstere hatte sie damals angezogen und das hatte sich auf ihre Einrichtung ausgewirkt. Totenschädel, schwarze Vorhänge und Poster von irgendwelchen Gothicbands, deren Namen sie inzwischen vergessen hatte. Die Zoe von damals existierte nicht mehr, auch wenn die Schwärze in ihrer Seele geblieben war.

„Komisch, dass wir Alissas Schwester überhaupt nicht kannten, oder?", fragte sie und öffnete den Kleiderschrank, der sich im hinteren Bereich nahe der zweiten Tür befand. Zu ihrer Verwunderung hingen dort einzelne vergessene Kleidungsstücke wie Jacken, Kleider und T-Shirts ordentlich auf Holzbügel. Wer verließ sein Haus ohne seine Kleidung? Waren die Jensens damals etwa Hals über Kopf aufgebrochen?

Sie schob ein paar Jacken beiseite und zog den angenehmen Duft von frischer Wäsche in sich auf. Ein Geruch, der sie wieder an ihr verlorenes Leben erinnerte. Schmerzlich wurde ihr bewusst, wie gerne sie selbst ein Haus hätte, vielleicht sogar einen Mann und Kinder. Die reinste Utopie.

Sie schluckte schwer und betastete die Kleider. Sie wirkten frisch und rein, nicht so, als hätten sie die letzten Jahre hier einsam im Schrank verweilt.

Ihr Blick fiel auf eine Kiste auf dem unteren Regalbrett. Neugierig hob sie diese an und stellte sie auf den Boden.

„Was hast du da?" Paul kam zu ihr. Die Wut war aus seinem Gesicht gewichen und er schaute interessiert auf die hölzerne Kiste, in die ein hübsches Blumenmuster eingraviert war.

Zoes Finger fuhren zu dem Verschluss und mit einer einzigen Bewegung öffneten sie den Behälter.

„Fotos?", fragte sie überrascht. Die ganze Box war mit Bildern gefüllt und Zoe brauchte nur ein einziges anzuheben, um zu wissen, wer darauf zu sehen war. Alissa. Überall blickte ihr das traurige Mädchen entgegen. Alle Fotos wirkten wie Momentaufnahmen aus ihrem Leben, als würden sie aneinandergereiht eine leise Geschichte erzählen.

Zoe kniete sich auf den Teppich und nahm ein paar Bilder in die Hand. Paul tat es ihr gleich.

„Das ist gruselig", murmelte er und hielt ihr ein Bild vor die Nase auf dem er zusammen mit Alissa zu sehen war. Sie befanden sich auf dem Schulhof und er hatte einen Arm angehoben, als wollte er ihr direkt ins Gesicht schlagen. Wahrscheinlich hatte er es eine Sekunde später auch getan. „Wer zum Teufel hat diese Fotos gemacht?"

„Ich habe keine Ahnung ..." Zoe betrachtete ein Bild, das sie selbst auf der Klassenfahrt zeigte. Zusammen mit Alissa stand sie vor der Jugendherberge und unterhielt sich augenscheinlich ruhig mit ihr. Das musste kurz vor dem Kuss gewesen sein.

Sie ließ das Bild fallen. Eine Gänsehaut wanderte über ihren Körper und ihr wurde eiskalt. „Da sind ja Bilder von der Klassenfahrt bei!"

„Ja, das ist strange ..." Paul nahm sich ein Foto auf dem beinahe alle Schüler vor dem Bus zu sehen waren. Alissa stand im Abseits und starrte auf den Boden. „Die muss jemand von uns gemacht haben, oder?"

Zoe dachte angestrengt nach und versuchte sich den Moment mit Alissa vor der Jugendherberge ins Gedächtnis zu rufen. Sie waren allein gewesen. Jedenfalls hatte Zoe das gedacht. Erst hatten sie miteinander geredet, dann kam der unerwartete Kuss und im Anschluss ...

„Christopher", murmelte sie und wühlte hektisch in der Kiste. „Christopher hat gesehen, wie Alissa mich geküsst hat! Er hat die Fotos gemacht!"

Paul berührte sie an der Schulter und zeigte ihr ein Bild, das Christopher zeigte. Christopher, der Alissa am Oberarm gepackt hatte und ihr irgendwas voller Abscheu ins Gesicht spie. „Er kann es nicht sein, aber ..."

Gemeinsam wühlten sie weiter in der Box und nach ein paar Minuten schauten sie sich siegessicher an. Sie wussten, welche hier anwesende Person nicht auf den Fotos zu sehen war.

„Meinst du ...", fragte Zoe leise und tausend Fragen breiteten sich in ihrem Kopf aus. Fragen, auf die nur ein einziger Mensch die Antwort kannte.

Damals

Eine gute Stunde später sah der Speisesaal so aus, wie Alissa sich ihn vorgestellt hatte. Die unwichtigen Schüler der Parallelklasse saßen mit Klebeband gefesselt auf dem Boden in der hintersten Ecke. Sie symbolisierten das stumme Publikum. Unter ihnen befanden sich Herr Zomer und Frau Bolte. Tobias hatte ihre Münder mit Klebeband versiegelt, denn ihre Meinung zählte nicht.

Die Schüler ihrer eigenen Klasse saßen an und neben den Tischen, die Tobias auseinander und näher an die Wand gerückt hatte. In der Mitte stand der Anklagetisch, an dem Paul, Maja, Zoe, Sandra, Christopher und Herr Andres saßen. Sie alle waren an die Stuhllehne gefesselt und ihre Köpfe waren nach vorne gefallen. Eine unbequeme Position für einen tiefen Schlaf. Sie sollten bald mit schmerzendem Nacken aufwachen.

Tobias, der nassgeschwitzt an einem der freien Tische lehnte, keuchte. „Christopher sollte echt endlich mal abspecken. Ich dachte schon, ich werde lebendig unter ihm begraben."

„Ich muss dir danken", meinte Alissa und setzte sich neben ihm auf die Tischplatte. „Danke, dass du das alles für mich gemacht hast. Ohne dich wäre ich wahrscheinlich schon an dieser ersten Hürde gescheitert."

„Das stimmt wohl ...", grinste Tobias und legte zaghaft eine Hand auf ihre Schulter. „Den Dicken hättest du niemals bewegt bekommen."

„Ich meine nicht nur ihn ..." Alissa wurde ernst. „Du warst mir wirklich eine große Hilfe. Dafür muss ich dir einfach danken und jetzt ist wohl der richtige Zeitpunkt dafür."

„Was meinst du damit?"

„Ich möchte dich nicht noch tiefer mit hineinziehen!" Alissa vermied es, ihn anzusehen. Blanke Enttäuschung schwappte zu ihr herüber. „Bis jetzt weiß nur dieser Matthias, dass du auf meiner Seite stehst. Ich will nicht, dass die anderen dich mit der ganzen Sache in Verbindung bringen!"

„Wovor hast du denn Angst?" Tobias ergriff ihre Hand. „Dass sie mich auch hassen? Darauf gebe ich einen Scheiß!"

„Nein ..." Alissa genoss die Berührung für einen Moment. Vielleicht würde sie ihm nie wieder so nahe kommen. „... ich möchte dir nur nicht die Zukunft verbauen. Es könnte ja sein, dass ich von der Schule fliege oder eine noch schlimmere Strafe bekomme. Das will ich dir nicht antun!"

Tobias seufzte. „Du hast wirklich ein großes Herz!"

Er beugte sich zu ihr und hauchte ihr einen Kuss auf die Wange. Seine zarten Lippen und das kühle Metall seines Piercings berührten ihre Haut nur leicht, aber das genügte, um ihren gesamten Körper unter Strom zu setzen.

„Ich ...", begann sie, ohne zu wissen, was sie sagen wollte. Es gab kein Wort, das diesen winzigen und doch so intensiven Moment beschreiben konnte.

Tobias grinste sie an und nahm ihr Gesicht in seine Hände. Ihre Wangen fühlten sich heiß an.

Sie schloss die Augen und hoffte, er würde sie jetzt auch auf den Mund küssen, doch er ließ sie nach ein paar Sekunden wieder los und strich ihr nur eine Haarsträhne aus dem Gesicht.

„Wenn das alles vorbei ist und wir wieder in Deutschland sind, sollten wir mal was zusammen machen", meinte er und klang unsicher. Sein Selbstbewusstsein verschwand und offenbarte eine neue Seite an ihm. „Ich meine, wenn du dazu auch Lust hast."

Alissa nickte schnell und setzte alles daran, sich ihre Enttäuschung nicht anmerken zu lassen. Kein Kuss. Kein erster, verdammter Kuss.

Was, wenn das alles nie vorbei war? Wenn ihr dämlicher Plan, der kein Plan war, sie in die Hölle brachte?

Sie wollte sich zu Tobias beugen, ihn küssen, ihn schmecken und zeigen, was sie empfand, aber die Situation mit Zoe schoss in ihren Kopf. So etwas durfte sich nicht wiederholen, nicht jetzt.

„Die ersten wachen langsam auf!" Tobias holte sie in die furchtbare Realität zurück. „Was soll ich tun?"

Sie sah sich um und an einem der Tische regte sich jemand. Es war Jenny, Sandras Freundin.

Alissa griff nach dem Klebeband, das neben ihr lag und verdrängte all ihre Gefühle. „Ich glaube, ich werde dich wohl auch fesseln müssen!"

„Was?" Seine Augen weiteten sich. Er sah geschockt aus, doch dann schlich sich ein Lächeln auf seine Lippen. „Meinst du nicht, dass es für Fesselspielchen ein bisschen zu früh ist? Ich habe ja nicht mal die Gelegenheit bekommen, dich ins Kino einzuladen!"

„Spinner", murmelte sie leise. Sie spürte, wie ihr die Röte ins Gesicht stieg. Er flirtete mit ihr. Tobias Steinbach, der coolste und hübscheste Junge der ganzen Schule, flirtete mit ihr.

Sie zog an dem Klebeband und atmete tief ein und aus. „Jetzt setzt dich bitte und tu einfach so, als wärst du genauso überrascht wie die anderen!"

Heute

Sandra fühlte sich wie eine Außenstehende, die niemals dazu gehören würde. Da war keine Verbindung mehr zu ihren ehemaligen Klassenkameraden und besonders keine zu Christopher. All die Jahre hatte sie der Einsamkeit entfliehen wollen, ohne zu begreifen, wie allein sie bereits war.

Ohne Mitgefühl zu empfinden, sah sie zu Zoe und Paul, die sich vor Herrn Andres aufbäumten und eine große Kiste auf den Tisch stellten.

„Können Sie uns das erklären?" Zoe reckte das Kinn nach oben und stemmte die Arme in die Hüften.

„Oh oh!" Tom klatschte in die Hände und lehnte sich zurück. „Jetzt kommen die ersten Geheimnisse ans Tageslicht."

Herr Andres wirkte verdattert und beugte sich nach vorne. Sandra, die ihre Neugierde nicht zügeln konnte, stand auf und ging zu der mysteriösen Box. Sie machte sich innerlich darauf gefasst, einen abgetrennten Kopf oder ein anderes Körperteil darin vorzufinden, doch stattdessen war die Box bis oben hin mit Fotos gefüllt. Es mussten Hunderte sein.

„Können Sie uns sagen, warum Sie auf keinem der Bilder zu sehen sind?" Paul klang genauso wütend wie Zoe.

Herr Andres griff in die Kiste und betrachtete die Bilder. Seine Finger zitterten und sein Atem ging stoßweise. „Ich verstehe das nicht ..."

„Was verstehen Sie nicht?" Zoes Stimme überschlug sich. „Dass Sie als einziger nicht auf den Bildern sind?"

Sie fischte ein Foto hervor, das alle Teilnehmer der Klassenfahrt vor dem Bus zeigte. Es war ein arrangiertes Foto, an das sich Sandra noch erinnerte. Sie alle hatten „Käsekuchen" sagen müssen und es total lächerlich gefunden.

„Ich verstehe nicht, wie die Bilder hierherkommen!" Herr Andres presste sich eine Hand auf den Mund. „Vielleicht hätte ich sie doch verbrennen sollen!"

„Also geben Sie es zu?" Zoe sah Paul triumphierend an.

Der Lehrer seufzte und begutachtete weitere Fotos. „Ja, die Fotos sind von mir ..."

Sandra verstand das nicht. Sie griff nach einem Stapel Fotos und ging sie durch. Überall blickte ihr Alissa entgegen. Alissa allein auf dem Schulhof, Alissa mit eingezogenen Schultern im Klassenzimmer, Alissa beim Sport, während sie verzweifelt versuchte, sich auf dem Schwebebalken zu halten. Heimliche Fotos.

„Sind Sie etwa ein Stalker?", fragte sie und wich einen Schritt zurück. „Das ist ja abartig."

Christopher kicherte dämlich am anderen Ende des Tisches. Er hielt sich seine angeschwollene Wange und grinste wahnsinnig vor sich hin.

„Das ist ja echt spannend", meinte Tom und klatschte wie ein Kleinkind in die Hände. „Oder was meinst du, Tobi?"

Tobias saß teilnahmslos auf seinem Platz. Seine Augen wirkten leer und er schien in seiner eigenen Gedankenwelt gefangen zu sein.

„Nun reden Sie mal Klartext", keifte Zoe den Lehrer an. „Wieso haben Sie Alissa heimlich fotografiert? Hat Sie das angetörnt?"

Christopher lachte laut los. „Ekelalissa und der Ekellehrer. Das passt ja."

„Halt deine Klappe", brüllte Paul ihn an. „Du hast hier nichts mehr zu melden. Ist das klar?"

Christophers Grinsen wurde breiter und selbst Sandra spürte nichts als Abscheu für seine unverbesserliche Art.

Herr Andres rutschte auf dem Stuhl hin und her und sah seine ehemaligen Schüler der Reihe nach an. „Es ist nicht so, wie ihr denkt ..."

Er verstummte, als wollte sich die Wahrheit tief in ihm verankern. Eine einsame Träne lief über sein Gesicht und tropfte vor ihm auf den Tisch. „Es tut mir doch leid."

„Was tut Ihnen leid?" Zoes Stimme wurde weicher. „Erzählen

Sie es uns doch einfach. Deswegen sollten wir doch heute kommen, oder?"

Der Lehrer nahm seine Brille ab und wischte sich mit dem Handrücken über seine Augen. „Wer auch immer uns hierhin eingeladen hat, er möchte wohl tatsächlich, dass ich euch das alles erzähle ..."

Er lehnte sich zurück und setzte sich aufrecht hin. Seine gewohnte Lehrerpose, an die sich Sandra genau erinnern konnte.

„Diese Fotos sind von mir, aber ich hatte sie damals weggeworfen ... Ja, ich habe Alissa fotografiert ...", begann er leise zu erzählen. „... und ich bin ihr auch öfters gefolgt, um sie zu beobachten, aber ich habe ihr nie etwas angetan. Das müsst ihr mir glauben."

„Weiter ...", forderte Zoe ihn auf uns setzte sich auf einen der Stühle an der Längsseite des Tisches.

„Ich fand Alissa interessant und spannend, weil sie irgendwie vollkommen anders war", gestand er und senkte den Blick. „Sie wirkte so zerbrechlich wie eine Puppe und irgendwie hat sich der Drang in mir verfestigt, sie studieren zu wollen. Es war wie eine Sucht. Ich wollte unbedingt wissen, wie dieses Mädchen mit euren kindischen Streichen, euren Beleidigungen und euren Hass ihr gegenüber umgeht, wie sie daran wächst oder eben zerbricht. Vielleicht war es meine eigene Unerfahrenheit oder meine Neugierde. Ich kann es heute nicht mehr sagen ..."

„Ist das wirklich alles?", fragte Zoe und fuhr sich durchs kurze Haar. „Irgendwie klingt das sehr absurd ... Wieso haben Sie dann die ganzen Fotos gemacht?"

„Ich fand sie interessant", wiederholte er sich. „Ich wollte ihre Gesten, ihren Ausdruck und ihre Unschuld festhalten. Alissa war so seltsam und ich wollte einfach wissen, wieso ..."

Tobias sprang unerwartet von seinem Platz auf und warf sich auf den Lehrer. „Seltsam? Alissa war also seltsam. Und was ist mit Ihnen?"

Herr Andres ging wie ein Mehlsack zu Boden. Er sah nicht aus, als wollte er sich wehren. „Ich weiß, wie falsch mein Denken damals war."

„Ich kann Ihnen sagen, was wirklich falsch gewesen war." Tobias hielt Herr Andres am Kragen seines schwarzen Pullovers fest. „Sie haben genau gewusst, was Alissa durchmachen musste und trotzdem haben Sie nichts unternommen. Stattdessen haben Sie im Hintergrund heimlich Fotos gemacht ..."

„Nein!" Herr Andres stöhnte gequält auf. „Ich hätte ihr geholfen, wenn es nötig gewesen wäre!"

„Es war so oft nötig gewesen ...!", schrie Tobias. „So oft ..."

Sandra bekam eine Gänsehaut. Das, was Tobias da sagte, ließ sie die Vergangenheit mit anderen Augen betrachten. „Er hat recht. Hätten Sie damals härter durchgegriffen ... Sie hätten das alles beenden können, ja, Sie hätten sogar Alissas Racheaktion im Keim ersticken können."

Eine kleine Last fiel von ihr ab, ein Teil der Schuld.

„So einfach ist das jetzt aber nicht!" Tobias, der den Lehrer nur anschreien und nicht schlagen wollte, richtete sich auf. „Wie ich vorhin bereits gesagt habe, jeder hat einen Teil dazu beigetragen ... Im Grunde könnten wir die Schuld gerecht unter uns aufteilen ..."

„Weise Worte ...", krächzte Tom und stand nun ebenfalls auf. Er ging zu dem Lehrer und half ihm auf die Beine. „Wie ich sehe, hat wenigstens einer schon verstanden, warum wir alle hier sind."

„Wohl eher warum du uns hier hin eingeladen hast", kam es von Christopher am anderen Ende des Tisches. „Gib es doch endlich zu, du Verlierer!"

Tom grinste seinen ehemaligen Freund breit an und schüttelte den Kopf. „Es scheint, du möchtest der Nächste sein, der erzählt, was er Alissa so alles angetan hat ..."

Aus Christophers Gesicht wich alle Farbe. „Wieso sollte das jetzt noch wichtig sein ...?"

Tom umkreiste schwankend den Tisch. Er sah aus, als hätte er Probleme mit dem Gleichgewicht, fast so, als müsste er jeden einzelnen Schritt ausbalancieren. „Es ist wichtig, mein Freund! Es ist sogar sehr wichtig ..."

Damals

Zoe erwachte als Erste und stieß einen spitzen Schrei aus. Wild riss sie ihren Körper hin und her und Alissa hoffte, dass sich das Klebeband nicht löste.

„Beruhige dich ..." Alissa trat hinter Zoe und legte ihr eine Hand auf die zuckende Schulter. „Es ist alles in Ordnung!"

„In Ordnung?" Zoes Stimme war schrill und laut und weckte weitere Schüler. „Was zur Hölle hast du jetzt wieder vor, du Freak?"

Sie warf den Kopf nach links und nach rechts und schrie erneut auf, als sie Herr Andres zwei Stühle entfernt erblickte. „Du bist doch total krank, Ekelalissa!"

„Ihr habt mich krank gemacht", erwiderte Alissa so ruhig wie möglich. „Und jetzt möchte ich endlich wissen, womit ich das verdient habe. Freiwillig wollt ihr ja nicht mit mir reden, also muss ich ..."

„Ich wollte mit dir reden!" Zoe schüttelte voller Abscheu den Kopf. „Aber du musstest mich ja unbedingt küssen ... Merkst du nicht, dass du für den ganzen Mist selbst verantwortlich bist?"

Alissa reagierte nicht. Sie schaute zu Tobias, der gefesselt an einem der entfernten Tische saß. Er zwinkerte ihr zu und gab ihr Kraft.

Maja, die neben Zoe saß, öffnete den Mund. „W-Was?"

„Ekelalissa zieht mal wieder 'ne Show ab", zischte Zoe ihrer Sitznachbarin zu. „Jetzt will sie uns vermutlich alle umbringen. War ja klar, dass sie irgendwann richtig austickt!"

Majas Gesicht nahm die Farbe ihrer Haare an. Sie schluchzte leise.

„Erik?" Sie bewegte ihren Körper. „Wo ist Erik?"

„Er sitzt dort drüben", erklärte Alissa. „Im Moment ist er nicht besonders wichtig."

Zoe lachte gehässig auf. „Im Moment bist wohl nur du wichtig, was?"

Alissa ignorierte diese Anfeindung und sah zu, wie weitere Schüler zur Besinnung kamen. Es hatte etwas von Dornröschen, auch wenn die Menschen sich in dem Märchen gefreut hatten, endlich wieder zu erwachen. Hier schlug die Freude in pure Angst um.

Im Speisesaal wurde es lauter. Einzelne Mädchen schrien, aber die meisten riefen ihr nur irgendwelche Beleidigungen zu. Ein Publikum, das sie wohl nicht so leicht auf ihre Seite ziehen konnte.

Am Tisch in der Mitte regte sich nun auch Paul. Tobias hatte ihm sein innig geliebtes Käppi abgenommen und jetzt wirkte er wie ein einfacher Junge, der keine Versteckmöglichkeit und kein Erkennungsmerkmal mehr besaß.

Schweigend beobachtete sie das Geschehen. Der Anklagetisch füllte sich mit Leben und letztendlich waren alle bis auf Christopher wach. Sein Kopf hing noch immer nach unten und er gab leise Schnarchgeräusche von sich.

Alissa holte eine Wasserflasche aus der angrenzenden Küche und begoss ihn damit. „Wach auf, du Idiot!"

Wie ein Ertrinkender schnappte er nach Luft und riss die Augen auf. Als er seine Umgebung wahrnahm, schrie er wie am Spieß.

„Da sind wir jetzt endlich wieder alle beisammen!" Alissa umkreiste den Tisch und beobachtete ihre Mitschüler und ihren Lehrer. Verwirrt starrten sie sich an. Die Benommenheit von den Tabletten wich langsam und ließ nichts als Panik zurück. Endlich saß Alissa einmal am längeren Hebel.

„Es tut mir leid, dass ich euch das mit den Tabletten antun musste!", meinte sie und klopfte ihrem Lehrer auf die Schulter. Unter ihrer Berührung zuckte er zusammen. „Ihr habt meine Verzweiflung aber einfach nicht sehen wollen!"

Im Saal wurde es still. Alle Schüler klebten an ihren Lippen, weil sie genau wussten, dass dies ihr einziger Ausweg aus dem Schlamassel war.

„Ich wollte vorhin bloß mit euch reden", fuhr sie fort. „Ich wollte euer Verständnis und eine Erklärung, warum ihr mich so sehr hasst ..."

„Alissa ..." Herr Andres unterbrach sie. „Glaubst du, dass dies der richtige Weg ist? Ich denke, du brauchst Hilfe ... Und wir können dir die Hilfe geben, wenn du das alles jetzt ..."

„Nein ..." Alissas eiserne Stimme ließ den Lehrer verstummen. „Sie haben mir niemals geholfen. Warum sollte sich das also jetzt ändern?"

Auf Herrn Andres Stirn bildeten sich Schweißperlen und er schien krampfhaft darüber nachzudenken, wie er sich in einer solchen Situation richtig verhielt.

„Und jetzt rede ich ...", fuhr Alissa fort. „Das werdet ihr alle akzeptieren. Ist das klar?"

Niemand reagierte. Noch immer bekam sie keinerlei Respekt. Das musste sich ändern.

Schnellen Schrittes lief sie in die Küche und fand in einer Schublade, was sie suchte. Eine Schere.

Sie ging zum Tisch zurück und streckte das Schneidewerkzeug in die Höhe.

Sandra lachte laut los. Sie war die ganze Zeit ruhig geblieben und hatte das Geschehen mit glasigen Augen beobachtet. „Was willst du denn damit, du Wahnsinnige?"

Alissa störte sich nicht an der Beleidigung. Ganz im Gegenteil. Sie fühlte sich angespornt. „Na, wer hat Lust auf eine neue Frisur?"

Selbstsicher trat sie auf Sandra zu und ließ die Schere neben ihrem Ohr auf- und zuschnappen. „Kurze Haare würden dir mit Sicherheit gut stehen!"

Sandra erstarrte. „Das wagst du nicht!"

Alissa beugte sich über ihre Rivalin. „Ich kann dich auch vor aller Augen ausziehen, wenn dir das lieber ist!"

Sandras Augen formten sich zu schmalen Schlitzen und sie atmete stoßweise ein und aus.

„Hör mit diesem Mist auf", fuhr Maja dazwischen. „Du

machst es damit doch nur schlimmer. Merkst du das denn überhaupt nicht?"

Schlimmer. Das Wort hallte durch Alissas Kopf. Wie konnte es schlimmer werden, wenn die Grenze längst überschritten worden war?

„Du hast es schlimmer gemacht!" Alissa ging zu Maja auf der gegenüberliegenden Seite des Tisches. „Ich habe dir vertraut, dir geglaubt, dass du meine Freundin sein möchtest, aber du hast mich nur verarscht. Wie all die anderen auch."

„Nein!" Maja spie das Wort aus. „Ich wollte dir helfen, aber du musstest dich ja unbedingt an Erik ranschmeißen!"

„Das ist eine Lüge!" Alissa sah zu Zoe, deren Lippen sich zu einem Grinsen verzogen. Mit dem dunklen Make-Up und der schwarzen Kleidung sah sie wie ein Dämon aus.

„Ich habe gesehen, wie du Erik angeschaut hast", feuerte Maja zurück. „Du hast doch überhaupt keine Ahnung, was Freundschaft ist."

Dieser Satz schmerzte. Alissa umklammerte die Schere und trat hinter Maja. Mit einer Hand packte sie ihre langen, roten Haare. „Zoe, sag ihr, dass die Sache mit Erik bloß eine von deinen dämlichen Lügen war!"

Zoe reagierte nicht. Sie zog eine Augenbraue nach oben und schaute zu Maja, die ihr vermutlich nichts bedeutete.

„Ich werde ihr die Haare abschneiden, wenn du nicht sofort mit der Wahrheit rausrückst!", drohte Alissa.

Die Kurzhaarige verzog keine Miene. Sie sagte nichts, auch nicht, als Maja leise weinte. Zoe besaß ein Herz aus Stein, das niemand würde erweichen können. Mitleid kannte sie überhaupt nicht.

„Bitte, Zoe!", flehte Maja. „Sag doch irgendwas!"

Die Härte in Zoes Gesicht blieb. Sie badete sich in der Macht.

„Es tut mir leid, Maja", sagte Alissa leise und sah zu, wie die erste rote Strähne zu Boden glitt. „Aber Zoe, deine neue Freundin, hat dich gerade im Stich gelassen!"

Heute

Joachim fühlte sich benebelt. Das alles überforderte ihn, so wie ihn die Sache mit Alissa überfordert hatte. Wahrscheinlich war er auch mit seinem Leben gnadenlos überfordert. Es war immer geradlinig und einfach verlaufen – bis Alissa aufgetaucht war. Wen verwunderte es da, dass er sich einem regelrechten Wahn hingegeben hatte? Und wie besessen ihn dieser ganze unerwartete Schlamassel gemacht hatte? Niemanden! Am allerwenigsten ihn selbst!

Er schloss die Kiste, als könnte er so die Vergangenheit einsperren. Es war an der Zeit, damit abzuschließen. Nur deswegen saß er mit seinen ehemaligen Schülern in diesem verlassenen Haus.

Christopher machte keinerlei Anstalten, etwas von sich preiszugeben. Dieser Sturkopf. Zu gern würde Joachim mehr über Alissa erfahren, Dinge, die er noch nicht wusste.

„Anscheinend möchte niemand von euch reden!", krächzte Tom. „Also werde ich euch eine kleine Geschichte erzählen!"

Keiner reagierte. Sie alle warteten auf die Offenbarung.

„Oh, dieses Schweigen!" Tom legte sich eine Hand auf die Brust. „Ihr scheint reifer geworden zu sein. Alissas Vortrag habt ihr ja nicht lauschen wollen ..."

„Weil der Vortrag scheiße war", grummelte Christopher und lehnte sich zurück.

Tom lächelte seinen ehemals besten Freund an. „Wie kann Ehrlichkeit scheiße sein?"

Christopher rollte mit den Augen. „Erzähl uns lieber, warum wir noch hier sind."

„Die Antwort kennt ihr bereits, deswegen kommt jetzt wie gesagt meine kleine Geschichte ..." Er räusperte sich. „Es war einmal ein Junge. Er hatte keine Freunde, wurde von seinen Mitschülern fertig gemacht und hatte sich irgendwann mit seiner

Rolle abgefunden. So ist das Leben. Die Starken regieren und die Schwachen kämpfen ums Überleben. Irgendwann fand dieser Junge einen Freund, der ihn stärkte. Endlich war er nicht mehr einer der Schwachen, sondern konnte die Macht des starken, neuen Freundes kosten."

Tom verweilte neben Christopher und sah ihn starr an. „Dieser Freund war übrigens nur stark, weil er seine Schwächen versteckte. Darin war er sehr gut."

Christopher sah aus, als würde er nichts verstehen. Joachim erinnerte dieses Bild an den damaligen Matheunterricht. Christophers Gesicht hatte stets so ausgehen, als liefe sein Gehirn zwar auf Hochtouren, aber die einfachsten Lösungen wurden erst nach einer halben Ewigkeit ausgespuckt.

„Der ahnungslose, unschuldige Junge wurde also zum Mitläufer", erzählte Tom weiter. „Er hat alles getan, was sein Freund verlangte. Ja, er hat sogar einem Mädchen wehgetan, nur damit er auch weiterhin dazugehörte. Jahre später kam dann die Rache …"

Toms Stimme wurde leiser und brüchiger. Er klammerte sich an die Tischkante. „Die Rache in Form eines Giftes. Glücklicherweise überlebte der Junge, aber sein Leben änderte sich. Der Racheengel hatte ihm gezeigt, wie falsch sein Handeln gewesen ist und nun versucht er alles, um seine Fehler wieder gutzumachen. Er will dem Racheengel helfen! Er will Alissa helfen! Ist das nicht eine tolle Geschichte?"

„Eine traurige Geschichte …", meinte Zoe leise. Sie verschränkte die Arme vor der Brust und fixierte einen Punkt vor sich. „Bedeutet das, jemand wollte dich vergiften?"

Tom nickte. „Sie wollte mich aber nicht sterben lassen. Nein, das sollte nur ein Denkzettel sein. Ich sollte den Tod schmecken … Jenen Tod, den ich verdient habe, genau wie ihr alle …"

„Sie?", fragte Joachim. „Also weißt du, wer hinter der ganzen Sache steckt?"

„Alissa …", murmelte Tom den bedeutungsvollen Namen und es klang wie eine Drohung.

Joachim schlug mit der flachen Hand auf den Tisch. Er wollte nicht die Nerven verlieren, aber die Gedanken kreisten wild durch seinen Kopf. „Verdammt noch mal! Das ist doch unmöglich ...!"

Alle Anwesenden, bis auf Tom und Tobias, nickten still vor sich hin.

„Er hat recht", pflichtete Zoe ihm bei. „Tom, wenn du weißt, wer dir das angetan hat ... Warum bist du nicht zur Polizei gegangen? Und wieso bist du heute hier?"

„Ich möchte ihr helfen ..." Tom sah zu Zoe. „Ich möchte endlich das Richtige ..."

Sein Gesicht wurde starr wie eine Maske und er fing an zu keuchen. Er versuchte zu husten, doch es gelang ihm nicht. Ein zischendes Geräusch drang aus seinem Mund. Seine Lungen wollten Luft bekommen.

Joachim sprang auf und rannte zu ihm. „Was ist los, Tom?"

Tom taumelte zurück, stieß gegen die Wand und umfasste seinen Schal. Seine Augen weiteten sich und ehe Joachim ihn erreichte, sank er zu Boden.

„Oh Gott, er bekommt keine Luft mehr!", kreischte Sandra. „Er stirbt."

„Nein!" Joachim kniete sich neben Tom und zerrte an dem Schal. Zu seinem Entsetzen war der Hals darunter purpurrot. „Wir brauchen einen Arzt!"

Toms Arme ruderten wild umher. Joachim schaffte es kaum, ihn ruhig zu halten.

„Du musst atmen", schrie er ihn an und musste mit ansehen, wie die Brille von Toms Nase rutschte. Der Anblick der geweiteten und hervorstehenden Augen, die Millimeter für Millimeter aus ihren Höhlen traten, ließ Joachims Puls ansteigen.

Joachim fühlte sich machtlos. Ein weiteres Mal konnte er nicht helfen.

Toms Pupillen weiteten sich und ein Ruck ging durch seinen Körper. Es war vorbei und Joachim schrie so laut wie nie zuvor. Alles wiederholte sich. Tod. Leben. Tod. Leben. Keine Frage des

Schicksals. Alissa war zurück gekehrt, um endlich die Rache zu bekommen, die ihr zustand. Die richtige Rache an den richtigen Personen.

Damals

Alissas Herz schlug wild und unregelmäßig. Sie hatte es getan. Sie hatte es wirklich getan. Zu ihrer Verwunderung empfand sie keinerlei Genugtuung.

Traurig schaute sie zu dem Haufen Haare, der unter Majas Stuhl lag und wie Flammen leuchtete. Sie konnte es nicht rückgängig machen, die Strähnen nicht wieder ankleben. Genau wie ihre eigenen Wunden, die irgendwann heilen würden, mussten Majas Haare wieder nachwachsen. So war das Leben.

Maja weinte und weinte und Alissa musste sich die Hände auf die Ohren pressen. Sie ertrug Majas Schluchzer und ihre eigene Härte nicht.

„Habt ihr jetzt endlich mehr Respekt?", fragte sie in die Runde und schaute direkt in Sandras schockiertes Gesicht. „Soll ich gleich mit deinen Haaren weitermachen?"

Sandra schnappte hörbar nach Luft und schüttelte den Kopf. „N-Nein ..."

Alissa sah aus den Augenwinkeln, wie Christopher versuchte, seine Hände zu befreien. Das Klebeband hatte sich bereits an einer Seite gelöst.

Sofort reagierte sie und nahm sich die Rolle, um seine Hände erneut zu fesseln. Einen Teil des Klebebandes schlang sie zudem um seinen Oberkörper. „Dieses Mal wirst du nicht einfach den Schwanz einziehen und verschwinden. Es wird Zeit, dass du für dein Handeln Verantwortung übernimmst."

Christopher grummelte etwas vor sich hin und Alissa ging erneut um den Tisch herum. „Ich möchte einfach nur wissen, warum ihr mir das alles angetan habt! Wer möchte den Anfang machen?"

„Alissa ..." Herr Andres schüttelte den Kopf. „Das hat doch alles keinen Sinn. Du wirst hier nicht die Antworten bekommen, die du dir erhoffst!"

„Es reicht mir schon, wenn ich überhaupt Antworten bekomme", erwiderte Alissa. „Wir haben bald unser Abitur in der Tasche und dann trennen sich unsere Wege. Davor muss ich wissen, warum ihr mich zerstören musstet!"

„Alissa ..." Herr Andres Wiederholung ihres Namens ging ihr auf die Nerven. Sie schnitt ein Stück von dem Klebeband ab und klebte es auf seinen Mund, aus dem eh nie etwas Hilfreiches herauskam. „Sie haben nachher noch genug Gelegenheit, mir zu erklären, warum Sie das alles zugelassen haben. Wie wäre es, wenn jetzt derjenige anfängt, der Schuld an meinem tollen Spitznamen ist?"

Sie alle wussten, wer gemeint war. Ja, sie alle erinnerten sich an den ersten Schultag mit Alissa.

„Na, möchte jemand ein Geständnis ablegen?" Alissa hob die Augenbrauen. „Vor Gericht ist es immer klug, von allein mit der Wahrheit herauszurücken. Es kann die Strafe mindern."

„Wir sind hier nicht vor Gericht", knurrte Christopher angriffslustig. Seine anfängliche Angst vermischte sich mit Wut. An jedem seiner Fettpolster haftete der Hass Alissa gegenüber.

Alissa rannte wieder in die Küche und kam mit einigen Utensilien, die sie für die kommende Wahrheitsfindung benötigte, zurück.

Ein langes, spitzes Küchenmesser behielt sie in der Hand, den Rest legte sie auf den Boden.

Christophers Augen weiteten sich und auf seiner Stirn brach eine neue Welle Schweiß aus. „Du bist echt total gestört, Ekelalissa!"

„Schön, dass du meinen wunderschönen Namen noch einmal ausspricht!" Alissa ging zu ihm und blieb hinter ihm stehen. Mit der Messerspitze fuhr sie seinen Haaransatz entlang. Sie fühlte sich überlegen und stark, ganz anders als bei der Haarschneideaktion. Vielleicht verdiente Maja es nicht, mit diesem selbstsüchtigen Pack an einem Tisch zu sitzen. Ja, vielleicht hatte sie ihre Lektion längst gelernt.

„Ich werde nichts sagen ..." Christopher presste die Lippen

aufeinander. Sein Körper verkrampfte sich und er gab sich vollständig der Berührung des Messers hin.

„Das solltest du aber ..." Alissa hauchte ihm die Worte ins knallrote Ohr. Als sie sich über ihn beugte, stieg ihr sein widerlicher Gestank in die Nase. „Erinnerst du dich an Montagabend? Als du mir gedroht hast, mich umzubringen? Willst du das immer noch tun?"

Christopher stöhnte auf, bevor sein Körper erneut in die Starre verfiel. Die Angst übernahm die Oberhand und das war gut so.

„Wenn du die Möglichkeit hättest, würdest du mich umbringen?", fragte Alissa. „Würde dir das Spaß machen?"

Christophers Körper bebte. Er sah aus, als würde er jeden Moment platzen. Angst und Wut konnten zu einem tödlichen Gemisch werden, vor allem dann, wenn die Lüge mit der Wahrheit konfrontiert wurde.

„Ja, verdammt!", brüllte er los und spukte dabei in Alissas Richtung. „Jeder an diesem Tisch würde dich gerne töten, du Durchgeknallte."

Alissa spürte wie die Worte auf sie einschlugen. Wild und hart.

Ihre Hand zitterte und sie sehnte sich danach, die Klinge tief in Christophers Fleisch zu bohren. Es kostete sie alle Mühe, sich diesem Drang zu widersetzen. Die Zeit dafür war noch nicht gekommen. Womöglich kam sie auch nie, denn sie wollte nicht zur Mörderin werden.

„Ich kann dich verstehen ...", presste sie mühevoll hervor und wandte sich ab. „Ich würde dich auch gerne umbringen, aber dann wäre das alles hier viel zu schnell vorbei. Wie wäre es, wenn ich erst einmal mit jemand anderen anfange? Gibt es nicht jemanden, der dir etwas bedeutet?"

Alissa zeigte mit der Spitze des Messers auf Zoe. „Was ist zum Beispiel mit ihr? Es wäre interessant zu wissen, ob du wirklich verliebt in sie bist oder nur ihren Körper willst!"

Mit einem Lächeln, das sich ungewollt auf ihre Lippen

schlich, ging sie um den Tisch. „Dann wollen wir mal herausfinden, ob du wirklich so ein egoistisches Arschloch bist ..."

Heute

Pauls Kopfwunde pochte. Der Schmerz war das einzige, das ihn noch daran erinnerte, am Leben zu sein. Die Welt um ihn herum stand still und er fühlte sich verloren. Nur der Tod war präsent. Toms Tod.

„Ist er wirklich ...", fragte Sandra leise, obwohl die Antwort auf der Hand lag. Ihre Dummheit ging Paul gehörig auf die Nerven.

„Wir müssen hier raus und die Polizei rufen!" Herr Andres, der noch immer neben Tom kniete, sah auf. Seine Augen wirkten glasig hinter der Brille. „Das alles eskaliert gerade ..."

„Tom wurde vergiftet, oder?" Zoe hatte sich den Kragen ihrer Lederjacke über das Gesicht gezogen. „Er hat doch gerade davon erzählt!"

„Wir wissen nichts!" Herr Andres erhob sich. „Auf mich wirkte Tom sehr verwirrt. Vielleicht ist er krank gewesen und daran gestorben. Es kann doch sein, dass er uns vor seinem Tod noch einmal hier versammeln wollte ..."

Das waren nichts als Mutmaßungen, die niemand hier glaubte.

„Wir dürfen jetzt nicht die Nerven verlieren", fuhr der Lehrer fort. „Das hier ist ja keine Festung. Am besten teilen wir uns auf und versuchen einen Ausgang zu finden!"

Alle nickten. Was anderes blieb ihnen nicht übrig.

„Okay, also Tobias, Paul und Christopher, ihr geht nach oben und versucht es noch mal bei den Fenstern." Herr Andres übernahm die Rolle des Anführers. Er sah zu den beiden Frauen. „Wir werden uns hier unten umschauen. Wer sein Handy dabei hat, sollte auch noch einmal versuchen, Empfang zu bekommen."

Tobias zog sein Smartphone aus seiner Hosentasche und tippte darauf herum. „Keine Chance. Wer auch immer uns hierher gelockt hat, er hat dafür gesorgt, dass wir keine Hilfe holen können! Ein gut durchdachter Plan!"

„Ein irrer, gut durchdachter Plan", meinte Paul und verließ den Raum. Christopher und Tobias folgten ihm.

„Aber bitte keinen Streit mehr, Jungs!", rief Herr Andres ihnen mit Lehrerstimme nach. „Wir müssen zusammenhalten, wenn wir das überstehen wollen!"

„Wie damals, oder was?" Tobias schüttelte den Kopf und gab Paul einen leichten Schubs. Sie stiegen die Treppe nach oben und machten sich an ihre neue Aufgabe. Nichts als pure Ablenkung.

„Du hältst einfach die Klappe und kommst mir nicht zu nahe, ist das klar?" Die Drohung konnte Paul sich nicht verkneifen. Er hatte keine Lust, dass Christopher ihn noch mal reizte. Er brauchte Kontrolle.

Christopher presste sich ein Taschentuch auf die Verletzungen in seinem Gesicht und nickte. Toms Tod hatte ihn sichtlich mitgenommen. Seine harte Schale bekam Risse, wie damals, als Alissa ihn mit seinen Taten konfrontiert hatte.

Paul betrat das Badezimmer und prüfte das winzige Fenster neben der Toilette. Es ließ sich wie erwartet nicht öffnen.

Tobias ging in das Zimmer neben dem Büro, machte sich jedoch nicht die Mühe, sich die Scheiben anzuschauen. Stattdessen stöberte er in dem Bücherregal.

Paul hatte nie ein Problem mit Tobi gehabt. Er war ein cooler Typ, aber sie waren grundverschieden. Während Tobi eher weichlich wirkte und sich nicht scheute, seine Emotionen zu zeigen, war Paul eher darauf bedacht, alles in seinem Inneren zu verbergen. Beide Charaktereigenschaften besaßen positive, als auch negative Seiten.

Christopher blieb im Gang stehen und rührte sich nicht. Mit dem Zeigefinger befühlte er zaghaft seine Nase, die hoffentlich gebrochen war und ihm auf ewig das Atmen erschwerte.

Paul ging ins hintere Zimmer und betastete das Glas. Keine Chance. Selbst die Kugel einer Pistole würde es nicht durchbrechen können.

„W-Was ist da oben?", ertönte plötzlich Christophers kleinlaute Stimme. Paul ging zurück auf den Flur und sah, dass Christopher nach oben deutete. Als er näher kam, sah er eine Luke, die vermutlich zum Dachboden führte.

„Tobi!", rief Paul. „Würdest du mir mal kurz helfen?"

Tobias kam aus dem Zimmer und schaute nach oben. „Die ist mir gar nicht aufgefallen. Gibt es hier irgendwo eine Leiter?"

Paul schüttelte den Kopf. „Ich befürchte, du musst deine ganze Kraft einsetzen, um mich hochzuhieven!"

„Geht klar!" Tobias war stark und so machten sie eine Räuberleiter. Pauls Kopf verfehlte die Decke um Haaresbreite. Er hätte zuvor sein Käppi abnehmen sollen.

Paul tastete nach der Luke und drückte dagegen. Sie ließ sich nach innen öffnen. Dahinter war nichts als Dunkelheit zu sehen.

„Ich brauche Licht, wenn ich da oben etwas sehen will", erklärte er. „Kann mir einer von euch sein Handy geben? Ich habe meins nicht dabei!"

Christopher fühlte sich nicht angesprochen und Tobias kam logischerweise nicht an seine Hosentasche ran.

„Christopher?", fragte Paul. „Gibst du mir bitte dein Handy?"

„Ich habe keins", murmelte Christopher geistesabwesend und so musste Paul erst mal wieder nach unten steigen, um sich Tobias Smartphone auszuleihen. Im Anschluss kletterte er nach oben und fand sich in völliger Dunkelheit wieder. Auf dem Smartphone war bereits die Taschenlampen-App geöffnet und Paul musste nur auf das Display drücken.

„Und? Was ist da oben?", wollte Tobias wissen.

„Na, was wohl? Der Dachboden ...", rief Paul nach unten und drehte sich im Kreis. Staub wirbelte durch die Luft und kitzelte in seiner Nase. Der große Raum war augenscheinlich nicht oft benutzt worden, was wohl an den schrägen Dachbalken lag, die alles viel enger wirken ließen.

In einer Ecke standen Koffer, während die gegenüberliegende

Seite nicht einsehbar war. Ein weißes Laken hing mitten im Weg und versperrte die Sicht. Paul ging ein paar Schritte darauf zu.

„Nun sag uns doch endlich, ob da oben etwas ist!" Ungeduld schwang in Tobias Stimme mit. Vermutlich fühlte er sich allein mit Christopher nicht wohl. Verübeln konnte Paul es ihm nicht. Christopher wirkte wie eine tickende Zeitbombe.

„Hier sind keine Fenster", teilte Paul ihm mit, als er das Laken erreichte. Er tastete nach dem Stoff und riss es zurück.

„N-Nein ..." Das Smartphone fiel ihm vor Schreck aus der Hand und das Licht erlosch.

Paul taumelte zurück und schrie. Sein Herzschlag beschleunigte sich und er versuchte, die Luke zu erreichen, die wenigstens ein wenig Licht spendete.

„Was ist los?" Tobias klang panisch. „Paul, sag doch was!"

Paul konnte nichts mehr sagen. Vielleicht würde er das nie wieder können, denn eine schier endlose Dunkelheit nahm ihn im Empfang. Eine lang ersehnte Gleichgültigkeit benebelte seinen Geist und als sich seine Augen schlossen, meinte er, Alissas leise, zerbrechliche Stimme zu hören.

Damals

Christopher verzog keine Miene. Selbst als Alissa mit der Klinge über Zoes Hals fuhr, reagierte er nicht.

„Du bist wirklich ein Eisklotz!", meinte Alissa und schüttelte den Kopf. „Ist dir eigentlich alles egal? Bedeutet dir Zoe nichts? Wolltest du wirklich nur ihren Körper?"

Keine Reaktion. Christophers Augen wirkten dunkel, wie zwei pechschwarz gefärbte Murmeln. Was wohl hinter ihnen vor sich ging?

Alissa ließ das Messer zu Zoes nackter Schulter wandern. Sie legte nicht viel Druck darauf und so verwunderte es sie, dass plötzlich Blut aus einer kleinen Wunde hervortrat. Sofort musste sie an ihre eigenen Schnitte denken, die sie sich still und heimlich zugefügt hatte. Das war alles so verdammt einfach. Leben und Tod, Schmerz und Glück lagen so nah beieinander.

Zoe, die sich für den Moment nicht bewegt hatte, schrie entsetzt auf und warf den Kopf zurück, um Alissa anzuschauen. „Hör verdammt noch mal auf!"

Kein Bitten, kein Flehen. Es war noch zu früh.

„So, wie ihr bei mir aufgehört habt?" Angriffslustig schaute Alissa in die Runde. „Ihr habt mich doch auch nie in Ruhe gelassen! Dieser winzige Schnitt ist nichts im Vergleich zu den Schmerzen, die ihr mir zugefügt habt!"

Demonstrativ ließ Alissa das Messer erneut über Zoes Haut fahren.

„Hör auf, Alissa!" Zum ersten Mal sprach Paul sie nicht mit ihrem Spitznamen an. Ein sonderbares Gefühl. „Zoe hat dir doch nie etwas getan!"

Alissa erinnerte sich an Zoes Wandel nach dem Kuss und ihre unmögliche Art, alles zu dramatisieren, um selbst im Mittelpunkt zu stehen.

„Ich habe ihr vertraut", gestand Alissa mit brüchiger Stimme.

„Ich habe wirklich gedacht, sie würde sich für mich interessieren und verstehen, wie sehr ich leide!"

„Ich hatte Mitleid mit dir, Alissa!" Zoe sah sie direkt an. Ihr schwarzes Augen-Make-up war verlaufen. „Aber dann musstest du alles kaputt machen und mich als Idiotin hinstellen!"

„Weil ich dich auf die Wange geküsst habe? Das ist doch lächerlich! Ich bin vielleicht zu weit gegangen, aber das sollte doch bloß ein Zeichen der Zuneigung und Dankbarkeit sein!"

„Du gehst immer zu weit!" Zoe bewegte ihre Schulter, um das Messer nicht mehr in der Nähe zu haben. „Merkst du das überhaupt nicht?"

Alissa musste das verneinen. Ihr ganzes Leben hatte sie das Gefühl gehabt, nicht weit genug gegangen zu sein, als wäre um sie herum eine Barriere, die nur winzige Schritte zuließ. Sie hatte sich stets Lichtjahre von all den anderen Jugendlichen entfernt gefühlt.

„Warum hasst ihr mich so?", fragte sie leise. „Warum durfte ich nicht dazugehören?"

Niemand antwortete. Vermutlich gab es keine glasklare und eindeutige Antwort darauf.

„Weil du eben Ekelalissa bist!" Christopher konnte nicht aufhören, sie so zu nennen und das machte sie wütend.

„Zoe scheint dir also wie erwartet nichts zu bedeuten ..." Alissa zog scharf die Luft ein. Ihre Augen streiften durch den Speisesaal und suchten Tom. „Wie wäre es, wenn ich mit deinem besten Freund weitermache?"

Ein müdes Lächeln legte sich auf Christophers Lippen. „Tu dir keinen Zwang an."

Alissa wusste, dass es sinnlos war, aber trotzdem ging sie zu dem Tisch, an dem Tom saß. Sie musste es tun, um allen zu beweisen, was für ein egoistisches Schwein Christopher war.

„Bitte, Alissa ..." Tom weinte. Sein sonst so blasses Gesicht war dunkelrot angelaufen und sein Mund stand offen, sodass seine Zahnspange hervorblitze. „Ich wollte das doch alles nicht ... Es tut mir leid!"

Alissa drehte sich um und hob die Hand mit dem Messer, um damit auf den Anklagetisch zu deuten. „Ihr solltet euch ein Beispiel an ihm nehmen. Seine Entschuldigung ist ehrlich und ich weiß, dass er nur von Christopher gezwungen wurde, das alles zu tun."

Sie schaute ein paar der gefesselten Schüler an, die an Toms Tisch saßen. Niemand sagte ein Wort. Keiner von ihnen wollte sich einmischen. Wie so ein einfaches Messer und die richtigen Worte doch für Respekt sorgen konnten.

„Diesen Zwang kennt ihr alle, oder?", fragte Alissa. „Nur deswegen habt ihr stumm zugesehen, oder?"

Ein blondes Mädchen aus der Parallelklasse nickte traurig. Auf ihrem Gesicht lag Verständnis. Ein kleiner Erfolg.

Alissa nahm Toms Brille und warf sie auf den Boden. „Ich weiß, wie leid dir das alles tut und das die ganzen Aktionen nicht von dir kamen ..."

Sie trat mit einem Fuß auf die Brille und spürte, wie das Glas zersplitterte. „Aber ich muss dich jetzt bestrafen, damit Christopher endlich aufwacht!"

„Bitte ..." Tom flehte so wie es Christopher tun sollte. „Ich wollte doch bloß selbst nicht zum Außenseiter werden."

Rotze lief ihm aus der Nase und über seine Wangen flossen unbarmherzige Tränen. Er war kein 16-Jähriger Junge mehr, sondern ein Kind, das vom Leben genauso hintergangen worden war wie Alissa.

„Ich weiß ...", redete Alissa beruhigend auf ihn ein und hob die Hand mit dem Messer. Dann trat sie hinter Tom, damit Christopher das Folgende gut im Blickfeld hatte.

„Das ist deine letzte Chance!", rief sie ihm zu. „Entscheidest du dich für oder gegen deinen angeblich besten Freund?"

Christopher, der ungefähr zehn Meter von ihr entfernt war, dachte angestrengt nach. Tiefe Falten bildeten sich auf seiner Stirn und ließen ihn älter, aber leider nicht reifer wirken. Er schaute Tom nicht an, stattdessen fixierte er das lange Messer, das am Hals seines zitternden Freundes lag.

„Ich gebe dir noch zehn Sekunden!" Alissa spürte die Anspannung, die sich wie eine ansteckende Krankheit im Saal ausbreitete. Die Stille gab ihr recht und bestärkte sie.

Christophers Unterlippe bebte, aber er sagte nichts.

„Noch fünf Sekunden!", ließ Alissa ihn wissen.

Tom erstarrte auf dem Stuhl und sah zu Christopher. Ohne seine Brille konnte er nicht viel erkennen. „Bitte beende das doch!"

„Drei ... zwei ... eins ..." Alissa atmete tief durch und hob das Messer, das gleich tief in Toms Fleisch eindringen würde. Sie konnte es nicht verhindern. Der Einzige, der das konnte, schwieg. „Damit hast du dich wohl entschieden, Christopher!"

Heute

„Was ist da oben los?" Joachim, der gerade dabei war, in den Küchenschränken zu wühlen, schaute zu Zoe.

„Das war eindeutig Paul!" Zoes Augen blitzen vor Zorn. „Ich wette, Christopher ist mal wieder ausgerastet. Wie konnten Sie ihn auch mit Paul in eine Gruppe stecken?"

Joachim spürte, was Zoe von ihm hielt und das machte ihn traurig. Nach der Sache mit den gefundenen Bildern in der Box würde sie ihm wohl kein Vertrauen mehr schenken. Er konnte das verstehen.

Zoe rannte aus der Küche und stieß dabei fast mit Sandra zusammen.

„Pass doch auf", knurrte Zoe aggressiv und stürmte die Treppe nach oben.

Joachim seufzte und schaute Sandra an. „Und? Hast du hier unten irgendwas gefunden?"

Als Antwort kam ein Kopfschütteln. Sandra blinzelte und blickte zu Boden. Trauer und Angst spiegelte sich in jeder ihrer Gesten.

Joachim wollte sie an der Schulter berühren und sie trösten, doch er konnte nicht. Er musste an Sandras Reaktion auf die Fotos denken. Sie und Zoe hielten ihn jetzt für einen kranken Pädophilen und er schämte sich dafür, auch wenn es nicht der Wahrheit entsprach. Wenn er eins an seinem Job liebte, dann die Professionalität, die er ausstrahlte. Von dieser Professionalität war jetzt aber nicht mehr viel geblieben.

Er ließ Sandra zurück und ging nach oben. Zoe, Tobias und Christopher standen im Flur und starrten auf eine geöffnete Luke an der Decke.

„Paul?", rief Zoe. „Kannst du mich hören? Ist alles in Ordnung?"

Joachim gesellte sich zu ihnen. „Ist da oben der Dachboden?"

„Ja! Paul ist hochgeklettert!" Tobias spielte mit den Zähnen an seinem schwarzen Lippenpiercing herum. „Er hat geschrien und jetzt meldet er sich nicht mehr!"

„Paul?", versuchte Joachim es. „Geht es dir gut?"

„Vielleicht war die Kopfverletzung doch schlimmer als wir dachten", mutmaßte Zoe. „Sie sind ja schließlich kein Arzt, Herr Andres!"

Sie funkelte ihn böse an. „Kann mich vielleicht einer hochheben? Dann schaue ich nach!"

Joachim wollte seine Hilfe anbieten, entschied sich jedoch dagegen. Zoe würde sich niemals von ihm anfassen lassen.

Tobias verschränkte seine Hände ineinander und Zoe setzte ihre schweren Springerstiefel darauf. Es kostete sie einige Mühe, sich durch die Luke zu ziehen, da ihre viel zu große Lederjacke sie behinderte, aber es gelang ihr.

„Boah ist das dunkel hier!", stöhnte sie. „Hat jemand von euch eine Taschenlampe?"

„Paul hat mein Handy dabei", meinte Tobias. „Ich habe es ihm gegeben, damit er da oben etwas sehen kann!"

Joachim fischte sein Handy aus seiner Hosentasche und streckte es in die Höhe, doch Zoes Kopf verschwand und kurz darauf ertönten Schritte. Sie bewegte sich langsam und zaghaft.

„Oh nein, Paul", rief Zoe plötzlich und ein lautes Poltern ertönte. „Paul? Wach auf, verdammt!"

Joachims Herz zog sich zusammen. Toms Tod hatte ihn mitgenommen. Das wollte er heute kein zweites Mal erleben müssen.

„Was ist mit Paul?", fragte er. „Braucht er Hilfe?"

Er schaute sich um und fragte sich, wie er es nach oben schaffen sollte. Besonders sportlich war er nie gewesen.

Ein heller Lichtschein erschien in der Öffnung.

„Ich glaube, er ist ohnmächtig", meinte Zoe atemlos. „Hier oben ist die Luft sehr schlecht. Was soll ich mit ihm machen?"

Joachim dachte angestrengt nach. Paul sollte besser erst einmal nicht bewegt werden, aber er konnte dort auch nicht lange liegen bleiben. „Ist da oben ein Fenster, das du öffnen kannst?"

„Wenn hier eins wäre, hätte ich es schon längst getan!", antworte Zoe und verschwand wieder.

„Ich werde etwas Wasser holen!" Joachim rannte los und steuerte erst Toms Wasserflasche an, entschied sich dann jedoch dagegen und probierte es an der Spüle in der Küche. Erleichtert sah er zu, wie Wasser aus dem Hahn floss. Während er in den Schränken nach einem Gefäß suchte, rief er nach Sandra. Sie sollten nahe beieinander bleiben, denn wer von ihnen konnte schon wissen, welche Überraschungen das Haus sonst noch zu bieten hatte? Zu seiner Verwunderung kam keine Antwort. Er schaute in den Raum mit dem langen Esstisch, dann in den Flur. Keine Spur von Sandra.

„Sandra?", rief er erneut. „Wo bist du?"

Er umfasste das Treppengeländer und fragte die beiden Jungs, ob Sandra bei ihnen war. Tobias verneinte.

Wo konnte sie bloß stecken? Hatte sie einen Weg nach draußen gefunden und war klammheimlich abgehauen ohne ihnen Bescheid zu geben?

Er drehte sich im Kreis und fühlte sich wie in einem Labyrinth. Der Schnitt des Hauses war recht eindeutig und doch kam ihm das Erdgeschoss im Gegensatz zum oberen Stockwerk verhältnismäßig klein vor. Hier musste sich irgendwo noch ein Raum verstecken.

Joachim vergaß Tom für den Moment und schaute sich noch einmal die gesamte Einrichtung an. Im Flur gab es nur eine Tür, die zum Esszimmer führte. Vom Esszimmer kam man wiederum in die Küche. Das sollte alles sein? Gab es kein Wohnzimmer? Einen Raum, wo sich die Familie gemeinsam aufhalten konnte, um Fernzusehen oder einfach nur gemütlich beieinanderzusitzen?

„Sandra?" Er sprach den Namen seiner ehemaligen Schülerin ohne Hoffnung aus. „Falls du mich hören kannst, antworte bitte!"

Er ging an Toms Leichnam vorbei und betrachtete alle Wände. Die schlichte Raufasertapete zog sich durch den ganzen Raum.

„Wo bist du nur, Sandra?", murmelte er und kniff die Augen zusammen. „Du kannst dich ja schlecht in Luft aufgelöst haben!" Er umrundete den Esstisch und sah merkwürdige, längliche Spuren auf dem Boden. Der Eckschrank an dieser Seite musste vor kurzem weggerückt worden sein.

Er umfasste das Holz des antik ausschauenden Schrankes und zog leicht. Er ließ sich problemlos bewegen.

Joachim blinzelte, als er den Schrank so weit beiseitegeschoben hatte, dass dahinter ein schmaler Durchgang zum Vorschein kam. Er war nicht so breit und hoch wie eine normale Tür, doch selbst Sandra könnte sich da wohl hindurchquetschen.

„Sandra?" Joachim holte sein Handy hervor und verfluchte sich dafür, dass er sich gegen die neuste Technik sträubte. Bei seinem uralten Nokia spendete nur das Display Licht und damit konnte er nicht mal einen Meter weit sehen.

„Sandra?", probierte er es erneut. „Kannst du mich hören?"

Joachim wartete ein paar Sekunden und als keine Antwort kam, bückte er sich und trat durch die Öffnung. Dunkelheit empfing ihn und er fand sich in einem winzigen Raum wieder, der einer Abstellkammer glich. Es gab keine Fenster, keine Möbel, ja nicht einmal Schmutz. Als er die Wände anstrahlte erkannte er eine Tür auf der gegenüberliegenden Seite.

Mit einem flauen Gefühl in der Magengegend schlich er auf sie zu und griff nach der Klinke. Als seine Finger das Metall trafen, spürte er einen Stromschlag, der erst seinen Verstand in den Ruhemodus schickte und dann sein Herz aus dem Rhythmus brachte. Ein kurzer Schrei drang aus seiner Kehle, bevor er auf die Knie sank und die Besinnung verlor.

Damals

Alissa konnte das nicht tun.

Tom saß zitternd auf dem Stuhl und kniff abwartend die Augen zusammen. Er wartete, bereit, seine Strafe entgegenzunehmen. Das unterschied ihn von Christopher und den anderen am Anklagetisch.

„Du brauchst keine Angst zu haben!" Alissa strich ihm sanft über das gegelte Haar. Spitz wie die Stachel eines Igels standen die Haare von seinem Kopf ab. Es sollte gefährlich und unnahbar wirken, aber Tom war kein Igel. Er hatte nichts Abstoßendes an sich.

Sie beugte sich zu ihm nach unten und lächelte. „Ich werde dir nichts tun."

Toms Körper entspannte sich. Er glaubte und vertraute ihr.

Schnellen Schrittes wandte sich Alissa von dieser unwichtigen Nebenfigur ab und eilte zu Christopher. „Bei dir bin ich mir da aber noch nicht so sicher. Tut es dir überhaupt nicht leid, was du mir angetan hast?"

Christophers Augen sprachen Bände. Er hatte keinen Respekt vor ihr. Daran konnte nicht einmal das Messer etwas ändern. Er wusste, dass sie keinen Menschen würde töten können. Vielleicht war das die Wahrheit, aber Alissa glaubte fest daran, dass ihr Hass die Kontrolle über ihre rechte Hand übernehmen würde. Hoffentlich.

„Nun sag schon!" Sie legte ihm das Messer an den Hals und drückte mit einer Hand gegen seinen Kopf. „Denkst du, das ist ein Spiel? Sag mir endlich, warum du das alles gemacht hast! Erinnerst du dich noch an den Tag, als ich in eure Klasse gekommen bin? Warum hast du mich sofort verurteilt? Warum hast du mir keine Chance gegeben?"

Christopher lachte leise. „Du hast einfach nicht zu uns gepasst! Dein Aussehen, deine ganze Art. Du bist eben Ekelalissa.

Finde dich damit ab!"

Alissa ließ das scharfe Messer zu dem Ärmel seines T-Shirts wandern. Es war einfach, den Stoff zu durchtrennen und sie merkte nicht, wie sie leicht in seine Haut einschnitt.

Christopher schrie auf. „Lass das, du dämliche Irre!"

Blut rann an seinem dicken Oberarm hinab und er zappelte so hin und her, dass sein Stuhl über den Boden rutschte. Endlich kämpfte sich die Angst an die Oberfläche. Nicht mehr lange und sie würde seinen Hass vollständig verdrängt haben.

„Warum lassen wir den ersten Schultag nicht noch einmal Revue passieren?", fragte Alissa und betrachtete das Messer, an dem jetzt Christophers widerliches Blut klebte. Es befriedigte sie, erinnerte sie jedoch auch an die vielen Rasierklingen mit ihrem eigenen Blut.

„Na, wie wäre es, wenn ihr jetzt alle die Augen schließt und zurück an den Tag denkt, an dem ich in eure Klasse kam." Sie ging zu Sandra und stupste sie mit der Spitze des Messers an. „Na, weißt du noch, wie deine nette Begrüßung war?"

Sandra fixierte einen Punkt auf dem Tisch, der noch immer mit Tellern, Gläsern und Besteck bedeckt war.

„Du kannst mich ruhig anschauen!" Alissa griff grob nach einer Strähne von Sandras dicken Haaren. „Wie wäre es, wenn du mir das, was du deinen Freundinnen zugeflüstert hast, endlich ins Gesicht sagst?"

Sandra schluckte schwer. Schweiß breitete sich auf ihrem geschminkten Gesicht aus.

„Na, soll ich deinem Gedächtnis auf die Sprünge helfen?" Sie nahm das Messer und hielt es an ihr Haar. „Willst du etwa auch so eine hübsche Frisur wie Maja haben?"

Hastig schüttelte Sandra den Kopf. Ihr schwarzer Mascara war verlaufen und hatte unschöne Ränder unter ihren Augen geformt. Sie sah schrecklich aus.

„Okay, dann erzähl uns mal, was du damals gesagt hast, als ich das Klassenzimmer betreten habe!", ermutigte Alissa sie. „Du saßt mit deinen Freundinnen direkt neben der Tür und als ich reinkam, hast du dich zu mir umgedreht und was gesagt?"

Alissa erinnerte sich genau an die Worte. Die Frage war, ob sie für Sandra die gleiche Bedeutung gehabt hatten.

„Ich weiß es nicht mehr ...", stöhnte Sandra. „Was es auch war, es tut mir leid!"

„Wie kann dir etwas leidtun, von dem du überhaupt nichts mehr weißt?"

Sandras Kinn zitterte. „Weil mir alles leid tut, was ich gesagt und getan habe!"

Alissa glaubte ihr nicht. Sie wollte sich bloß retten. Mehr nicht.

„Ich kam also in die Klasse und du hast in einer Zeitschrift geblättert und mit deinen Freundinnen über die Outfits gelästert ...", half Alissa ihr. „Dann kam ich und habe dich angelächelt und dir einen guten Morgen gewünscht. Und was hast du gesagt?"

Sandra seufzte. „Ich kann mich nicht mehr erinnern. Ist das alles denn so verdammt wichtig?"

„Es ist enorm wichtig!", antwortete Alissa. „Jedes Wort und jede Geste, die mich zerstört hat, ist wichtig!"

Sandra verdrehte die Augen wie ein trotziges Kind und blickte ihre Mitschüler an. Bis jetzt hatte sie nichts gelernt.

„Ich werde dir verraten, was du gesagt hast ..." Alissa atmete tief durch. Ihr fiel es schwer, die gemeinen Worte von damals zu zitieren. Es war der Anfang gewesen. Der Anfang von ihrem Untergang. „Schaut euch mal die an! Habt ihr gesehen, wie zugekifft sie mich angeschaut hat? Ich wette, die ist auf irgendeinem Trip ..."

Sandra lachte leise. „Das war ein Scherz. Mehr nicht."

„Ein Scherz?", schrie Alissa aufgebracht. „Menschen wie Dreck zu behandeln ist also witzig?"

Aus den Augenwinkeln sah sie, wie Christopher schmunzelte. Er genoss seine Überlegenheit, denn er erinnerte sich daran, was er selbst an diesem Tag getan hatte. Zu seinen Fehlern würde Alissa später kommen.

„Wisst ihr noch, was dann passiert ist?", fragte sie die restlichen angeklagten Schüler. „Als Sie, Herr Andres, das Klassenzimmer betreten haben?"

Sie ging zu dem Lehrer und riss ihm das Klebeband vom Mund. „Wollen Sie vielleicht erzählen, wie es weiterging?"

„Alissa, bitte!" Herr Andres klang streng. „Ist es jetzt nicht endlich genug? Du quälst dich doch bloß selber!"

„So wie Sie mich gequält haben?"

„Das war nie meine Absicht gewesen", erklärte der Lehrer sachlich. Seine Strenge verflog. Er wollte es auf einfühlsame Art und Weise versuchen, zu ihr durchzudringen, ungeahnt, dass seine Meinung für sie längst nicht mehr zählte. „Ich habe dich wie jeden anderen Schüler auch behandelt!"

„Dann können Sie mir sicher sagen, was Sie an meinem ersten Schultag gemacht haben ..."

„Vermutlich habe ich dich aufgefordert, dich vorzustellen", sagte Herr Andres ungeduldig.

Alissa nickte. „Oh ja, Sie haben mich nach vorne geholt und mich mit Fragen gelöchert ..."

Herr Andres blinzelte hinter den Gläsern seiner Brille. „Ich wollte doch nur, dass deine Mitschüler dich besser kennenlernen können!"

„Kennenlernen?", lachte Alissa und wandte sich an Christopher. „Weißt du noch, wie du Herrn Andres zugerufen hast, er solle fragen, ob ich Drogen nehme?"

Christopher konnte ein Grinsen nicht verbergen. „Ja, daran erinnere ich mich!"

Alissa wandte sich wieder an ihren Klassenlehrer. „Fragen Sie alle Schüler am ersten Tag, ob sie Drogen nehmen?"

Herr Andres wurde bleich. „Das soll ich dich gefragt haben?"

Alissa spürte Tränen in sich aufsteigen. „Ja, und da waren noch andere Dinge ... Sie wollten zum Beispiel wissen, ob ich Probleme mit dem Sprechen habe, weil ich kaum ein Wort herausgebracht habe ..."

Sie brach ab. Der Schmerz von damals überrollte sie, drang in jede ihrer Poren ein und bahnte sich den Weg zu ihrem Herzen. „Dabei war ich einfach nur aufgeregt ..."

„Ich wollte doch bloß einschätzen können, mit wem ich es zu tun habe", rechtfertigte sich der Lehrer. „In meiner Klasse sollte es keinen Stress geben."

„Also bin ich nichts als Stress für Sie?" Alissa brüllte ihm die Worte entgegen. „Wollen Sie mir das sagen? Bereuen Sie es, mich damals nicht gleich ausgemustert zu haben?"

Herr Andres zuckte zusammen, sagte aber nichts. Die Antwort war eindeutig.

„Warum haben Sie mich damals so behandelt?", fragte Alissa nun leise. „Wussten Sie denn nicht, was Sie damit anrichten?"

„Nein", gestand Herr Andres leise und blickte seiner Schülerin tief in die Augen. „Ich hatte wohl keine Ahnung, zu was du fähig bist!"

Heute

Zoe sah kaum etwas auf dem finsteren Dachboden, doch das, was sie sah, genügte ihr. Unweit der Luke lag der bewusstlose Paul auf dem Rücken und ruhte sich weit entfernt in einer friedlicheren Welt aus. Er hatte wohl gesehen, was sich hinter dem weißen Laken befand und war der erneuten Konfrontation mit dem Tod ausgewichen. Ein Teil von Zoe wollte auch einfach nur weg dämmern, sich irgendeine Droge reinziehen, die ihren Geist auf eine endlose Reise schickte.

Sie wusste nicht, wie sie Tobias, Herrn Andres oder Christopher schildern sollte, was sie da im hinteren Teil des Dachbodens gesehen hatte. Das Grauen war nicht in Worte zu fassen.

„Was soll ich tun?", fragte sie und steckte den Kopf durch die Luke. Gierig sog sie die staubfreie Luft ein. Zu ihrer Verwunderung war der Lehrer verschwunden. Der Feigling hatte sich mal wieder verzogen.

Tobias schaute zu ihr hinauf. Er war sichtlich überfordert. „Wir könnten versuchen, Paul irgendwie nach unten zu bekommen!"

Zoe tippe sich auf die Stirn. „Bist du verrückt? Ich schaffe es niemals, ihn auch nur einen Zentimeter weit zu bewegen!"

Das war nicht die Wahrheit. Vermutlich würde sie es schaffen, denn sie war eine starke, junge Frau, die alles meistern konnte. Im Moment traute sie sich bloß nichts zu. Nicht nach dem grauenvollen Anblick.

Auf einmal vernahm sie ein Stöhnen. Sie leuchtete in Pauls Richtung und sah, wie er versuchte, sich aufzurichten. Dabei wirkte er wie ein Fisch auf dem Trockenen. Sein Käppi lag neben ihm. Als wäre es lebensnotwendig tastete er direkt danach.

„Paul ..." Sie ging zu ihm. „Ist alles in Ordnung mit dir?"

Eine dämliche Frage. Nichts war mehr in Ordnung seit sie das Haus betreten hatten. Vermutlich war auch davor nichts in Ordnung gewesen.

Paul keuchte, setzte sein Käppi auf und rappelte sich auf. „Mir muss irgendwie schwindelig geworden sein!"

Zoe umfasste seinen Oberarm als er wie ein Zombie hin und her torkelte. „Ich glaube eher, du hast etwas gesehen, das du nicht verkraftet hast!"

Sie sprach leise damit die Jungs unten sie nicht hören konnten und deutete auf das Laken.

Pauls Körper erstarrte und seine Knie knickten ein. Zoe schaffte es nicht, sein Gewicht zu halten und so landete er unsanft auf dem staubigen Boden.

„Was ist da oben los?", rief Tobias. Zoe legte sich einen Finger auf den Mund und leuchtete in Pauls Gesicht.

„Ich finde, wir sollten den beiden nicht sagen, was wir gesehen haben ...", flüsterte sie ihm zu. „Gerade bei Christopher habe ich ein schlechtes Gefühl."

Paul hustete. „Aber wir können doch nicht so tun, als wäre nichts ..."

Zoe ließ das Licht zu dem Laken wandern. Es hing an einem dünnen Seil und versperrte die Sicht auf den Tod. Das war gut so. Vielleicht sollten sie eine ähnliche Vorrichtung in ihren Köpfen anbringen, um diesen widerlichen Anblick loszuwerden.

„Hast du gesehen, wer ...?" Paul erhob sich und klopfte sich den Schmutz von der Hose. Sein helles Shirt war mittlerweile ruiniert.

Zoe atmete tief durch und schüttelte den Kopf. „Wahrscheinlich jemand von damals ..."

„Also einer unserer Klassenkameraden ..." Er ballte die Hände zu Fäusten und steuerte zielstrebig und voller Wut das Laken an. Zoe wollte ihn festhalten, doch Paul schien unbedingt einen zweiten Blick auf den Leichnam werfen zu wollen. Der knallharte Paul, der sich keine Schwächen ansehen lassen wollte.

„Tu dir das doch nicht an", versuchte sie ihn aufzuhalten, doch es war bereits zu spät. Seine Hände rissen das Laken beiseite und offenbarten das Tor zur Hölle. Ein Tor, durch das sie wohl alle bald schreiten würden.

Zoe ging mit dem Handy in der Hand näher und betrachtete den leblosen Frauenkörper ein weiteres Mal.

„Ich weiß nicht, wer das ist ...", flüsterte Paul leise. „Und seltsam, dass es hier überhaupt nicht stinkt, oder? Ich meine ... müsste es nicht irgendwie riechen?"

Zoe traute sich kaum die staubige Luft einzuatmen. Sie kratzte in ihrem Hals. „Meinst du, sie liegt noch nicht lange hier?"

„Wenn sie auch zu dem Klassentreffen eingeladen wurde ..." Pauls Stimme war nicht mehr als ein Flüstern. Er nahm Zoe das Smartphone ab und trat neben die Tote, die zusammengesackt wie eine Stoffpuppe auf einem schlichten Holzstuhl saß. Ihr Kopf war nach hinten geworfen und ihr strähniges, blondes Haar hing wie Spaghetti hinab.

„Lass uns verschwinden", drängte Zoe. Sie ertrug den Anblick nicht länger.

Paul zögerte. Er streckte eine Hand aus und griff nach etwas, das im Schoß der Frau lag. Ein weißer Umschlag. Zoe hatte ihn überhaupt nicht wahrgenommen.

„Was ist das?", fragte sie heiser. Sie wollte zu Paul gehen, konnte ihre Beine aber nicht zwingen, den Sicherheitsabstand aufzugeben. Alles in ihr drängte zur Flucht, auch wenn es außer dem Tod keinen Ausweg aus ihrer aller Vergangenheit zu geben schien.

Paul riss den Umschlag auf und erstarrte.

„Schau dir das an", murmelte er und hielt ihr das rechteckige Blatt Papier entgegen. Es war eine Einladung, schlichter als die, die Zoe bekommen hatte, als wäre der Empfänger die Mühe nicht wert gewesen.

„Hier steht ein anderes Datum ..." Paul zog das Blatt wieder zu sich und hielt es sich vor die Nase. „Anscheinend wurde sie gestern hierher bestellt. Aber wieso? Wieso durfte sie nicht an unserem Aufeinandertreffen teilnehmen?"

Zoes Blick wanderte zu der Unbekannten, nur dass sie ihr schlagartig nicht mehr unbekannt war. Es gab im Grunde nur eine Möglichkeit.

„Ich weiß, wer das ist ...", presste sie hervor. „Das ist Lena, Sandras damalige beste Freundin ..."

Damals

Alissa konnte ihren Schmerz nicht verbergen. Sie wurde von allen Seiten angestarrt, ganz so wie an jedem Unterrichtstag. Es änderte sich nichts. Niemals.

Sie schluckte schwer und verdrängte ihre Trauer. Ihr Blick wanderte zu Tobias, der sie anstarrte, als gäbe es nur sie in diesem Saal.

„Mach weiter!", flüsterte er ihr stumm zu. Sie konnte es in ihrem Kopf hören. „Du musst weitermachen. Nur so kannst du ans Ziel gelangen."

Sie nickte leicht und wandte sich an Paul. „Weißt du noch, was deine ersten Worte an mich waren?"

Paul zog eine Augenbraue hoch als er seinen Namen hörte und hob seinen Kopf. Seine Gelassenheit war nur Show. Innerlich bebte und zitterte er.

„Du denkst, daran erinnere ich mich noch?", fragte er und lachte leise. Er schaute sich um und fühlte sich unwohl. Vermutlich weil er zwischen Sandra und Herrn Andres sitzen musste und keiner seiner Kumpels in der Nähe war.

„Ja, das denke ich!" Alissa nahm Pauls Käppi, das auf einem der Tische lag und ging zu ihm. „Du versteckst dich gerne, oder? Du denkst, dass das Leben ein einziges Spiel ist und das du keinerlei Verantwortung übernehmen musst!"

Paul starrte sie an. Seine Pupillen wanderten zu seiner blauen Kappe, als habe er gerade erst gemerkt, dass sie sich nicht mehr auf seinem Kopf befand. „Das Leben ist zu kurz, um sich sämtlichen Regeln anzupassen."

Paul wollte und konnte seine Coolness nicht aufgeben. Wahrscheinlich stellte er sich im Geiste bereits vor, wie er im Anschluss all seinen Freunden von dieser „crazy" Klassenfahrt berichtete. Er wollte der Held sein.

Alissa schob einen Teller beiseite und legte das Käppi vor

Paul auf den Tisch. Dann holte sie aus, bündelte all ihre Wut und stach mit dem Messer in den Stoff. „Soll ich dir verraten, was du an meinem ersten Tag gesagt hast?"

Sie zog das Messer wieder raus und spielte damit vor seinem Gesicht herum. Feine Schweißperlen bildeten sich auf seiner Stirn. Die ersten Anzeichen von Angst.

„Du hast mich Streber genannt, als ich mich auf dem Platz ganz vorne gesetzt habe!", sagte sie. „Und dann hast du gerufen, dass es plötzlich stinkt und dass ich wohl die Ursache dafür bin. Findest du das nett?"

Neben Sandra ertönte ein Lachen. Es war Christopher, der die Situation extrem lustig fand. „Es hat nun mal gestunken nachdem du reinkamst!"

Alissa konnte nicht mehr an sich halten und schleuderte das Messer über den Tisch. Es verfehlte Christophers Gesicht einen guten Zentimeter. Wie schade.

„Findest du es etwa immer noch lustig?", schrie Alissa und schritt zu seinem Platz, um das Messe wieder aufzuheben. „Wirst du auch noch lachen, wenn ich dir ein Messer in die Brust ramme?"

Er hob seinen Kopf. „Ich glaube nicht, dass du die Kraft dazu hast. Du bist eine graue Maus, die hier Aufmerksamkeit möchte. Mehr nicht!"

Alissa schloss die Augen. Das alles lief nicht so wie sie es sich wünschte. Sie konnte ihre momentane Macht nicht ausnutzen und bald würde es hell werden und die ersten Angestellten der Jugendherberge würden nach dem Rechten sehen. Ihr blieb nicht viel Zeit.

„Du hast nicht daran gedacht, dass Menschen sich ändern können!" Alissa stellte sich hinter Christopher, damit er sie nicht sehen konnte. „Menschen besitzen die Fähigkeit, ihre Fehler zu erkennen und ihr Handeln danach zu richten. Ich weiß, wie ich auf euch alle wirke, aber das ist im Moment der richtige Schritt. Ihr dürft mit alledem nicht weitermachen. Nein, ihr müsst endlich einsehen, was ihr getan habt!"

„Was habe ich denn getan?", fragte Zoe. „Ich habe dich doch immer in Ruhe gelassen, oder?"

Alissa sah sie an. Sie saß links neben Christopher. „Da hast du recht, aber du hast mir auch nie geholfen, obwohl du die Kraft dazu gehabt hättest!"

Das war nur ein Grund, warum Zoe heute hier saß. Vermutlich wäre sie verschont geblieben, wenn die Sache mit dem Kuss nicht passiert wäre.

„Du hast mich ignoriert", meinte Alissa und hob ihre Stimme. „Die meisten hier haben mich ignoriert oder haben sich einfach angepasst. Hat es euch allen denn Spaß gemacht?"

Schweigen. Niemand wollte die Wahrheit zugeben, aber in allen Köpfen begann es zu rattern. Sie würden begreifen, sie würden lernen und sie würden die Schuld akzeptieren.

„Jetzt bist du aber für den Moment erst einmal unwichtig", meinte Alissa und lächelte Zoe überlegen an. Diese zuckte nur mit den Schultern und wartete ab. Mehr blieb ihr nicht übrig.

„Ich möchte jetzt gerne von Christopher wissen, wie mein erster Schultag aus seiner Sicht ablief!", forderte Alissa den dicken Jungen auf, endlich zu reden. „Wie hast du mich damals wahrgenommen?"

„Als den Freak, der du bist", zischte es aus Christopher heraus. „Du warst schon damals verrückt ... Und Sie ..."

Er wandte sich an den Lehrer und funkelte ihn böse an. „Sie werden sich dafür verantworten müssen! Warum haben Sie Ekelalissa nicht davon abgehalten, mit auf diese Klassenfahrt zu kommen? Wenn meine Eltern von alledem erfahren ..."

Herr Andres schaute hilflos zu seinem Schüler. Eine Antwort blieb er ihm schuldig.

„Warum tust du jetzt so, als wäre ich nicht mehr hier?" Alissas Herz raste. Ihre Wut wuchs und wuchs. „Und wieso willst du niemandem erzählen, was an meinem ersten Tag passiert ist?"

„Was soll schon passiert sein?", knurrte Christopher angriffslustig. Er wollte der dominante Teil dieses Gesprächs sein und sich in den Mittelpunkt drängen.

„Erinnerst du dich wirklich nicht mehr?" Alissa verlor die Geduld. Sie konnte sich nicht länger für dumm verkaufen lassen. Das würde den Plan, der keiner war, vollständig zerstören.

„Ich erinnere mich WIRKLICH nicht mehr", log Christopher ohne mit der Wimper zu zucken. „Und es ist mir auch egal. Du, Ekelalissa, gehst mir einfach nur am Arsch vorbei!"

„Das glaube ich dir nicht ..." Alissa trat hinter ihn und legte eine Hand auf seine breite Schulter. Sie hasste es, ihn zu berühren. Es fühlte sich falsch an, fast schon widerlich. „Du weißt noch sehr gut, wie Paul und die anderen dich an dem Tag geärgert haben. Sie haben dich „Dicker" genannt, oder?"

Christophers Augen wurden groß. Er schüttelte den Kopf, stritt alles ab, obwohl er wusste, wie wahr das alles war. „Das stimmt nicht ..."

Paul meldete sich zu Wort und gesellte sich auf Alissas Seite. Ein kleiner Erfolg. „Ich erinnere mich. Wir haben dich doch alle „Dicker" genannt, bevor Alissa kam."

„Das ist doch Schwachsinn!", meinte Christopher. „Vielleicht habt ihr mich für kurze Zeit so genannt, aber doch nur aus Spaß!"

„Ah, aus Spaß also ..." Alissa bohrte ihre Fingernägel in Christophers Schulter. Sie spürte eine leichte Nässe. Er schwitzte, als würde er sich gerade in einer Sauna befinden. Eklig. „Du bist also in der Pause nicht heimlich auf die Toilette gerannt, um zu weinen?"

Christopher drehte seinen Kopf zu ihr. Ein leises Knacken ertönte, als hätte er sich dabei einen Knochen ausgerenkt. „Das ist eine Lüge!"

„Ich habe dich doch aber gesehen!" Alissa drückte ihre Finger fester in sein Fleisch. Er sollte Schmerzen erleiden, unerträgliche Schmerzen für den Rest seines Lebens. „Und du hast mich gesehen! Kurz darauf hast du angefangen, mich Ekelalissa zu nennen und dann war dein unliebsamer Spitzname vergessen, weil alle plötzlich mich im Visier hatten. War das dein Plan gewesen? Hast du mir die Opferrolle übergeben?"

Christopher kochte vor Wut. Sein Kopf lief dunkelrot an und seine Augen verdunkelten sich. „Was redest du da für einen Müll? Sehe ich etwa aus wie ein Opfer?"

Paul lachte leise und Zoe grinste still vor sich hin. Es war klar, was die beiden dachten.

Christophers Kopf fiel nach vorne und er starrte auf seine massigen Oberschenkel. „Das war doch alles bloß Spaß unter Freunden gewesen! Ich mochte den Namen sogar."

„Ach, echt?" Alissa lachte leise. Sie konnte es sich nicht verkneifen. „Dann hast du sicher nichts dagegen, wenn ich dich ab sofort auch Dicker nenne, oder?"

Heute

Sandra fand sich in einem kalten Raum mit feuchten Steinwänden wieder. In einer Ecke stand eine kleine, altmodische Schirmlampe, die fahles Licht aussendete und die Tristheit dieses Verlieses untermalte. Die einzige Tür war hölzern und besaß eine kleine Öffnung mit einem Gitter davor.

Sie lag auf dem harten Boden. Ihr Gesicht war schmutzig, genau wie ihre pinke Strickjacke. Feiner Staub hatte sich überall verteilt und sie fühlte sich widerlich.

„Hallo?", fragte sie zaghaft und erschrak, als sie das Echo ihrer eigenen Stimme hörte. Wie ängstlich sie klang.

Sie richtete sich auf und fasste sich an den Kopf. Ihr war schwindelig und alles um sie herum lag in einem unnatürlichen Nebel.

„Hallo?", probierte sie es erneut. „Kann mich jemand hören?"

Natürlich bekam sie keine Antwort. Sie war allein, so allein wie niemals zuvor.

Sie kniff die Augen zusammen und versuchte zu begreifen, wie sie hierhergekommen war. Das erste Bild, das sich in ihren Kopf brannte, war der sterbende Tom. Sofort stieg Übelkeit in ihr empor und sie musste würgen. Sie warf sich zur Seite und öffnete den Mund, doch es kam nichts. Ihr Magen war leer. Sie wollte nie wieder etwas essen.

Langsam löste sich der sterbende Tom in ihrem Kopf auf und eine neue, frischere Erinnerung breitete sich aus. Da war jemand gewesen. Jemand, der sie von hinten überwältigt hatte, als sie starr und tief in ihren Gedanken versunken neben dem langen Esstisch gestanden hatte. Eine Hand hatte sie gepackt und mit sich gezogen, während ein Tuch auf ihren Mund gepresst worden war. Das war alles. An mehr konnte sie sich nicht erinnern.

„Oh Gott", stöhnte sie leise und riss die Augen auf. „Jemand muss mich betäubt und anschließend hierhergeschafft haben!"

Aber wo genau war sie nun?

Leise fing sie an mit sich selbst zu reden. Langsam aber sicher verlor sie den Verstand. „Vielleicht bin ich tot und das ist meine persönliche Hölle, die Alissa für mich erschaffen hat!"

Sie spürte Wut, die Hand in Hand mit purer Verzweiflung durch ihren Körper wanderte. „Alissa, bist du hier? Ist das deine Rache für mich?"

Stille. Sandra fröstelte. Sie fühlte sich unwohl an diesem Ort, aber was konnte sie auch schon von der Hölle erwarten? Sie war ein böses Mädchen gewesen, ein Miststück ohne Gefühle, obwohl sie sich innerlich nach all den Jahren von diesem Teil distanziert hatte. Die Schule war längst vorbei und das Leben konnte mit dem Alltag von damals nicht verglichen werden. In der Schule hatten sie alle Spaß gehabt, in der echten Welt gab es diesen nicht mehr. Alles bestand aus Stress, aus Sorgen und aus Frust. Und aus alten Fehlern, die niemals würden vergeben sein.

Sie musste urplötzlich kichern. „Ich bin so dumm. Wir alle sind so dumm."

Niemand von ihnen war erwachsen geworden, niemand hatte Verantwortung übernommen und doch wehrten sie sich alle nach Leibeskräften gegen die Gerechtigkeit, die sie nach all den Jahren einholen wollte.

„Alissa, ich bin bereit!", rief Sandra und hievte sich auf die Beine. „Du kannst jetzt gerne kommen und tun, was auch immer du tun musst!"

Sie klang wahnsinnig. Wenn sie endlich ihren Verstand verlor, würden vermutlich auch alle Erinnerungen ausgelöscht werden. Danach sehnte sie sich.

„Ach, Alissa!" Sandra erreichte die Tür und schaute durch das kleine Gitterfenster. Sie befand sich in einem Keller und erkannte einen schmalen, dunklen Gang, der durch eine einsame Glühbirne erleuchtet wurde, die einem lautlosen Rhythmus folgend an- und ausging. „Nun zeig dich doch endlich! Oder traust du dich nicht, uns nach all den Jahren dein Gesicht zu zeigen? Bist du schöner geworden? Oder genauso hässlich wie wir?"

Sie drückte gegen die Tür. Abgeschlossen. Alissa musste sie eingesperrt haben.

Auf einmal vernahm sie Schritte. Sie klangen zaghaft, unsicher. Das konnte bloß Alissa sein.

„Alissa?", schrie Sandra all ihre verzweifelte Wut nach draußen. „Kommst du jetzt, um mich zu holen?"

Sie lachte wieder. Ein unnatürliches Lachen, das keinerlei Glücksgefühle in ihr auslöste. Die einstige fröhliche Sandra weilte längst unter den Toten.

Die Schritte kamen näher und wurden lauter. Sandra stellte sich auf ihre Zehenspitzen und schaute durch die Öffnung. Ihr Herz klopfte und ihre Anspannung wuchs. Das war das Ende, das sie so lange erwartet hatte.

Sie sah schwarze Schuhe, doch bevor sie den Blick auf den Körper der Gestalt richten konnte, ging das Licht auf dem Gang aus, als wäre die stille Musik mit dem Auftauchen dieser Person verstummt.

„Hey, Alissa!", rief Sandra und lachte auf. Sie kam sich dumm vor, kindlich und schwach. „Läuft dein Plan dieses Mal so wie du es wolltest?"

Sie hörte ein Stöhnen. Ein männliches Stöhnen.

„Herr Andres? Sind Sie das?", fragte sie aufgeregt. „Sind Sie jetzt auch in der Hölle angekommen?"

Sie war verwirrt, denn sie hatte hier nicht mit ihrem Lehrer gerechnet. Am Ende, so stellte sie es sich vor, würde sie allein mit Alissa sein. Allein mit dem Mädchen, das ihre verdiente Rache einforderte.

Ein Keuchen. Luft, die wie aus einem defekten Fahrradreifen entweicht. Dann ein Klappern und eine Stimme, die bedrohlich zischte: „Das kommt davon, wenn man zu neugierig ist!"

Sandra spitzte die Ohren, wollte die fremde Stimme mit Alissas leiser, zerbrechlicher Art zu Sprechen in Verbindung bringen, doch es gelang ihr nicht. Sie konnte noch nicht einmal sagen, ob die Stimme hoch oder tief klang und ob sie einer Frau oder einem

Mann gehörte.

Das Licht im Gang blieb aus und so sehr sie auch versuchte, etwas zu sehen, es gelang ihr nicht. Wer auch immer dort war, er oder sie wollte unerkannt bleiben. Es war noch nicht an der Zeit, die Maske fallen zu lassen. Alissa, die knallharte Teufelin.

Wieder musste Sandra lachen. Das alles kam ihr so unwirklich vor, als wäre sie in einem Horrorfilm gefangen, in dem sie die Rolle des ersten, unwichtigen Opfers übernahm. Sie war es leid, unwichtig zu sein.

„Weißt du, Alissa", redete sie munter drauf los. Ihre Stimme klang hell und schrill. „Hättest du das damals nicht getan, wären wir heute andere Menschen! Ist das nicht irgendwie verrückt? Ich wäre dann ganz sicher nicht mit Christopher zusammengekommen und würde jetzt nicht in einem Supermarkt, sondern in einer Anwaltskanzlei arbeiten. Das passt doch besser zu mir, oder? Statt einem hässlichen Kittel könnte ich jeden Tag ein hübsches Kostüm tragen. Würde mir viel besser stehen, oder?"

Die Schritte entfernten sich, als würden sie vor Sandra weglaufen wollen. Sie konnte es verstehen. Es war schwer, sie zu ertragen.

Das leise Stöhnen, das Sandra zuvor mit ihrem ehemaligen Klassenlehrer in Verbindung gebracht hatte, blieb. Sie zählte eins und eins zusammen und kam zu dem Entschluss, dass ihr Angreifer, der vermutlich Alissa war, nun auch ihren Lehrer in dieses Verlies gesteckt hatte. Ein guter Plan. Besser als damals, als sie alle mit Klebeband an die Stühle gefesselt hatte.

Sandra warf den Kopf zurück. Klebeband. Das war witzig. Witzig und lächerlich.

„Sandra?" Herrn Andres unterbrach sie. „Bist du das? Ist alles in Ordnung mit dir?"

Er stöhnte wie der alte Mann, der er bald sein würde.

„Alles bestens", trällerte Sandra, als hätten sie sich gerade nach all den Jahren auf der Straße getroffen. „Mein trostloses Leben ist endlich vorbei. Was könnte es Besseres geben?"

„Sandra!" Herr Andres setzte seine Lehrerstimme ein, die bei ihr nie gewirkt hatte. Er war einfach zu weich, besaß nicht das nötige Durchsetzungsvermögen, um seine Schüler langfristig zur Vernunft zu bringen. „Du musst dich beruhigen! Wir finden schon einen Weg hier raus."

„Aus der Hölle führt kein Weg!" Das Wort „Hölle" mutierte langsam zu ihrem Lieblingswort. Zum Glück war sie nicht gläubig. „Haben Sie das etwa immer noch nicht begriffen, Herr Lehrer?"

„Sandra ...", sprach Herr Andres mahnend. „Du darfst jetzt nicht durchdrehen. Denk doch an deine Freunde und an deinen Ehemann!"

Freunde? Ehemann? Sandras Lachen erstarb. Die Trauer kehrte zurück. Sie war ein armseliger Mensch.

„Christopher geht mir am Arsch vorbei ...", gestand sie leise. „Genau wie die anderen da draußen. Das sind nicht meine Freunde. Nein, das sind völlig Fremde, mit denen ich ewig verbunden sein werde, obwohl ich mich endlich von ihnen lösen will!"

Herr Andres seufzte lang und tief. Ein Geräusch erklang. Er schlug anscheinend gegen die Tür. „Ich will hier raus! Hört mich denn niemand?"

Die Panik in seiner zitternden Stimme ließ Sandra eine Gänsehaut über den Rücken laufen. Alissa tauchte vor ihrem inneren Auge auf. Alissa, damals in dieser verhängnisvollen Nacht. Sie hatte so überlegen, mutig und enthusiastisch gewirkt und doch hatte sie niemand ernst nehmen können. Alle hatten es lustig gefunden, denn sie hatten gewusst, dass dieses blasse, zerbrechliche Mädchen ihnen niemals etwas Schlimmes antun würde. Jemandem die Haare abzuschneiden oder ihm oberflächlich in die Haut zu ritzen war das eine, aber ein Mord? Nein, dazu war Alissa nicht fähig gewesen.

„Sparen Sie sich Ihre Kraft", sagte Sandra und setzte sich im Schneidersitz auf den Boden. Ihre Hand legte sie auf die kühle Wand und schloss die Augen. „Es ist doch eh alles schon vorbei ..."

„Was redest du denn da, Sandra?", fragte Herr Andres. „Wir müssen hier doch irgendwie rauskommen! Hätte man uns töten wollen, wäre das doch schon längst geschehen!"

„Wir sind doch gerade am sterben ...", meinte Sandra leise und stieß ihren Kopf mit voller Wucht gegen die Wand. Ein brennender Schmerz breitete sich auf ihrer Stirn aus, aber sie gab keinen Ton von sich. „Ein langsamer, schmerzvoller Tod ... Merken Sie das denn überhaupt nicht?"

Damals

„Na, wie wäre es mit einer weiteren Geschichte, Dicker?", fragte Alissa und setzte sich lässig auf die Tischplatte direkt neben Christophers Stuhl. „Erinnerst du dich noch an den Hauswirtschaftsunterricht, als du mir heiße Spagetti ins Gesicht geworfen hast? Was hast du da gesagt?"

Christopher verdrehte die Augen. „Was weiß ich denn? Dass du jetzt schönere Haare hast als vorher!?"

„Bingo!" Alissa legte das Messer beiseite und klatschte in die Hände. „Ich hatte nicht nur schönere Haare, sondern für zwei Wochen rote Stellen im Gesicht, die fürchterlich gebrannt haben! Fandest du das toll? Tat es dir gut, mich zu verletzen?"

Alissa durchbohrte Christopher mit einem eiskalten Blick. Sie hasste all die Erinnerungen, die sie mit ihm verband. Und sie hasste ihn. „Und weißt du noch, als wir eine Freistunde hatten und du auf die Idee kamst, Saft auf meine ganzen Schulhefte und Bücher zu kippen? Fandest du es toll, dass meine Eltern das alles bezahlen mussten?"

Für Alissa hatte es keinen großen Ärger gegeben, aber dennoch war es ihr peinlich gewesen, ihren Eltern all ihre verklebten und nassen Schulsachen zu zeigen. Sie hatte die ganze Schuld auf sich genommen. Ihre Eltern sollten von dem, was in der Schule passierte, nichts erfahren.

Weitere Momentaufnahmen drängten sich in ihren Kopf. „Oder im Sport, als du meine Turnschuhe nass gemacht hast? War es witzig zuzusehen, wie ich damit zwei Stunden am Unterricht teilnehmen musste? Hat es dich stark gemacht?"

Es hatte ihn stark gemacht. Stark und überlegen. Daran gab es keinen Zweifel. Er hatte Alissa die Energie ausgesaugt, als wäre er ein Vampir und sie sein Opfer.

„Und weißt du noch, was du vorgestern gemacht hast?", fragte sie leise. „Was sollte ich essen?"

Christopher drehte den Kopf weg. Er starrte gebannt nach unten. Es sah aus, als würde er schlafen, um diesen ganzen Anschuldigen zu entfliehen. Ein schlechter Fluchtversuch.

„Nun rede schon, Dicker!" Es tat Alissa gut, diesen Spitznamen zu benutzen. „Wozu wolltest du Tom zwingen? Willst du niemanden sagen, wie widerlich du bist?"

Christopher atmete schwer. Sein ganzer Körper zuckte. Langsam reagierte er auf ihre Worte und spürte die Kraft, die Alissa besaß.

„Christopher ...!" Sandra fuhr dazwischen. Ihr Gesicht wirkte angespannt. „Erzähl ihr doch einfach, was sie hören will! Was ist so schwer daran?"

„Ja, hör auf deine Freundin!" Alissa griff nach dem Messer und hielt es ungeduldig in seine Richtung. „Mach endlich den Mund auf und erzähl mir, was für ein Problem du mit mir hast!"

„Sandra ist nicht meine Freundin", lenkte Christopher vom eigentlichen Thema ab. Geschickt und doch töricht.

„Mir ist egal, in welcher Beziehung ihr zueinander steht!" Alissa rutschte vom Tisch und trat hinter Christopher. „Aber weißt du, was mir nicht egal ist? Dein unmögliches Verhalten mir gegenüber!"

Sie legte ihm das Messer an den dicken Hals und wartete. Jetzt war es an ihm zu sprechen. Sie konnte ihm diese Last nicht abnehmen.

„Was willst du denn hören, du verdammtes Miststück?", keifte er los. „Ich hasse dich, okay? Ich hasse dich abgrundtief, weil du dich einfach für etwas Besseres hältst!"

Alissa bohrte die Spitze des Messers einen Millimeter in seine Haut. Entsetzt schrie er auf.

„Was denn noch?", fragte er schreiend. „Du gehst mir einfach auf die Nerven. Du kommst neu in die Klasse und denkst, du wärst dadurch besonders und müsstest dich nicht anstrengen, dazuzugehören ..."

„Ich wollte nicht dazugehören!" Diese Erkenntnis durchzog Alissas Gedanken wie ein Blitz. „Eigentlich wollte ich nur in

Ruhe gelassen werden. Warum konntest du das nicht einfach akzeptieren und respektvoll mit mir umgehen?"

Sie drückte das Messer fester an seinen Hals. Es rutschte einen weiteren Millimeter in ihn hinein. Ein kleiner Tropfen Blut erschien auf seiner schweißnassen Haut.

„Hör verdammt noch mal auf!" Er wollte sich bewegen, realisierte aber, dass dies keine gute Idee war. „Ich gebe es ja zu! Ich war nicht besonders nett zu dir!"

„Nicht besonders nett?" Alissas Stimme wurde schrill. Sie konnte sich das Lachen kaum verkneifen. „Das war Mobbing, was du getan hast! Du hast mein Leben zur Hölle gemacht! Weißt du eigentlich, wie es mir jeden Tag erging? Vor der Schule habe ich mich so oft übergeben, weil ich wusste, was auf mich zukommt! Weißt du, wie kaputt mich das alles gemacht hat?"

Sie zog das Messer zurück, bevor sie etwas Dummes tun konnte. Ihre Wut durfte ihren Verstand nicht ausschalten. Nicht jetzt, wo die Wahrheit bereits in ihrem Sichtfeld erschien.

Christopher öffnete den Mund. Es sah aus, als wollte er schreien, doch er blieb stumm. Er warf den Kopf zurück und schaute an die Decke.

„Weißt du, wie es mir vor der Klassenfahrt ging?" Alissa kämpfte mit den Tränen. „Ich wollte hier nicht hin. Ja, ich habe sogar daran gedacht, mich umzubringen! Und was glaubst du, wozu ich die ganzen Tabletten dabeihatte, mit denen ich euch betäubt habe? Sie waren nicht für euch bestimmt! Nein, sie waren mein Ausweg, falls ich es hier nicht mehr aushalten würde!"

„Alissa ..." Majas Tränen über ihren ungewollten Haarschnitt waren getrocknet. „Ich war so dumm ..."

Alissa hob eine Hand, um sie zum Schweigen zu bringen. Maja war nicht mehr wichtig, sie hatte ihre Strafe, ob gerecht oder ungerecht, bereits bekommen.

Herr Andres meldete sich ebenfalls zu Wort. „Alissa, du hättest doch mit mir reden können. Hätte ich gewusst, wie du dich fühlst ..."

„Ja, was dann?", unterbrach sie ihn. „Was hätten Sie getan?

Mich zum Psychologen geschickt und dafür gesorgt, dass ich nicht mehr in ihre Klasse zurückkomme? Sie wären doch froh gewesen, wenn ich weg wäre. Ich war Ihnen von Anfang an egal gewesen!"

„Das stimmt so nicht!", stellte der Lehrer klar. „Ich hätte dir helfen können. Du hättest einfach nur reden müssen, aber damit hattest du ja schon immer Probleme!"

Ein neuer Vorwurf, der an Alissa abprallte. Sie atmete tief durch und zwang sich zur Ruhe. Bloß nicht provozieren lassen!

„Manchmal sind stille Schreie am lautesten", murmelte sie leise. „Aber das verstehen Sie nicht, oder Herr Andres? Sie sehen nur das, was Sie sehen wollen!"

Sie wandte sich von dem Lehrer ab und umfasste Christophers Schulter. Der dicke Junge bekam einen Schreck und zuckte zusammen. „Ich bin noch nicht fertig mit dir!"

Sie legte ihm das Messer wieder an den Hals. „Dieses Mal treffe ich vielleicht die Hauptschlagader. Na, wäre das nicht toll, Dicker? Endlich musst du nicht mehr den Starken spielen, sondern kannst dich fallen lassen!"

Christopher keuchte. „Was willst du denn noch hören?"

Ja, was wollte sie eigentlich hören? Alissa wusste das selbst nicht genau. „Vielleicht möchte ich hören, dass du mich zum Opfer gemacht hast, um selbst nicht mehr im Fokus zu stehen!"

„Das ist aber eine Lüge!" Christopher wand sich unter Alissas Griff.

„Wirklich?" Alissa drehte ihren Kopf zu den restlichen Schülern. „Habt ihr ihn damals nur aus Spaß „Dicker" genannt oder wolltet ihr ihn verletzen? Habt ihr ihn als Freund angesehen?"

Paul schüttelte den Kopf. „Er war ein Verlierer ..."

„Mehr als das", fügte Zoe hinzu. „Bis auf Tom hatte er niemanden gehabt!"

„Und bevor du kamst, hat er sich auch nicht so aufgespielt!" Sandra nickte Alissa zu. „Irgendwie haben wir gar nicht gemerkt, wie sehr er sich geändert hat, oder? War er nicht früher viel ruhiger gewesen? Ich muss sagen, dass ich ihn kaum wahrgenommen habe!"

„Ja", stimmte Zoe zu. „Er war ein Niemand! Um ehrlich zu sein, wusste ich davor nicht einmal seinen Namen!"

Alissa schaute dankbar zu den drei Schülern, die ihr bereitwillig und ehrlich die Wahrheit präsentierten.

Christopher stöhnte auf. „Was soll der Scheiß? Seid ihr jetzt auf ihrer Seite?"

„Wir stehen auf unserer eigenen Seite", meinte Zoe lässig und grinste schief. Die Anspannung löste sich von ihrem Gesicht und machte Platz für ihre gewohnte Coolness. Sie schien zu denken, dass sie nun aus dem Schneider war.

„Da hörst du es, Dicker!" Alissa trat einen Schritt zurück. Erleichterung durchströmte sie. Vielleicht ging ihr Plan doch auf. „Wie würdest du es finden, wenn dich wieder jeder hier so nennt? Könntest du dir die Wahrheit dann eingestehen?"

Christopher drehte seinen Kopf zu ihr. Die unbequeme Position hielt er jedoch nicht lange aus. „Was soll der ganze Mist?"

Alissa sah auffordernd zu Zoe, die sofort verstand. „Sie hat recht, Dicker."

„Ja, Dicker!", stimmte Paul ein. „Erinnerst du dich nicht mehr, wie ich dir damals immer dein Taschengeld abgenommen habe! Das waren noch Zeiten, Dicker!"

Sandra sagte nichts. Ihr schien der Spitzname nicht zu gefallen. Wer im Glashaus sitzt, sollte nicht mit Steinen werfen. Das traf für Alissa natürlich auch zu, aber sie redete sich ein, dass dies der richtige Weg war, um endlich Frieden mit sich und den Leuten hier zu finden.

„Hört auf", brüllte Christopher los und rüttelte an dem Klebeband. Er warf seinen Körper wie ein Irrer hin und her. Der Stuhl rutschte über den Boden, wackelte und sah so aus, als könnte er jeden Moment zusammenbrechen oder umfallen.

„Sieh es endlich ein!", meinte Alissa mit neuem Selbstbewusstsein. „Wir sind uns ähnlicher, als du glaubst!"

Heute

Das Blut tobte wie ein reißerisches Meer in Pauls Ohren, aber er wollte sich nichts anmerken lassen. Er musste stark bleiben und ein echter Mann sein. Blöd, dass er sich schwach vorkam. Schwach und verloren in dieser Welt, zu der er nicht gehören wollte. Er hätte sich umbringen sollen, als er noch die Gelegenheit dazu hatte. Jetzt war es zu spät.

„Und du willst den anderen wirklich nichts sagen?", fragte Paul, während sie zurück zu der Luke gingen. „Was soll das bringen?"

„So vermeiden wir Panik und können gleichzeitig sehen, wie Christopher reagiert", erwiderte Zoe und legte freundschaftlich eine Hand auf Pauls Oberarm. „Ich werde das Gefühl nicht los, dass er da mit drin steckt. Erinnerst du dich nicht mehr an damals? Die ganze Klasse hatte es doch auf ihn abgesehen, bevor Alissa kam!"

Paul erinnerte sich. Christopher hatte sich damals gewandelt und niemand hatte es gemerkt. Vom Opfer war er still und heimlich zum Täter geworden. Ein einsamer Aufstieg.

„Hast du nicht gesehen, wie mitgenommen Christopher ist?" Paul konnte es selbst nicht fassen. Er nahm den dicken Jungen, den er absolut nicht leiden konnte, in Schutz. „Er hat sicher nichts mit alledem zu tun!"

Zoe zuckte mit den Schultern, ging zur Öffnung und bückte sich. „Kannst du mir helfen, Tobi?"

Sie ließ sich nach unten. Paul warf noch einen Blick in Richtung der Leiche, die dort in der hintersten Ecke verborgen auf einen Stuhl saß. Lena. Hatte sie dieses Ende verdient?

Paul konnte sich nur schemenhaft an sie erinnern. Blondes Haar, nettes Gesicht, aber nichts Besonderes. Ihren Charakter vermochte er nicht zu beschreiben. Seltsam, wie wenig er die Leute, mit denen er in der Schule so viel Zeit verbracht hatte, doch letztendlich kannte. Lag das an ihm oder war dies die Realität?

Er ließ sich ebenfalls nach unten. Tobias half ihm.

„Was gefunden?", fragte er und nahm Zoe sein Smartphone aus der Hand. „Kommen wir da raus?"

„Fehlanzeige!", antwortete Zoe und warf einen Seitenblick zu Christopher, der wie ein Häufchen Elend am Treppengeländer stand. „Da oben ist nichts!"

Christopher reagierte nicht. Er hob weder den Kopf, noch gab sein Körper ein Zeichen. Wie Paul vermutet hatte. Christopher war zu dumm, um einen solchen Plan auszuhecken.

Er sah Zoe an und bat sie im Geiste, mit der Wahrheit herauszurücken. Sie mussten zusammenhalten. Wenigstens jetzt, nach all den Jahren.

Zoe verstand ihn nicht. Sie ließ sich weiterhin nichts anmerken. „Wo ist denn Herr Andres? Wollte er nicht bloß ein Glas Wasser holen?"

„Kein Plan ..." Tobias zuckte mit den Schultern. „Wir haben hier auf euch gewartet!"

Zoe stürmte nach unten. „Herr Andres? Wo stecken Sie denn?"

Paul, Tobias und Christopher folgten ihr ins Erdgeschoss. Dort war es seltsam still. Bedrohlich still.

Paul rannte zu Zoe, die bereits in der Küche nach dem Lehrer geschaut hatte und nun mit gerunzelter Stirn im Esszimmer stand. Ihr Blick streifte hektisch umher.

„Ist er weg?" Christopher blieb im Türrahmen stehen. Er wollte nicht zu nah an seinen toten Freund herantreten. „Und wo zur Hölle ist Sandra? Hat sie etwa mit Herrn Andres einen Ausweg gefunden und uns hier zurückgelassen?"

Er ballte die Hände zu Fäusten. Der traurige Junge verschwand und machte Platz für den zornigen, altbekannten Christopher. „Dieses Miststück!"

Das Mitleid, das Paul vor wenigen Minuten empfunden hatte, löste sich in Luft auf. Christopher verdiente es nicht.

„Jetzt mal mit der Ruhe!" Tobias lief zur Tür, um sie zu prüfen. „Also auf mich wirkt das alles sehr seltsam! Herr Andres hätte uns doch Bescheid gegeben, wenn sie einen Ausgang gefunden hätten. Die Haustür ist jedenfalls verschlossen!"

Christopher fasste sich an den Kopf. „Verdammt, ich will hier raus. Ich halte diesen ganzen Mist nicht mehr aus!"

Er stürmte los, wieder nach oben und brüllte den Namen seiner Ehefrau. Weder Paul, noch Zoe oder Tobias folgten ihm. Sie alle konnten und wollten ihm nicht helfen.

Tobias trat in das Esszimmer und sah sich mit zusammengekniffenen Augen um. „Sie müssen doch irgendwo abgeblieben sein ..."

Oben brach Lärm aus. Anscheinend ließ Christopher seinen Frust an der Einrichtung aus. Mit Gewalt kannte er sich aus.

„Als ob er seine Sandra dort oben findet!" Paul schüttelte den Kopf. Sein Blick wanderte dabei über den Boden und etwas stach ihm ins Auge. Schleifspuren. „Was ist das da neben diesem hässlichen Schrank?"

Zoe und Tobias drehten ihre Köpfe in die betreffende Richtung, während Paul es nicht abwarten konnte und zum Schrank lief. Jemand musste ihn bewegt haben. Wieso war ihnen das nicht früher aufgefallen?

„Helft mir mal ..." Er umfasste das massive Holz und drückte. Der Schrank ließ sich bewegen.

„Halt!", ertönte plötzlich eine Stimme, als Paul bereits eine Art Öffnung erahnen konnte. „Hört sofort auf!"

Paul wusste sofort, wem die Stimme gehörte. Er drehte seinen Kopf und sah Christopher, der laut keuchend unweit der Tür stand und eine Hand hob. Seine dicken Finger umschlossen den Griff eines Messers. An der Spitze klebte dunkelrotes Blut.

Paul schluckte schwer und ließ von dem Schrank ab. Tobias tat es ihm gleich.

„Was tust du da?", fragten die beiden jungen Männer wie aus einem Mund.

Zoe ging einen Schritt auf Christopher zu. „Was soll der

Blödsinn? Leg das Messer weg!"

Christophers Brustkorb hob und senkte sich unkontrolliert. Sein Körper bebte, als würde in ihm ein Dämon hausen, der sich nach vielen Jahren Gefangenschaft dazu entschlossen hatte, einen Weg in die Freiheit zu suchen. „Es reicht mir endgültig! Ich habe keine Lust auf dieses dämliche Spiel!"

Er stöhnte, als hätte er Schmerzen. Das Messer zitterte. Er hielt es unsicher in der Hand. Jeden Moment könnte es ihm entgleiten.

Paul starrte wie hypnotisiert auf die Waffe. Christopher würde sie nicht einsetzen. Dessen war er sich sicher. Sie sollte zur Abschreckung dienen und ihm Macht geben. Christopher brauchte diese Überlegenheit.

„Du wirst uns nichts tun!" Zoe hatte ihn ebenfalls durchschaut. „Du musst dich einfach nur beruhigen!"

„So wie Alissa uns nichts tun wollte?", fragte Christopher schrill. „Das ist ihr Messer! Erkennt ihr es nicht? Sie ist zurück, um das, was sie damals begonnen hat, zu beenden. Und ihr steckt mit ihr unter einer Decke, habe ich recht?"

Er deutete auf den Schrank. „Und was soll das werden? Wollt ihr mich jetzt auch noch allein lassen? Das lasse ich nicht zu! Habt ihr das verstanden?"

„Lass doch den Scheiß!" Auch Tobias nahm ihn nicht ernst. „Wir haben Wichtigeres zu tun, als uns deine Psychonummer jetzt reinzuziehen! Es geht hier nicht nur um dich, sondern um uns alle, falls dir das nicht aufgefallen ist!"

„Tobi hat recht", pflichtete Zoe ihm bei. „Wir sind alle hierhin eingeladen worden, weil irgendjemand einen Groll gegen uns hegt! Wir dürfen jetzt bloß nicht die Nerven verlieren und uns gegenseitig beschuldigen!"

Innerlich musste Paul lachen. Hatte Zoe nicht vorhin erst ihre Zweifel Christopher gegenüber offenbart? War sie jetzt davon abgekommen?

„Genau ...", sagte Paul. „Und deswegen sollten wir ehrlich zueinander sein! Wir haben euch etwas verschwiegen. Da oben auf dem Dachboden ..."

„Paul", knurrte Zoe ärgerlich. „Ist das jetzt wirklich der richtige Zeitpunkt? Wir sollten uns besser auf diesen blöden Schrank da konzentrieren!"

„Erst müssen wir das klären ...", meinte Paul und deutete auf Christopher. „Sonst passiert genau das!"

„Habt ihr da oben noch eine Leiche gefunden, oder was?" Tobias wollte einen Scherz machen und die Situation auflockern, aber er hatte ungewollt ins Schwarze getroffen.

Ein Glucksen drang aus Zoes Kehle. Paul warf ihr einen bösen Blick zu.

„Ja, da oben liegt die Leiche von Lena", gab er zu und vernahm ein Klirren. Das blutige Messer landete auf dem Boden und Christopher brach mit einem Schrei zusammen.

Damals

Nach der Erkenntnisphase stand einem Neuanfang nichts mehr im Weg. Jedenfalls dachte Alissa das.

„Jetzt beruhige dich endlich", meinte sie und nahm sich vor, seinen bösen Spitznamen von jetzt an nicht mehr zu benutzen. Er hieß Christopher, genau wie sie Alissa hieß.

„Es ist doch alles in Ordnung. Die Wahrheit musste irgendwann ans Tageslicht kommen!"

Christopher sah aus, als würde er einen epileptischen Anfall erleiden. Unkontrolliert zuckte sein Körper hin und her und aus seinem geöffneten Mund flog Speichel in alle erdenklichen Richtungen.

„Was ist mit ihm?" Sandra, die neben ihm saß, drehte den Kopf weg. „Das ist doch widerlich!"

Alissa stimmte ihr zu und trat ein paar Schritte zurück. Christopher simulierte nur. Soviel stand fest.

„Alissa!" Herr Andres schrie sie an. „Jetzt tu doch was! Jemand muss ihm helfen!"

Sie ignorierte die Anweisung und starrte weiter auf Christopher, dessen Bewegungen immer langsamer wurden. Er sah aus wie ein Besessener, der einen bösen Dämon in sich trug und diesen an einer Flucht hindern wollte. Vermutlich war das gar nicht so weit von der Wahrheit entfernt. Alissa hatte den Dämon angelockt und nun musste sie am Ball bleiben. Von solch einer lächerlichen Schauspieleinlage durfte sie sich nicht vom Weg abbringen lassen.

„Bist du bald fertig?" Sie tat, als würde sie gähnen. „Willst du Applaus für diese Leistung? Oder soll ich dir eine gut gemeinte Kritik für deine nächste Darbietung geben?"

Die Bewegungen hörten auf. Viel zu abrupt, als dass sie von einem echten Anfall stammen konnten. Er schaute sie an, die dunklen Augen weit aufgerissen. „Mach mich endlich hier los.

Ich habe keine Lust mehr auf diesen Scheiß!"

„Ich hatte auch keine Lust auf deinen Scheiß", sagte sie und trat wieder näher. „Und trotzdem musste ich dich jeden einzelnen Schultag ertragen. Nur an den Wochenenden konnte ich mich von dir erholen!"

In Christophers leeren Augen erschien ein Funkeln. Ihm bereitete es Freude. Ja, er sehnte sich noch immer nach Macht und Überlegenheit. Wie krank.

„Ich muss aufs Klo", meldete sich plötzlich eine leise Stimme. Maja. Mit gerunzelter Stirn sah sie zu Alissa. „Ich kann nicht mehr lange aushalten."

„Ich muss auch!" Zoe wollte die Chance scheinbar auch nutzen, genau wie Sandra, die ebenfalls den Mund öffnete, um von ihrer Blasenschwäche zu berichten. Geschickter Plan.

„Ich glaube, ihr werdet alle noch ein wenig aushalten müssen!" Alissa empfand Mitleid für Maja, die vermutlich wirklich auf die Toilette musste, aber sie durfte kein Risiko eingehen.

„Sollen wir uns etwa einpinkeln, oder was?" Sandras Stimme klang schroff. „Du solltest doch wissen, wie sich das anfühlt!"

Ja, Alissa hatte den Augenblick nicht vergessen. Genauso wenig wie sie vergessen hatte, wer schuld daran gewesen war. Eine unerträgliche Hitze stieg ihr in den Kopf und sie vermied es, in Tobias Richtung zu schauen.

„Du hast recht! Ich weiß, wie sich das anfühlt!", sagte sie zu Sandra. „Und du wirst es hoffentlich auch bald wissen! Willst du nicht noch etwas trinken?"

Sandra schüttelte den Kopf. „Nein, danke! Und jetzt kümmere dich weiter um Christopher, damit das alles endlich ein Ende findet!"

„Was, wenn ich mich gerade lieber um dich kümmern will?" Alissa versuchte ihre Wut zu verdrängen. Sie verlor die Kontrolle über ihren Körper. Überall kribbelte es, als wäre Christophers Dämon in sie eingedrungen. „Denkst du etwa, du wärst besser als Christopher? Glaubst du, deine Sticheleien haben mich kalt gelassen?"

Sandras kleine Streiche hatten Alissa hart getroffen. Sei es der Moment, in dem sie ihr im Sport die Hose heruntergerissen hatte oder die Situation mit den fürchterlichen Bildern. Sandra hatte eine Grenze überschritten und dafür würde sie heute bezahlen müssen.

„Was habe ich denn getan?" Sandra spielte die Ahnungslose und wollte sie im selben Atemzug provozieren.

„Das weißt du genau!" Ein Tränenschleier nahm Alissa die Sicht.

Zusammenreißen. Sie musste sich zusammenreißen, die Wut, den Schmerz und alle anderen Gefühle verdrängen. Ein Richter durfte sich nicht beeinflussen lassen. Die Gerechtigkeit musste mühsam abgewogen werden. Das erforderte Geduld und eine klare Sicht.

„Okay, wir können das Spiel rund um meinen ersten Schultag ja weiterspielen ...", brachte sie heraus. „Du hast mich vor der Schule abgefangen. Erinnerst du dich?"

Sandra spitzte die Lippen und verfiel in ihre Rolle als Unschuldslamm. „Und? Da haben wir uns doch nett unterhalten, oder nicht?"

„Oh ja, richtig nett ..." Alissa setzte sich auf den Tisch zwischen Sandra und Paul. „Du hast das nette Mädchen von nebenan gespielt. Hast mich mit Fragen gelöchert und meine Antworten im Nachhinein gegen mich verwendet!"

„Welche Antworten denn?", fragte Sandra. „Du hast mir doch von ganz allein von deinem armseligen Leben erzählt. Das schrie ja förmlich danach, weitererzählt zu werden!"

Alissa umgriff die Tischkante und atmete tief durch. Eine Welle von schmerzhaften Erinnerungen überkam sie. „Ich habe dir anvertraut, dass ich Angst habe, wieder unsichtbar zu sein und keine Freunde zu finden. Du hast mich getröstet und gemeint, ich würde auf jeden Fall einen Platz in eurer Klasse finden. Ja, den Außenseiterplatz meintest du damit wohl, was?"

Sandra kicherte. Christopher stimmte mit ein. Ein kleines Konzert der Verhöhnung.

Alissa sprang auf und rannte in die Küche. Mit einer Flasche Wasser kam sie wieder und trat damit neben Sandra. „Das wirst du jetzt trinken und dann werden wir ja sehen, wie du dich fühlst, wenn alle dich verachten!"

Sie öffnete den Verschluss und hielt die Flasche an Sandras geschlossenen Mund. Sie sollte Alissa einen Teil des Schmerzes abnehmen. „Öffne den Mund!"

Sandra schüttelte den Kopf und presste die Lippen fester zusammen. Die Flaschenöffnung stieß hart gegen ihren Mund und Wasser lief ihr Kinn hinab.

Alissa wurde wütend. Dieser Machtwechsel ging ihr auf die Nerven. Sie musste selbst die Führung übernehmen und das alles zu einem guten Abschluss bringen. Bis dahin war es nicht mehr weit.

Alissa nahm das Messer und hielt es an Sandras Kehle. „Willst du lieber sterben, als dieses Wasser zu trinken? Wenn ja, dann stell dich nur weiterhin quer!"

„Hör doch auf!", rief Herr Andres. Ein weiterer verzweifelter Versuch eines schlechten Lehrers. „Das ist kein Spiel mehr!"

„Von Anfang an war es kein Spiel", fauchte sie ihm all ihren Frust entgegen. „Auch wenn ihr alle es so aussehen lassen wollt! Ist Mobbing etwa nichts Schlimmes?"

„Das sagt doch keiner", fuhr der Lehrer fort. „Aber Gewalt ist keine Lösung!"

„Ach, war das alles, was ich ertragen musste, etwa keine Gewalt?" Sie drückte das Messer fester an Sandras Hals und sah zu, wie sich ihr Mund öffnete. Ging doch. „Die Gewalt, die ihr mir alle angetan habt, war viel schlimmer!!! Begreift ihr das denn überhaupt nicht?"

Sandra versuchte einen Teil des Wassers aus dem Mund laufen zu lassen. Alissa reagierte schnell und fuhr mit dem Messer über ihre Haut. Eine oberflächliche Schnittwunde, die ihre Wirkung zeigte. Sandra trank brav den Liter Wasser.

„Na, wie fühlst du dich jetzt?", fragte Alissa. „Drückt deine Blase? Und wie ist es, nicht auf die Toilette zu dürfen?"

Sandra keuchte, als hätte sie Schmerzen.

„Es tut mir leid!", presste sie hervor. „Es war doch nur ein Spaß gewesen!"

„War es auch witzig, mich auszuziehen und nackt zu fotografieren?", fragte Alissa mit bebender Stimme. „Wie würdest du dich fühlen, wenn ich dich hier vor aller Augen entkleide und jeder deinen nackten Körper sieht? Du bist doch auch alles andere als perfekt!"

Sandra wurde trotz der dicken Schicht aus Schminke blass. Ihre Augen weiteten sich. „Das wagst du nicht!"

Alissa lächelte. Es tat gut. „Ich würde es tun, aber weißt du was? Auf dieses Niveau lasse ich mich nicht herab."

Sandra atmete erleichtert aus und kniff die Augen zusammen. „Meine Blase drückt. Kannst du mich nicht doch auf die Toilette lassen? Ich weiß jetzt, wie blöd ich dich behandelt habe. Es kommt nicht wieder vor!"

Die halbherzige Entschuldigung kam wie einstudiert über ihre Lippen. Alissa konnte und wollte das so nicht annehmen. „Ich finde, du solltest dich erst einmal so fühlen wie ich! Dann weißt du wirklich, wie blöd du mich behandelt hast!"

Alissa ließ von Sandra ab. Sie sollte sich erst einmal mit ihrer drückenden Blase herumschlagen.

„Paul!" Alissa ging einen Stuhl weiter und legte ihm einen Arm um die Schulter. Es fühlte sich seltsam an, ihn zu berühren, vor allem wenn sie daran dachte, was auf der Toilette im Louvre passiert war. Dafür brauchte sie eine Erklärung. „Willst du dich auch noch für irgendwas entschuldigen?"

Paul hob den Kopf. Ohne sein Käppi wirkte er nackt, unvollkommen und klein. „Ich weiß nicht, was du meinst ..."

Eine Lüge. Er wusste genau, was sie meinte. Vermutlich lief in seinem Kopf gerade ein Film mit allen seinen grauenvollen Taten ab. Er weidete sich an seinen Heldentaten, ohne zu wissen, wie sehr sie ihn schwächten.

„Ich spreche vom Louvre, du Idiot", keifte sie ihn an und schlug ihm gegen den Kopf. Nicht stark, aber dennoch schrie er auf. Im Austeilen war er gut, im Einstecken nicht. „Ich will wissen, warum du dich da plötzlich an mich herangemacht hast? Wolltest du mich anfassen? Und vergewaltigen? Mich, die kleine, schwache Alissa, die darüber kein Wort verloren hätte?"

Er riss seinen Kopf zurück und formte seine Lippen zu einem O. Alissa wurde am rechten Auge von seiner nassen Spucke getroffen.

„Hör auf, so etwas Dämliches zu behaupten!", brüllte er sie an. „Als ob ich dich jemals freiwillig anfassen wollen würde!"

Auf einmal begann ein Mädchen im hinteren Teil leise zu wimmern. Alissa erkannte den Schmerz in dem Geräusch und drehte sich um. Sie kannte das Mädchen nicht, das da an dem Tisch kauerte und den Kopf auf ihre gefesselten Beine legte, aber sie spürte, dass auch sie ein Teil von alledem war. Alissa hatte geglaubt, das einzige Opfer zu sein, aber das war ein Trugschluss gewesen.

„Er hat mich auch angefasst und ...", weinte das Mädchen leise und voller Qual. „Und ... und ... und ... "

Sie konnte nicht weiter reden und Alissa rannte zu ihr. Wie eine Mutter schlang sie einen Arm um den Körper der gefesselten Braunhaarigen, die ein hübsches, ebenmäßiges Gesicht besaß und Schülerin der Parallelklasse zu sein schien. Alissa war nicht das einzige Opfer. Nein. Sie war jetzt nicht mehr allein. Endlich.

Heute

Joachim hatte geahnt, dass es soweit kommen musste. Ein neuer Plan. Ein neuer Versuch. Auf Rache konnte man sich verlassen. Manchmal verspätete sie sich, aber sie vergaß nie.
„Sandra!" Er schaffte es nicht, die junge Frau zu beruhigen. Hysterisch lachte sie in der einen Sekunde wie eine Hexe aus einem Märchen und verfiel in der nächsten in eine Art Schockstarre und gab keinen Laut mehr von sich. „Jetzt reiß dich doch bitte zusammen! Hast du gesehen, wer dich hier nach unten gebracht hat?"
Sandra verfiel in einen merkwürdigen Sprechgesang. „Alissa. Alissa. Alissa. Alissa. Alissa."
Es klang wie eine Beschwörungsformel. Joachim presste sich die Hände auf die Ohren. Er wollte diesen Namen nicht hören. Alissa existierte schon lange nicht mehr!
„Alissa. Alissa. Alissa. Alissa. Alissa."
Er konnte den Namen unmöglich aussperren, denn er war längst in ihm. Alissa steckte in jeder Faser seines Körpers.
„Sandra?", fragte er leise. Seine Hände rutschten von seinen Ohren. „Ich glaube, ich muss dir etwas sagen."
Sandra sagte Alissas verfluchten Namen zum letzten Mal. Dann summte sie leise eine selbsterdachte Melodie.
„Ich glaube, ich war damals doch in Alissa verliebt gewesen ...", hörte Joachim sich sagen. „Ja, ich habe Alissa geliebt. So wie ein Lehrer seine Schülerin nicht lieben sollte."
Er ließ sich auf den Boden sinken und vergrub das Gesicht zwischen seinen Knien. „Und weißt du was? Ich habe gesehen, was ihr mit ihr gemacht habt und ich habe nicht geholfen, damit sie an alledem zerbricht und wieder aus meinem Leben verschwindet. Ein Lehrer darf sich doch nicht in eine Schülerin verlieben, oder?"
Sandra verstummte. Es wurde still im Keller. Joachim hörte

nichts als seinen eigenen Herzschlag, der in seinen Ohren widerhallte. „Ich bin armselig, oder?"

Sandra schniefte. „Wir sind alle armselig. Alissa hat uns nichts getan gehabt und trotzdem haben wir sie wie Dreck behandelt. Ich weiß überhaupt nicht mehr, wie das angefangen hat ..."

Alte Erinnerungen peitschten auf ihn ein. Er sah Alissa am ersten Schultag und wurde von seinen damaligen Gefühlen überrollt. Er sah sich Fotos von ihr machen. Heimliche Fotos, die er später allein anschauen wollte, ohne zu wissen, warum eigentlich. Zu diesem Zeitpunkt hatte er nicht an Liebe gedacht. Er war mit Sabine zusammen gewesen. Sabine und er. Das glückliche Paar und doch nicht glücklich genug.

„Alissa war ein kluges Mädchen gewesen!", sagte er leise, als würde er so sein unmögliches Verhalten ihr gegenüber wiedergutmachen können.

„Und sie war hübsch ...", fügte Sandra hinzu. „... auf ihre ganz eigene Weise."

Das stimmte. Alissa war nie „Ekelalissa" gewesen. Der unschöne Spitzname hatte nie zu ihr gepasst.

„Ja, das war sie wirklich!" Joachims Augen füllten sich mit Tränen. Die letzten zehn Jahre hatte er alle Erinnerungen an Alissa verdrängt. Es hatte ihm geholfen, aber vergessen hatte er sie nie. Wie ein Schatten lag sie auf seinem Leben.

„Und Sie haben Alissa wirklich geliebt?", unterbrach Sandra seine Gedanken. „Ich meine, so richtig?"

Sie schien wieder bei klarem Verstand zu sein. Joachim blinzelte die Tränen weg und hob den Kopf. Er durfte sich nicht länger etwas vormachen. „Ja, ich denke schon!"

Er erinnerte sich an Alissas erste Tage an der Schule. Sie hatte ein paar Mal das Gespräch zu ihm gesucht und ihm mit leiser Stimme erzählt, wie unwohl sie sich in der neuen Klasse fühlte und wie gemein die anderen Schüler zu ihr seien.

Oh Gott! Ihm wurde bewusst, wie arrogant er reagiert hatte. Seine eigenen Worte hallten in seinem Kopf nach. „Du musst dich nur anpassen und ein paar Schritte auf deine Mitschüler zugehen!"

Ein dämlicher Ratschlag. Hatte er damals schon das Herzklopfen in ihrer Gegenwart gespürt? Und hatte es ihm zu dem Zeitpunkt schon wahnsinnig gemacht?

„Alissa hat bis zum Schluss gedacht, ich würde sie verachten!", presste er hervor. „Sogar als wir alle gefesselt im Speisesaal saßen, habe ich ihr Gemeinheiten an den Kopf geworfen. Es sollte doch niemand mitbekommen, was ich empfand!"

„Sie waren ganz schön gemein zu ihr!" Sandra stocherte in seiner Wunde herum, die gerade erst wieder aufgegangen war und nun vor sich hin blutete. „Und das hat uns alle eine Art Freischein gegeben!"

„Ich weiß ..." Joachim konnte die Tränen nicht mehr aufhalten, die sich zehn Jahre lang in ihm aufgestaut hatten. Unbarmherzig liefen sie über seine Wangen und tropften auf den harten Steinboden. „Ich habe euch zu den Menschen gemacht, die ihr heute seid und das tut mir furchtbar leid!"

Sandra schnaufte. „Mir tut auch so einiges leid. Im Gegensatz zu damals, meine ich es sogar ernst! Ein Teil von mir scheint wohl doch erwachsen geworden zu sein!"

„Leider nützt uns unsere Reue jetzt auch nichts mehr", sagte Joachim und sah sich in seinem Gefängnis um. Ein kleiner, kalter Raum ohne Leben. Seine gerechte Strafe. Er sollte für immer hier verrotten.

„Meinen Sie, die anderen kommen auch bald?" Sandras Stimme wurde kindlich. Ihre Psyche war angeschlagen. Nicht mehr lange und sie würde an alledem kaputtgehen. „Es ist ganz schön langweilig hier! Ich würde Christopher zu gerne noch einmal sehen und ihm sagen, dass ich mich von ihm scheiden lasse. Wenn ich schon sterben muss, dann nicht als seine Ehefrau. Ich habe keine Lust, mein Grab mit ihm zu teilen. Das ist doch auch irgendwie widerlich, oder?"

Die Worte sprudelten aus ihr heraus. Es schien ihr zu helfen und so ließ Joachim sie reden.

„Glauben Sie, es werden viele Leute zu unserer Beerdigung

kommen? Und was glauben Sie, wird nach unserem Tod mit uns passieren? Werden wir in die Hölle kommen für das, was wir getan haben? Oder meinen Sie, da ist dann einfach nichts mehr?"

Für Joachim war sein Leben die Vorstufe zur Hölle. Er hatte alles vergeigt und nun musste er die Konsequenzen dafür akzeptieren. Sabine würde er wohl nie wiedersehen. Dabei hatte sie am Telefon so zuversichtlich geklungen, als würde sie ihm noch eine Chance geben.

Sein Herz wurde schwer. Er sah seine Exfrau vor sich und spürte die Liebe zu ihr. Eine echte Liebe, die nichts mit der verwirrenden Liebe zu Alissa gemein hatte.

Zwei Bilder verfestigten sich in seinem Kopf. Auf dem ersten war Alissa zu sehen. Sie starrte ihn ängstlich an. Ihre braunen Augen schrien nach Hilfe, aber Joachim war machtlos.

Das zweite Bild zeigte Sabine, die ihre strahlend weißen Zähne offenbarte und die Hand nach ihm ausstreckte.

Ein wehleidiger Ton drang aus seiner Kehle. Er brauchte nicht mehr stark zu sein.

Wie ein Irrer riss er den Mund auf und schrie. Er brüllte seine Verzweiflung, seine Angst, seine Wut und seine Sehnsucht durch den Keller. In seinen Ohren vibrierte es und Sandra verhaspelte sich mitten in ihrem Satz über die Ungerechtigkeit des Lebens.

„Herr Andres?", fragte sie. „Was ist mit Ihnen?"

Ja, was war mit ihm? Er war frei. Endlich FREI!

Damals

Der Wendepunkt war erreicht. So viel stand fest. Sie zögerte für ein paar Augenblicke, aber dann entschied sie sich dazu, das Mädchen von ihrem Klebeband zu befreien. Die hübsche Schülerin aus der Parallelklasse war eine Gleichgesinnte und Gleichgesinnte mussten zusammen halten.

Der Körper der Braunhaarigen bebte und ihr Blick war tränenverhangen.

„Jetzt beruhige dich!" Alissa nahm sie fest in den Arm. Sie verstand dieses Mädchen, obwohl sie nicht einmal wusste, was vorgefallen war. Paul war ein Schwein. Ihm war alles zuzutrauen.

„Komm mit!" Sie half dem Mädchen auf die Beine und führte sie zum Anklagetisch. Gemeinsam würden sie Pauls harte Schale vielleicht durchbrechen. „Willst du erzählen, was passiert ist?"

Das braunhaarige Mädchen, das eine dunkle, enge Jeans und ein ausgeblichenes blaues Shirt trug, schniefte laut und nickte. „Ich bin übrigens Samantha!"

Sie streckte eine Hand aus. „Du kannst mich aber Sam nennen. So nennen mich alle meine Freunde."

Alissa war erstaunt und musste lächeln. Endlich wendete sich das Blatt zum Positiven.

Sie ergriff die Hand und schüttelte sie. Wie zwei Erwachsene standen sie sich gegenüber und Alissa durchströmte ein Glücksgefühl. Von jetzt an würde sich alles ändern. Das war der Beginn ihres restlichen Lebens.

Alissa spürte das leichte Zittern, das von Sams Hand ausging und wollte ihr gerade einen Arm um die Schulter legen, als sie einen Schlag spürte. Etwas traf sie im Gesicht, ihr Kopf wurde zurückgerissen und vor ihren Augen tanzten Lichtpunkte.

„Was ...?" Ihr Gehirn versuchst zu begreifen, was gerade passierte, doch bevor sie auch nur eine Überlegung anstellen konnte, stieß jemand sie gegen Pauls Stuhl und sie landete unsanft auf dem Boden.

Sam. Es war Sam, die sie erst geschlagen und dann geschubst hatte. Das braunhaarige Mädchen nutzte sie Chance und ergriff das Messer. „Deine Show ist jetzt vorbei, du Miststück!"

Sie wischte sich die falschen Tränen aus dem Gesicht und sah angewidert auf Alissa hinab. „Damit hast du nicht gerechnet, was? Du bist wirklich naiv, Ekelalissa!"

Sie ließ Alissa nicht aus den Augen und begann, Pauls Klebeband durchzuschneiden. „Paul ist übrigens ein guter Kumpel von mir und ich glaube nicht, dass er dich wirklich angefasst hat. Das hat er überhaupt nicht nötig. Warum denkst du dir solche Geschichten aus? Bist du völlig krank in der Birne?"

Als Paul frei war, lachte er auf und klopfte Sam anerkennend auf die Schulter. „Das hast du gut gemacht, Süße. Dein schauspielerisches Talent ist einmalig!"

„Ich weiß!" Sie ging zu Herrn Andres, der sich sofort bedankte und erleichtert ausatmete. „Das hast du toll gemacht, Samantha."

Alissas Welt zerbrach und sie allein war schuld daran.

Du solltest den Menschen nicht so schnell vertrauen, rief sie sich Tobias Worte in Erinnerung. Sie hätte auf ihn hören sollen. Vermutlich war er der einzige in diesem Raum, der es gut mit ihr meinte.

„NEIN!" Sie schrie wie eine Wahnsinnige und sprang auf die Beine. Mit einem einzigen Satz warf sie sich auf Sam, die sich hingekniet hatte, um das Klebeband an den Beinen des Lehrers zu lösen, und riss an ihren Haaren. „Du hast alles kaputtgemacht!"

Alissa sah die Schere, mit der sie Majas Haare geschnitten hatte, auf dem Tisch liegen. Während sie Sam festhielt, griff sie danach und wuchtete es in Sams Richtung. Ein verzweifelter Versuch die Kontrolle zurückzuerlangen.

Sie spürte einen Widerstand und drückte das Schneidewerkzeug fest dagegen. Niemand sollte ihr das, was sie erreicht hatte, stehlen.

Ein entsetzlicher Schrei ertönte und Alissa genoss den Moment der erneuten Überlegenheit. Sie hatte es Sam gezeigt, so wie sie es allen hier gezeigt hatte. Früher war sie eine Marionette gewesen, doch jetzt ließ sie sich nichts mehr gefallen.

„Oh Gott!" Paul stand plötzlich neben Alissa und fuchtelte wild mit den Armen. „Was hast du getan, du Wahnsinnige?"

Alissa spürte eine angenehme Wärme auf ihren Armen, wie eine sanfte Decke, die sich über sie legte. Der einzige Unterschied bestand darin, dass eine Decke nicht so feucht war.

Sie sah an sich hinab und erkannte Blut. Überall war Blut. An ihr, auf dem Boden und in der Luft. Es spritzte umher wie ein Platzregen.

Alissa erstarrte, als sie sah, woher das Blut kam.

„Oh, nein!" Ihr Herz setzte für den Moment aus. Sie sah zu Sam, die hin und her taumelte und die Schere, die seitlich in ihrem Hals steckte, umfasste.

„So tut doch was!" In seiner Verzweiflung trat Paul einen Schritt auf Sam zu und umfasste ihren Oberarm.

Herr Andres zerrte an seinen Fesseln. Sam hatte bloß einen Teil des Klebebandes an seinen Füßen gelöst. Die Freiheit blieb ihm verwehrt. „Ihr müsst irgendwas tun, um die Blutung zu stoppen!"

Das war einfach gesagt. Das Blut spritzte unaufhaltsam im Rhythmus von Sams Herzschlag. Zähe Sekunden vergingen und Alissa konnte nichts tun, als fassungslos auf dieses grausame Bild zu schauen. Ein Bild des Schreckens, das sie selbst produziert hatte.

Paul hob die Hände und senkte sie wieder. „Ich weiß nicht, was ich tun soll!"

Im Saal brach Panik aus. Schüler schrien und begannen zu weinen. Alissa machte einen vorsichtigen Schritt auf Sam zu und murmelte ein leises „Es tut mir leid". Schwache Worte, die Sam nicht erreichten.

„Mach mich los, Paul", rief Herr Andres. „Wir müssen Samantha helfen!"

Paul blieb wie angewurzelt neben Sam stehen, als wollte er sie nicht im Stich lassen. Er sah zu, wie sich ihre großen Augen weiteten, bevor jegliches Leben aus ihnen entwich und sie wie eine Puppe zusammensackte.

Das Geräusch ihres auf dem Boden aufschlagenden Körpers übertönte alles und Alissa konnte einen Schrei nicht unterdrücken. Sie war eine Mörderin. Eine eiskalte Mörderin ohne Skrupel.

Wie in Zeitlupe drehte sich Paul zu ihr um und sah sie mit ausdruckslosem Blick an. „Du hast sie umgebracht, du Monster!"

Alles, was sie in den letzten Stunden erreicht hatte, brach in sich zusammen. Es gab keinen Neuanfang mehr. Nie wieder. Das war das Ende. Ekelalissa war zurück, noch grausamer, noch widerlicher.

Bevor sie registrieren konnte, was sie da tat, stürzte sie sich auf das Messer, das Sam in den letzten Augenblicken ihres viel zu kurzen Lebens aus den Händen gefallen war. Mit zittrigen Fingern, die sie kaum unter Kontrolle bekam, streckte sie Paul die Klinge entgegen.

„Setz dich wieder auf deinen Platz", befahl sie ihm mit schwacher Stimme. Sie wollte Zeit schinden, um die Situation wieder unter Kontrolle zu bekommen. „Diese Nacht ist noch längst nicht vorbei!"

Heute

„Das können wir jetzt nicht auch noch gebrauchen!", zischte Zoe und schüttelte über Christophers plötzlichen Ohnmachtsanfall den Kopf. Wenigstens war er jetzt still.

Paul ging auf Christopher zu, der auf dem Rücken lag und mit der Stirn ein Tischbein berührte. Bequem sah anders aus. Paul gab ihm einen leichten Tritt in die Seite. „Wach auf, Dicker! Oder bist du etwa vor Schreck gestorben?"

Tobias drängte sich an Paul vorbei und hob das blutige Messer auf. Angewidert und doch fasziniert hielt er es zwischen Daumen und Zeigefinger weit von sich ausgestreckt. „Das sieht tatsächlich wie das Messer aus, das Alissa damals benutzt hat!"

„Zum Glück ist das nicht die Schere, mit der sie ..." Zoe bereute die Worte sofort. Sie wusste, dass Paul und Sam enge Freunde gewesen waren.

„Tut mir leid", entschuldigte sie sich schnell. „Das war dumm!"

Paul nickte und ging auf den Schrank zu, der kurz vor Christophers Eintreffen seine Aufmerksamkeit auf sich gezogen hatte.

„Dahinter ist ein Raum", erklärte er und winkte Tobias zu sich. Gemeinsam wuchteten sie den Schrank beiseite. „Vielleicht führt dort ein Weg nach draußen!"

Zoe gefiel die ganze Sache nicht. „Ja, genau! Und deswegen ist Herr Andres mit Sandra auch spurlos verschwunden! Klingt logisch. Ich setze da sicher keinen Fuß hinein!"

Ihre lang vermisste zickige Art kehrte zurück. Endlich fand sie wieder zu sich selbst, nachdem sie sich damals auf der Klassenfahrt verloren hatte.

„Dann bleib halt hier und warte bis dein Verehrer aufwacht!" Paul nahm es ihr tatsächlich übel, dass sie die Sache mit Samantha angesprochen hatte.

Tobias holte sein Smartphone hervor und trat als erster durch die Öffnung in der Wand, die aussah, als hätte sie einst eine stinknormale Tür in sich getragen. Paul folgte ihm ohne Zoe noch einmal anzusehen.

„Na danke auch!", zischte sie und starrte auf Christophers Körper. Sie hatte keine Lust in seiner Nähe zu bleiben. „Ich werde hier sicher nicht warten, bis er wieder aufwacht und durchdreht!"

Sie ging zu der geheimen Öffnung und spähte hinein. Die Leere in dem quadratischen, fensterlosen Raum erinnerte sie an so manche Gebäude, in denen sie ihre Nächte gemeinsam mit Luke verbracht hatte.

„Da ist eine Tür!" Tobias leuchtete auf die gegenüberliegende Seite und Zoe stach sofort ein kleiner, weißer Zettel ins Auge, der direkt neben der Klinke klebte. Eine weitere Nachricht vom Gastgeber?

Paul streckte den Arm aus, um danach zu greifen, doch Zoe hielt ihn fest. Sie erkannte ein Kabel, das mit durchsichtigem Klebeband unterhalb der Klinke befestigt war. „Bist du lebensmüde oder was?"

Paul sah sie fragend an und Zoe klärte ihn auf. „Da geht ein dünnes Kabel direkt zu der Steckdose da unten. Hast du das nicht gesehen?"

Paul schnaufte. „Wie hätte ich das auch, bei so wenig Licht?"

„Du kannst froh sein, dass ich dich gerettet habe", scherzte Zoe um die Stimmung zu lockern. „Zum zweiten Mal übrigens!"

Tobias beugte sich nach vorne und leuchtete mit dem Smartphone auf die Klinke. „Schaut euch das mal an!"

Er meinte den Notizzettel, den Zoe zuvor schon gesehen hatte.

„Willst du dich wie Alissa fühlen?", stand dort in derselben Handschrift wie auf der Einladung.

„Soll das etwa witzig sein?", regte sich Paul auf. „Soll das heißen, Alissa stand damals unter Strom? Auf mich wirkte sie eher wie eine Schlaftablette!"

Zoe berührte seinen Arm, an dem immer noch der Schmutz

vom Dachboden haftete. „Es gab zwei Alissas!"

Tobias sah sie interessiert an und richtete den Strahl seiner Handylampe auf den Boden.

„Die Alissa vor der Klassenfahrt war ein zerbrechliches Mädchen ohne Selbstvertrauen", erklärte Zoe. „Und wir haben sie neu geformt und einen Teil von ihr zerstört bis sie zu diesem Monster wurde ..."

„Wir haben wohl alle zwei Seiten in uns", meinte Tobias und kratzte sich am Kopf. „Damals waren wir ganz andere Menschen. Diese Nacht hat uns verändert! Wir haben Fehler gemacht und gelernt, was es bedeutet, mit den Konsequenzen leben zu müssen ..."

Zoe nickte, wollte das Thema aber nicht vertiefen. Sie verabscheute ihr heutiges „Ich" und sehnte sich in so manch einsamen Momenten nach der alten Zoe. „Wenn wir das Kabel da irgendwie von der Klinke bekommen, können wir schauen, was hinter der Tür ist!"

Keiner reagierte. Zoe stupste Paul an.

„Sehe ich etwa aus wie ein Elektriker?", fragte dieser und sah hilflos zu Tobias. „Du hattest doch damals in Physik den absoluten Durchblick, oder?"

Tobias lachte leise. Es klang erwachsen. „Das ist jetzt zehn Jahre her!"

Zoe seufzte und trat zurück in das Esszimmer. „Dann müssen wir wohl den Stromkasten suchen gehen ..."

Paul folgte ihr. „Und wo soll der sein? Mittlerweile kennen wir doch schon das ganze Haus!"

Ein lautes Stöhnen ertönte. Christopher erwachte aus seiner Bewusstlosigkeit und Zoe hatte eine Idee. Eine bitterböse Idee.

„Wie wäre es, wenn er die Tür für uns öffnet?" In einer lächerlichen Vorstellung sah sie Christophers fleischigen Körper, der von dem Strom nur leicht gekitzelt wurde. „Ich wette, er ist ganz besessen darauf, das Haus endlich verlassen zu können!"

Damals

Alissa blieb wie angewurzelt stehen und sah zu, wie Paul sich wieder auf seinen Stuhl setzte. Sie wollte ihn fesseln, doch sie durfte kein Risiko eingehen. Augenscheinlich sah es zwar so aus, als wäre er in einer Schockstarre gefangen, aber vielleicht war das nur Tarnung, um sie zu überrumpeln.

Vertraue niemandem, rief sie sich Tobias Worte ins Gedächtnis und verfluchte sich für ihre Leichtgläubigkeit. Samantha könnte jetzt noch leben.

„Das war Notwehr!", erklärte sie mit fester Stimme. Sie musste sich selbst davon überzeugen. „Ich wollte sie doch nicht töten. Das habt ihr doch alle gesehen, oder?"

Von allen Seiten blickten ihr fassungslose Gesichtern entgegen. Für einen Moment spielte Alissa mit dem Gedanken, das Messer in ihre eigene Brust zu bohren. Sie sehnte sich nach Schmerzen, denn sie fühlte sich schlagartig so tot, als wäre sie gemeinsam mit Samantha gestorben.

„Ihr habt es doch alle gesehen, oder?", wiederholte sie ihre Frage. Ihre Stimme brach. „Ich habe mich doch bloß gewehrt!"

Maja begann zu weinen. „Alissa, es ist vorbei. Begreifst du das nicht?"

Alissa blieb Majas flehender Unterton nicht verborgen. Das sollte das Ende sein?

Sie verdrängte Samantha aus ihrem Kopf. Das war der einzige Weg, um weiterzumachen. Am liebsten hätte sie Tobias um Rat gefragt, aber sie konnte nicht einmal in seine Richtung schauen. Sie schämte sich.

„Es ist noch nicht vorbei!", sagte sie und machte einen zaghaften Schritt in Richtung des Tisches. „Es kann einfach nicht so enden! Ich wollte doch nur, dass ihr mir zuhört und mir ein wenig Respekt entgegenbringt!"

„Respekt?" Das kam von Sandra. „Du hast gerade einen

Menschen umgebracht! Geht das nicht in deine Birne, oder was?"

Alissa trat näher und legte Sandra wütend das Messer an den Hals. Im selben Moment hörte sie ein leises Tröpfeln und sah, wie ein Schwall Urin an den Seiten von Sandras Stuhl hinablief. Zu ihrer Verwunderung empfand sie keine Genugtuung!

Sie ließ von Sandra ab, senkte den Blick und atmete tief durch.

„Samantha existiert nicht!", redete sie sich ein. Der schwache Versuch, vor der Realität zu fliehen.

Sie ignorierte das dunkle Blut, das an ihren Armen klebte und ging zu ihrer Tasche. Sie holte ein Feuerzeug und die Kerzen hervor, die sie am Nachmittag gekauft hatte. Für jeden Angeklagten gab es eine, als Zeichen des Neuanfangs. Möge das Licht brennen und einen neuen, gemeinsamen Weg offenbaren. So hatte Alissa sich das Ende dieser Aussprache vorgestellt. Ob das jetzt noch möglich war?

Alissas Hände zitterten als sie mit den gelben Kerzen, die für Freundschaft und Zuversicht stehen sollten, zurück an den Tisch trat. „Ich will, dass wir alles hinter uns lassen. Wir müssen vergessen!"

Sie sprach schnell, viel zu schnell. Wie im Unterricht, wenn sie gezwungen wurde, einen Vortrag zu halten oder etwas vorzulesen. Die alte Alissa wollte zurück an die Oberfläche. Und das nur wegen Samantha, die sich in den Mittelpunkt drängen musste.

ES GIBT KEINE SAMANTHA MEHR! schrie Alissa sich innerlich an. KEINE SAMANTHA. KEINE SAMANTHA!

Ihr Herz schlug langsamer und ihre Angst schrumpfte. Die Kontrolle kehrte zurück.

„Ich möchte für jeden von euch eine Kerze anzünden!" Sie stellte die erste Kerze vor Sandra ab. Ein unangenehmer Uringeruch stieg ihr in die Nase. Sandra zeigte keinerlei Regung. Ihr Kopf war gesenkt, die Augen halb geschlossen.

„Wir sollten die Vergangenheit hinter uns lassen!" Sie ging im Uhrzeigersinn um den Tisch. Keiner schaute sie direkt an. Sie alle wirkten seltsam in sich gekehrt. „Ihr verzeiht mir und ich verzeihe euch. So einfach ist das. Ist das nicht toll?"

Sie kam sich selbst wahnsinnig vor. Wahnsinnig verzweifelt. Ihre Stimme war nichts als ein Flehen.

Los, erfüllt mir den einzigen Wunsch, den ich habe, bettelte sie stumm. Fehlte bloß noch, dass sie auf Knien um den Tisch kroch und jeden einzelnen bat, sie zu akzeptieren. Lächerlich.

Alissa drehte ihre Runde und spürte einen Anflug von Panik, als sie in Pauls Nähe kam. Er könnte sie, trotz des Messers in ihrer Hand, leicht überrumpeln und als Held dastehen. Zu ihrer Verwunderung rührte er sich nicht. Hatte er aufgegeben? Oder lauerte er auf den richtigen Moment?

Alissa stellte die Kerze vor ihm ab und betrachtete ihn. Irgendetwas hatte sich an ihm verändert. Seine Augen wirkten leer und die Haut durchscheinend. Schnell ging Alissa weiter.

„Du wirst bestraft werden", sagte Herr Andres kraftlos. „Du hast gerade jemanden getötet! Wieso verbaust du dir dein ganzes Leben? Aus dir hätte so viel werden können, Alissa!"

Er klang enttäuscht und traurig. Zum ersten Mal zeigte er echte Emotionen. „Du bist doch nicht dumm, Alissa. Du hättest einfach die Zeit überstehen sollen. Danach wäre alles besser geworden!"

„Besser?", fragte Alissa schrill, obwohl sie keine Lust hatte, sich mit ihrem Klassenlehrer zu unterhalten. „Woher wollen Sie das denn bitte wissen?"

Herr Andres gab einen seltsamen, undefinierbaren Laut als Antwort. Er wusste es nicht. Niemand konnte wissen, was aus ihr werden würde.

„Ich möchte jetzt die Kerzen anzünden", meinte Alissa und begab sich in eine Art Trance. Zuhause hatte sie das oft getan und still eine höhere Macht angefleht, all ihre Probleme verschwinden zu lassen. Geholfen hatte es nie.

Sie nahm das Feuerzeug und begann bei Sandra. Aufgrund ihrer zittrigen Finger dauerte es eine Weile, bis sie den Docht angezündet hatte.

Die Flamme beeindruckte sie und sie musste dem Drang widerstehen, ihre Hand hineinzuhalten. Für den Moment verlor sie sich in dem Feuer, doch dann fing sie sich wieder und lächelte Sandra aufmunternd an.

Sie ging zu Christopher, der genau wie Sandra den Kopf gesenkt hielt. „Lass uns von vorne anfangen, ja?"

Es folgten Zoe und Maja. Auf den Wangen der beiden glänzten Tränen. Der Lehrer hingegen wirkte gefasst und schaute zu Alissa auf.

„Das ist kein Neuanfang!", sagte er. „Begreifst du das denn nicht?"

Alissa sagte nichts. Nicht einmal ein Lächeln hatte sie für ihn übrig.

Sie schritt zu Paul, der wie ein Häufchen Elend auf seinem Stuhl saß. Ein leises Wimmern drang aus seiner Kehle.

„Wir haben die Differenzen zwischen uns zwar nicht klären können ...", sprach Alissa ihn an. „... aber ich hoffe, wir werden ab sofort besser miteinander auskommen. Ich verzeihe dir!"

Sie fühlte sich schwerelos, aber nicht frei. Vorsichtig stellte sie die letzte Kerze vor ihm auf den Tisch und zündete sie an. Als sie ihre Hand wegzog, riss Paul seinen Kopf nach oben und starrte ihr direkt ins Gesicht. „Du bist Abschaum, Ekelalissa. Fahr zur Hölle!"

Mit einer einzigen flinken Bewegung stieß er sich vom Tisch ab. Alle Kerzen kippten um und rollten auf den Boden. Alissa musste mit Entsetzen zusehen, wie ihr Ritual beendet wurde, bevor es den erwünschten Erfolg zeigte. Wieder wurde alles kaputt gemacht. Feine Scherben ihres Daseins wurden in noch winzigere Stücke zerbrochen.

Paul sprang auf und stieß Alissa so fest gegen den Oberkörper, dass sie mehrere Meter zurücktaumelte und erschrocken die Luft einzog. Das Messer glitt ihr aus der Hand.

„Nein!", schrie Alissa, die jetzt auf dem Fußboden lag. Ihr Rücken und ihre Schultern schmerzten auf wohltuende Art und Weise. „Bitte tu mir das nicht an!"

Sie drehte sich auf die Seite und suchte mit den Augen nach dem Messer. Es lag direkt vor Pauls Füßen. Game over!

Alissa sah sich panisch um und nahm einen leichten Feuergeruch wahr. Die Kerzen. Zwei von ihnen waren bis zu einem der Tische gerollt und hatten eine Jacke angezündet, die dort über der Stuhllehne hing. Die Flammen wollten Alissa helfen, sich auf ihre Seite schlagen. Vielleicht trugen ihre stillen Gebete nun doch Früchte.

Paul hob das Messer auf und richtete es auf Alissa. „Deine Show ist jetzt vorbei!"

Ende. Aus. Vorbei. Alissa begriff es endlich. Es gab keinen Neuanfang. Nicht für sie.

Sie zitterte am ganzen Körper und weinte bittere Tränen. Aus den Augenwinkeln sah sie einen blutüberströmten Körper. Samantha. Die nicht existierende Samantha.

„Es brennt!" Herr Andres schrie. „Mach mich los, Paul!"

Für einen Moment sah es so aus, als wollte Paul sich lieber zuerst um Alissa kümmern, doch dann schüttelte er den Kopf.

„Du bist es nicht wert!", presste er zwischen zusammengekniffenen Lippen hervor und lief zu dem Lehrer. Mit einer hektischen Bewegung schnitt er das Klebeband durch.

Alissa sackte in sich zusammen.

„Mein Ende", dachte sie und schloss ihre Augen, die nicht mehr weinen konnten. „Das ist mein Ende!"

Heute

Paul sah zu, wie Zoe sich über Christopher beugte und eine Hand auf seine Schulter legte.

„Ist alles in Ordnung mit dir?", fragte sie mit zuckersüßer Stimme und gespielter Sorge. Sie sah für den Moment wie ein unschuldiges, kleines Mädchen aus, das von der Ungerechtigkeit der Welt noch keine Ahnung hatte. Damals hatte Paul diese Zoe verehrt, heute fand er sie zum Kotzen.

Christopher stöhnte und rappelte sich unbeholfen auf. Zoe wollte ihm helfen, wusste aber nicht, wo sie ihn packen sollte. Sie ekelte sich vor ihm. Das war unverkennbar.

Paul wollte nicht dasselbe empfinden. Er sehnte sich danach, ein anderer, besserer Mensch zu werden. Doch die eigenen Schwächen waren nur schwer abzuschütteln.

„Du warst lange weggetreten!", sagte Zoe leise und einfühlsam.

Tobias trat aus dem Raum und zog eine Augenbraue nach oben. Zu Christopher sagte er nichts. Wie immer hüllte er sich in Schweigen und spielte den stillen Beobachter.

„Und stell dir vor ...", fuhr Zoe unbeirrt fort. „Wir haben einen Ausgang gefunden. Ist das nicht toll?"

Christophers Augen wurden groß. „Wo?"

Zoe deutete auf den Durchgang. „Da ist eine Tür, die nach draußen führt!"

Paul hielt die Luft an. Ein Teil von ihm wollte laut loslachen, ein anderer wollte Zoe packen und wachrütteln. Gespannt wartete er ab, was Christopher jetzt tat.

„Ist Sandra auch da?", fragte Christopher. Eine seltsame Frage, die sein Misstrauen durchblitzen ließ.

„Ja, klar", antwortete Zoe. „Sie wartet draußen auf dich!"

Ein kurzes Zögern, dann stürmte Christopher los. Er zwängte sich durch die Öffnung und Paul folgte ihm.

„Nicht ...", setzte Paul an, doch Zoe hielt ihn fest und bohrte ihre Fingernägel in seinen Oberarm.

„Lass ihn!", zischte sie. „Er verdient es nicht anders und das weißt du!"

Paul schluckte schwer. Ja, er verabscheute Christopher, aber verdienten sie nicht alle das gleiche Schicksal? Sollten sie sich nicht besser zusammen vor die Tür stellen und einer nach dem anderen nach der Klinke greifen?

Paul sah, wie Christopher von der Dunkelheit verschluckt wurde. Alles lief wie in Zeitlupe ab. Es dauerte, dauerte, dauerte.

Christopher schrie auf. Ein hoher, spitzer Schrei. Er torkelte zurück und legte beide Hände auf seine Oberschenkel. „Soll das ein Witz sein?"

Zoe kicherte. „Schade, hätte ja klappen können!"

„Du Miststück", brüllte Christopher und stieß mit den Ellenbogen gegen die Wand. Pauls Mitleid verschwand.

„Und? Hast du dich jetzt wie Alissa gefühlt?", provozierte Zoe Christopher. Sie trieb es zu weit. Vielleicht lag es an ihrer Angst und dem Schock nach Toms Tod und dem Fund der Leiche auf dem Dachboden.

Christopher ging schnurstracks auf Zoe zu. „Und auf so eine dämliche Kuh wie dich stand ich mal! Das ist ja abartig!"

Er öffnete den Mund und spuckte ihr direkt ins Gesicht. Zäher Speichel lief Zoes Wange hinab.

„Und? Fühlst *du* dich jetzt wie Alissa?" Mit diesen Worten drehte er sich um und verließ den Raum.

„Was war das denn?", fragte Paul. Zoe wischte sich ungeschickt mit den Fingern im Gesicht umher. Sie sah aus, als müsste sie sich jeden Moment übergeben.

„Lasst uns die Sache einfach schnell wieder vergessen!", meinte sie. „Christopher ist es nicht wert. Wir sollten lieber endlich einen Weg nach draußen finden. Auf diesen ganzen anderen Mist habe ich echt keinen Bock mehr!"

Paul konnte nicht mehr an sich halten. „Und ich habe keine Lust auf diese neue Zoe, die sich einen Dreck um andere Leute schert! Klar, Christopher ist ein Arschloch, aber der Stromschlag hätte ihn umbringen können. Ist dir das eigentlich klar?"

Zoe sah ihn entgeistert an. „Ist das dein Ernst? Du wolltest Christopher vorhin doch selbst zusammenschlagen! Sei froh, dass ich dich aufgehalten habe!"

Paul schüttelte den Kopf. „Ich wollte ihn aber nicht wirklich töten. Du hingegen hast das einfach in Kauf genommen!"

„Reg dich ab!" Die Spucke war aus Zoes Gesicht verschwunden. Trotzdem rieb sie sich weiterhin fest über die Wangen bis diese sich knallrot färbten. „Es ist doch überhaupt nichts passiert!"

Paul schluckte seinen Frust herunter. Das war nicht der richtige Ort zum Streiten.

„Schade, dass es nicht geklappt hat!" Das kam von Tobias. „Wie sieht der neue Plan aus?"

Zoe ließ die Schultern hängen. Auch sie hatte keine Lust mehr auf Streit. Langsam verließen sie die Kräfte. „Wir sind eingesperrt und das sollten wir wohl langsam akzeptieren!"

„Also warten wir jetzt einfach darauf, getötet zu werden?", fragte Paul. Er wollte nicht aufgeben. Noch nicht. Seine alte Kämpfernatur kehrte zurück. Vielleicht verwandelten sie sich wieder in die Schüler von damals. Zoe wurde zur Superzicke, Christopher zum Außenseiter und Paul zum starken Anführer.

„Wisst ihr, was mir gerade aufgefallen ist?" Tobias runzelte die Stirn und verschränkte die Arme vor der Brust. Seine gewohnte Denkerpose. Hatte er diese Seite an sich auch verloren gehabt? Oder war Tobias immer Tobias gewesen?

„Derjenige, der das Kabel da angebracht hat, muss irgendwo im Haus sein, oder? Ich meine, er kann ja schlecht die Tür geschlossen und dann das Kabel angebracht haben ...!"

„Möglich wäre es, aber wir haben doch überall ...", meinte Zoe und zog beide Augenbrauen nach oben.

Ein Schrei unterbrach ihren Erklärungsversuch. Sie alle drehten ihre Köpfe.

„War das jetzt Christopher?", fragte Zoe mit zitternder Stimme.

Paul nickte leicht. „Ich denke schon …"

Damals

Chaos brach aus. Alissas Welt ging unter und sie konnte nichts dagegen tun. Das Schiff, auf dem sie das rettende Ufer angesteuert hatte, war von Anfang an dem Untergang geweiht gewesen. Nun musste sie sich treiben lassen und akzeptieren, dass ihr Körper bald auf den Grund gezogen wurde.

Die Schüler um sie herum kreischten, während Alissa zu Tobias krabbelte. Sie wollte sich an ihn klammern, aber das würde nur dazu führen, dass sie gemeinsam untergingen.

„Löscht doch erst mal das Feuer!", rief jemand. „Die Tischdecke da brennt auch schon!"

Die Kerzen. Die Kerzen meinten es gut mit ihr. Sie wollten retten, was noch zu retten war.

Der Anklagetisch war mittlerweile leer, die Schüler längst befreit. Alissa vernahm ihre panischen Rufe, als sie zu ihren Klassenkameraden liefen und verzweifelt an den Klebebändern zerrten. Ohne Messer oder Schere war es schwer, jemanden zu retten. Das würden sie bald einsehen müssen.

Alissa erreichte Tobias, der sie aus traurigen Augen anstarrte.

„Es tut mir leid", hauchte sie ihm zu und lehnte sich gegen ihn. Er roch gut, überdeckte mit diesem süßlichen Duft den Rauchgestank, der sich langsam in ihre Nase bohrte.

Alissa wusste nicht, warum sie sich entschuldigte. Eigentlich wollte sie lieber verstummen, in der Hoffnung, dass alles wie vorher werden würde. Sie, die schüchterne Ekelalissa, die alles mit sich machen ließ. Wie absurd. Sie sehnte sich danach.

Tobias lächelte. Ja, da erschien wirklich ein Lächeln auf seinem Gesicht, obwohl die Situation eher nach Trauer, Wut oder Panik schrie. „Du hast dein Bestes getan. Im Grunde ist das alles meine Schuld!"

Ein Alarm begann zu schrillen. Leise und unbedeutend. Ein weiterer Schritt Richtung Ende.

„Deine Schuld?" Alissa begann an dem Klebeband zu zerren. Zum Glück hatte sie es nicht allzu fest um ihn geschlungen.

Tobias wackelte mit den Beinen und riss das Band dort entzwei. Alissa hatte tatsächlich schlechte Arbeit bei seinen Fesseln geleistet, als hätte sie gehofft, er würde ihr zur Rettung kommen. Warum hatte er das nicht getan? Wieso hatte er sie nicht vor Paul und Samantha beschützt? Hätte sie das überhaupt gewollt?

„Ich hätte dich nicht dazu drängen sollen, das alles hier auf der Klassenfahrt zu tun!" Das Lächeln auf seinem Gesicht verschwand. Sein Blick driftete ab. Er schien den Aufruhr in dem Speisesaal nicht wahrzunehmen.

Alissa vernahm den Alarm, als wäre er nur eine unbedeutende Hintergrundmusik. Sie schmiegte sich enger an Tobias, der das restliche Klebeband abstreifte und einen Arm um sie legte.

Um sie herum rannten die Schüler wild durcheinander. Herr Andres hatte seine Kollegen befreit und warf sich mit ihnen gegen die Tür. Sogar Frau Bolte half trotz ihres Alters mit, aber es half nichts.

Ein Schüler schleuderte einen Stuhl gegen die Tür des Notausganges, während sich der Rauch im Saal ausbreitete und die Sicht raubte. Nicht mehr lange und diese beschissene, heuchlerische Welt versank im Nebel. Halleluja.

Alissa spürte die Tränen, die unaufhaltsam ihre Wangen hinabliefen und leise den Abschied einläuteten. Bald würde sich Tobias von ihr trennen und sie zurücklassen. Schließlich war sie nun eine Mörderin.

Durch den dichten Rauch erkannte Alissa orangene Flammen, die sich langsam auf sie zubewegten. Ihr einziger Ausweg.

„Tobias, du musst gehen!"

Eine Sirene schrillte. Die Feuerwehr kam, um zu retten, was noch zu retten war. Das Gebäude, ein paar unwichtige Leben und die alten Lügen.

Alissa hob den Kopf und ließ ihr Herz sprechen. Ihr Herz, das sich nach einem einzigen glücklichen Moment sehnte.

Tobias sah sie an. Erst ihre Augen, dann ihre Lippen, die sich seinem Mund näherten. Für einen kurzen Moment dachte Alissa, er würde angewidert zurückweichen, doch sie war froh, dass er das nicht tat. Er kam näher und sie küssten sich. Alissa fühlte sich frei, als wäre das die Erlösung, auf die sie so lange gewartet hatte.

Wie dumm sie gewesen war. Sie hätte sich diesen dämlichen Vortrag und diese ganze verzweifelte Aktion sparen können. Tobias war der Schlüssel. Seine starken Arme und die Geborgenheit hätten das Mobbing unwichtig werden lassen. Tobias, ihr Beschützer, nicht ihr Held.

Er löste sich von ihr und begann zu husten. Alissa verspürte ebenfalls ein Kratzen in ihrer Kehle, aber sie riss sich zusammen. Sie wollte Tobias warme Lippen noch einmal spüren, die Welt kurz vor dem Untergang anhalten und die Endlichkeit in Unendlichkeit verwandeln. Sie konnte nicht. Tobias musste das sinkende Schiff verlassen, bevor es zu spät war.

„Geh!", hauchte sie ihm zu und küsste ihn auf die Wange. „Geh und vergiss mich nicht!"

Ein Poltern ertönte. Die Tür. Jemand versuchte sie von draußen zu öffnen.

Die Schüler und Lehrer schrien wild durcheinander. Nicht alle Jugendlichen waren befreit. Alissa sah rechts und links von sich noch immer Schüler ihrer eigenen Klasse, die auf den Stühlen zappelten und weinten. Die wenigsten hatten das Bewusstsein verloren, was bedeutete, dass sie mitbekamen, wie die anderen sie im Stich ließen. Sie scherten sich einen Dreck um ihre Mitschüler. Selbst Herr Andres hatte nur seine Kollegen befreit und ignorierte die verzweifelten Rufe der Jugendlichen im hinteren Bereich.

Ein Krachen. Alissa spürte, wie sie auf die Beine gezogen wurde. Tobias wollte sie mit sich ziehen, aber sie ließ sich einfach wieder fallen.

Das Atmen fiel ihr schwer und ihre Lungen brannten. Schweiß tropfte von ihrer Stirn und mischte sich mit ihren Tränen.

Es war warm. Die Hitze ging von den lodernden Flammen aus, die langsam näher kamen. Wie hatte sich das Feuer so schnell ausbreiten können?

Ein Luftzug. Noch mehr Flammen, denen es nach Sauerstoff gierte.

Jemand schrie etwas auf Französisch. Kurz darauf gab Herr Andres die Anweisung, dass alle den Saal verlassen sollten. Was für ein Witzbold.

Die Flammen erreichten Alissa endlich. Ein wohltuender Schmerz breitete sich auf ihrer Haut aus.

Tobias kniete sich hin, ergriff ihre Hand und zog sie mit sich. Alissa schrie ein Wort, das sie in ihrem Leben viel zu selten über die Lippen gebracht hatte. „Nein!"

Tobias erstarrte und ließ sie los. Er umklammerte ihren Nacken und drückte seine Lippen auf ihren Mund. Ein verzweifelter Kuss und gleichzeitig ein Abschiedsgeschenk.

Sie sah Tränen in seinen Augen, als sie ihn von sich stieß. „Geh! Bitte!"

Er hustete, wollte etwas sagen, doch er konnte nicht. Die Kräfte verließen ihn und er sah aus, als würde er die Kontrolle über sich und seinen Körper verlieren.

„Nein! Nein! Nein!" Alissa stieß ihn von sich. „Geh endlich!"

Endlich tat er, was sie verlangte. Sein Überlebenswille kehrte zurück und der Rauch verschluckte ihn schließlich. Alissa blieb zurück. Ihre Lungen schrien nach Luft und sie legte sich flach auf den Boden. So sollte es enden. So und nicht anders.

Heute

Sandra saß stumm in ihrem Gefängnis und schlug ihren Kopf immer wieder gegen die Wand. Nicht so fest, dass es schmerzte, aber fest genug, um die Gedanken in ihrem Kopf wild kreisen zu lassen.

Sie war nicht mutig genug, sich selbst zu verletzen. Wie oft hatte sie zuhause die Nagelschere an ihr Handgelenk gehalten und sich innerlich angeschrien, es endlich zu tun? Viel zu oft. Aber sie war nie so mutig wie Alissa gewesen. Nie!

„Herr Andres?" Sie lauschte. „Sind Sie noch da?"

Ein Klacken. Dann die Antwort. „Wo soll ich denn sonst sein?"

„Was weiß ich?" Sandra hasste es, wenn andere Leute so respektlos mit ihr redeten. Sie kam sich dann immer wie ein kleines Dummerchen vor, das von niemandem ernst genommen wurde. Wer weiß? Vielleicht war sie das ja auch. „Hätte ja sein können, dass Sie schon tot sind. Bei Tom ging es ja auch ganz schnell!"

Herr Andres schnaufte. „Glaub mir, ich habe nicht vor, heute zu sterben!"

Er klang hoffnungsvoll. Genau wie auf der Klassenfahrt, als die Feuerwehr eingetroffen war und er wieder in die Rolle des fürsorglichen Lehrers schlüpfen konnte. Was für ein Narr!

„Ich an Ihrer Stelle ...", begann sie, doch ein Knarren ließ sie verstummen. Die Tür. Es folgten Schritte, die laut durch den Keller hallten. Ihr Gastgeber? Alissa?

Sandra rappelte sich auf. Ihr war schwindelig. Nur mit Mühe schaffte sie es zur Tür, um durch die Öffnung zu spähen. Wenn sie schon sterben musste, wollte sie dem Tod wenigstens in die Augen sehen.

Die Schritte kamen näher und Sandras Körper spannte sich an. „Alissa? Bist du das? Hör zu, was damals passiert ist, tut mir furchtbar leid! Mit deinem Vortrag hast du die Wahrheit gesagt und auch die Aktion mit den Schlaftabletten und dem Klebeband stand dir zu, aber meinst du nicht, du gehst jetzt zu weit? Wir bereuen es doch alle!"

Sie erkannte eine dunkle Gestalt in einem schwarzen Hoodie. Fahles Licht schien auf die Kapuze, die sich der Gastgeber tief ins Gesicht gezogen hatte, um weiterhin unerkannt zu bleiben.

„ES TUT MIR LEID!", brüllte Sandra, die Worte, die ihr seit der Klassenfahrt auf der Seele brannten. „Was soll ich denn tun, damit du mir verzeihst. Ich bin doch hier, oder? Ich bin gekommen, um meine Taten zu bereuen!"

Das Licht im Gang blieb dieses Mal an und so konnte Sandra sehen, wie die Gestalt auf die gegenüberliegende Tür zuschritt. Das Gefängnis von Herrn Andres. Die Zeit schien für ihn gekommen zu sein.

Schlüssel klapperten und ein Quietschen ertönte, als die hölzerne Tür geöffnet wurde.

„Nein!" Die Stimme des Lehrers klang panisch. „Was willst du von mir? Ich habe doch überhaupt nichts getan!"

„Ja, genau!" Eine weibliche Stimme. „Du hast nichts getan!"

Sandra konnte nicht einschätzen, ob diese zu Alissa gehörte. Zu viele Jahre waren vergangen. Zu selten hatte Alissa damals den Mund geöffnet, um etwas zu sagen.

Sandra drückte ihr Gesicht gegen die kühlen Gitterstäbe und riss die Augen auf. Sie konnte nichts mehr sehen. Die Unbekannte verschwand in dem Kellerraum und Sandra vernahm einen dumpfen Schlag. Herr Andres wehrte sich, wollte sich seinem Schicksal nicht ergeben. Wie dumm. Wie naiv. Er war damals der Hauptschuldige gewesen, der einzige Erwachsene in der Runde der Angeklagten. Er hätte alles verhindern können, aber er hatte nichts getan, aus Angst, sein Gesicht zu verlieren. Wahrscheinlich war er wirklich in Alissa verliebt gewesen und hatte deswegen befürchtet, dass jemand seinem Geheimnis auf die Schliche kam, wenn er sich auf ihre Seite stellte. Aber wie hatte er sie so verletzen können? War das echte Liebe?

Sandra selbst war nie richtig verliebt gewesen. Wer würde sich auch in eine so charakterlose, fette Kuh wie sie verlieben? Sie wusste nichts von der Liebe und doch hatte sie das Geständnis des Lehrers wütend gemacht. Jetzt, als sie seine Schreie hörte, konnte sie nicht einmal Mitgefühl empfinden.

„Sie verdienen es nicht anders!", hörte sie sich sagen. Woher kam ihr plötzlicher Hass? Die böse Sandra kehrte zurück an die Oberfläche!

Ein langgezogener Schrei erklang, dann ein Krachen, gefolgt von bedrohlicher Stille.

Sandras Puls beschleunigte sich. Sie atmete schnell und viel zu flach. Kurzzeitig wurde ihr schwarz vor Augen.

Mit zittrigen Beinen wich sie einen Schritt zurück. Jetzt war sie an der Reihe. So viel stand fest!

„Du verdienst es nicht anders", murmelte sie leise, während die böse Sandra in ihr versuchte, sie vom Gegenteil zu überzeugen.

Die Tür auf der anderen Kellerseite wurde geschlossen.

„Nein", sagte sie heiser. „Ich will das nicht!"

Sie hatte Fehler begangen. Gravierende Fehler, die ihr Leben bestimmten, aber was war aus dem Neuanfang geworden, den Alissa bei ihrem Vortrag angesprochen hatte? Was, wenn Sandra sich von nun an änderte und ein besserer Mensch wurde? Gab es dann eine zweite Chance?

Sie wich weiter zurück und stieß mit dem Rücken gegen die Wand. Die Schritte kamen jetzt auf ihr Verlies zu. Die Gastgeberin schaute kurz durch die Öffnung, zeigte jedoch nichts von sich als Schwärze, als wäre sie gesichtslos. Ein Geist? Ein Dämon? Ein Racheengel?

Früher hatte sich Sandra für solch paranormales Zeug interessiert. Mit Lena und Jenny hatte sie sogar einmal eine Séance abgehalten, mit einem Ouijaboard, das sie sich günstig im Internet ersteigert hatten. Passiert war bei der Geisteranrufung nichts, aber sie hatten eine Menge Spaß gehabt. Ein Spaß, der nach der schrecklichen Nacht auf der Klassenfahrt verloren gegangen war. Jenny war damals gestorben und Lena wollte nichts mehr mit

Sandra zu tun haben. Sie gab ihr Schuld an dem Unglück. Heute konnte Sandra das verstehen.

Sie hörte ein Klappern. Die Unbekannte stieß den Schlüssel ins Schloss und drehte ihn. Das darauffolgende Klicken ließ Sandra zusammenzucken.

Wie in Zeitlupe wurde die Tür Stück für Stück geöffnet und die schmächtige Person machte einen Schritt in den Raum. Der übergroße Hoodie war weiterhin tief ins Gesicht gezogen, aber eine helle Haarsträhne hing an der einen Seite hinab. War Alissa nicht braunhaarig gewesen?

Sandra erstarrte, als ihr Blick auf das lange Messer in der Hand der Gestalt fiel. An der Klinge klebte dunkles Blut.

„Nein!" Sandra schrie auf, schrill und so laut, dass ihr eigenes Trommelfell vibrierte.

„Bitte! Was willst du denn von mir?" Sandra ging in die Knie. Ihre Blase entleerte sich. Es störte sie nicht. „Du bist nicht Alissa!"

Die Fremde lachte auf. Es klang wahnsinnig. „Das ist dir also auch schon aufgefallen, ja? Aber war es nicht von Anfang an klar, dass ich nicht die arme, kleine Alissa bin?"

Sandras Unterlippe bebte und ihr ganzer Körper stimmte mit ein. Ihre Beine konnten ihr Gewicht nicht mehr halten und so landete sie unsanft auf den Po. Sie roch ihren eigenen Urin. Es widerte sie an. Alles an ihr widerte sie an. Sie war ein Monster. Ein ekliges Monster, das dieses Ende verdiente. Trotzdem zog die Angst ihr Herz zusammen.

Die Frau mit dem Messer riss ihre Arme nach oben. Im ersten Moment dachte Sandra, sie würde sich auf sie stürzen und die Klinge tief in ihr schwabbeliges Fleisch stoßen, doch stattdessen riss sie sich die Kapuze vom Kopf.

Ihr blondes Haar funkelte golden und ergab einen tollen Kontrast zu ihrem ebenmäßigen Gesicht, das Sandra an eine Eisprinzessin erinnerte. Diese Frau war nicht einfach nur schön, nein sie war perfekt.

„Wer bist du?", fragte Sandra. Sie kannte diese zierliche Blondine nicht und wusste auch nicht, was sie von ihr wollen konnte. Alissas Rache hätte sie akzeptieren können, nicht aber den Angriff einer völlig Fremden, die nichts mit der Klassenfahrt zu tun hatte.

„Mein Name ist egal!" Die hübsche Fremde lachte auf. Zwei Grübchen erschienen auf ihren Wangen. „Aber wenn du magst, kannst du mich Kiara nennen! Unter diesem Namen hat mich dein ehemaliger Klassenkamerad Tom auch kennengelernt!"

Sandra kauerte sich zusammen. „Tom? Bist du an seinem Tod schuld? Wieso tust du das alles?"

„Tom war erst der Anfang ...", meinte Kiara mit dunkler Stimme. „Er sollte gar nicht auf diesem Klassentreffen erscheinen. Ein Wunder, dass er so lange überlebt hat. Das Gift hätte ihn viel früher töten sollen!"

Gift. Sandra sehnte sich in diesem Moment auch nach einem Gift, das dieses Klassentreffen endlich beendete. „Aber wieso? Was haben wir dir denn getan? Und woher kanntest du Alissa?"

„So viele Fragen ..." Kiara trat einen Schritt näher. „Und ich habe leider keine Lust, sie zu beantworten. Da, wo du gleich hingehst, bringt dir das Wissen ohnehin nicht mehr viel ..."

Sie kam näher. „Ich hätte dich gleich töten sollen! Eigentlich habe ich dich auch nur am Leben gelassen, um zu hören, ob es noch Dinge gibt, die du vor deinem Tod loswerden willst. Dieser nichtsnutzige Lehrer hat seine Chance genutzt. Die Geschichte über seine unbändige Liebe zu einer Schülerin war doch herzzerreißend, oder?"

Sie fasste sich mit der zierlichen Hand an die Brust und seufzte. Ihre Gesichtszüge wurden für einen Moment weich.

Sandra schielte zur Tür, die offen stand. Konnte sie es schaffen? Sie bezweifelte es. Ihr ganzer Körper fühlte sich taub an. Taub und leer. Sie besaß keine Kraft zum Kämpfen.

„Denk nicht mal daran!" Kiaras Gesicht verfinsterte sich. Sie machte einen Satz nach vorne und griff nach Sandras Oberarm.

„Ein paar Kilos weniger auf den Hüften würden dir echt gut tun", stöhnte sie und riss Sandra nach oben. Für so eine zierliche

Gestalt war Kiara sehr stark, aber Sandra begriff, dass ihre einzige Chance darin bestand, sich zur Wehr zur setzen. Vielleicht war ihr Gewicht doch nützlich.

Sie warf sich nach hinten und Kiaras Umklammerung löste sich. Ein kleiner Erfolg. Leider konnte sich Sandra nicht lange darüber freuen. Das Messer schnellte durch die Luft. Kiara zielte auf Sandras Oberkörper und traf sie an der linken Schulter. Die Spitze bohre sich durch ihre Strickjacke und ein paar Millimeter in ihr Fleisch. Es fühlte sich wie ein Wespenstich an.

Sandra schrie auf und drehte sich von ihrer Angreiferin weg. Sie landete auf allen vieren und krabbelte wie ein Käfer in Richtung Tür. Ihre Knie schabten über den harten Boden, aber sie nahm den Schmerz nur am Rande war. Sie wollte nur überleben.

„Das ist doch lächerlich …" Kiara klang wütend und gleichzeitig ungeduldig. „Du kommst hier nicht raus. Jedenfalls nicht lebendig!"

Sandra erreichte die Türschwelle und versuchte sich aufzurappeln. Es gelang ihr nicht. Ein brennender Schmerz breitete sich in ihrem Rücken aus und ihr wurde schlagartig klar, was das bedeutete.

Sie landete ausgestreckt auf dem Boden, atmete den feinen Schmutz ein und kapitulierte. Ihr Gehirn schaltete sich ab und gab keinerlei Befehle mehr an ihren Körper. Weder ihre Arme, noch ihre Beine wollten sich bewegen lassen.

Zum Glück schaltete sich auch ihr Denken ab. Ihre Augen schlossen sich von ganz allein und Kiaras leises Kichern begleitete sie in eine andere Welt. Eine Welt ohne Alissa. Eine friedliche Welt.

Damals

Weiß. Grau. Weiß. Grau. Weiß. Grau. Rot. Schwarz.

Alissa tauchte in diese Farben und fühlte sich wie in einem Wolkenmeer. Sie wollte aufstehen, herumspringen, tanzen und die Freiheit fühlen. Der Rauchgestank und ihre brennenden Lungen hinderten sie daran. Sie wollte die Augen schließen und schlafen. Für immer.

Schreie. Ganz in ihrer Nähe schrie jemand.

„Ich kann mich nicht bewegen!" Ein Mädchen. Vielleicht aus der Parallelklasse. Vielleicht aber auch aus Alissas Klasse. Sie konnte die panikerfüllte Stimme nicht zuordnen. Das „Wer" war eh egal. Heute waren sie alle gleich. Egal ob dick, dünn, groß, klein. Hier ging es um Leben und Tod. Sie standen auf einer Stufe. Ein gutes Gefühl.

Alissas Augen brannten. Sie kniff sie zusammen, aber es wurde nicht besser. Hätte sie doch bloß die bescheuerten Tabletten nicht an ihre Mitschüler verschwendet. Ein leiser Tod war angenehmer. Einsamer. Angemessener.

Sie krabbelte einige Meter und legte sich dann ausgestreckt hin. Mit den Armen stieß sie gegen einen Körper. Das Mädchen. Es schrie wieder. Verzweifelt. Ängstlich. Endgültig.

Alissa bekam trotz der unerträglichen Hitze eine Gänsehaut. Sie wollte sterben. Das wurde ihr schlagartig bewusst. Ihre Mitschüler hatten gewonnen. Sie war die Verliererin in diesem Spiel, das sich Leben nannte. Game over!

Nur die wirklich Harten kamen durch. Die Mitläufer, die sich der breiten Masse anschlossen und jene, die gerne bei Unrecht wegsahen. Die weichlichen Menschen, die Schwachen und die Einsamen mussten aussortiert werden und jetzt war Alissa an der Reihe. Natürliche Selektion nannte sich das.

Die Hitze wurde unerträglich. Genau wie die Schreie des Mädchens und einiger anderer Schüler.

Alissa versuchte sich zu konzentrieren. Sie zwang sich, langsam zu atmen, obwohl ihre Lungen nach Sauerstoff schrien. Nicht durchdrehen! Nichts sagen! Keine Angst zulassen! Sie wollte diese Welt mit Würde verlassen. Das war alles, was ihr übrig blieb.

Flammen. Sie spürte das Feuer auf ihrer Haut.

Vor ihrem inneren Auge tauchte Tobias auf. Sie versuchte, sich an den Kuss zu erinnern, wollte ihn noch einmal auf ihren spröden Lippen schmecken. Es gelang ihr nicht. Zu viele Erinnerungen drängten sich dazwischen.

Da war Christopher. Christopher am ersten Schultag, wie er anfing, alle gegen sie aufzuhetzen, um seine eigene Opferrolle loszuwerden. Dann war da Paul, der sie herumschubste und ihr mit seiner gewalttätigen Art Angst einflößte. Auch Sandra war anwesend. Sandra, die ihre Nase rümpfte und von oben auf sie herabsah. Herr Andres. Der Lehrer, der ihre Probleme nicht wahrnahm und ihr nie direkt in die Augen schaute, als hätte er Angst, sein Gesicht zu verlieren. Und zu guter Letzt Zoe, die ihr eigenes Leben führte und sich einen Dreck um andere Leute scherte.

„Nein", flüsterte Alissa. Eine Träne zwängte sich durch ihre geschlossenen Augen. „Verschwindet endlich!"

Sie wollte Tobias sehen. Niemanden sonst.

Das Feuer berührte sie und hüllte sie ein. Plötzlich war es überall. An ihren Beinen, ihren Armen, sogar in der Nähe ihres Kopfes. Ihre Haare brannten längst, aber dem Feuer gierte es nach mehr. Es wollte sie. Sie allein.

Alissa öffnete den Mund. Sie wollte nicht schreien, konnte aber nichts dagegen machen. Sie brüllte all ihren Schmerz heraus und als sie dann, nach endlosen Sekunden, die Luft einzog, sank sie in die Leichtigkeit. Alles wurde unwichtig und das fühlte sich richtig an. Endlich konnte sie gehen und ihren verhassten Körper verlassen. Endlich. Der Neuanfang, der ihr zustand.

Heute

Zoe wollte Christophers Schreie einfach ignorieren. Ja, wenn er jetzt starb, wäre ihr das vollkommen egal. Schade, dass die Klinke ihm nichts ausgemacht hatte. Er verdiente den Schmerz und vielleicht sogar den Tod.

Paul setzte sich in Bewegung, doch Zoe hielt ihn zurück. „Nur weil er schreit, musst du ihm noch lange nicht zur Rettung kommen! Wahrscheinlich hat er sich bloß vor einer Spinne erschrocken oder wieder irgendein Erinnerungsstück von damals gefunden!"

Paul machte sich von ihr los. Er schien noch immer wütend zu sein. „Und was ist, wenn da oben endlich unser Gastgeber in Erscheinung tritt? Ich ertrag den ganzen Mist hier langsam nicht mehr!"

Er schlug auf den Tisch. Das Geschirr klapperte. Ein Baguette rollte vom Tablett, als wollte es sie verhöhnen.

„Paul hat recht!" Tobias schnappte sich das lange Messer, als würde es ihm gehören und verließ den Raum. Zoe und Paul sahen sich einen Moment an und folgten ihm. Was anderes blieb ihnen nicht übrig.

Oben angekommen sahen sie, dass die Tür am Ende des Ganges geschlossen war. Tobias stand im Flur und ging nicht weiter. Die Dunkelheit irritierte ihn.

Zoe schaute aus dem Fenster. Alles war grau. Der Tag neigte sich dem Ende und sie waren noch immer hier gefangen. Verdammt!

„Was hat dieser Idiot jetzt vor?", fragte Tobias und versicherte sich, dass Christopher nicht in einem der anderen Räume war.

Ein weiterer Schrei ertönte. Nicht laut, nicht ängstlich, eher lächerlich und kindlich. Eine schlechte schauspielerische Leistung.

„Er hat jetzt wohl völlig den Verstand verloren!" Zoe drängte sich an Tobias und Paul vorbei. Vor Christopher hatte sie keine Angst. Seine einzige Waffe bestand aus dummen Beleidigungen und war nur gegen schwache Mädchen wirksam. „Vermutlich hat der Stromschlag seine letzten Gehirnzellen zerstört!"

„Zoooooooeeee!" Er rief ihren Namen, als spürte er ihre Anwesenheit und zog ihn unnatürlich in die Länge. Ein seltsamer Sprechgesang entstand. „Zooooooooeeeee!"

Zoe verharrte vor der Tür, unsicher, was sie dahinter erwartete.

„Komm doch, Zoooooooeeee!" Christopher brüllte förmlich. „Ich möchte, dass du zu mir kommst, süße Zooooooeeee!"

Mit einem Ruck öffnete sie die Tür und erschrak. Christopher stand wie eine bizarre Statue mitten im Raum. Auf seinem Gesicht lagen finstere Schatten, erzeugt von den dicken, gelben Kerzen, die um ihn herum brannten. Zoe brauchte nicht zu zählen, um zu wissen, wie viele es waren.

Sie war versucht, die Tür sofort wieder zu schließen, aber Paul und Tobias tauchten hinter ihr auf und starrten verblüfft in den Raum.

„Was zur Hölle machst du da?", fragte Paul und stützte sich an der Wand ab.

Christopher hob den Kopf. In seinen dunklen Augen funkelte der Wahnsinn. „Wonach sieht es denn aus?"

Zoes Gedanken kreisten wild umher. Damals. Heute. Damals. Heute. Alles wiederholte sich. Nur auf eine andere Art und Weise.

„Was soll der ganze Mist?", fragte sie. „Willst du Alissa nachahmen?"

Christopher machte eine einladende Geste. Er wirkte wie ein Zirkusdirektor, der die Zuschauer auf die kommende Show einstimmen wollte. Zoe erkannte, dass er ein Messer in der Hand hielt. Ein Messer, das haargenau wie das aussah, welches Tobias umklammert hielt.

„Wollt ihr nicht herkommen und eure Kerzen in Empfang nehmen?" Christopher grinste breit. „Tobias, du kannst Majas nehmen! Der kleine Rotschopf hat damals eh nicht dazugehört. An ihrer Stelle hättest du sein sollen, findest du nicht auch?"

„Was redest du da für einen Schwachsinn?" Tobias Stimme zitterte. „Maja ist damals gestorben! Das weißt du genau! Soll das heißen, du wünschst mir den Tod? Was habe ich denn bitte getan?"

„Was du getan hast?" Christopher spie die Worte aus. Seine Spucke flog durch die Luft und landete auf einer der Kerzen. Sie zischte, ging aber nicht aus.

„Du hast mich vor Alissas Auftauchen doch wie Dreck behandelt! Das habt ihr alle. Wisst ihr das nicht mehr?"

So viele Jahre waren vergangen. Wie sollten sie sich da noch an jedes Ereignis aus ihrer Schulzeit erinnern? Vor allem, wenn andere Ereignisse sich in den Vordergrund drängten?

„Heißt das, du hast uns hier hin eingeladen?", fragte Zoe. Sie wollte und konnte es nicht begreifen.

Als Antwort bekam sie ein Lachen. Es klang unmenschlich.

„Hör doch auf mit dem Mist!" Paul wollte den Raum betreten und sich Christopher stellen, aber Zoe hielt ihn zurück. Er war der Falsche, um Christopher zu beruhigen.

Zoe machte einen zaghaften Schritt über die Türschwelle und streckte eine Hand aus. „Dann gib mir meine Kerze und lass uns den Neuanfang feiern! Das möchtest du doch, oder?"

Wieder ein Lachen. Christopher riss den Mund so weit auf, dass er wie ein gefräßiges Monster aussah. Er verschluckte sich und musste husten. „Eigentlich nicht ..."

Er fuchtelte mit dem Messer umher und wankte einen Schritt zur Seite. Um ein Haar hätte er dabei eine Kerze umgestoßen.

Zoes Mund wurde staubtrocken. Alles erinnerte sie an das Feuer in der Jugendherberge, die verzweifelten Schreie, der Rauch und ihre eigene Machtlosigkeit. Sie hatte ein paar ihrer Freunde gerettet, aber viele Mitschüler zurückgelassen. Wie egoistisch. Mit etwas Mut hätten sie gemeinsam alle retten können, sogar Maja, die kurz nachdem Paul ihr die Fesseln gelöst hatte, in Ohnmacht gefallen war. Zoe hatte es gemerkt, aber nur an ihr eigenes Leben gedacht. Wie armselig. Wie schwach.

Zoe stand einen halben Meter von dem Kreis aus Kerzen entfernt. Sie roch das Feuer und die leichte Süße des Wachses. Scheußlich. Ihr fiel es schwer, nicht würgen zu müssen. „Warum gibst du mir nicht das Messer!"

„Du meinst dieses hier?" Er stach in ihre Richtung und verfehlte sie knapp. „Das ist meins! Eine tolle Kopie von dem Messer, das Alissa damals benutzt hat, oder? Übrigens hat Tobias da das echte Messer in der Hand! Ich habe es damals mitgehen lassen! Cool, oder?"

Zoe sah, wie sich Tobias Augen weiteten und er kurz davor war, das Messer fallen zu lassen. Zum Glück riss er sich zusammen.

„Du willst mich töten, oder?", sprach Christopher weiter. „Wie da unten an der Tür! Dachtest du wirklich, ich bin so dumm, die Klinke anzufassen? Überschätze dich bloß nicht, Zoe. Du bist nicht mehr das Mädchen von früher!"

Zoe trat einen Minischritt auf ihn zu. „Wir sind alle nicht mehr die, die wir früher waren. Wir haben uns geändert und sind uns unserer Schuld bewusst. Reicht das nicht?"

„Mir ist das alles egal!" Christopher machte eine abfällige Handbewegung. „Ihr seid für mich nur ein Haufen Loser!"

„Und warum sind wir dann hier?" Die Frage kam von Paul.

Zoe wartete gespannt ab. Ihre Augen schweiften im Raum umher, auf der Suche nach einer Möglichkeit, Christopher schnell und effektiv zu überwältigen. Die Vorhänge waren zugezogen und das Licht der Kerzen erreichte kaum die dunklen Wänden. In ihrer Nähe befand sich nur das Sofa, während direkt hinter Christopher der Schreibtisch und die Kommode standen. Konnte sie ihn irgendwie in die Ecke drängen? Oder sollte sie besser Paul und Tobias unbemerkt ein Zeichen geben?

„Ihr seid hier, um die Vergangenheit endlich auszulöschen!", brüllte Christopher laut und bedrohlich. Er schien sich zu verwandeln, wurde noch breiter, größer und wahnsinniger. Er sah aus, als würde er sich aufblähen und jeden Moment platzen. Das

Böse wollte freigelassen werden.

„Ihr seid alle das letzte Stückchen Alissa! Ihr dürft nicht leben! Wenn ihr weg seid, wird endlich alles zur Ruhe kommen! Es wäre dann so, als hätte diese verdammte Klassenfahrt nie stattgefunden!"

„Ist das dein Ernst?" Zoe wollte ihren Ohren nicht trauen. Sie schielte zu Tobias, der sich hinter Paul versteckte und wie hypnotisiert auf die Kerzen starrte. Verdammt. Er besaß als einziger eine Waffe und schien nicht daran zu denken, sie zu benutzen. Zoe fühlte sich allein. Wie damals. Sie waren keine Klasse, keine Gemeinschaft, keine Freunde, nur Einzelkämpfer. „Du willst uns also umbringen, um dich besser zu fühlen? Damit die Vergangenheit dich nicht länger belastet, du egoistisches Arschloch? Ein grandioser Plan. Der ist ja fast so gut wie der von Alissa!"

Sie wollte sich nicht hineinsteigern, konnte aber nichts dagegen tun. Die Wut, die Trauer, die Verzweiflung. All das wollte raus und endlich Platz für neue Gefühle und ein neues Leben machen.

„Danke!" Christopher verneigte sich ohne Anmut. Es sah lächerlich aus. „Ich wusste, dass du mich verstehen wirst! Wir waren uns schon damals ähnlich!"

Um ein Haar hätte Zoe laut losgelacht, aber zum Glück war sie zu überwältigt von der Situation und Christophers Verwandlung in ein Monster. „Wir sind uns überhaupt nicht ähnlich!"

„Ja, nicht mehr ..." Christopher hob das Messer und richtete die Klinge anklagend auf ihren Kopf. „Eigentlich wollte ich dich verschonen! Wir hätten doch so ein schönes Paar abgegeben, nicht wahr? Aber dann musstest du ja das mit der Tür abziehen!"

Er machte einen Satz auf sie zu und stieß mit dem Fuß eine der Kerzen um. Ob es Absicht oder Ungeschick war, konnte Zoe schlecht einschätzen. Sie sah zu, wie die Kerze über den grauen Teppich rollte und eine Spur aus Flammen hinterließ. Ihre Augen konnten sich nicht von dem Feuer abwenden und so sah sie nicht, wie sich das lange Messer auf sie zubewegte.

Sie vernahm einen kurzen Schrei, der von Paul stammte und

einen leichten Schmerz an ihrer rechten Wange.

Ihr Gesicht. Christopher hatte ihr Gesicht getroffen. Da war Blut, das aus der Wunde rann und über ihr Kinn lief.

Sie drehte ihren Kopf, sah, dass Paul sich auf Christophers Rücken geworfen hatte und wild auf ihn einschlug. Chaos brach aus.

Christopher fluchte und wankte hin und her. Weitere Kerzen fielen um und Zoe nahm schützend die Hände vor ihr Gesicht. Aus den Augenwinkeln sah sie Tobias, der plötzlich ohne ersichtlichen Grund zu Boden ging. Eine Gestalt tauchte auf. Sie hielt ein seltsames Ding in der Hand, das sie an Pauls Hals hielt. Ein Knistern ertönte und Paul sackte zusammen.

„Wollten wir sie nicht einzeln erledigen?", fragte die Gestalt. Eindeutig eine Frau. „Wieso hast du nicht abwarten können?"

Die Frau zog ihren schwarzen Hoodie aus und löschte das Feuer. Christopher hielt sich den Kopf und stöhnte.

„Es war an der Zeit!", sagte er und nahm der Frau den Elektroschocker ab. „Die drei hier schaffen wir auch so!"

Zoe spürte ein Taubheitsgefühl, bevor sich ihr Körper abschaltete. Als sich ihre Augen schlossen, blickte sie in Christophers verzerrtes Gesicht. Er grinste breit und wünschte ihr einen angenehmen und erholsamen Schlaf.

Damals

Das Feuer breitete sich nicht auf die restliche Jugendherberge aus. Dafür sorgten die Feuerwehrmänner, die sich nicht aus der Ruhe bringen ließen. Es brauchte eine Weile, bis sie verstanden hatten, dass sich noch Schüler im Speisesaal aufhielten. Gefesselte Schüler, ohnmächtige Schüler und sterbende Schüler. In ihren Schutzanzügen mit Atemmasken drangen sie bis zu ihnen vor und trugen die bewusstlosen Jugendlichen nach draußen, wo bereits mehrere Krankenwagen warteten.

Tobias stand in eine dicke Decke gehüllt. Seine Klassenkameraden befanden sich in seiner Nähe und zogen eine große Show ab. Sie weinten laut und fielen sich in die Arme, während auf ihren Gesichtern die pure Erleichterung lag. Jeder von ihnen war froh, dem Tod von der Schippe gesprungen zu sein. Für den einen oder anderen war es mit Sicherheit auch ein Triumph über Alissa.

Tobias wartete auf sie, betete, dass ein Feuerwehrmann sie auf seinen starken Armen nach draußen trug und rettete. Sie durfte nicht sterben. Nicht heute.

Zoe kam zu ihm und streckte die Arme aus, um ihn an sich zu drücken, doch er wich zurück. Er hatte keine Lust ihren Beschützer zu spielen und sie zu trösten. Nicht nach dieser Nacht.

„Ich möchte allein sein!", brachte er hervor. Es klang hart und das war gut so. Er wollte nicht länger der weiche Kerl sein, den alle ausnutzten. Und für Zoe wollte er kein Kumpel mehr sein. Diese Gutmütigkeit war vorbei.

Ein Feuerwehrmann trat durch die Tür. Im Arm hielt er Maja, die sich nicht regte. Sanitäter kamen angelaufen und legten sie auf eine Trage. Es stand nicht gut um sie. Das erkannte Tobias an den besorgten Gesichtern.

Ein Arzt begann mit einer Herzdruckmassage, während ein Sanitäter ihr eine Sauerstoffmaske überstülpte. Es nützte nichts und der Arzt deutete auf den Krankenwagen.

Nervös zupfte Tobias an seinem Schweißband und war versucht, sich seine Wunden aufzureißen. Er wollte den selben Schmerz wie Alissa fühlen und mit ihr verbunden sein.

Für den Moment. Für die Ewigkeit.

Sein Herz klopfte laut und seine Beine zitterten. Diese Ungewissheit machte ihn fertig. Er wollte Alissa wiedersehen, sie in seine Arme nehmen und beschützen. Niemand sollte ihr je wieder etwas antun. Dafür würde er sorgen.

Ein weiterer Feuerwehrmann brachte ein Mädchen nach draußen. Sie hatte braunes Haar, so wie Alissa, aber sie war an Armen und Beinen gefesselt.

Verdammt! Warum hatte er Alissa bloß zurückgelassen?

Weil es ihr Wunsch war, antwortete eine leise Stimme in seinem Kopf. Alissa will jetzt sterben, weil sie den Glauben an die Welt endgültig verloren hat!

Tobias konnte sie verstehen. Viel zu oft hatte er sich selbst nach dem Tod gesehnt, nach den Rasierklingen gegriffen und mit ihnen tief in seine Haut geschnitten. Es war nie tief genug gewesen. Sein einziger Halt war seine Musik, in die er sich vollkommen verloren hatte. Kein Wunder, dass er zu blind gewesen war, um Alissas Verzweiflung, die seiner eigenen glich, zu sehen.

„Es tut mir so leid!", murmelte er und schaute auf die Rauchschwaden, die den Eingangsbereich einhüllten.

Jemand schrie „trop dangereux" und ein lauter Knall ertönte.

Entsetzt riss Tobias die Augen auf. Seine Beine setzten sich wie von selbst in Bewegung und steuerten den Hintereingang der Jugendherberge an.

„NEIN! NEIN! NEIN!" Auf dem Weg ließ er die Decke fallen und rannte so schnell er konnte. „Alissa! Alissa! Alissa!"

„Tobias, nicht ..." Herr Andres hielt ihn fest. „Du darfst da nicht rein! Das ist zu gefährlich!"

„Aber Alissa ist noch da drin!" Tobias schlug wild um sich und traf den Lehrer hart am Kinn. „Lassen Sie mich los!"

Herr Andres dachte nicht daran. Das war seine Art, für sich

alles wieder ins Reine zu bringen, als würde ein geretteter Schüler seine Schuld minimieren.

Sie landeten auf dem Boden und der Lehrer rief einem Feuerwehrmann etwas auf Französisch zu.

„Du kannst nichts mehr tun!" Herr Andres brüllte förmlich. „Es ist zu spät, Tobias!"

Ein weiterer Knall. Glas splitterte und es wurde unerträglich heiß.

„Es ist nicht zu spät!" Tobias Gesicht verkrampfte sich. Er kämpfte gegen die Tränen an, die er nie jemanden gezeigt hatte. „Es kann noch nicht zu spät sein!"

Herr Andres versuchte, ihn zu umarmen. Tobias schüttelte ihn ab. „Tun Sie jetzt nicht so, als würden Sie irgendwas empfinden! Ihnen ist das alles doch egal! Wäre es das nicht, wären Sie jetzt da drin und würden Alissa und ihre anderen Schüler retten!"

Herr Andres erstarrte und ließ von ihm ab. Zwei Sanitäter kamen mit einer Trage angelaufen, die eindeutig für Tobias bestimmt war.

Nein! Er durfte sich nicht wieder gefangen nehmen lassen. Nie wieder!

Er rappelte sich auf und lief auf das Gebäude zu. Der Lehrer hielt ihn nicht auf. Er hatte aufgegeben. Wie so oft.

„Alissa!" Tobias stürmte durch die Tür. Rauch nahm ihm die Sicht, aber die Flammen waren noch nicht bis zu diesem Teil des Gebäudes vorgedrungen. Das Feuer wollte Alissa, nicht die Jugendherberge.

Er bahnte sich einen Weg durch den unteren Flur. Rechts und links befanden sich Zimmer. In einem davon hatte er die letzten Tage zusammen mit seinen Freunden, die eigentlich keine Freunde waren, übernachtet.

Tobias hatte das Gefühl, als wäre jemand hinter ihm, aber er konnte und wollte sich nicht umdrehen. Es zählte nur das Hier und Jetzt, nicht das, was hinter ihm lag.

„Alissa?", brüllte er den einzigen wichtigen Namen. Seine

Lungen füllten sich mit Rauch. Wo war der verdammte Speisesaal?

„Alissa!" Er sah die Rezeption und das Feuer. Es knisterte und wies ihm den Weg.

Seine Haut brannte und das T-Shirt klebte an seinem Oberkörper. Er fühlte sich tot und lebendig, weggetreten und wach.

„Alissa?" Er konnte nur noch ihren Namen aussprechen. Nichts sonst. Sein Kopf war geleert worden und alle unwichtigen Worte ausgelöscht. „Alissa?"

Er hustete und erspähte die verbeulte und weit geöffnete Tür zum Speisesaal. Dahinter war alles rot und orange. Ein Meer aus Flammen und kein Durchkommen. „Alissa ..."

Tobias wischte sich den Schweiß von der Stirn und sah sich um. Er musste da rein, um jeden Preis.

Für einen kurzen Moment schloss er die Augen und dachte an den Kuss. Ein erster und letzter Kuss. Er hatte bereits viele feste Freundinnen gehabt und demzufolge viele Mädchen geküsst, aber dieses eine, besondere Gefühl hatte er nie verspürt. Bis heute.

Alles in ihm drängte zur Umkehr, nur sein Herz wollte nicht aufgeben und die grausame Wahrheit akzeptieren. „Alissa?"

Seine Stimme war nichts als ein Krächzen und seine Augen schmerzten, als er sie öffnete.

Er trat über die Türschwelle. Die Kraft verließ ihn mit jedem Schritt, genau wie die Hoffnung.

Er kam nicht weit und sank auf die Knie. Sofort packte ihn eine kräftige Hand.

„Alissa?" Stumm formten seine Lippen ihren Namen. „Alissa?"

Es war nicht Alissa. Ein Mann mit einer Atemmaske tauchte vor ihm auf und zog ihn fort.

Tobias wollte sich wehren, aber sein Körper hörte nicht auf seine Anweisungen. Er hatte versagt und Alissa ebenfalls im Stich gelassen.

Der Feuerwehrmann stützte ihn und führte ihn nach draußen.

„Alissa ...!" Tobias kniff die Augen zusammen und sackte auf den Boden. Sanitäter kümmerten sich um ihn, obwohl er überhaupt keine Hilfe benötigte. Alissa hatte Hilfe gebraucht. All die Jahre. Ihre stillen Schreie waren ignoriert worden und jetzt hatte sie endgültig aufgegeben.

„Alissa ..." Tobias Blick wanderte zu der brennenden Jugendherberge. Alissas Grab. Ihr neues Zuhause.

Heute

Als Paul aufwachte, fand er sich in der Vergangenheit wieder. Die Klassenfahrt. Das Schicksal verlangte, dass er sie noch einmal erlebte.

Er saß an dem Tisch im unteren Stockwerk. Seine Beine, sein Oberkörper und seine Hände waren an den Stuhl gefesselt. Er konnte sich nicht bewegen.

Rechts neben ihm saß Zoe und an der schmalen Seite lag Tobias halb auf dem Tisch. Christopher war gerade damit beschäftigt, seine Beine zu fesseln.

„W-Was hast du vor?" Paul fiel es schwer, die Worte zu formen. Er fühlte sich schläfrig und ausgelaugt und fragte sich, ob dieser Idiot ihm irgendwas verabreicht hatte. Paul konnte sich an nichts mehr erinnern. Von der einen auf die andere Sekunde war er weggetreten, nachdem er versucht hatte, Christopher zu überwältigen.

„Oh, der Erste ist wohl wieder bei Bewusstsein!" Eine Frauenstimme. Erst jetzt sah Paul eine weitere Person, die am Fenster stand und nach draußen schaute. „Dann kann die Party ja endlich losgehen!"

„P-Party?" Paul rüttelte an dem Klebeband. Wie damals ließen sie sich nicht lösen. „Wer zur Hölle bist du?"

Die Frau seufzte lang und tief. „Du kannst mich Kiara nennen, wenn dir Namen so wichtig sind! Ich bin eine gute Freundin von Christopher!"

Sie ging zu Christopher und klopfte ihm auf die Schulter. „Er hat mir erzählt, was ihr der armen Alissa angetan habt! Schämt euch!"

Kiara hielt ein Messer in der Hand und trat damit auf Paul zu. „Ihr habt sie umgebracht! Eiskalt, mit euren Worten und mit Gewalt! Wisst ihr das eigentlich?"

Paul blinzelte. Seine Augen schmerzten. Auf seiner Stirn

stand der Schweiß. „Und was hast du mit der ganzen Sache zu tun? Kanntest du Alissa?"

Die blonde Frau legte ihm die Klinge des Messers an die Wange. Paul konnte das Blut sehen, das nur oberflächlich abgewischt worden war.

„Ich war früher auch eine Alissa", flüsterte ihm Kiara zu. „Ich wurde gemobbt und die ganze Schulzeit wie ein Monster behandelt, weil ich so fett wie eine trächtige Kuh war! Ist das kein guter Grund für etwas Gerechtigkeit zu sorgen?"

Pauls Atmung beschleunigte sich. „Also war die Einladung gar nicht von Alissa, sondern von euch?"

Christopher riss an dem Klebeband, das jetzt um den Oberkörper von Tobias gewickelt war. „Du Blitzmerker! Alissa ist tot! Das weißt du doch! Erinnerst du dich nicht mehr an die lächerliche Trauerfeier, auf der wir alle erscheinen mussten?" Paul schluckte schwer. Natürlich erinnerte er sich daran, an jeden einzelnen Moment des Schmerzes, auch wenn er selbst nie geweint oder seine Gefühle gezeigt hatte. „Und warum lässt du Alissa nach all den Jahren noch einmal aufleben?"

„Aufleben?" Christopher lachte und drehte seinen Kopf. Seine Wangen und Augenpartie waren mit roten und violetten Blutergüssen bedeckt. „Ich begrabe sie endlich!"

Kiara zog das Messer zurück und Paul verspürte einen leichten Schmerz. „Wir ehren Alissa und geben ihr endlich die Rache, die sie verdient hat. Nicht wahr, Christopher?"

Christopher sagte nichts dazu. Die beiden wirkten nicht wie Freunde, sondern wie zwei Fremde.

„U-Und woher kennt ihr euch?" Paul brauchte Wahrheiten und Erklärungen. Vielleicht konnte er so Zeit schinden bis Zoe und Tobias aufwachten.

„Wir haben uns vor über zwölf Jahren auf einer Internetseite kennengelernt!" Bereitwillig plauderte Kiara aus dem Nähkästchen, während Christopher sie böse von der Seite anstarrte. „Das war ein Forum für Mobbingopfer. Wir haben angefangen, uns auszutauschen und über unsere Probleme zu schreiben! Wir wurden beide in der Schule wegen unseres Gewichts fertig gemacht ..."

Pauls Blick wanderte über Kiaras Körper an dem kein Gramm zu viel war. „So siehst du ehrlich gesagt gar nicht aus!"

Er wollte ihr ein Kompliment machen, doch der schmerzliche Ausdruck auf ihrem Gesicht verriet ihm, dass er in ein Fettnäpfchen getreten war.

„Ich habe einfach aufgehört zu essen ..." Sie ballte eine Hand zur Faust. „Essen ist böse, genau wie die Menschen, die einen wegen Oberflächlichkeiten fertigmachen!"

Paul musterte Kiara, die sehr schlank, fast schon knochig war. Sie trug eine dunkle Jeans, die ihre Beine wie Streichhölzer erscheinen ließ. Auch ihr enganliegendes Shirt verdeutlichte ihren Wahn, der sie wohl letztendlich zur Komplizin von Christopher gemacht hatte.

Pauls Blick wanderte zu Christopher, der sich ein Messer gegriffen hatte. „Ich glaube, da wird jemand wütend!"

Kiara streckte die Arme aus und ging auf Christopher zu.

„Es tut mir leid ...!" Ungeschickt versuchte sie ihn in die Arme zu nehmen. Ein seltsamer Anblick. „Ich weiß, wie schwer es dir fällt, darüber zu reden! Aber wir haben ja uns ..."

Christopher bebte. Ein sichereres Zeichen für einen baldigen Wutausbruch.

„Ich bin kein Opfer!", presste er hervor. Er betonte jedes einzelne Wort. „ICH BIN KEIN OPFER!"

„Ach, Christopher!" Kiara presste ihn an sich. „Wir sind alle Opfer. Du, ich und Alissa."

„Nein!" Christopher stieß sie von sich. „Hör endlich auf mit dem Scheiß! Ich bin nicht wie du und auch nicht wie Alissa!"

Kiara knallte gegen den Tisch. Das Geschirr klapperte. Sie hielt sich an der Kante fest und drehte sich zu ihrem Freund. „Warum bist du auf einmal so? Ich dachte, wir kämpfen für die gleiche Sache?"

Paul konnte sich trotz seiner misslichen Lage ein lautes und plötzliches Auflachen nicht verkneifen. Es kam ihm absurd vor.

„Christopher hat Alissa damals selbst gemobbt! Er war der Schlimmste von uns. Hat er dir das etwa verschwiegen, dein ach so toller Kumpel?"

Zoe neben ihm bewegte den Kopf. Ein guter Zeitpunkt zum Aufwachen, fehlte bloß noch Tobias.

Christopher schubste Kiara ein weiteres Mal. Sie knallte mit voller Wucht gegen Zoes Stuhl.

„Er hat recht, oder?" Kiaras Stimme brach. „Also hast du mir all die Jahre nur etwas vorgemacht? Wieso hast du so getan, als würdest du Alissas Schicksal nicht verkraften? Ich dachte, du wärst ihr Freund?"

„Christopher war nie mit Alissa befreundet gewesen!", stach Paul tiefer in die Wunde. Er musste diese Frau auf seine Seite ziehen, bevor Christopher eine Dummheit tun konnte.

„Aber ..." Kiaras Augen füllten sich mit Tränen. Sie sah Christopher an und streckte eine Hand nach ihm aus. „Wir waren doch Freunde ... und Seelenverwandte ... all die Jahre ..."

Christopher holte mit dem Messer aus.

Zoe riss den Kopf nach oben und brüllte ebenfalls los, obwohl sie die Situation unmöglich einschätzen konnte.

Das Messer zielte auf Kiaras Oberkörper, aber Christopher war nicht besonders geschickt. Kiara machte einen Satz zur Seite und hielt sich an der Lehne von Zoes Stuhl fest. Ihre Beine knickten ein und sie landete auf den Knien.

„Ich brauche keine Freunde!" Christopher raste vor Wut. „Und dich, liebe Kiara, habe ich nur benutzt, um Alissa endlich auszulöschen. Sie war Abschaum! Ein dummes, eingebildetes Miststück, das sich für was Besseres gehalten hat! Sie hat den Tod verdient! Genau wie all die anderen Überlebenden dieser schrecklichen Nacht den Tod verdient haben!"

„Also habt ihr auch Tom und Lena auf dem Gewissen?", fragte Paul, obwohl die Antwort auf der Hand lag.

Christopher lachte. „Ja, der gute Tom sollte schnell sterben, aber das hat ja leider nicht geklappt!"

Er funkelte Kiara böse an. „Zum Glück hat das Gift letztendlich doch für sein Ableben gesorgt! Und bei der guten Lena konnte ich testen, ob Kiara es wirklich ernst meint und bereit ist, einen Menschen zu töten! Wir haben Lena vorher zum Klassentreffen bestellt, da sie, genau wie Tom, nur eine unwichtige Nebenrolle gespielt hat!"

Mühsam rappelte sie sich auf. Erst jetzt schien sie das Messer zu bemerken, das sie umklammert hielt. Unsicher richtete sie es auf Christopher. „Du hast mich nur ausgenutzt? So wie all die anderen es getan haben?"

Christopher grinste breit. „Es war nett mit dir zu chatten. Jedenfalls damals, als wir noch jung waren und du vorgegeben hast, mich zu verstehen. Du hast mir kurzzeitig geholfen und mir Mut gemacht! Aber jetzt werde ich mein altes Ich endlich begraben! Es ist Zeit für einen Neuanfang."

Mit einem langgezogenen, animalischen Schrei stürzte er sich auf Kiara. Paul schaute entsetzt zu Zoe. Sie sah schlimm aus. Eine lange Wunde erstreckte sich über ihre Wange bis zum Kinn.

„Kannst du dich befreien?", fragte Paul, während Christopher und Kiara miteinander ihren unfairen Kampf austrugen.

Zoe, die von Kiara nach vorne geschoben wurde und zwischen Lehne und Tischkante eingeklemmt war, schüttelte den Kopf. Ein Messer sauste an ihr vorbei. Es gehörte Kiara, die am Handgelenk von Christopher festgehalten wurde. Sie war viel zu dürr und schwach, um gegen die gut 120 Kilo von ihrem Freund anzukommen. Als ihr T-Shirt nach oben rutschte, konnte Paul deutlich ihre Hüftknochen sehen. Ein gebrochener Mensch, der Rache nehmen wollte und ins Unglück stürzte. Die Geschichte wiederholte sich. Kiara war genau wie Alissa ein Opfer von Christopher!

Tobias, der mittlerweile ebenfalls bei vollem Bewusstsein war, gab keinen Ton von sich. Paul konnte sehen, wie er seinen Oberkörper und seine Arme anspannte und das Klebeband dadurch lockerte. Eine gute Taktik.

Christopher drückte Kiara gegen die nächstbeste Wand und verdrehte ihren Arm. Die arme Frau, die äußerlich wie ein junges

Mädchen aussah, stieß einen spitzen Schrei aus und ließ das Messer fallen.

„Wärst du jetzt nicht so ein Fliegengewicht, hättest du vielleicht eine Chance gehabt!" Christopher presste sich fest an sie und versuchte, sein Messer in ihren Körper zu stoßen.

„Oh, Gott!" Zoe begann zu kreischen, was Christopher noch mehr anspornte. Kiara gingen langsam die Kräfte aus. Sie umklammerte Christophers Oberarm, aber die Spitze des Messers kam immer näher.

Paul wollte helfen, aber er wusste nicht, was er tun sollte. Genau wie Zoe und Tobias war er machtlos.

„Hört auf!", schrie Zoe. „Hört verdammt noch mal auf!"

Christopher dachte nicht daran aufzuhören. Er war in seinem Element. Diese Überlegenheit bedeutete ihm alles. Das war schon damals so gewesen.

Er lachte und klang wie ein kleiner, naiver Junge, der von der Ungerechtigkeit des Lebens noch nichts ahnte. Christopher lebte in seiner eigenen Welt, ohne Regeln und Gesetzte.

„Deine bescheuerte depressive Emo-Tour ging mir die ganze Zeit auf die Nerven!" Er holte mit seiner freien Hand aus und schlug Kiara ins Gesicht. Dann umgriff er ihren Hals und drückte zu, während er das Messer in ihren Bauch bohrte.

„Aber vielen Dank für deine Hilfe!" Christopher presste sich fest an sie, als wollte er ihren Schmerz und ihre Todesangst spüren. „Ohne dich hätte ich das alles nicht durchziehen können, Kiara! Du hast das Haus hier gekauft, alles umbauen lassen und dafür gesorgt, dass wir uns alle hier versammeln können! Damit ist deine Aufgabe erfüllt!"

Er trat zurück und zog das Messer heraus. Im Anschluss ließ er es ein weiteres Mal in sie eintauchen. „Weißt du noch, was du mir damals immer wieder geschrieben hast? Dass ich für ein besseres Leben kämpfen soll? Genau das tue ich jetzt!"

Kiaras Augen weiteten sich. Sie gab ein gurgelndes Geräusch von sich und riss den Mund auf. „D-Du Monst..."

Sie rutschte an der Wand hinab und hob in ihrer Verzweiflung einen Arm, als sehnte sie sich nach einem Menschen, an den sie sich klammern konnte. Christopher wich angewidert zurück. „Da sind wir wohl nur noch zu viert!"

Er drehte sich um, hob beide Arme und grinste breit. „Was haltet ihr davon, wenn ich uns jetzt ein kleines Feuer mache und endlich das beende, was Alissa angefangen hat?"

Damals

Graue Wolken sammelten sich über der Schule, als würde der Himmel die Gefühle aller Schüler, Lehrer und Eltern in sich aufsaugen. Der Tag des Abschieds war endgültig gekommen und Tobias konnte sich kaum auf den Beinen halten. Seinen Schmerz versuchte er mit Alkohol zu ertränken. Seit sie von der Klassenfahrt zurück waren, trank er jeden Abend Bier, Wein und Whiskey, um überhaupt schlafen zu können. Er fühlte sich wie ein Zombie. Selbst seine Gitarre spendete ihm keinen Trost mehr, geschweige denn seine Lieder, deren Texte er längst vergessen hatte.

Alle versammelten sich in der Aula, um endgültig Abschied zu nehmen. Überall standen Vasen mit Lilien und weißen Rosen und an den Seiten lagen Kränze mit Trauersprüchen. Vorne auf der Bühne standen große gerahmte Bilder von jenen Schülern, die nicht lebend von der Klassenfahrt heimgekehrt waren. Es waren viele.

Tobias fuhr mit der Zunge über seine trockenen Lippen. Er sprach nicht mehr gerne. Es kam ihm sinnlos vor, da er eh nichts mehr zu sagen hatte. Mit Alissa war ein Teil von ihm gestorben. So lächerlich das auch klingen mochte.

Tobias war allein. Seine Eltern interessierten sich schon lange nicht mehr für ihn. Ob sie überhaupt mitbekommen hatten, was ihrem Sohn auf der Klassenfahrt widerfahren war? Waren sie insgeheim vielleicht enttäuscht, dass Tobias das ganze überlebt hatte? Ja, das würde ihnen ähnlich sehen. Sie fieberten schon lange dem Tag entgegen, an dem er endlich aus ihrem Leben verschwand.

Er betrat die große Halle und sah sich um. Trauer lag in der Luft, aber auch Erleichterung. Hier und da wurde eine Träne vergossen. Zwanghafte Tränen, die auf Tobias falsch wirkten. Niemand weinte um das, was vor der Klassenfahrt passiert war.

Um die schüchterne Alissa, die jeden Tag Angst gehabt hatte, zur Schule zu gehen. Niemand wollte den Namen Alissa an diesem Tag hören. Für alle war sie die Täterin, das Monster und die eiskalte Mörderin. Für sie gab es keinen Platz mehr in dieser Welt.

Tobias, der ein ausgeleiertes braunes Hemd trug, das er völlig falsch zugeknöpft hatte, drängte sich durch die Massen nach vorne. Die Trauerfeier würde bald losgehen und er musste einfach dafür sorgen, dass diese Leute endlich die Augen öffneten.

Er sah seinen Klassenlehrer, der gerade mit dem Direktor der Schule seine Ansprache durchging. Tobias hatte keine Lust auf seine gespielten Trauerbekundungen.

Herr Andres sah zu Tobias. Auf seinem Gesicht stand Verblüffung. Er hatte nicht erwartet, ihn hier zu sehen.

Tobias ging zielstrebig auf die Bühne zu und steuerte das Podium an. Diese Trauerfeier musste Alissa gehören. Sie war hier das Opfer.

Er klopfte gegen das Mikrofon. Es funktionierte.

„Ich möchte euch gerne etwas sagen!", begann er. Die Worte hatte er sich nicht zurechtgelegt. Sein Gehirn funktionierte schon seit Tagen nicht mehr. „Ihr trauert alle um eure Kinder, eure Mitschüler, eure Freunde! Das ist richtig so und das möchte ich euch gar nicht verbieten!"

Seine Stimme war kratzig und seine Zunge lag schwer in seinem Mund. „Aber wieso tut ihr alle so, als hätte Alissa nicht existiert? Warum bekommt sie nicht einmal einen Platz in der Reihe der Opfer?"

Getuschel setzte ein. Viele der schwarzgekleideten Trauergäste schüttelten die Köpfe. Ein paar wandten sich ab und steuerten den Ausgang an.

„Alissa hat es nie geschafft, den Anschluss innerhalb der Klasse zu finden!", fuhr Tobias fort. „Und daran sind wir alle schuld! Wir haben sie nicht aufgenommen, sondern von uns gestoßen! Anstatt ihr zu helfen, haben wir sie getreten, geschlagen und verbal fertiggemacht!"

Er schluckte schwer. Ein dicker Kloß bildete sich in seinem

Hals, als er begriff, wie schuldig er selbst war. Er hatte immer weggesehen und nur an seine eigenen Probleme gedacht.

Er war ein Täter, so wie alle hier Versammelten.

„Keiner hat ihr geholfen! Niemand hat sich für sie eingesetzt, mit ihr geredet oder versucht, ihre Ängste zu verstehen!" Tobias starrte in die blassen Gesichter seiner eigenen Klassenkameraden. Sie saßen stocksteif in der ersten Reihe und starrten ihn entgeistert an. „Wir sind alle schuldig an dem, was passiert ist! Wir, die ganze Klasse und Sie, Herr Andres, als unser Lehrer! Das, was passiert ist, war unsere Schuld!"

„Alissa war ein Monster!" Das kam von Christopher. Er saß ganz außen und trug einen viel zu engen Anzug. „Ein widerliches Monster, das endlich an dem Ort ist, wo es hingehört!"

Tobias Herz zog sich zusammen. Er hasste Christopher. Das wurde ihm schlagartig bewusst.

„Wir haben sie zu einem Monster gemacht!", meinte er leise. Seine Stimme brach. „Sind wir dann auch Monster?"

Christopher lachte auf. Er schüttelte den Kopf und stand auf. „So einen Schwachsinn höre ich mir nicht länger an!"

Tobias wollte weitersprechen, Alissas Rede fortsetzen, aber er war wieder verstummt. Reden brachte nichts. Die Welt war zu festgefahren in ihren eigenen Ansichten und Meinungen. Hier gab es nur schwarz und weiß! Alissa, die Böse und alle anderen, die Guten!

Herr Andres stürmte auf ihn zu. Er sah wütend aus und riss Tobias von der Bühne.

„Was soll denn dieser Mist?", zischte er aufgebracht. „Wir sind hier um Abschied zu nehmen! Niemand möchte heute an Alissa erinnert werden!"

Am wenigsten er selbst. Das konnte Tobias in seinen Augen sehen, die glasig und leer wirkten.

Tränen stiegen in Tobias empor. Sie mischten sich mit seiner grenzenlosen Wut, die er kaum unterdrücken konnte. Am liebsten würde er Herrn Andres ins Gesicht schlagen. Aber er war nicht der Typ für Gewalt.

„Du verschwindest besser von hier!" Der Lehrer führte ihn zum Ausgang. Grob schleuderte er ihn nach draußen. „Hier ist kein Platz für deine verrückten Äußerungen! Alissa ist tot und das ist gut!"

Er klang erleichtert diesen Satz aussprechen zu können und Tobias kämpfte mit den Tränen und wandte sich ab. „Sie haben Alissa nie verstanden! Wären Sie doch bloß in der Jugendherberge verbrannt. Sie und Christopher hätten es am meisten verdient gehabt, aber trotzdem stehen Sie noch immer hier und tun, als würde Sie das alles nichts angehen. Ihr Leben geht weiter, das von Alissa ist nun endgültig vorbei!"

Er sank auf die Knie. Die Tränen liefen über seine Wangen und er kratzte seine Wunden am Handgelenk auf. Es waren frische Wunden, die sofort anfingen zu bluten, aber der Schmerz war kaum wahrnehmbar.

Herr Andres erwiderte nichts. Er ließ Tobias einfach zurück, so wie er Alissa zurückgelassen hatte.

„Sie sind hier das Monster!", schrie Tobias ihm hinterher. Er kauerte sich auf dem Boden zusammen und spürte den harten Asphalt unter sich. Die Wolken über ihm waren nun schwarz und es begann zu regnen. Die Regentropfen trafen ihn, aber die Kälte war nicht spürbar.

Er blieb so liegen und niemand kümmerte sich um ihn. Innerlich wollte er sterben, um wieder bei Alissa sein zu können, aber er besaß nicht die nötige Kraft, um den letzten Schritt zu tun. Ein Teil von ihm hing wohl noch an dieser Welt.

Er drehte sich auf den Rücken. Der Regen spülte seine Tränen fort und von drinnen ertönte eine leise Klaviermelodie. Langsam schloss er die Augen und dachte an Alissa. Alissa, das hübsche Mädchen mit den braunen Haaren, das so viel Schmerz hatte erleiden müssen.

Eine Hand berührte seine Wange. Zarte Finger, die ihn sanft streichelten. Er stellte sich vor, es wären Alissas Finger. Krampfhaft versuchte er, die Augen nicht zu öffnen und sich einfach diesem Gefühl hinzugeben, aber er musste sehen, wer sich da an ihn herangeschlichen hatte. Um ihn herum war es seltsam dunkel, als wäre die Nacht bereits angebrochen.

Jemand kniete neben ihm und als er sich aufrichtete, sah er zwei vertraute Augen, die ihn voller Hoffnung anstarrten.

„Ich habe es nicht vergessen, Tobias!", kam es aus dem Mund mit den vollen Lippen, die er nur allzu gut kannte. „Du musst mir doch noch den Song vorsingen! Den Song, den du extra für mich geschrieben hast!"

Sie hielt ihm eine Hand hin, die er bereitwillig ergriff. Ja, das Lied. Das eine Lied, das er nur für sie geschrieben hatte!

Heute

Christopher wollte das ehemalige Haus von Alissa in Brand setzen. Ein zweites Feuer, das den Rest von ihnen auslöschen sollte. Er rannte aus dem Raum und Zoe sah hilfesuchend zu Paul.

„Das ist nicht sein Ernst, oder?"

Das Klebeband war so fest um ihren Oberkörper geschlungen, dass sie kaum atmen konnte. Sie trug nicht länger ihre Lederjacke, sondern nur ihr schlabbriges Shirt. Ihr Gesicht schmerzte und sie spürte getrocknetes Blut an ihrer Wange. Ein Witz gegen die Qualen, die jetzt auf sie zukamen.

„Tobias? Kannst du dich befreien?" Paul klang genauso panisch, wie Zoe sich fühlte. Die gleiche Todesangst wie damals füllte ihren Körper und lähmte sie. Sie wollte nicht sterben. Nicht heute und nicht auf diese Weise.

Tobias reagierte nicht. Stattdessen warf er seinen Körper hin und her. Die Anstrengung trieb ihm Schweißperlen auf die Stirn.

Sein T-Shirt samt Klebeband rutschte nach oben, sodass er seine Hände freibekam. Sofort machte er sich daran, seine Beine zu befreien. Christopher hatte bei seinen Fesseln anscheinend nicht die nötige Konzentration walten lassen.

Hoffnung keimte in Zoe auf, als sie sah, wie Tobias aufsprang und zum Messer lief, das die blonde Frau fallen gelassen hatte. Als er es aufhob, ertönten Schritte auf der Treppe. Christopher. Er kam zurück.

Tobias zögerte nicht lange und verschwand in dem dunklen, geheimen Raum.

„Na, sollen wir die Kerzen gleich anz..." Christopher tauchte auf und starrte auf den leeren Stuhl. „Was soll der Mist? Die Party hat doch gerade erst angefangen!"

„Alissa hat uns damals sorgfältiger gefesselt!" Zoe wurde mutig. Sie wusste, dass Tobias ihr helfen würde. „Anscheinend kannst du es nicht mit ihr aufnehmen, DICKER!"

Christopher schnaubte und warf die Kerzen auf den Tisch.

Mit seinen speckigen Fingern, die nach Kerzenwachs rochen, umfasste er Zoes Kinn. „Du denkst wohl immer noch, du wärst die Königin der Schule, was?"

Zoes Kiefer wurde zusammengedrückt und ihre Zähne schmerzten.

„Die Schule ist längst vorbei!", presste sie undeutlich hervor.

„Sieh das endlich ein!"

Christopher grinste breit und drückte Zoes Lippen zusammen. Dann presste er seinen ekligen Mund auf ihren.

Zoe riss entsetzt die Augen auf und versuchte, ihn zu beißen, aber er hielt ihr Gesicht fest.

„Lass sie los!", schrie Paul neben ihr. „Du bist widerlich! Einfach nur widerlich, DICKER!"

Christopher ließ endlich von Zoe ab. An ihren Lippen klebte sein Speichel und sie musste würgen. „Anders kannst du eine Frau wohl nicht küssen, was?"

„Ach, Sandra hat schon alles bereitwillig mit sich machen lassen!" Christopher drehte sich um. „Und sagt ihr mir nun, wo Tobias abgeblieben ist? Hat er sich in Luft aufgelöst und euch im Stich gelassen?"

„Er ist nach draußen gerannt und holt Hilfe", bluffte Zoe. „Damit hast du wohl verloren, DICKER!"

„Das bezweifle ich!" Christopher tastete in seiner Hosentasche. „Ich bin der einzige, der den Schlüssel für die Haustür hat und meine gute Freundin Kiara hat dafür gesorgt, dass dieses Haus zu einer Festung wird. Wo also kann unser Freund sein?"

Er ging auf den zur Seite geschobenen Eckschrank zu. „Vielleicht hier?"

Zoe sah, dass er das Messer, mit dem er Kiara erstochen hatte, in der Hand hielt. „Ja, geh nur hinein! Dann bekommst du endlich das, was du verdienst!"

Christopher zögerte. Er dachte kurz nach und trat zurück an den Tisch. „Naja, er wird schon rauskommen. In der Zeit können wir es uns hier gemütlich machen!"

Er griff nach einer der Kerzen, ließ die Öffnung in der Wand aber keine Sekunde aus den Augen. Die erste gelbe Kerze stellte er direkt vor Paul auf den Tisch und zündete sie mit einem Feuerzeug an.

„Es wäre so viel einfacher, wenn ihr damals ebenfalls ums Leben gekommen wärt", meinte er. „Ihr habt doch eh nur dafür gesorgt, dass ich das alles nicht vergessen kann! Als ich Sandra im Supermarkt getroffen habe, kamen all die Erinnerungen wieder hoch. Bevor Alissa an unsere Schule kam, habt ihr mich wie Dreck behandelt. Und dann war die Klassenfahrt und sie hat alles, was ich mir erarbeitet habe, wieder kaputtgemacht!"

Zoe fiel es schwer, Christophers Gedankengänge zu begreifen. Vielleicht hatten sie ihn schlecht behandelt, über sein Gewicht oder Aussehen gespottet, aber es war nie ernst gewesen. Jugendliche taten das eben. „Du hattest es verdient, so behandelt zu werden! Alissa hatte das nicht. Sie ist daran zerbrochen!"

„Und ich nicht?" Christopher stellte die zweite Kerze vor ihr ab. Es brauchte mehrere Versuche sie anzuzünden, da seine Hände zitterten. „Ihr habt mich nie akzeptiert! Ich konnte die Schusslinie zwar verlassen, aber trotzdem stand ich nie auf einer Stufe mit euch! NIE!"

Zoe verstand langsam. Christopher hatte alles versucht, um dazuzugehören. Er war sogar so weit gegangen, einen anderen Menschen zu mobben, nur um selbst nicht mehr das Opfer zu sein. Warum war ihr das damals nicht aufgefallen? Die Antwort war simpel: Sie hatte sich nur um ihren eigenen Scheiß gekümmert.

Die Kerze vor Zoe brannte. Ein Stoß und sie würde umfallen. Würde das Haus hier genauso gut brennen wie die Jugendherberge?

„Du willst uns also umbringen, um dich endlich besser zu fühlen?", fragte Paul. „Aber was, wenn dich die Erinnerungen nicht loslassen? Wenn du trotzdem kein normales Leben führen kannst?"

Christopher zuckte mit den Schultern. „Dann seid ihr wenigstens dort, wo ihr hingehört!"

„Aber wolltest du nicht auf einer Stufe mit uns stehen? Oder hast du es dir plötzlich anders überlegt? Willst du ganz weit oben, über uns stehen?"

Christopher erwiderte nichts darauf. Er stieß die Spitze des Messers nachdenklich gegen die Kerze. „Wisst ihr, eigentlich wollten wir euch einen nach dem anderen ins Verlies bringen. Mit Sandra und Herrn Andres hat es geklappt, aber ihr habt ganz schön fest zusammengehalten! Der ganze Plan ist durcheinander geraten und jetzt muss ich mich auch noch um Tobias kümmern! Er wartet dort auf eine passende Gelegenheit, was?"

Er deutete mit dem Kopf auf den geheimen Raum. „Komm doch raus und kämpfe wie ein Mann!"

Sekunden, die sich wie Minuten anfühlten, verstrichen. Nichts geschah.

„Okay, dann wird es wohl Zeit für ein kleines Feuerchen!" Christopher hatte auch eine Flasche hochprozentigen Alkohol mitgebracht und öffnete sie nun. Ohne zu zögern kippte er den Inhalt über Zoe aus. „Mal schauen, wie gut du brennst, liebe Zoe!"

Mit einem breiten Grinsen griff er nach dem Feuerzeug und hielt die Flamme direkt vor Zoes Gesicht. „Na, möchte Tobias dich nicht retten? Das ist schade, dabei wart ihr doch mal gute Freunde, oder nicht? Was ist passiert? Konnte er dir nicht verzeihen, dass du so ein Miststück warst?"

Zoe bebte und ließ die Flamme für keinen Moment aus den Augen. „E-Es tut mir leid."

Die Entschuldigung ging direkt an Tobias. Ihre Freundschaft war nach der Klassenfahrt zerbrochen. Immer, wenn sie versucht hatte, sich ihm zu nähern, hatte er abgeblockt.

„Ich habe Alissa schlecht behandelt!" Eine Träne wanderte über ihr Gesicht. Das Salz in Verbindung mit dem Alkohol schmerzte in ihrer Wunde. „Ich würde gerne so viele Dinge rückgängig machen! So viele Dinge ... Wegen uns ist Alissa gestorben ..."

Jetzt weinte sie jämmerlich und neben ihr stimmte der ach so harte Paul ein, indem er leise schluchzte. Sie hatten den Punkt der Reue erreicht. Endlich.

„Tobias, es tut mir leid", presste Zoe heraus. „Ich weiß nicht, was zwischen Alissa und dir gewesen ist, aber am Ende wart ihr euch so nah. Ich habe in der Nacht gesehen, wie du versucht hast, noch mal ins Gebäude zu rennen. Wir hätten alle gehen sollen. Ja, wir hätten Alissa und unsere anderen Mitschüler befreien sollen, anstatt nur an uns selbst zu denken!"

„Das ist ja herzzerreißend!" Christopher fasste sich an die Brust. Im selben Moment stürmte Tobias aus seinem Versteck. Der perfekte Moment, denn Christophers Aufmerksamkeit lag auf Zoe.

Das Messer in Tobias Hand schnellte nach vorne und bohrte sich in Christophers Seite.

„Das ist für Alissa", brüllte Tobias und zog das Messer sofort wieder raus.

Christophers Augen weiteten sich und er sah erst zu seinem Angreifer und dann zu der Wunde, aus der rotes Blut sickerte. „W-Was ...?"

Seine Wut siegte über den Schmerz. Er warf sich auf Tobias und ließ sein eigenes Messer vorschnellen. Tobias wich ihm aus und schubste ihn in Zoes Richtung. Ihr Stuhl wurde gegen den Tisch gedrückt und die Kerze wackelte bedrohlich.

„Nein ...", dachte Zoe, doch sie konnte das Unvermeidliche nicht aufhalten. Die Kerze kippte um und rollte auf sie zu. Ihr nasses Shirt fing sofort Feuer.

Tobias und Christopher kämpften miteinander. Christopher versuchte Tobias auf Abstand zu halten, aber es gelang ihm nicht. Das Messer drang erneut in ihn ein und er taumelte gegen die Wand. Dort sackte er in sich zusammen und hob abwehrend beide Arme. Sein Messer fiel neben ihm auf den Boden. „Ich gebe auf ... Bitte ..."

Zoes Haut brannte und sie drehte ihren Kopf zu Tobias. „Hilfe! Bitte, hilf mir!"

Tobias dachte nicht daran, sich von Christopher abzuwenden. Er hockte sich neben ihn. „Du hättest deine Schuld einfach akzeptieren sollen! Dann wäre das alles nicht passiert!"

Christophers Atem wurde zu einem Rasseln. Der zweite Messerstich hatte seine Lunge getroffen. „W-Was ...?"

Die Fassungslosigkeit stand ihm ins Gesicht geschrieben. Tobias Hand schnellte nach vorne und für einen Moment dachte Zoe, er wollte Christopher den Gnadenstoß verpassen. Stattdessen tastete er in seiner Hosentasche herum, die mittlerweile auch mit Blut besudelt war. Er zog den Haustürschlüssel hervor und sprang auf die Beine. „Ich bin gleich wieder da ..."

Zoe konnte es nicht fassen. Sie schrie so laut sie konnte. „Tobias ... Hilf mir!"

Die Flammen breiteten sich über ihre Haut aus. Der Schmerz war unerträglich. Wieso half er ihr nicht? War sie so unwichtig?

Sie sah, wie Christopher sich auf den Bauch warf und wie eine Robbe über den Boden kroch. Er wollte das Messer greifen, aber er schaffte es nicht. Seine Finger verweigerten den Dienst.

„Hilfe!" Zoe brüllte. Der Geruch ihres eigenen brennenden Fleisches stieg ihr in die Nase und sie musste husten. „Tobias, bitte hilf mir!"

Sie hörte, wie die Haustür aufgeschlossen wurde. Dann ertönte Tobias leise Stimme.

„Verdammt, Zoe braucht Hilfe!", schrie Paul. Er wackelte neben ihr mit dem Stuhl. „Mach doch was!"

Tobias kam zurück, aber er war nicht allein. Eine hübsche, junge Frau war bei ihm. Sie hatte braunes, langes Haar und ein blasses Gesicht mit einer kleinen Brandwunde. „Na, habt ihr mich vermisst?"

Zoe verstand nichts mehr. Sie brüllte weiter und zappelte hin und her. Vielleicht würde das Klebeband bald nachgeben, wenn die Flammen es erreichten, doch dann war es vermutlich zu spät.

„Alissa?", fragte Paul verblüfft. „Bist du es?"

Die Frau lächelte. Sie war trotz der Verbrennung bildhübsch. Das begriff Zoe trotz der Höllenqualen.

Die Frau zog ihre braune Jacke aus und schlang sie um Zoe bis das Feuer gelöscht war.

„Ich freue mich auch, euch wiederzusehen!", sagte sie leise und mit derselben Schüchternheit von damals.

„D-Danke ...", sagte Zoe atemlos und keuchte schwer. Müdigkeit überkam sie und löste den Schmerz ab. „B-Bist d-du es w-wirklich?"

Die Frau nickte. In ihren Augen erkannte Zoe die gleiche Traurigkeit von damals, aber da war noch etwas Anderes. Ein Funke Hoffnung und die Spur von Leben.

„Aber ...", Paul sah sie an. „Ich dachte, du bist ..."

„Ich musste erst sterben, um neugeboren zu werden!" Sie ging zu Tobias und schlang einen Arm um ihn. Er zog sie fest an sich und hauchte ihr einen Kuss auf den Kopf.

„Aber ..." Zoe verstand das alles nicht. „Wie ... Ich meine ..."

„Ich dachte damals echt, ich muss sterben", erklärte Alissa und schielte zu Christopher, der sich in eine Ecke verkrochen hatte und sich dort wie ein hilfloses Tier zusammenkauerte. „Ich war sogar kurz ohnmächtig geworden, aber dann bin ich aufgewacht und musste mich übergeben ... und da war der Schlüssel und nicht weit von mit entfernt der Notausgang ... Ich habe es nach draußen geschafft."

Ihre Stimme brach und sie drückte ihr Gesicht an Tobias Oberkörper.

Zoe verspürte Eifersucht. „Aber die Polizei ... und die Feuerwehr ..."

„Ich hatte Angst und habe mich versteckt und dann wusste ich, was ich tun musste ..." Alissa schluckte schwer. „Da war es plötzlich. Das neue Leben, auf das ich so lange gewartet hatte. Ich konnte sterben und wieder von vorne anfangen ..."

Sie weinte leise und Tobias fuhr fort. „Es hatte ja Wochen gedauert, bis die Leichen identifiziert waren und es ging wenig an die Öffentlichkeit. Offiziell wurde es als Unfall abgetan, der infolge eines harmlosen Streits entstand. Das war einfacher, als die Geschichte über das Mobbing. Herr Andres musste schließlich dafür sorgen, dass der Name der Schule nicht in den Schmutz gezogen wurde. Ihr wisst ja selbst, wie er noch in Frankreich mit uns gesprochen hat und uns anwies, so wenig wie möglich über Alissa zu sagen?! Das war ein Glücksfall!"

Zoe atmete tief ein. Ihr Brustkorb tat weh, aber sie war zu mitgenommen von dieser Geschichte. „D-Das ..."

Sie konnte nichts sagen. Ihre Augen füllten sich mit Tränen.

„Als die Leichen endlich identifiziert waren, hattet ihr alle schon euren Abschluss ...!" Alissa lächelte. „Und niemand hat sich mehr für die Geschichte interessiert. Ich habe meinen Eltern endlich alles sagen können. Wir sind sofort umgezogen und ich konnte alles hinter mir lassen ..."

„Aber du bist eine Mörderin!" Das kam von Christopher. Er spuckte Blut beim Reden. „Du gehörst eingesperrt!"

Tobias ging auf Christopher zu. „Ihr habt sie zur Mörderin gemacht!"

Christopher schüttelte sich und senkte den Blick. „Aber sie darf nicht leben ..."

Er versuchte, auf die Beine zu kommen, aber es gelang ihm nicht. Tobias drehte sich zu Alissa um. „Was sollen wir mit ihm machen?"

„Nichts ...", sagte sie leise. „Ich habe keine Lust, mich länger mit der Vergangenheit zu befassen!"

Tobias nickte und ging zurück zu ihr. Liebevoll nahm er sie in den Arm. „Ich hätte wohl nie herkommen sollen ...!"

„Du wolltest eben wissen, wer hinter der Einladung steckt und meinen Namen benutzt hat!" Alissa schmiegte sich an ihn. Die beiden wirkten vertraut und Zoe schwankte zwischen Freude und Neid. Sie hatte sich anscheinend nicht vollständig geändert.

„Seid ihr zusammen?" Sie konnte sich die Frage nicht verkneifen.

„Wir sind viel mehr als das ...", meinte Tobias mit einem Lächeln. Er hob Alissas Kinn und küsste sie sanft. Das war die große Liebe und Zoe spürte einen Stich in der Herzgegend, der nicht von ihrer verbrannten Haut kam.

„Macht ihr uns jetzt los?", fragte Paul hoffnungsvoll. „Es tut uns echt leid, was passiert ist!"

Tobias sah Alissa fragend an, doch diese schüttelte den Kopf.

„Ich möchte gehen!", murmelte sie und vermied es, Zoe und Paul anzusehen. „Das Schicksal soll entscheiden, was mit ihnen passiert!"

„In Ordnung!" Tobias nickte und schlang einen Arm um ihre Hüfte.

Zoe sah ihnen nach und konnte es nicht glauben. „Ihr wollt uns hier zurücklassen? Bitte, wartet doch! Es tut uns doch leid."

Die Entschuldigung kam nicht von Herzen. Alissa war nicht tot. Was sollte ihr also leidtun? All die Jahre hatte sie immer wieder an ihre eigene Rolle bei der Klassenfahrt denken müssen, an das, was sie Alissa angetan hatte. Aber wozu? Alissa lebte, ihr ging es gut, besser als Zoe oder Paul. War das Gerechtigkeit?

„Ihr habt mir damals nicht geholfen...", sagte Alissa zum Abschied. „... stattdessen habt ihr mich meinem Schicksal überlassen. Dasselbe mache ich jetzt mit euch!"

Die Haustür fiel ins Schloss und eine bedrohliche Stille, die nur von Christophers rasselndem Atem unterbrochen wurde, füllte das leerstehende Haus.

„Wir müssen also sterben, um neugeboren zu werden", sagte Zoe zu sich selbst und schloss die Augen, um die endgültige Einsamkeit willkommen zu heißen. Innerlich sehnte sie sich nach einem Retter, einem Beschützer, nach jemandem wie Tobias. Aber solch eine Person hatte sie nicht verdient. Sie verdiente genau diesen Ort, an dem sie sich jetzt befand. Eine neue Lektion der Reue. Die Schule endete eben nie ...

Nachwort

Dies ist das erste Buch mit einem Nachwort und an dieser Stelle muss ich als erstes meinen Charakteren danken, die mich ein Jahr lang begleitet haben und ohne die dieses Buch niemals entstanden wäre. Sie haben mir leise ihre Geschichte ins Ohr geflüstert und gemeinsam haben wir uns auf die Reise der Rache und des Vergebens begeben. Alissa ist und bleibt ein Teil von mir, ein sehr großer, mächtiger Teil und deswegen verdient sie den größten Dank. Sie hat mich dazu animiert, diese teilweise sehr traurige Geschichte zu verfassen! Eine Geschichte, die viele Jugendliche betrifft und die sich so oder so ähnlich abgespielt haben könnte. Ich als Autorin und Halb-Alissa habe Erfahrungen meiner eigenen Schulzeit hier mit ins Buch gebracht und ich hoffe, dass ich es geschafft habe, ein paar Leuten die Augen zu öffnen. Mobbing ist nichts als ein Zeichen von Schwäche!

Alissa ist eine starke Persönlichkeit mit schwachen Momenten. Ich möchte an dieser Stelle noch einmal die Gelegenheit nutzen, um Menschen anzusprechen, die vielleicht gerade in einer ähnlichen Situation sind. Rache ist ein Weg, aber ein falscher! Das haben wir hier gesehen. Das Leben sorgt schon allein für den nötigen Ausgleich. Trotzdem denke ich, dass wir uns einig darüber sind, dass einige Charaktere verdient haben, was mit ihnen geschieht. Besonders Christopher, der mich beim Schreiben selbst an meine Grenzen gebracht hat. Aus diesem Grund: Behandelt andere Menschen nur so, wie ihr selbst behandelt werden wollt!

Da ich ein schreibender Hikikomori bin, kann ich hier an dieser Stelle nicht viele Menschen erwähnen. Mein größter und wichtigster Halt ist mein Mann René. Ohne seine bedingungslose Unterstützung wäre dieses Buch nicht entstanden. Danke, dass du mich tagtäglich schreiben lässt und meine depressiven Phasen erträgst! Es muss schwer sein, mit einer Autorin zusammenzuleben!

Und zum Schluss bedanke ich mich bei allen Lesern. Ich möchte kein großer Bestsellerautor werden und tausende Bücher verkaufen. Nein, ich möchte einfach nur schreiben und das Geschriebene leben. Danke, dass ihr dieses Buch aufgeschlagen habt und danke, dass ihr es bis zum Ende gelesen habt. Ich hoffe, euch hat Alissas Geschichte gefallen und vielleicht lasst ihr sie in eurem Geiste glücklich weiterleben. Sie hat es verdient, oder?

Printed in Poland
by Amazon Fulfillment
Poland Sp. z o.o., Wrocław